LES SECRETS DE MA VIE À HOLLYWOOD

Sous les feux de Broadway

LES SECRETS DE MA VIE À HOLLYWOOD
Sous les feux de Broadway

Livre 5

Un roman de
Jen Calonita

Traduit de l'anglais par
Lynda Leith

éditions

Éditeur : François Doucet
Traduction : Lynda Leith
Révision linguistique : Féminin pluriel
Correction d'épreuves : Nancy Coulombe, Carine Paradis
Conception de la couverture : Tho Quan
Photo de la couverture : © Thinkstock
Mise en pages : Bruno Dubois, Sylvie Valois
ISBN Papier 978-2-89667-453-4
ISBN Numérique 978-2-89683-204-0
Première impression : 2011
Dépôt légal : 2011
Bibliothèque et Archives nationales du Québec
Bibliothèque Nationale du Canada

Éditions AdA Inc.
1385, boul. Lionel-Boulet
Varennes, Québec, Canada, J3X 1P7
Téléphone : 450-929-0296
Télécopieur : 450-929-0220
www.ada-inc.com
info@ada-inc.com

Diffusion
Canada :   Éditions AdA Inc.
France :   D.G. Diffusion
                Z.I. des Bogues
                31750 Escalquens — France
                Téléphone : 05.61.00.09.99
Suisse :   Transat — 23.42.77.40
Belgique :   D.G. Diffusion — 05.61.00.09.99

Imprimé au Canada   ꕊODᵇC

Participation de la SODEC.
Nous reconnaissons l'aide financière du gouvernement du Canada par l'entremise du Programme d'aide au développement de
l'industrie de l'édition (PADIÉ) pour nos activités d'édition.
Gouvernement du Québec — Programme de crédit d'impôt pour l'édition de livres — Gestion SODEC.

Les romans *Les secrets de ma vie à Hollywood* par Jen Calonita :

Pour Dylan, qui méritait qu'on l'attende.

UN : *Une première, c'est le pied*

— Je suis Cathy, la pie d'*Inside Hollywood* — votre source pour tout ce qui a trait à Hollywood —, et ce soir, j'assiste à la première d'*Adorables jeunes assassins*. Cette aventure époustouflante et remplie d'action met en vedette la superbe jeune femme à côté de moi, la vedette d'*Affaire de famille*, Kaitlin Burke. Salut, Kaitlin !

— Salut, Cathy !

Je lui décoche mon sourire le plus éblouissant.

— C'est bon de te revoir.

Cathy est une journaliste amazonienne d'un quotidien populaire, connue pour ses cheveux teints en jaune néon. En ce moment, elle se tient à côté de moi sur le tapis rouge devant le Westwood's Mann Village Theatre, à Los Angeles, où mon film, *Adorables jeunes assassins*, est présenté en première par cette chaude soirée de mai. Derrière moi, il y a des douzaines d'admirateurs inconditionnels hurlant à un tel point que j'entends à peine et levant des affiches artisanales pendant qu'ils se pressent contre un cordon, pendant qu'on essaie de retenir la foule dans la rue habituellement calme et bordée de palmiers. Dans quelques minutes, je serai dans le théâtre frais et assombri avec mes partenaires de film et ma famille autour de moi. Pour l'instant, je suis responsable de ce que mon agente publicitaire, Laney Peters, appelle « un mal nécessaire » — parler à la presse à potins. Parfois, ils m'adorent ; parfois, ils me traînent dans la boue, selon qu'il s'agisse d'une semaine avec beaucoup de nouvelles ou non.

Cathy pointe son microphone étincelant sous mon nez. La petite robe vert électrique à motifs cachemire de Cathy est d'une couleur tellement vive qu'elle m'aveugle presque.

— C'est bon de *te* voir.

Cathy me fixe de ses yeux verts perçants, si semblables aux miens.

— Tu es belle à tomber. Qui portes-tu?

— Marchesa.

J'exécute un genre de demi-tour pour montrer ma robe rose pâle de style grec. Ma styliste l'a fait raccourcir de sa longueur originale aux chevilles à une hauteur à mi-cuisse, et mes sabots (c'est-à-dire mes pieds) sont ornementés de Jimmy Choo brillants à lanières. Je porte ma longue chevelure blond miel à moitié relevée, et j'ai demandé à Paul, mon gourou des cheveux préféré, de les coiffer en une cascade de boucles coulant dans mon dos bronzé. Comme maquillage, Shelly a balayé mes yeux verts avec une ombre à paupières bleu perle très en vogue, et a laissé mon visage bronzé libre de tout produit, à l'exception d'un fard à joues pêche et d'un brillant à lèvres. Austin a dit que je ressemblais à une déesse. Je l'adore.

— Kaitlin, parlons affaires.

Cathy pose un bras sur mon épaule nue, et fixe directement l'objectif de la caméra vidéo, au lieu de me regarder.

— Tu as vécu toute une année, et elle n'est même pas à moitié terminée. Ton émission de télévision quitte les ondes dans seulement quelques semaines, tu fais tes débuts à Broadway à la fin juin, et tu as survécu à une tonne de couvertures médiatiques entourant ton amitié destructrice avec les noceuses Lauren Cobb et Ava Hayden. Sa voix rauque est tellement gutturale que je dois presque lire sur ses lèvres pour suivre la conversation. Sans parler de tous ces potins à propos de ton prétendu effondrement pendant une séance photo pour le magazine *Sure*. Quelle est la vérité, Kaitlin?

Je fais de mon mieux pour continuer à sourire et déploie le charme que des années de formation médiatique m'ont si bien enseigné à utiliser.

— Cathy, si ma vie était aussi dramatique, ce serait un film!

Je ris même si, pour cette crise en particulier, la presse a assez bien compris. Non que je puisse l'admettre, Laney me tuerait! Je lève les yeux sur la célèbre enseigne Fox brillante perchée au-dessus du théâtre.

— Lauren et Ava sont des filles formidables, mais nous ne sommes pas sorties ensemble depuis un long moment.

Je parle lentement, m'assurant que chaque mot que je prononce soit parfait.

— Elles aiment sortir, et je préfère faire la paresse à la maison. Mes soirées incluent habituellement un saut chez Blockbuster, l'étude de mon scénario pour *Les grands esprits se rencontrent*, ma prochaine pièce à Broadway, ou des mets à emporter pour partager avec mon petit ami. Cathy ne semble pas convaincue, mais je poursuis. Je suis heureuse, ce qui est difficile à comprendre pour certaines personnes, je le sais, quand elles entendent toutes ces rumeurs de crise de nerfs, mais elles sont fausses. J'ai souffert d'une crise de panique. J'avais de la difficulté à accepter la nouvelle de la fin d'*Affaire de famille*. Je veux dire, je perdais une émission dont je faisais partie depuis avant la classe maternelle.

Cathy hoche la tête, mais je ne suis pas certaine qu'elle m'écoute vraiment. Ses yeux se sont braqués sur mon cavalier.

— Ça doit aider d'avoir un petit ami qui a si fière allure sur qui s'appuyer, roucoule-t-elle.

Je me tourne vers Austin Meyers, mon amoureux depuis un an, et je remarque que son visage est plus rouge que le tapis sur lequel nous sommes debout. Cathy a raison à propos d'une chose: mon amoureux est séduisant.

Il est plus grand que moi (ce qui n'est pas difficile, puisque je fais moins d'un mètre soixante-cinq), avec de larges épaules et des bras musclés. Et il a la plus belle tête de tous les gars de ma connaissance. Austin porte les cheveux plutôt longs, de sorte que sa frange tombe constamment devant ses incroyables yeux bleus, ce qui me fournit tous les prétextes nécessaires pour toucher son visage et repousser ses mèches. Ce soir, Austin porte un complet bleu foncé avec une mince cravate grise, très Robert Pattinson. Il me sourit nerveusement.

Je lui rends son sourire.

— Je suis chanceuse, dis-je à Cathy avant de serrer la main d'Austin, entrelacée avec la mienne tout le temps de l'entrevue.

— Moi aussi, renchérit Austin, m'étonnant en parlant.

Il n'est pas habitué à se faire cuisiner par la presse comme moi. Austin passe ses journées à faire de l'algèbre et à jouer à la crosse (il a une existence normale d'adolescent) pendant que j'occupe les miennes devant la caméra, à accorder des entrevues ou à me cacher des paparazzis.

Laney me donne une petite tape sur l'épaule, ou je devrais plutôt dire qu'elle m'enfonce un de ses ongles brillamment vernis dans la peau.

— Nous devons être à l'intérieur dans dix minutes.

Elle lance un regard mauvais à Cathy.

— Dernière question, Cathy.

J'essaie de ne pas rire quand l'air guilleret de Cathy se transforme en une expression de pure terreur. Mon agente publicitaire paraît peut-être jeune et mignonne avec son visage rond, ses longues mèches blondes coupées en dégradé, sa silhouette parfaite et son visage sans rides (grâce au Botox ou à la jeunesse ? Je ne le saurais possiblement jamais. Laney ne me permet pas de regarder son permis de conduire), mais les initiés à Hollywood et les membres de la presse ne sont pas dupes. Sous le tailleur-pantalon blanc Calvin Klein et un extérieur soigneusement bronzé, Laney est un ouragan de force cinq. Elle fera tout et n'importe quoi pour protéger ses clients. Pourquoi croyez-vous qu'elle a le plus grand palmarès de têtes d'affiche de tout Hollywood?

— Désolée de te retenir en otage, Kaitlin.

Cathy semble troublée pour la première fois ce soir.

— Dernière question : tes représentations à Broadway ne dureront que huit semaines. Que feras-tu ensuite?

Euh… je n'en ai aucune idée.

C'est la terrifiante vérité. J'essaie de ne pas y penser, mais c'est difficile — particulièrement quand tout le monde le mentionne. Mon agent, Seth, me dit que j'ai reçu des offres, mais qu'elles sont sans intérêt, et c'est ce qui me donne des cauchemars.

— J'examine mes options, mais je ne peux rien révéler pour l'instant, répondis-je à Cathy.

Je peux dire que j'ai très hâte de mordre dans un nouveau défi. Voilà. Ça me paraît bien. Jamais je n'informerai Cathy qu'il n'y a aucun travail qui m'attend.

— Comme quoi?

Cathy approche le microphone.

Oh oh!

— Entrevue terminée. Nous allons manquer le début du film, lance sèchement Laney.

Elle nous entraîne plus loin avant que je puisse répondre.

Les lumières éclatent pendant que nous traversons le tapis rouge et dépassons la gigantesque affiche de mon film. C'est tellement génial. Drew Thomas et moi nous cachons derrière un mur effondré, et nous sommes complètement en sueur et portons les marques du combat. Avant de nous diriger à l'intérieur, Austin et moi nous arrêtons pour une dernière photo dans le hall d'entrée extérieur jaune beurre vivement éclairé, directement sous la marquise du Westwood's Mann Village Theatre.

Ensuite, Laney nous tire, Austin et moi, à travers les portes du théâtre et nous fait traverser en vitesse le hall caverneux. J'aperçois brièvement des mosaïques, des peintures murales et d'autres, et des photographies de la ruée vers l'or en Californie sur les murs, mais Laney ne nous offre pas l'occasion de faire du tourisme. J'imagine que je devrais simplement être heureuse d'être ici pour la première. Cet endroit a accueilli certaines des premières les plus géniales à Hollywood (pensez à *Twilight* et à *Spiderman*). Il a été construit en 1931, et les gens s'extasient encore à propos de son immense auditorium (il compte plus de mille trois cents sièges), son incroyable architecture et ses arches en forme de dôme aux moulures en or. Il y a des sculptures disséminées dans le hall et des volutes partout, mais ce que j'aime le plus, c'est l'étoile à six branches peinte au plafond de la salle. Je n'aurai pas l'occasion de l'admirer ce soir, par contre. Nous sommes vraiment en retard. Une personne du studio nous remet du maïs soufflé et des boissons gazeuses à moi et à Austin, prend une photo de nous qui nous tenons par la main et nous accompagne à nos places. Les lumières se tamisent, je ne peux donc pas voir où sont installés mes camarades du film, mais je sais que maman, papa, mon frère Matty et mon assistante personnelle, Nadine, sont assis derrière nous.

— Tu as presque manqué le générique, me gronde maman, avant que mon derrière ne touche le siège.

Je veux dire à maman que c'est impossible, mais le film est sur le point de commencer. Alors, je devrai lui confier le premier de nombreux nouveaux SECRETS D'HOLLYWOOD plus tard.

SECRET D'HOLLYWOOD NUMÉRO UN : Les premières ne commencent jamais sans que toutes les vedettes soient assises — que ce soit dix minutes en retard parce que vous parlez avec *Access Hollywood* ou deux heures plus tard parce que vous vous appelez Brad et Angelina et que vous devez d'abord mettre au lit votre progéniture qui ne cesse d'augmenter.

Les heures de diffusion des premières sont symboliques. Si une apparition des vedettes est prévue, personne du studio ne lancera le film avant qu'elles n'arrivent. Plus la vedette est importante, plus elle se présentera tard, et moins vous aurez de chances de la voir dans le théâtre. Une autre chose à savoir : les lumières seront tamisées tout juste avant l'arrivée de la plus grosse vedette, afin que personne dans la salle ne sache où elle est installée (si elle s'assoit. Certaines vedettes marchent sur le tapis rouge et partent discrètement par la porte de derrière, pour éviter de regarder leur nouveau film plus d'une fois.)

— Le film commence, rappelle papa à maman.

Cela suffit à la faire taire — pour l'instant.

Je prends quelques grains de maïs soufflé, puis je me cale dans mon siège pour profiter du spectacle.

* * *

Exactement deux heures et sept minutes plus tard, le générique de fin déroule, et Austin fait suivre ses compliments d'un baiser sur la joue, ce qui est bien parce que maman et papa sont juste dans notre dos.

— C'était super, me félicite Austin.

— Je sais, n'est-ce pas ?

Je pousse presque un cri aigu. Les lumières se rallument, et les conversations dans le théâtre sont fortes et tumultueuses. Les gens sourient et rient, et je pense qu'ils ont aimé le film.

Austin rit.

— Pourquoi parais-tu si étonnée ?

— Bien, tu sais, lui dis-je, sans vraiment lui répondre, j'ai subi beaucoup de coupures, mais mon réalisateur méticuleux, Hutch Adams, est connu pour procéder à de nombreux changements de dernière minute. Les ajustements qu'il a faits fonctionnent, car j'aime le film davantage que lorsque je l'ai vu la première fois.

— Kate-Kate, c'était merveilleux.

Maman tend les bras par-dessus le siège pour m'étreindre, et je m'étouffe presque dans son parfum. (« C'est celui de Victoria Beckham ! Elle me l'a offert personnellement. Si elle passait, elle voudrait le sentir sur moi », a insisté maman, quand Matty et moi avons mis en scène une intervention pour lui dire qu'elle s'en aspergeait peut-être un peu trop.) Tout comme son utilisation de parfum, tout à propos de maman est soigneusement présenté. C'est une grande machine hollywoodienne élégante qui ne quitte pas la maison sans Crème de la Mer sur son visage bronzé, ses cheveux blonds coiffés et des étiquettes de couturier sur chaque centimètre de son corps. (Ce soir, elle porte une tunique en soie Michael Kors et un pantalon noir ajusté Gucci. Les sous-vêtements sont probablement de Dolce & Gabbana.)

— Je pense que ton rôle dans ce film te propulse à un tout autre niveau, me dit maman.

Elle a une main sur moi et une autre sur son BlackBerry, sur lequel elle commence à taper furieusement avec son pouce.

— Je dis à Seth qu'il devrait dès maintenant sonder le terrain pour d'autres films à grand succès ou des émissions d'action à la télévision. Nous pourrions t'obtenir un rôle dans un truc comme *Perdus* !

Maman s'acharne sur Seth à propos de mon prochain projet depuis que la fin d'*AF* a été annoncée. Maman n'est toujours pas convaincue qu'une pièce à Broadway fera avancer ma carrière, mais Seth croit que *Les grands esprits se rencontrent* déplacera des montagnes (ses mots, pas les miens). La pièce est centrée sur le drame de l'adolescence, ce qui n'est pas un concept totalement nouveau, mais elle est plus familiale et plus drôle que d'autres spectacles portés par des adolescents, comme *L'Éveil du printemps*. Parallèlement, les problèmes traités dans la pièce — l'ethnie, l'arrivée dans l'âge adulte, la pression des pairs — se situent à un niveau plus élevé que la croissance de mon personnage dans *Affaire de famille*.

— Ceci pourrait être le *High School Musical* de Broadway, déclare Seth. Sans le chant. Ou la danse. Il n'en a pas besoin! Ce spectacle a du mordant. Il pourrait devenir un immense succès!

— Ma chérie, pouvons-nous d'abord profiter de la première du film?

Papa tente d'arracher le BlackBerry des doigts aux ongles rouge foncé de maman. Il est beaucoup plus imposant qu'elle. Matty et moi, nous appelons nos parents Barbie et Ken parce que c'est vraiment à qui ils ressemblent, même si papa est loin d'être aussi bien mis que maman. La plupart des jours, il ne repasse même pas son habituel polo de golf Ralph Lauren avant de l'enfiler. Ce soir, c'est maman qui a dû l'habiller, car il paraît élégant, dans son costume beige. Néanmoins, je remarque que sa chemise blanche en dessous semble un peu froissée.

— Tu pourras en parler à Seth quand nous le verrons avant de quitter la ville la semaine prochaine.

Les mots me frappent comme une mauvaise critique.

Je quitte Los Angeles.

Ma maison.

La semaine prochaine.

Et Austin ne m'accompagne pas.

Dans sept jours, je déménage à New York pour quelques mois, pendant qu'Austin demeurera ici, à Los Angeles, et ensuite au Texas pour un camp de crosse, auquel il meurt d'envie de participer. Je sais que Seth a raison de dire que la pièce constitue une occasion en or pour ma carrière, mais qu'en est-il de ma divine vie amoureuse? Austin et moi n'avons jamais été séparés plus de deux semaines! Comment allons-nous gérer notre relation à plus de quatre cent quatre-vingts kilomètres l'un de l'autre?

J'imagine que je ne devrais pas me plaindre. Tout ceci était censé arriver plus tôt. Originalement, je devais être à New York en avril et commencer la pièce en mai, mais l'actrice principale du spectacle à Londres, Meg Valentine, avait réussi à se passer de béquilles avant le temps prévu, alors, on avait repoussé ma date de début à juin pour les répétitions et juillet et août pour les représentations, ce qui… MONTRE PRINCESSE LEIA !

Je sors mon nouveau iPhone — j'ai acheté la version moderne concurrente de mon fidèle Sidekick — et je note un autre article que je dois me souvenir d'insérer dans mes bagages pour mon déménagement (je suis perdue, sans ma montre Leia). Mon iPhone contient déjà une douzaine de listes de « notes à moi-même », et je l'ai depuis une semaine seulement.

Où en étais-je ? Oh oui, la nouvelle date de début de ma pièce de théâtre. J'étais contente de cela — plus de temps avec Austin ! Hourra ! —, mais certains d'entre nous n'étaient pas transportés de joie.

— Maman.

J'entends un geignement familier.

— Je te l'ai dit des milliards de fois, je suis certain que je peux exercer mon influence et obtenir une brève apparition dans mon émission pour Kates.

C'est mon frère cadet, Matty, qui parle. Son ego est beaucoup plus gros que son âge actuel : quinze ans. (Nous venons de célébrer son anniversaire.) Il a signé plus d'autographes et serré davantage de mains aujourd'hui que dans toute sa vie. Et ce n'est probablement que le début. Après des années à jouer des rôles de figurant et à tourner des messages publicitaires, Matty a frappé le gros lot avec sa nouvelle émission de télévision, une nouvelle version de *Scooby-Doo*, dirigé par mon réalisateur d'*AF*, Tom Pullman.

Matty doit se présenter sur le plateau à la fin juillet pour commencer à tourner la saison (qui commencera en octobre), donc lui et papa devront quitter New York plus tôt que nous. Je pense que Matty espérait se transformer en Gossip Girl et prendre d'assaut la scène mondaine de New York, mais à présent il se lamente parce qu'il ne disposera pas d'autant de temps pour en profiter. Mais de quoi se plaint-il ? Il a un numéro payant qui l'attend à son retour, rôle qui rend tout le monde gaga. *Entertainment Weekly's* qualifie *Scooby* « d'émission de la nouvelle saison télévision à voir absolument ». Et *Celebrity Insider* affirme que c'est le *Buffy contre les vampires* de la génération actuelle. Je ne peux pas dire que je ne suis pas un brin jalouse lorsque je fixe mon frère, qui ressemble beaucoup à un jeune Brad Pitt avec ses nouveaux cheveux blonds courts, ses yeux verts et son costume Armani gris.

— Avançons, groupe, jappe Laney, faisant même sursauter Rodney, mon garde du corps de longue date. La voiture attend devant pour vous conduire au party, et je veux vous faire monter dedans avant que les admirateurs ne commencent à demander des autographes.

— Pouvez-vous imaginer l'horreur ? intervient Nadine de manière à ce que moi seule puisse l'entendre.

Je me mords la lèvre pour retenir mon rire.

Rodney passe en mode action, porte ses inséparables lunettes de soleil noires et se sert de son corps imposant pour ouvrir la voie à ma famille, afin que nous sortions par la porte latérale du théâtre et montions dans l'Escalade, tournant au ralenti à l'angle de la rue. Je suis son crâne luisant et bronzé à travers la foule. Nous nous glissons à l'intérieur sans problème et arrivons au prochain tapis rouge à l'extérieur du Crown Bar, sur le boulevard Santa Monica, avant de nous en rendre compte.

L'édifice blanc pourrait être la demeure de quelqu'un, au lieu d'un bar branché. Il arbore une végétation luxuriante en façade et une terrasse extérieure éclairée aux bougies. À l'intérieur, l'atmosphère est du style Hollywood romantique d'une autre époque, me donnant à penser qu'Austin et moi aimerions fréquenter ce lieu s'il ne faisait pas autant partie de la scène mondaine. Il y a des chandeliers partout, beaucoup de bois sombre, des glaces verdâtres, des murs capitonnés avec du papier peint texturé et des banquettes intimes. Au milieu de la place se trouve un bar octogonal. J'ai entendu dire que la nourriture était plutôt bonne. C'est le style classique bistro américain avec hamburgers et sandwichs sur pain pita, ainsi que l'incontournable poisson frit et frites. Ce soir, tout est servi en canapés. Nous nous dirigeons au fond de la salle, où une banquette nous est réservée ; tout le monde lâche son sac-cadeau et se précipite pour socialiser. Tout le monde sauf moi et Austin.

— Alors, dis-je doucement, ma voix à peine audible par-dessus le D.J. et le bruit de la fête bondée.

Mais je sais qu'Austin m'a entendue.

Il me regarde fixement.

— Alors. Il entrelace ses doigts aux miens. Il reste sept jours.

Je hoche la tête, détournant le regard de ses yeux bleus et essayant de faire disparaître mes larmes en clignant des paupières. Je me concentre sur ses boutons de manchette en argent. Je les lui ai offerts il y a quelques mois. Ce sont de minuscules bâtons de crosse.

— Sept jours.

— J'ai réfléchi à notre dernier tour de piste avant ton départ. Austin me décoche un regard interrogateur. Que penses-tu de…

— Katie-Kat !

La voix de maman résonne encore plus fortement que celle du D.J., et il tient un microphone. Je lève les yeux. Maman se trouve à quelques tables plus loin. Elle agite les mains comme une folle, et se tient debout à côté d'un petit homme grassouillet vêtu d'une chemise habillée froissée.

— J'ai besoin de toi !

— Je reviens tout de suite, promis-je à Austin en serrant sa main rude et calleuse.

Je quitte rapidement mon siège et parle au nouvel « ami » de maman, qui s'avère un réalisateur à la télévision travaillant sur une série de mi-saison à propos de serveuses à Las Vegas (beurk). Avant de retourner à ma table, j'aperçois mon réalisateur d'*AJA*, Hutch Adams, et file vers lui pour un rapide bonjour (avec un verre en main, il est toujours beaucoup plus amical). Ensuite, je tombe sur mon détestable partenaire et vedette d'*AJA*, Drew. Bien que lui et moi ne sommes pas en bons termes, je fais mon boulot et pose avec les dents serrées pour quelques clichés. J'essaie de ne pas songer au fait que le costume tapageur noir à fines rayures de Drew, sa chemise et sa cravate à rayures également jurent totalement avec ma robe rose tendre. (Qui porte autant de rayures ensemble, de toute façon? Drew croit-il être Ed Westwick dans la peau de son alter ego Chuck Bass? Drew peut bien être sombre et séduisant, mais il n'atteindra jamais le statut légendaire de monsieur Bass.)

Ensuite, je serre la main à quelques cadres d'autres studios que je n'ai jamais rencontrés (Seth approuverait), reste debout patiemment, écoute une actrice que je connais à peine se lamenter du manque de travail offert aux filles dans la vingtaine (« Tout le monde veut des adolescentes! ») et accorde une courte entrevue à *Entertainment Weekly's*, le seul imprimé admis à la fête. Tout en parlant à la journaliste, je jette des regards discrets et mélancoliques vers ma table. Austin converse avec ma meilleure amie, Liz Mendes, qui a dû arriver pendant mon absence. Elle a raté la première parce qu'elle participait à une compétition de kickboxing. Quand mon entrevue prend fin, je m'éloigne vite, les yeux fixés droit devant pour éviter d'être encore interceptée, mais une personne me bloque le chemin.

— Te voilà enfin, K.!

Sky Mackenzie, mon ancienne camarade d'*AF* et actuelle vedette de notre trio dans *AJA*, paraît vexée. Elle roule les yeux dans ma direction.

— Où étais-tu?

— Sky! dis-je, et sans réfléchir, je l'étreins.

Elle se raidit instantanément, mais je m'en fous. Malgré notre histoire notoire d'instabilité — Sky et moi ne nous sommes jamais bien entendu pendant les dix ans et plus de tournage d'*AF*, même si nous jouions des fausses jumelles —, à mon grand étonnement, elle m'a manqué. Même nos prises de bec me manquent.

— Qu'est-ce qui se passe avec toi?

— Je suis outrageusement occupée et recherchée, déclare Sky en donnant un coup de tête pour chasser ses longs cheveux couleur de jais.

Elle paraît super bronzée (mais heureusement pas orange. Cela lui est déjà arrivé), et porte une robe argentée ajustée, ruchée et sans bretelles, qu'elle a assortie à des leggings bleus s'arrêtant aux mollets et des talons noirs Coach.

— Je suis allée chez Les Deux la semaine dernière, au Winston's Bar jeudi, et j'ai assisté à des réunions chez Wagman vendredi — ils meurent d'impatience de retravailler avec moi —, j'ai parfait mon bronzage, j'ai lu mon texte pour ma nouvelle émission et...

Je fixe Sky pendant qu'elle parle de son horaire surchargé. Normalement, je penserais qu'elle se montre suffisante, mais malgré ses vantardises, elle semble nerveuse, et des cernes soulignent ses yeux sombres. Je connais cette fille. Nous avons presque grandi ensemble sur le plateau.

— Sky, l'interrompis-je doucement.

Elle s'arrête net, et son sourire impudent disparaît. Elle agite une main dans les airs, sa douzaine de bracelets glissant vers son coude.

— Je m'ennuie.

— Je sais, dis-je en me plaignant à mon tour, et je mets un bras autour de son épaule, sans écraser ses cheveux laqués.

C'est un talent acquis à Hollywood.

— Moi aussi.

— Je pensais adorer disposer d'un peu de temps pour m'amuser et me reposer, sort Sky. Du temps pour Palm Springs, un saut à Cabo, tu sais? Mais ça devient usé. Le travail me manque. J'ai besoin de travailler. J'ai très hâte de retourner sur le plateau en juillet. J'aurais seulement aimé que ce soit en ville, au lieu de Vancouver.

Elle fait la grimace, pinçant ses lèvres charnues (artificielles, chut!).

— Au moins, tu as une émission qui t'attend.

Les mots m'échappent et restent suspendus en l'air. Wow! Est-ce que je viens vraiment de dire cela? Est-ce qu'une émission de télévision, ça me manque? Pourquoi est-ce que j'admets cela à ma prétendue rivale?

— Je t'en prie, K., pas le numéro de la pitié. Sky claque la langue. Tu pars pour le théâtre de Broadway et ses millions de lumières blanches! Tu auras tous les mérites et tu décrocheras ensuite un rôle de choix avec Clooney. Mon émission pourrait être annulée après trois épisodes.

Ses yeux s'ouvrent grands, comme si elle n'arrivait pas à croire qu'elle avait avoué cela à son ennemie jurée.

Je ne peux pas m'empêcher de glousser.

— Nous sommes pathétiques.

Sky va jusqu'à sourire.

— C'est vrai, non? Nous sommes au chômage depuis seulement deux mois, au maximum!

— Pardonnez-moi, Sky? Kaitlin?

Un gars vêtu d'un smoking et tenant une caméra vidéo s'approche de nous.

— Désolé de vous déranger. Je ne sais pas si vous me connaissez, mais je suis Ryan Joseph, du service des relations de presse pour *Affaire de famille*.

— Ryan! dis-je, excitée.

Je connaissais à peine le gars, mais tous les gens d'*AF* sont des amis en ce qui me concerne.

— Comment vas-tu?

Il paraît soulagé.

— Bien. Difficile d'entrer ici ce soir, mais Tom a dit que si je ne vous attrapais pas toutes les deux ici, je ne vous reverrais peut-être jamais. Nous avons pensé que ce pourrait être amusant d'afficher cela cette semaine, avant la diffusion du dernier épisode la semaine prochaine et…

— De quoi parles-tu, Raymond? demande impatiemment Sky.

— C'est Ryan, la corrige-t-il, l'air nerveux.

Je fusille Sky du regard et coince doucement une mèche de mes cheveux blonds derrière une de mes boucles d'oreilles chandeliers.

— Ryan, de quoi as-tu besoin?

Les épaules de Ryan se détendent un peu.

— C'est Tom Pullman qui m'envoie. Il espérait que vous accepteriez de tourner une scène où vous vous donnez la répartie pour le dernier épisode d'*AF*, que nous pourrions diffuser dès que possible. Laissez-moi juste appeler Tom pour qu'il vous explique.

Il compose le numéro que je connais si bien sur son cellulaire. En quelques secondes, Tom répond, et Sky et moi écoutons sa requête. Quelque chose de court, d'émouvant, de drôle, peut-être même typique de nos personnages. S'il vous plaît, s'il vous plaît?

Sky et moi, nous nous regardons, et j'aperçois une petite étincelle dans son œil. Nous ferions n'importe quoi pour *AF*.

— Nous le ferons, répondis-je pour nous deux. Sky ne tente pas de m'arrêter.

Après que Sky a retouché son maquillage rapidement et que j'ai appliqué une touche de poudre sur mon nez luisant et une légère couche de brillant à lèvres neutre, je fais un arrêt rapide à notre table pour saluer Liz et pour m'excuser auprès d'Austin pour le délai. La première chose que je sais ensuite, c'est que Sky et moi sommes collées l'une sur l'autre sur la terrasse extérieure brillant sous les bougies, où c'est beaucoup plus calme, en train de filmer une publicité improvisée de deux minutes pour notre chère émission de télévision (presque) disparue.

— Nous sommes de retour! crie Sky, lançant un bras autour de moi et me faisant rire pendant que la caméra enregistre. On vous a beaucoup manqué?

Elle forme une bulle avec sa gomme à mâcher à travers ses lèvres colorées de rouge vin à la mode et l'éclate bruyamment.

— Sky, la grondé-je. Pas de gomme à mâcher.

Je me dis que Ryan va reculer et recommencer la scène, mais il enregistre toujours.

— D'accord, alors. La finale d'*Affaire de famille* approche à grands pas, et vous ne voudrez pas en rater une seconde, dis-je aux spectateurs.

— K. est sérieuse, intervient Sky. Ne la bouleversez pas. Nous ne souhaitons pas qu'elle se retrouve encore une fois au Cedars-Sinai.

Je lui lance un regard mauvais.

— Ni que Sky noie ses peines dans un bar karaoké, rétorqué-je.

Je reçois un coup de coude dans les cotes.

— Vous ne voulez pas l'entendre chanter, les gars.

— Ou bien écouter K. pleurer. Encore, ajoute Sky, de marbre.

— Ou bien que Sky se fasse trop bronzer pour combattre l'ennui, raillé-je en lui jetant le mauvais œil.

Nous nous contemplons et éclatons de rire.

— Certaines choses ne changent jamais, dis-je à la caméra. Comme nous. Vous savez que vous adorez la comédie.

— *Affaire de famille*, ajoute Sky. La finale de la série, dimanche prochain à 21 h. Soit tu viens, soit tu…? Elle me regarde.

— Ne vaux rien? demandé-je.

Sky secoue la tête.

— Tu es une véritable idiote.

Je recommence à rire. Sous peu, nous sommes hors de contrôle. Ryan cesse de filmer.

— C'était brillant, déclare-t-il, avec émerveillement. On dirait que vous vous aimez vraiment, les filles.

Nous arrêtons immédiatement de rire.

— En avons-nous fini ici? demande Sky.

Ryan hoche la tête.

Nous nous dirigeons toutes les deux vers l'intérieur, et Sky se tourne vers moi. Je vois le plus minuscule des petits sourires sur ses lèvres foncées.

— On se reverra.

— Sûr, lui dis-je, sachant que ce n'arrivera probablement pas, et je ne sais pourquoi cette pensée m'attriste plus que je ne l'aurais cru. Bonne chance avec le…

BANG!

Quelqu'un me pousse, et je me cogne contre Sky, l'envoyant valser en arrière sur une serveuse portant un plateau de boissons. Nous nous écrasons toutes les trois avec un bruit si fort que le D.J. Bizzy arrête même de faire tourner sa musique.

— Que diable?

Sky bondit sur ses pieds et secoue le liquide sur elle. Ma robe et même le bout de mes cheveux sont trempés, et la pauvre serveuse est couverte de boissons renversées. Rodney est à côté de moi en quelques secondes et m'aide à me relever. Je me tourne pour voir contre qui je me suis cognée, et ma mâchoire tombe.

— Ava? Lauren? dis-je, embarrassée. J'ignorais que vous étiez invitées.

Oh! les mots semblaient grossiers.

Lauren Cobb et Ava Hayden, deux filles avec qui j'ai passé plus de temps le printemps dernier qu'avec ma meilleure amie, se tiennent devant moi, les bras croisés. Elles froncent les sourcils, mais elles sont superbes. Les longs cheveux blonds d'Ava sont tirés en arrière et en jette dans une robe en mousseline crème Monique Lhuillier, entourée d'une large ceinture mauve que j'ai toujours adorée. Lauren porte ce que je crois être un fourreau noir Roberto Cavalli, mais elle a personnalisé le style en ajoutant beaucoup de gros bijoux branchés — peut-être trop. Ses cheveux bruns bouclés retombent librement et sont extrêmement luisants. Pendant un quart de seconde, je me demande si leurs tenues ont été volées. Elles ont la mauvaise habitude de mettre des robes neuves dans leurs sacs à main chez Saks, ce qui est l'une des nombreuses raisons pour lesquelles nous ne nous fréquentons plus.

— Tu as fait une bonne chute ?

Ava me fixe sombrement, son long visage mince et ivoire déformé sous le froncement de ses sourcils. Lauren rit tellement fort que la mystérieuse boisson dans son verre éclabousse partout, manquant sa robe de quelques centimètres.

— Désolée, ajoute Ava calmement. J'imagine que nous ne t'avons pas vue. Un peu comme le reste de cette ville.

— Tu m'as poussée ?

Je suis sidérée. D'accord, nous ne sommes plus amies, mais nous ne nous sommes pas quittées en si mauvais termes. Nous avons simplement vogué vers des lieux différents — quant à moi, mon moteur filait à pleins gaz, mais tout de même. Je n'ai jamais tenu un seul propos dénigrant sur l'une ou l'autre dans les médias, et j'aurais certainement pu me laisser aller après les ravages qu'elles ont causés pendant ma séance de photos avec Sure.

— Ah ! ta robe, dit Lauren en feignant de pleurer, et elle pose une main sur son cœur.

Elle incline sa tête d'un côté, ses yeux bruns si arrondis qu'ils semblent écraser ses hautes pommettes. Pour être franche, c'est une amélioration, en quelque sorte.

— Marchesa, c'est tellement typique du mois dernier, intervient Ava.

— K., vas-tu laisser ces vedettes de séries D te parler comme ça ? Sky se lance à ma défense.

Je retire la main de Rodney de sur mon bras et marche vers les deux filles.

— N'agissez pas ainsi, dis-je doucement, afin qu'elles seules puissent m'entendre. Nous ne sommes pas amies, mais c'est inutile de devenir ennemies. N'avons-nous pas suffisamment de celles-là ?

Ava sourit faiblement.

— Je n'ai jamais assez d'ennemis. Félicitations ! Toi, mon amie, tu viens juste de passer au premier rang de notre liste.

— Pourquoi ? Je suis abasourdie. Ne pouvons-nous pas simplement nous ignorer ?

— C'est plus amusant ainsi, roucoule Lauren. Ava et moi adorons les drames, ne le savais-tu pas ?

— Tu veux dire que vous aimez profiter de toutes les occasions pour obtenir de la publicité gratuite, intervient sèchement Sky.

Les filles font la sourde oreille.

— Je peux m'en occuper, Sky.

Je tremble et suis au bord des larmes. Tout le monde dans la pièce est bouche bée devant la scène. Ma délicate robe aussi légère qu'un murmure est collée sans grâce sur mes jambes, trempée de vin rouge, et je sais qu'une photo de moi arborant cet air pathétique surgira dans une feuille de chou ou une autre demain, grâce aux caméras incorporées dans les cellulaires. Je suis humiliée. Je ne désire pas ces ennuis, mais si elles les cherchent, alors, je n'ai pas le choix.

— Je pense que vous devriez partir.

— Et si nous ne le faisons pas ? persifle Ava. Nous ne ratons jamais une fête au Crown Bar. Même si c'est pour célébrer une première aussi minable que la tienne.

Lauren s'étrangle de rire.

— Ça suffit ! crie Sky, réussissant même à me faire peur. Il s'agit de notre film, et je ne vous permettrai pas, poseuses sans talent, de le démolir — particulièrement quand il est fabuleux et que vous êtes seulement jalouses parce que la meilleure offre que vous ne recevrez jamais viendra de *Celebrity Rehab*[*].

---

[*] N.d.T. : Émission de téléréalité américaine où des célébrités sont soignées pour des dépendances à l'alcool et à la drogue.

Elle enfonce un doigt osseux dans l'une et l'autre à chaque deux mots, puis elle fait un étrange mouvement de main en direction d'un garde du corps à proximité et de Rodney, son vernis à ongles prune jetant des éclats noirs sous le faible éclairage.

— Fichez-les dehors.

Wow! Je devrais adopter un ton plus assuré, parfois, comme Sky.

— Tu ne peux pas faire ça, Sky, et je ne crois pas que tu le veuilles, non plus, déclare Ava, d'un ton suffisant. Nous avons été invitées. Maintenant, va piquer ta crise de nerfs ailleurs. Tu ne souhaites vraiment pas nous mettre à dos, non?

— Vous venez d'être désinvitées, dis-je, avant que Sky réponde à la question. Invitation ou pas, il s'agit de notre film et non du vôtre, et vous n'êtes pas les bienvenues ici. Pas après ceci.

Je donne un petit coup de tête en direction d'un cadre du studio qui observe la scène depuis le début. Elle fait signe au personnel de sécurité.

— Mesdames, vous allez devoir partir, déclare l'un des gars d'une voix rude.

— Je savais que tu étais faible, Kaitlin, mais j'ignorais que tu étais bébé à ce point-là, murmure Ava.

— Salut! lance Sky en jubilant. Je suis certaine qu'il y a une quelconque fête de séries C se déroulant dans un lieu «hyper à la mode» totalement dépassé qui adorerait vous recevoir.

J'essaie de ne pas m'étrangler de rire, mais le son s'échappe de mes lèvres, et les yeux de Lauren se rétrécissent en deux minces fentes.

— Vous regrettez cela toutes les deux, lance-t-elle sèchement.

— J'en doute, lui dis-je, mon assurance reprenant le dessus.

C'était bon. Qu'allait-elle me faire? Je ne serai même plus en ville la semaine prochaine.

Le gars de la sécurité tend les mains vers les coudes de Lauren et d'Ava, mais elles écartent brusquement les bras, quittant la pièce en cliquetant sur leurs chaussures plateformes assorties de 12,5 cm de Charles David. Je ne peux pas m'empêcher de glousser — elles ressemblent à des girafes dégingandées et agitées. D.J. Bizzy recommence à faire tourner sa musique, et quelqu'un de chez Wagman nous présente des serviettes à moi et à Sky. On nous demande même si l'on désire une nouvelle robe, mais je décline l'offre. Sky semble sur le point d'accepter, mais elle aperçoit mon visage et décide de refuser.

— Elles sècheront. Il fait tellement chaud ici, dis-je à la pauvre assistante.

— Nous sentirons juste comme les clochards sur Hollywood Boulevard, intervient Sky

Puis, elle disparaît avant même que je me retourne.

— Est-ce que ça va?

Liz arrive à la hâte.

— Qu'est-ce que c'était, ça?

Pour changer, les sombres cheveux bouclés de Liz sont tirés en arrière, et des bouclettes tombent sur son cou caramel, lequel arbore un gros collier turquoise assorti à sa petite robe à fines bretelles. Ses bras ont plus fière allure que ceux de la première dame, grâce au kickboxing. Malgré ce qui vient de se passer, je souris. L'une des meilleures choses à propos de New York est que Liz m'accompagne. Elle vivra avec ma famille pendant qu'elle assistera à un atelier d'été d'écriture et de réalisation destiné aux étudiants du lycée, offert par la New York University.

— Qui les a invitées? demande Austin.

— Je l'ignore, admis-je. Je pensais que nous étions restées en bons termes, mais après cet épisode, j'imagine que j'avais tort.

Liz soupire.

— J'imagine que ton temps de paix est terminé.

— J'imagine. Je suis déconfite. Au moins, je ne serai plus ici pour gérer ça.

Austin regarde Liz.

— En parlant de quitter la ville, Burke, j'ai trouvé où nous irions avant que tu partes.

— Sans moi? protesté-je.

— Tu étais un peu préoccupée, me taquine-t-il.

— C'est bon, Kates, insiste Liz. Tu vas adorer.

— Donc, maintenant, c'est une surprise.

Austin sourit malicieusement.

— N'essaie pas de faire parler Nadine ou Liz non plus.

— Bien.

Je m'empare d'un hamburger miniature sur le plateau d'un serveur et le fourre d'un coup dans ma bouche. Se battre creuse vraiment l'appétit. Pendant que je mâche, je tords encore une fois le devant de ma robe. Quelqu'un prend une photo de moi. Et une autre. J'imagine que je serai de retour dans les manchettes cette semaine, après quelques mois de répit. C'est étrange de penser que je devrai lire là-dessus à partir d'un comptoir de vente de journaux installé sur un trottoir bondé de New York, et non sur une chaise de plage à Malibu.

— Los Angeles va me manquer, dis-je à personne en particulier.

— Même tout ceci?

Liz est incrédule, alors qu'elle lance un regard furieux à un caméraman envahissant son espace personnel.

Je regarde autour de moi et hausse les épaules.

— Même tout ceci.

Austin passe un bras autour de moi.

— Je dois dire une chose à propos de toi, Burke. Tu sais vraiment comment sortir en portant un grand coup.

Ça, c'est vrai.

LE MERCREDI 27 MAI
NOTE À MOI-MÊME :

Entrevue avec *People* pour AJA : vend. @ 13 h.
Demander à Nadine + de cartons pr déménagement.
UPS vient prendre 4 cartons : lun. @ 16 h.
Acheter guide pour ville de NY.
Rdez-vs avec A : lun. Heure : à préciser.
Vol pr NY : mar. @ 11 h 15.

DEUX : *L'endroit le plus merveilleux du monde*

— Prête ? demande Austin, quand il se présente à ma porte.

Il n'est que 9 h lundi matin, ce qui est plutôt tôt pour un rendez-vous, mais je ne m'en plains pas. Il me reste juste un peu plus de vingt-quatre heures avant que je doive me rendre à l'aéroport de Los Angeles pour prendre un vol vers New York, et j'ai l'intention de passer chaque minute que je peux avec Austin avant de m'en aller.

— Tu as mis des souliers de course, n'est-ce pas ?

Je baisse les yeux sur mes pieds. Des Puma verts. Vérifié. Mon jean Boyfriend KUT from the Kloth est roulé sur mes mollets, mes cheveux caramel sont tirés en queue de cheval derrière ma tête, et je porte un débardeur vert Juicy Couture pour combattre les 27 °C. J'ai aussi un chandail ivoire Diesel avec moi, au cas où nous serions dans un endroit climatisé aujourd'hui. Le seul indice d'Austin à propos de notre mystérieux rendez-vous est de choisir des vêtements confortables et décontractés. Mon hypothèse serait la plage, mais il ne m'a pas demandé d'emporter un maillot de bain. Je dois avoir tort, particulièrement parce que lui-même ne porte pas de short de bain. Il a revêtu un long short kaki, un génial maillot bleu American Eagle Outfitters, des chaussures montantes blanches Converse, et des lunettes de soleil d'aviateur Ray-Ban repoussent ses mèches sur sa tête.

Hum! Nous allons peut-être faire du parapente? Non. Maman le tuerait, particulièrement après la façon dont elle a déraillé quand je l'ai essayé à Turks and Caicos. Oh! nous allons peut-être voler en montgolfière! J'ai toujours pensé que ce serait amusant. Mais en y réfléchissant, je n'ai jamais aperçu une montgolfière flottant au-dessus de Los Angeles.

— Tout est prêt pour toi, Austin.

Nadine apparaît dans le vestibule, ses minces bras chargés de boîtes. Rodney vous rencontrera là-bas. Nadine a expédié toutes nos affaires non essentielles la semaine dernière, mais maman n'arrête pas de trouver d'autres trucs dont j'aurai besoin, selon elle. (Des livres sur lesquels il serait peut-être judicieux de prendre une option pour un film! Une robe soleil blanche Chloé pour les Hamptons! J'essaie de lui rappeler que je n'aurai probablement pas le temps de me rendre là-bas très souvent, mais elle m'ignore.) Nadine doit retourner chez UPS aujourd'hui pour faire livrer ce qui reste. Heureusement, mes valises sont bouclées; je n'ai donc plus rien à faire. J'ai prévu cela intentionnellement, afin qu'Austin et moi puissions profiter de toute la journée ensemble. De plus, si j'ai oublié quelque chose, je peux envoyer un texto à Nadine à partir de mon iPhone. Nadine est l'assistante personnelle la plus géniale du monde.

Je suis tellement contente qu'elle fasse allonger ses cheveux. Les boucles rousses de Nadine atteignent finalement ses épaules. À présent, elle peut réaliser toutes les coiffures montées de son choix. Aujourd'hui, elle a à moitié remonté sa chevelure avec une pince. Elle n'aurait jamais pu réussir ce tour de force l'an dernier, avec sa coupe de lutin. Matty et moi lui répétons sans cesse que si elle arrive à trouver du temps pour un amoureux, cette coupe Ken Paves que je lui ai offerte sera en grande partie responsable de l'avoir attiré à elle. Et pourquoi pas? Le reste de Nadine est également adorable. Elle est grande et mince, et son allure est très décontractée. À tous les coups, Nadine préfère des souliers de course Onitsuka Tiger à des talons Yves Saint Laurent.

— Je t'en dois vraiment une pour celle-là, dit Austin à Nadine.

— Non.

Elle hausse les épaules.

— Promets seulement de ne pas rater la prestation de Kaitlin le soir de la première. Je ne pense pas que je pourrai gérer la crise, si tu n'étais pas là.

Nadine me décoche un clin d'œil.

Je sens mon visage rougir.

— Nous devrions y aller. J'attrape la porte d'entrée d'une main et pousse gentiment Austin en arrière avec l'autre. Dis à maman que je donnerai de mes nouvelles plus tard.

Après qu'Austin a discuté en tête-à-tête avec Rodney pour revoir les directions, lui et moi montons enfin dans la voiture de sa mère et nous partons. Je ne peux plus supporter le suspense.

— Vas-tu me dire où nous allons, ou quoi? dis-je, un peu impatiemment.

Austin a un petit sourire satisfait.

— Sois patiente, Burke. Tu vas adorer ça.

Je lui jette un regard sceptique. Bien sûr. Je vais adorer ça. J'adore faire n'importe quoi avec Austin, ce qui explique pourquoi je suis déprimée, puisque je ne pourrai pas faire des trucs au quotidien avec Austin pendant les deux prochains mois. Pas de rendez-vous, pas de balade en voiture pour se rendre aux étals des fermiers un dimanche matin calme, pas d'arrêt rapide chez Pinkberry pour un yogourt glacé dont on aurait grand besoin. Pas de match de crosse à regarder. Ma bonne amie Gina, qui participe à une émission sur le réseau CW et qui est sage au-delà de son âge, dit que si j'étais plus vieille, la distance ne serait pas un gros problème. Je prendrais l'avion pour revenir lors de mes jours de congé, ou je le rencontrerais à Miami pour le week-end.

Mais je ne suis pas plus âgée. Je n'ai que dix-sept ans. Même si certaines actrices de ma connaissance ont des appartements près de Toluca Lake (que j'adore et où j'aimerais tellement que nous déménagions), ma mère paniquerait à la seule suggestion que je prenne un vol pour voir Austin.

Les termes «cauchemar de relations publiques» me vient en tête. Je vais les laisser à Lindsay Lohan. Au lieu, j'essaie d'agir avec maturité devant la situation et me rappelle à moi-même que les changements de lieu font partie de ma vie. Je pars ailleurs en tournage tout le temps pour le travail. Sauf que… je ne me suis pas absentée pour une période aussi longue depuis que nous avons commencé à nous fréquenter.

— Tu vas être de retour dans trois semaines, tu sais. Austin lit dans mes pensées, tout en se penchant en avant pour voir dans la voie de l'autoroute sur laquelle nous nous engageons.

Je n'ai toujours pas mon permis, alors j'adore le regarder conduire. Il a l'air tellement responsable. De plus, le vent paraît bien dans ses boucles blondes (non que nous roulons les vitres baissées sur l'autoroute, mais c'est le cas lorsque nous sommes sur The Grove Drive), et je peux l'admirer entièrement pendant que ses yeux fixent la route. Je jette un œil sur les panneaux routiers à la recherche d'indices. Nous filons vers le sud, mais avons déjà dépassé les frontières de la ville ; je peux donc éliminer un pique-nique à Venice Beach. Nous ne nous dirigeons pas vers l'eau, alors je raye Malibu également.

— Nous aurons tout le week-end ensemble, et tu auras l'occasion de porter du Diane von Furner, ajoute Austin.

— Furstenberg, rectifié-je.

Je suis émerveillée qu'il ait retenu la moitié du nom.

— Exactement.

Il fixe la route pendant que je zieute ses bras.

— Le fait est qu'un week-end ne peut pas être plus parfait, Burke.

— Tu as raison, acquiescé-je.

Comme je serai toujours en répétition pour *Les grands esprits se rencontrent*, je serai en congé le vendredi soir du bal de fin d'études des étudiants du lycée d'Austin et de Liz, alors je reviens en avion pour y assister. C'est une autre chose formidable à propos de New York. En raison des fuseaux horaires, je peux rentrer à Los Angeles et gagner du temps avec Austin. C'est au retour à New York que je ressentirai les importants effets du décalage. Au moins, Liz sera avec moi. Elle prend le même vol pour New York que moi ce dimanche-là pour commencer son programme d'été à NYU.

— Ensuite, tu pourras venir à New York deux semaines plus tard pour ma première.

— Je ne voudrais pas la manquer, déclare Austin. Ma mère et Hayley sont vraiment excitées. Hayley a dressé une liste de boutiques qu'elle désire visiter lorsqu'elle sera en ville ce week-end. Maman veut la traîner pour faire du tourisme.

La mère d'Austin n'est pas venue à New York depuis des années, et sa jeune sœur, Hayley, n'y a jamais mis les pieds ; elles ont donc sauté sur l'occasion de me voir sur scène.

— Je lui ai dit qu'elle serait seule pour une bonne partie de ses activités touristiques, ajoute Austin. Je veux te voir jouer les deux soirs.

Je souris à moi-même. Austin est d'un grand soutien pour moi, exactement comme Tom Cruise (je veux dire d'une manière qui ne donne pas la chair de poule et qui ne cherche pas à contrôler, bien sûr). Il paraît que Tom a vu la prestation de Katie Holmes des tonnes de fois à Broadway. Je suis certaine qu'Austin ferait de même, s'il se trouvait en ville.

Je regarde de nouveau par la vitre. La sortie que nous venons de dépasser était pour Long Beach. Nous vivons dans le sud de la Californie, près d'un trillion de superbes plages. Comment pourrions-nous ne pas nous rendre sur l'une d'elles pour un dernier rendez-vous romantique avant mon départ ? Je ne comprends pas. Si du sable entre mes orteils ne fait pas partie de mon avenir, alors où allons-nous ?

— Tu ne sais toujours pas ? Austin rigole. J'étais sûr que tu trouverais quand nous avons pris l'autoroute 5 Sud. Je te donne un indice : tu veux que nous allions ensemble dans cet endroit depuis toujours.

Réfléchis, Kaitlin. Réfléchis. Où allons-nous ? Un endroit amusant, un endroit décontracté, un endroit où nous avons besoin de Rodney, un endroit aussi loin au sud… Il n'y a qu'un endroit qui me vienne à l'esprit…

— C'EST DISNEYLAND ! dis-je en poussant un cri perçant, amenant Austin à freiner brusquement une seconde. Désolée, dis-je, d'un ton beaucoup plus calme. Ai-je raison ? Oui ? Est-ce là où nous allons ?

— Tu promets de ne plus crier ? demande-t-il. Oui.

Je sens mon cœur s'emballer, mais je garde les lèvres fermement closes. Disneyland ! Mickey ! Minnie ! Le manège Les Pirates des Caraïbes ! Le manège Star Tours ! Le château de la Belle au bois dormant !

YOUPI !

Disneyland est l'un de mes endroits préférés. Chaque fois que Disney tient un événement ou une première de film dans son parc d'attractions, je suis la première à répondre « oui » à l'invitation. Et je n'ai jamais été aussi jalouse de quelqu'un que cette fois où Miley Cyrus a célébré ses seize ans ici (si je pouvais chanter et si Disney^{MD} venait après mon nom, peut-être que la célèbre souris organiserait une fête en mon honneur aussi).

— Nadine a tout arrangé pour nous avec un membre du groupe Disney, dit Austin, utilisant le terme par lequel tous les employés Disney sont désignés. Nous le rencontrons au Californian Hotel & Spa, et l'on va nous amener au parc pour une visite privée comme invités de marque. Ils ont fait une réservation pour nous à l'un des petits-déjeuners animés par un personnage et pour un dîner au Blue Bayou, qui, je le sais, est ton préféré. Nous bénéficierons d'une place de choix pour voir les feux d'artifice sur Main Street. Je pense que Nadine a promis que tu ferais une rapide photo publicitaire avec Mickey près du château, mais ils ont dit que cela ne prendrait pas plus de vingt minutes.

— Pas de problème! C'est Disneyland! Tout pour un tour dans Splash Mountain!

SECRET D'HOLLYWOOD NUMÉRO DEUX : Ne vous êtes-vous jamais demandé pourquoi il y a tant de photos de célébrités à bord des montagnes russes ou posant avec Mickey? Comme si les célébrités ne bénéficiaient pas assez de privilèges, visiter des parcs d'attractions et des endroits comme Disney en amène davantage. Nous pouvons habituellement obtenir des entrées gratuites pour les parcs — particulièrement si nous nous arrêtons pour une photo publicitaire —, mais certaines vedettes reçoivent plus que des billets. Un guide personnel pour invité de marque (pensez 125 $ de l'heure et plus) joue les hôtes, concierges et guides pour votre journée au parc. Les guides ne peuvent pas vous placer au début des files d'attente, mais ils peuvent vous dégoter de bonnes places dans les restaurants, vous indiquer le meilleur endroit pour voir le défilé, et vous dire dans quels manèges vous devriez monter et quand. Bon, si vous vous appelez Brad, Angie ou même l'amie Miley, la visite du parc est probablement une tout autre expérience. Ce n'est pas comme si ces personnes peuvent attendre en file avec le reste des visiteurs sans être mises en pièces. Pour des vedettes de cette envergure, sauter la file est une obligation, ne croyez-vous pas? Non que quiconque de la maison de Mickey ne m'ait jamais confirmé cela.

— Je me suis dit que tu ne voudrais pas du guide toute la journée, par contre, dit Austin, alors j'ai demandé à Nadine de nous organiser cela pour quelques heures seulement, puis toi, moi et Rodney serons livrés à nous-mêmes. Ça te paraît bien?

— Ça me semble formidable, répondis-je, puis je me surprends à sautiller sur mon siège quand j'aperçois le panneau routier pour Anaheim.

Disneyland se trouve à la prochaine sortie. Ce sera le rendez-vous le plus parfait de tous les temps. Ma fesse gauche commence à vibrer, et je sursaute. C'est mon iPhone. Je le sors et fixe le texto avec horreur.

CELL DE SKY : 911 ! ! ! ! ! 911 ! ! ! ! ! K. ! ! ! ! ! OÙ È-TU ?

— Qu'est-ce qui se passe ? demande Austin en fronçant les sourcils pensivement.

Il a quitté l'autoroute, et j'aperçois le panneau indiquant le stationnement de Disneyland.

— On dirait que tu as vu un fantôme.

— Ça y ressemble. Sky ne m'a jamais envoyé de textos auparavant, encore moins ne m'a téléphoné, sauf pour un problème grave. Nous ne travaillons plus ensemble ; je ne peux donc pas avoir plus de répliques qu'elle. J'ai évité le tapis rouge, alors je ne reçois pas plus de publicité qu'elle dans *Hollywood Nation*. Qu'est-ce qui pourrait bien l'embêter ?

CELL DE SKY : Alllllllllô ? T'è la ?

Je ferais mieux d'en finir avec ça. Si je ne réponds pas, elle va continuer à m'envoyer des messages.

CELL DE KAITLIN : C'è moi. Je sui ici. Qu'est-ce qui a ?

CELL DE SKY : ENFIN ! A-tu lu la p. 6 ? *Hollywood Nation* ? T'a vu *Access* ?

CELL DE KAITLIN : J'essaie de l'évité. Mauvais pour mon estime. Toi ?

CELL DE SKY : Bou hou. Ne sois pas bébé ! Tu dois lire PRONTO. Tu croira pas ce

Mon téléphone vibre de nouveau, et je saute le reste du message de Sky, pour lire ce que Laney me veut. Laney m'envoyant un texto en même temps que Sky ne peut pas être bon signe. J'ai un sentiment d'angoisse.

Lauren et Ava.

Personne n'a imprimé un mot sur l'incident à la première de la semaine dernière, alors j'ai pensé que je m'en étais sortie. Il n'était pas possible que les feuilles de chou couvrent l'histoire sept jours plus tard, quand ils ont tellement d'autres sujets juteux à se mettre sous la dent, comme les plus récentes photos de Katie et Surie en train de s'amuser ou la nouvelle teinte de cheveux de Britney... n'est-ce pas?

CELL DE LANEY : Kaitlin, as-tu vu page 6, *Celebrity Insider* et *Hollywood Nation*? Ils ont tous un article sur ton incident avec Lauren et Ava. Ta mère panique.

CELL DE KAITLIN au CELL DE LANEY : Ils sont tellement dépassés! Ils n'avaient rien de mieux à écrire?

CELL DE SKY : K., tu m'écoutes????

CELL DE LANEY : Apparemment pas, mais il y a un article plus important. Il est bien pire.

CELL DE KAITLIN au CELL DE LANEY : Mais il ne s'est rien passé d'autre!

CELL DE LANEY : Peut-être pas, mais ces deux sauvages ont quand même trouvé un moyen d'obtenir de la couverture médiatique.

CELL DE SKY : K.!!

— Je n'arrive pas à y croire, marmonné-je, sentant un nuage noir se former au-dessus de ma tête.

Je pensais en avoir terminé avec Lauren et Ava. J'avais peut-être mis du temps à m'en rendre compte, mais ces filles-là étaient un puits sans fond de mauvaise publicité — et en adorent chaque minute! J'ai fait disparaître tout souvenir d'elles dans ma vie, y compris les vêtements que nous avons achetés ensemble et ce sac à motifs léopard qu'elles m'ont convaincu de prendre; pourtant, elles me hantent encore. Je suis restée loin de tout événement où elles pourraient aller. Ensuite, elles surgissent à ma première de film, et c'est moi qui suis la méchante? Je ne le supporterai pas. Je presse la touche «Répondre» sur mon iPhone et écris à Laney et à Sky.

CELL DE KAITLIN : J'en suis revenue. Je me fous de ce qu'elles ont dit ou ce qu'elles ont fait. Laissons tomber.

CELL DE SKY : Greffe-toi une colonne vertébrale, K.! Je ne laisserai pas ces deux-là se moquer de MOI & s'en sortir! As-tu vu leurs tenues??? Et la façon dont elles ont imité ma voix! C'EST. LA. GUERRE!

Leurs tenues? La voix de Sky? Que dia…

CELL DE KAITLIN : Tu parles de quoi?

CELL DE LANEY : Kaitlin, as-tu vu la vidéo sur YouTube? Si c'était oui, je suis certaine que tu ne serais pas aussi calme. Seth et moi sommes d'accord pour que tu fasses preuve de noblesse, si c'est la seule chose qu'elles tentent, mais nous devrions au moins réagir ou émettre un commentaire.

— La vidéo sur YouTube? crié-je. Quelle vidéo sur YouTube?

Je commence à enfoncer des touches sur mon téléphone pour appeler Laney. Austin a garé la voiture et me regarde avec curiosité. Je mets un moment à joindre Laney, car je dois sans cesse presser le bouton « Ignorer » pour les messages de Sky avant de pouvoir enfoncer le bouton « Envoyer » sur mon téléphone.

— Je savais que tu ignorais de quoi je parlais ! Ne lis-tu jamais TMZ ?

Laney hurle comme à son habitude, mais pas parce qu'elle est furieuse. Les travaux de construction ne sont toujours pas achevés dans sa maison de plage de Malibu, et je peux entendre les coups de marteau en arrière-plan.

— Tu peux jouer les filles douces et gentilles dans ta déclaration et inventer un mensonge sur le fait de ne pas te soucier de cela, mais si ça recommence, ces filles sont FINIES. Tu dois visiter YouTube et voir ce qu'elles — NON ! ALLÔ ? Pas là. J'ai dit là ! Pourquoi voudrais-je la même tuile que dans ma cuisine ? Je pensais que nous...

— Laney, tenté-je de l'interrompre. Je suis sur le point d'entrer à Disneyland.

Austin se contente de me regarder avec inquiétude.

— Je ne téléchargerai pas YouTube sur mon téléphone ! Je ne veux pas voir cela. Je passe une belle journée avec Austin et exige qu'on me laisse tranquille. Je souhaite seulement comprendre de quoi tu parles. S'il te plaît, ajouté-je gentiment, car je sais que ma voix sonne comme celle d'une enfant gâtée.

— Tu te souviens de la vidéo que tu as tournée avec Sky à la première ? demande Laney.

Je l'entends marcher, et ses talons cliquètent sur les sols dénués de meubles. Une porte claque, et où qu'elle soit maintenant, l'endroit est beaucoup plus calme. Celle que tu as faite pour Tom et *AF* ? Apparemment, les filles l'ont trafiquée sur YouTube.

Je vois un autre message apparaître sur mon écran.

CELL DE SKY : K. ! ! ! ! Tu dois m'appeler. Je ne reste pas à rien faire ! TROP FURIEUSE ! ! ! ! ! ! ! !

C'est la raison pour laquelle Sky est tellement énervée ?

— Laney, ce ne serait pas mardi si quelqu'un, quelque part, n'avait rien à dire à mon sujet. Qui se soucie de YouTube?

Laney reste silencieuse. Inhabituellement silencieuse. Laney n'est jamais silencieuse. Et c'est là que je sens une boule dans mon estomac comme je n'en ai pas eu depuis longtemps.

— Laney?

— Je ne me préoccuperais pas normalement de YouTube non plus, répond-elle enfin, mais ceci va trop loin. Elles ne se moquent pas seulement de toi et de Sky, elles vous déchirent carrément en pièces. Elles portent des perruques pour vous ressembler — de mauvaises perruques, mais quand même. Lauren joue ton rôle, parle du fait qu'elle est toujours en mauvaise posture avec la presse et que son effondrement est la faute de tout le monde, sauf de la sienne. Elle a deux grosses fausses incisives centrales, ce qui est vraiment bête, car tes placages sont superbes. Enfin, Julia a fait faire les siens par le même dentiste! En tout cas, Ava est Sky, porte cette longue perruque également abominable et elle n'arrête pas de se plaindre qu'elle ne reçoit pas autant d'attention que toi. Ensuite, elles plaisantent en déclarant que vos deux carrières sont finies maintenant qu'*AF* prend fin.

Oh.

Je vois.

C'est peut-être un peu plus grave que je l'avais imaginé.

Mes joues rougissent comme si Austin pouvait lire dans mes pensées.

— Laney, dis-moi la vérité. Est-ce aussi pire que cela?

Laney marque une pause avant de parler.

— Kaitlin, elles ont mis en lumière toutes tes insécurités et les ont communiquées au monde. Et leur vidéo est tellement mesquine que bien sûr la presse en mange. Le clip a été visité plus d'un million de fois au cours des vingt-quatre dernières heures.

Elle soupire. Ce n'est pas bon.

J'avale péniblement. La vidéo ressemble à un accrochage dont on ne peut pas se détourner. Je veux voir la vidéo, même si, en fait, je ne le désire pas du tout. Je pourrais la télécharger sur mon téléphone tout de suite, mais est-ce que je le veux ? Est-ce que je souhaite vraiment me torturer ?

— Laney, laisse-moi te rappeler bientôt, lui dis-je. Le temps de la voir.

Je me tourne vers Austin.

— J'ai besoin de dix minutes. Ensuite, je n'en parlerai plus de la journée.

Je lui explique rapidement ce qui se passe.

— Tu veux vraiment la regarder ?

Austin paraît surpris, alors qu'il tripote ses clés de voiture. Un bâton de crosse miniature se dandine dessous.

— Pourquoi te torturer ?

— Parce que ça va me ronger, si je ne le fais pas, lui avoué-je.

Je télécharge YouTube sur mon iPhone et trouve la vidéo. Austin se penche sur la banquette, et je monte le son, afin que nous puissions l'entendre tous les deux. Mon cœur bat la chamade pendant que la vidéo se télécharge rapidement. Je suis tellement paniquée que tous les bruits sont amplifiés, depuis les enfants qui passent près de nous en criant de joie au souffle d'Austin dans mon oreille.

Puis, je la vois. Lauren et Ava, normalement si (je déteste l'admettre) superbes, ressemblent à d'affreuses caricatures de personnage animé avec leur maquillage de clown et leurs perruques raides.

Lauren se présente la première. Lauren, en tant que moi, devrais-je dire.

— Hé, admirateurs d'*AF* ! C'est Kaitlin, la merveille du seul succès du feuilleton télévisé le plus monotone du monde entier ! Je suis celle qui est plus connue pour ses articles de journaux à potins que pour avoir joué dans un film décent. Je suis tellement ennuyeuse que personne ne veut de moi pour une autre émission de télévision.

Ava fait semblant de pleurer.

Aïe.

— Elle peut bien parler, bredouillé-je furieusement avant de sautiller sur la banquette en cuir, ce qui la fait grincer. Laney a raison. C'est cruel.

— Je suis Sky !

Ava repousse les cheveux de sa perruque usée.

— Je suis une nullité qui est plus connue pour détester Kaitlin que pour avoir fait quoi que ce soit de bon.

Je grimace. C'est le pire cauchemar de Sky devenu réalité. Je n'arrête pas de presser sur le bouton « Ignorer » pour les messages de Sky qui interrompent la vidéo, mais je comprends pourquoi elle est contrariée. Les attaques sont de plus en plus méchantes, et j'éprouve de plus en plus de pitié pour moi-même, alors que je regarde. Lauren et Ava parlent de la façon dont nous avons provoqué le congédiement d'Alexis (injuste), que nous avons fait péricliter les cotes d'écoute d'*AF* (tellement faux) et que nous nous sommes toutes les deux vues refuser nos offres d'émissions personnelles tirées de nos personnages d'*AF* (il n'y avait même pas d'offres sur la table !).

Le clip terminé, je reste assise, hébétée. Pourquoi désiraient-elles faire une chose aussi mesquine ? Je les ai laissées tranquilles ! Ne pouvaient-elles pas faire de même ? Les forcer à quitter la fête d'*AJA* était peut-être ma pire erreur. Maintenant, les filles ne me ficheront jamais la paix, pas quand une querelle avec moi peut leur apporter la publicité dont elles ont tellement envie.

Austin garde le silence.

— Est-ce que ça va ?

— Oui.

Je réfléchis. Il ne s'agit que d'une vidéo sur YouTube, mais…, à notre époque, YouTube est plus populaire que *90210*.

Laney a-t-elle raison? Devrais-je m'en inquiéter? Je la rappelle rapidement.

— Je l'ai vu, dis-je, lorsqu'elle décroche à la première sonnerie. Comment devrions-nous réagir?

— Tu dois commenter, insiste Laney. Je vais joindre ta journaliste préférée à *Hollywood Nation*, et tu pourras lui accorder une rapide entrevue.

— D'accord, mais demain, la supplié-je. Je suis en congé aujourd'hui. Je le ferai en arrivant à New York.

— Bien, répond Laney. Je suis seulement contente que tu ne discutes pas avec moi sur ce point.

— Je ne veux pas jouer leur jeu, admis-je, mais elles ne me donnent pas tellement le choix. Je vais faire une déclaration, mais je ne m'abaisserai pas à leur niveau.

Laney soupire.

— Il n'y a rien de mal à péter les plombs de temps à autre. En temps normal, ce truc mourrait dès qu'une autre vedette ferait quelque chose d'odieux, mais pas maintenant. Kaitlin, elles promettent l'affichage de nouvelles vidéos Sky et Kaitlin dans les prochains jours! Alexis Holden figurera dans la prochaine. Apparemment, elle est leur nouvelle meilleure amie.

— C'est ce que j'ai entendu.

Je claque la langue. Alexis est tout aussi ignoble que Lauren et Ava. Elle a été une actrice invitée dans *AF* qui a tenté de nous faire jeter de l'émission, moi et Sky, pendant la dernière saison, afin qu'elle puisse rester à bord. Qu'est-ce qu'elles ont, ces filles méchantes? Respectent-elles un code secret les aidant à se trouver et à s'allier?

— Je vais m'en occuper, Laney.

— Parfait, dit-elle.

Puis je l'entends ouvrir une porte. Le bruit des marteaux reprend, plus fort que jamais.

— Je vais aussi communiquer avec l'agente de publicité de Sky. Je dois y aller. L'entrepreneur est sur le point d'installer des tuiles beiges dans mon vestibule quand je lui ai distinctement demandé de la pierre. Clic.

Je tape rapidement.

CELL DE KAITLIN : Vu vidéo. Comprends ta colère. J'ai promis déclaration à Laney.

CELL DE SKY : C'EST TOUT?????? J'en fais une aussi, mais nous devons faire + !

CELL DE KAITLIN : Elles en valent pas le coup. En dire plus ne fera qu'attiser le feu.

CELL DE SKY : L & A doivent tomber. Elles sont le diable, K.

CELL DE KAITLIN : Oui, mais ça ne vaut pas notre temps. Elles sont...

Elles sont diaboliques. Elles sont pires que cela. Quand je songe à ce qu'elles ont fait, je n'arrive pas à y croire. Elles agissent comme des filles douces et amicales quand une caméra est pointée sur elles, mais quand la lumière s'éteint, elles sortent leurs griffes. Heureusement, ce qu'elles font tourne habituellement au vinaigre, et la presse les oublie. Douce-amère. Elles sont comme un bonbon !

CELL DE KAITLIN : Oublie-les. L & A sont comme des Skittles. Agréables au début, mais quand on en mange trop, on a des brûlures d'estomac.

CELL DE SKY : LOL ! Bonne blague. J'aime beaucoup. Mais nous devons faire +. Nous devons tourner notre propre vidéo et...

Je ne lis pas la suite. Je ferme mon téléphone. Si quelqu'un d'important doit me joindre, on appellera Rodney ou Austin. Le reste du monde peut attendre.

— Es-tu certaine d'aller bien ? demande Austin, puis il me caresse la main.

— Ça ne vaut même pas la peine d'en parler.

J'ouvre la portière, et l'air chaud me frappe au visage.

— Aujourd'hui, il n'est question que de nous. Allons nous amuser.

Et c'est exactement ce que nous faisons. Nous montons dans Matterhorn Bobsleds deux fois, Splash Mountain trois fois (c'est notre favori), Pirates des Caraïbes quatre fois (deux de ces fois un tour après l'autre !). Nous visitons It's a Small World, embarquons dans Jungle Cruise, plongeons sous l'eau avec Nemo, nous attaquons à Space Mountain, survivons à l'Indiana Jones et à Star Tours, et nous nous étourdissons même comme des fous dans les tasses de thé. Avec le recul, ce n'était peut-être pas l'idée la plus intelligente d'aller tourner comme ça après avoir mangé une sucette glacée Mickey, mais je ne l'ai pas violemment rendue, alors je considère que c'est une victoire. Le parc est bondé, mais notre accompagnateur nous dit que c'est toujours ainsi, peu importe le jour où l'on vient. Bien qu'il y ait beaucoup de monde, nous réussissons à voir et à faire tout ce dont nous avons envie. Austin a apporté sa caméra, et nous prenons des tonnes de photos. C'est utile que Rodney soit avec nous pour s'occuper du gros de ce travail. À part Mickey à ma rapide séance de photos et le groupe que nous avons attrapé au petit déjeuner des personnages, notre guide Disney s'assure que nous prenions des tas de photos avec la Bête, Ariel, Stitch, Buzz et Woody, avant que nous nous séparions de lui.

Au moment où nous nous installons à notre table pour dîner au Blue Bayou, je suis épuisée et mes pieds sont en feu. Dieu merci, Austin m'a dit de porter des espadrilles. Si je ne l'avais pas fait, j'aurais dû acheter ces hideuses sandales Crocs Mickey roses qu'ils semblent vendre à tous les quinze mètres. Je termine mon deuxième Sprite et finis de manger mon bifteck coupe New York, pendant qu'Austin s'attaque à son poisson. Nous avons demandé à ce que le dessert nous soit rapidement servi, afin de pouvoir retourner dehors à temps pour les feux d'artifice de soirée. Je prends une pause de mon repas et regarde autour de moi. Le Blue Bayou est mon restaurant préféré à Disneyland parce qu'il est tellement romantique. Non que j'y sois déjà venu avec un cavalier auparavant, mais j'ai toujours souhaité le faire un jour. Le restaurant est à l'intérieur, mais on dirait que l'on mange dehors sous un ciel dégagé et éclairé par la lune à observer les canotiers (des Pirates des Caraïbes) voguer autour de nous.

— Ç'a été la plus belle journée de toutes, dis-je à Austin. Merci d'y avoir pensé.

Bien sûr, comme je suis une sentimentale finie, dès que je prononce ces mots, les larmes me viennent aux yeux.

— Burke.

Austin pose sa fourchette et s'empare de ma main.

— Qu'est-ce qu'il y a ?

— Rien.

J'ai la voix étranglée. J'essaie de corriger mon maquillage de ma main libre avant que quelqu'un me voie et prenne une photo. Je peux déjà imaginer les manchettes : Kaitlin Burke et son amoureux rompent dans le Monde merveilleux. Je plonge mon regard dans celui d'Austin, qui semble plus sombre dans le restaurant à l'éclairage tamisé.

— Je sais que je suis ridicule. Nous en avons parlé des douzaines de fois ! Nous nous en sortirons bien. Tu vas seulement me manquer. Beaucoup.

— Tu vas me manquer aussi. Austin presse fortement ma main. Beaucoup.

Je souris.

— Ce sera peut-être bon pour nous, lui dis-je. Regarde Will Turner et Élizabeth dans *Pirates des Caraïbes : jusqu'au bout du monde*. Après qu'il se retrouve enchaîné au Hollandais volant, il peut quitter le navire qu'une fois chaque dix ans, et malgré tout, Élizabeth l'attend une décennie plus tard avec un enfant dans son sillage. Évidemment, j'ai détesté le troisième film où ils ont plus ou moins tué Will, mais attendre son véritable amour est tellement romantique, particulièrement maintenant que je suis dans le même cas. Et ce n'est que pour quelques mois.

Mais si, après ces deux mois, Austin ne voit plus notre relation comme avant? Et si le proverbe «Loin des yeux, loin du cœur» s'avérait?

— Nous nous parlerons tous les jours, insiste Austin. Nous pouvons aussi utiliser Skype. Promets-moi seulement une chose.

— N'importe quoi, juré-je.

Austin sourit, mais il a quand même l'air un peu sérieux.

— Je ne veux pas voir dans tous les journaux à potins des photos de toi partout en ville avec ce gars.

«Ce gars», c'est Dylan Koster. Mon partenaire dans la pièce de théâtre. Lui et Austin se sont rencontrés quand Dylan et Emma Price sont venus ici pour faire un essai avec moi. Austin a trouvé que Dylan était attiré par moi, mais je n'ai rien vu.

Je lui lance un regard.

— Tu n'as aucune raison de t'inquiéter. Il est mon partenaire de jeu, et non mon guide touristique personnel dans la ville de New York.

Austin sourit largement.

— Bien. Alors, inutile de se faire du souci. Ce n'est que deux mois, me rappelle-t-il, pour la énième fois. Comme nous le disions, c'est une bonne répétition pour l'université. Qui sait où nous serons tous les deux l'an prochain?

Je déplace le reste de mon bifteck dans mon assiette avec ma fourchette.

— Absolument. Doit-il vraiment parler de l'an prochain maintenant? J'ai déjà assez de difficulté à gérer cette année.

— Et voilà.

La serveuse — pardonnez-moi, membre Disney — nous apporte nos desserts. Nous avons tous les deux commandé une crème brûlée.

— Je sais que vous avez demandé la facture, mais il n'y a pas de frais, déclare-t-elle. Votre guide s'est occupé de tout. Lorsque vous aurez terminé vos crèmes, dirigez-vous vers Main Street. Il vous reste quinze minutes avant le début des feux d'artifice.

Pendant que je la remercie et signe un autographe pour sa fille, Austin calcule un pourboire. Puis, j'engouffre mon dessert. Je ne veux pas rater les feux. C'est la partie la plus romantique de la journée ! Austin doit partager mon sentiment parce qu'il avale sa crème brûlée en trois minutes pile. Ensuite, nous quittons nos places d'un bond. Rodney, qui mangeait à la table derrière nous, ouvre la voie et empêche les amateurs d'autographes de nous approcher. (J'en ai signé avec joie toute la journée, mais maintenant j'ai un rendez-vous !) Nous arrivons à l'endroit sur Main Street indiqué par notre guide juste au moment où les lumières du parc se tamisent et que la musique commence. Rodney semble disparaître, même si je sais qu'il veille sûrement tout près, et je sens les bras d'Austin s'enrouler autour de ma taille quand le premier feu d'artifice explose dans le ciel nocturne sans nuages.

— Lorsque tu rentreras le 20 août, promettons-nous de revenir ici pour refaire tout cela, murmure Austin dans mon oreille. Nous célébrerons nos étés parfaits et notre réunion automnale.

Je me tourne vers lui.

— Le 20 août ? Tu te souviens de la date exacte ? lui demandé-je, émue.

Austin rougit.

— Évidemment. Je l'ai dit cent fois, mais je vais le répéter encore : tu vas vraiment me manquer, Burke.

— Tu vas me manquer aussi, lui dis-je, mais cette fois je ne suis pas bouleversée.

J'ignore si c'est le crescendo de la musique, la voix de Jiminy Cricket dans les haut-parleurs ou le simple fait d'être à Disney, où tout est toujours parfait, mais tout à coup ça va. Je crois réellement qu'Austin et moi, on s'en sortira bien.

Austin me sourit.

— C'est un rendez-vous, alors?

— C'est déjà dans mon agenda mental.

Je pointe ma tête et m'enfonce presque le doigt dans l'œil.

Satisfait, Austin se penche pour un baiser. Je sais qu'on nous observe. J'ai entendu des visiteurs du parc autour de nous chuchoter des trucs comme «Je pense que c'est la fille d'*Affaire de famille*» ou «N'est-ce pas Kaitlin Burke?» Ils prennent également des photos. Mais je les bloque de mon esprit. Seul Austin retient mon attention. Je ferme les yeux quand Austin m'embrasse, et je perçois la voix de Rodney.

— Il n'y a rien à voir ici, mesdames et messieurs, dit-il, d'un ton bourru. Vous pouvez passer votre chemin.

Qu'ils prennent des photos, j'ai envie de dire. Cependant, ma bouche est trop occupée pour cela. Je profite au maximum des quelques dernières minutes avec mon amoureux.

LE LUNDI 1ᴱᴿ JUIN
NOTE À MOI-MÊME :

Vol pour NY : 11 h 15 demain.

NOUVELLE CÉLÉBRITÉ !

DUEL ENTRE SKAT* ET LAVA* !

*Nos nouveaux surnoms pour Sky Mackenzie et Kaitlin Burke (SKAT), et Lauren Cobb et Ava Hayden (LAVA)

Comprend une entrevue exclusive avec Kaitlin Burke et Sky Mackenzie !

par Penny Rosebud

Impossible pour Kaitlin Burke de prendre une pause. Juste au moment où il semble que la princesse des paparazzis a rendu sa couronne, une échauffourée à la première de son nouveau film *Adorables jeunes assassins* la ramène sous les projecteurs. Selon plusieurs serveuses, Kaitlin Burke et Sky Mackenzie, partenaire de Kaitlin dans *Affaire de famille* et *AJA*, ont piqué une crise quand Lauren Cobb et Ava Hayden se sont présentées à leur fête. « Lauren et Ava ont commencé à échanger des insultes avec Kaitlin et Sky, déclare une serveuse. Ce qu'elles ont dit a vraiment agacé Kaitlin et Sky parce qu'elles ont fait jeter dehors Lauren et Ava. » Kaitlin, Lauren et Ava étaient vraiment intimes jusqu'à il y a quelques mois, lorsque la nouvelle vie de fêtarde de Kaitlin l'a menée droit au Cedars-Sinai. Le séjour à l'hôpital est survenu tout juste après la séance de photos de Kaitlin avec *Sure*, où LAVA ont surgi et ont permis au chien d'Ava d'uriner sur une robe hors de prix. Depuis, Kaitlin a avoué que des moments difficiles avaient provoqué chez elle des crises de panique.

S'imposer dans une fête est tout à fait dans le style LAVA, et elles ont fait la même chose à la première d'*AJA*. « Tout le monde sait que Kaitlin s'est brouillée sérieusement avec Lauren et Ava, déclare un planificateur d'événements. Les filles ne figuraient pas sur la liste des invités. Elles ont dû entrer par la ruse. Ces deux-là se présenteraient pour l'ouverture d'une enveloppe. Dès que les gens du studio ont vu ce qui se tramait, ils ont voulu qu'elles partent, mais Sky s'en est occupé avant. »

Oui, Sky, auparavant ennemie jurée de Kaitlin, semble à présent sa sauveuse. Sky sait ce que c'est que d'être sur la liste « OUT » de LAVA. Elle avait elle-même fait la fête avec cette paire une année plus tôt, avant que les filles ne la lâchent brusquement. « C'était intéressant de voir Sky prendre la défense de Kaitlin, mais alors, ces deux-là semblent relativement en bons termes, ces temps-ci », affirme une personne présente sur place. SKAT sont tellement copines qu'elles ont même pris le temps de filmer un clip pour YouTube pendant la fête pour Tom Pullman, leur réalisateur à *AF*. (Il a apparemment envoyé un caméraman à l'événement pour que les filles tournent une dernière publicité pour leur feuilleton télévisé bien-aimé.)

Le clip a connu un franc succès — avec plus de deux millions de visites — grâce à la bonhomie des filles, qui se sont taquinées tout au long.

Cela explique peut-être pourquoi LAVA ont décidé que parodier le clip était la manière la plus facile de se venger de SKAT, qui les avaient fait jeter dehors de la première d'*AJA*. Leur propre clip YouTube, se moquant de Sky et de Kaitlin, a pris les ondes hier. Portant des perruques et de fausses dents, les deux filles ridiculisent *AF* et ses vedettes. Leur clip a été tellement vu que le duo promet que de futures vidéos seront affichées immédiatement.

« Je pense que c'est pitoyable qu'une vidéo aussi ridicule reçoive autant d'attention, déclare Sky, qui nous a téléphoné pour discuter de la méchante nouvelle. Toutefois, cela ne fait que démontrer à quel point certaines personnes meurent d'envie qu'on s'occupe d'elles. Si le meilleur boulot qu'elles peuvent décrocher est une vidéo non rémunérée sur YouTube, alors qu'elles le gardent. »

Sky et Kaitlin se vengeront-elles à leur tour ? Les deux filles répondent par la négative — pour l'instant. « Alors que le monde affronte des problèmes tellement plus importants, je regrette qu'une chose semblable retienne autant l'attention de notre nation », déclare Kaitlin.

Est-elle d'accord pour dire que le clip a dépassé les limites du savoir-vivre ? « Je pense que ce n'était pas nécessaire, répond Kaitlin, mais c'est un pays libre. Si réaliser un clip comme celui-là les rend heureuses, alors c'est leur droit. J'ai des choses plus importantes en tête — comme le début de ma pièce. »

Kaitlin se trouve à New York en ce moment pour ses débuts à Broadway dans le drame jeunesse *Les grands esprits se rencontrent*. Sky a tourné un pilote à propos d'un groupe d'adolescents vivant en Alaska, qui est temporairement intitulé *Au cœur de la neige*. On commencera à filmer l'émission à Vancouver cet été. À l'agenda de Lauren et d'Ava ? D'autres vidéos. « Les filles savent qu'une querelle avec des vedettes aussi populaires que Kaitlin et Sky est une façon pour elles de rester dans l'œil du public, affirme une source.

Elles vont tirer profit de l'incident autant qu'elles peuvent. »

En effet, cela semble bien le cas. « Nous sommes tellement contentes que les gens aient aimé ce que nous avons fait, a déclaré Ava, lorsqu'on lui a demandé de commenter à une fête de Verizon Wireless, au Shelter, où elle était en train de choisir trois téléphones. (« Calou, mon chien, a son propre numéro. ») Nous adorons faire le bonheur de nos admirateurs. »

TROIS : *Bienvenue à New York*

— Est-ce le dernier?

J'essuie la sueur sur mon front et relève mes cheveux blonds sur mon cou. Matty et moi défaisons des cartons depuis trois jours, et si je ne vois plus jamais de grains d'emballage en mousse de polystyrène, ce sera encore trop tôt.

Il grimace et s'évente avec l'un de mes guides touristiques de la ville de New York.

— Je pense qu'il en reste quelques-uns dans le vestibule.

— Comment est-ce possible? dis-je, ma voix s'élevant d'une octave. Appartiennent-ils à Liz?

Je lui ai dit que je déballerais ses affaires, car elle passe ses examens finaux et n'arrivera pas avant trois semaines, mais je regrette déjà cette décision. Dieu merci, l'appartement que nous avons loué est meublé. Sinon, nous aurions eu encore davantage de trucs à décharger et à installer. Pour l'instant, j'ai l'impression que toute ma vie se trouve dans les cartons : vêtements, photographies (de moi et d'Austin, bien sûr, plus des photos des membres de la distribution d'*AF* et d'autres de Liz et moi en vacances), ma caméra et ses accessoires. Le chandail de crosse d'Austin (qui me sert de nouveau haut de pyjama — je suis tellement contente qu'il ait accepté de se séparer de l'un d'eux! Je pourrais bien ne jamais le lui rendre), mes trucs pour mon permis de conduire (parce que j'ai pleinement l'intention d'enfin obtenir mon permis quand côte ouest, c'est de commander des mets préparés). L'appartement est organisé comme une gare. Il y a deux étages, et les pièces vont de l'avant à l'arrière. À l'avant, il y a le salon ; à l'arrière, il y a une cuisine de bonne dimension et une salle à manger. Derrière elle se trouve une terrasse sur le toit. À l'étage supérieur, il y a quatre chambres à coucher reliées par un étroit couloir — celle de maman et de papa, de Matty, de Nadine, et la dernière pour moi et Liz. (Rodney, lui, vit avec son frère dans les quartiers chics, ce qui nous arrange bien.) D'après ce que je vois, la localisation de notre résidence est parfaite. Elle n'est qu'à dix minutes — vingt à l'heure de pointe — en voiture du théâtre, et on peut se rendre dans le West Village en faisant une longue promenade à pied, là où il y a les meilleures boutiques et ma bien-aimée Magnolia Bakery (ils confectionnent les plus merveilleusement décadents petits gâteaux du monde).

— Kate-Kate ! Maman entre en flèche dans ma chambre, portant son agenda et son BlackBerry.

Son Bluetooth est collé sur son oreille ornée d'un diamant.

— Je me demandais si tu étais libre le 18 juin pour un dîner privé organisé par Chanel au MoMA.

J'ai déjà décidé que l'inconvénient d'un appartement à Manhattan est la proximité de ma mère avec moi à tout moment. Notre maison de Los Angeles est tellement grande que je peux aisément passer d'une pièce à l'autre sans qu'elle m'attrape. Mais ici il y a peu d'endroits pour me cacher. Je jette un coup d'œil à Matty, qui a enfilé, comme moi, des vêtements de déménagement — un pantalon cargo et un maillot décoloré William Rast (la gamme JT !), bien que je sois assez certaine que la décoloration était voulue de la part de JT.

— Hum…

Je m'empare d'un carton que Matty apporte dans ma chambre et le dépose sur mon lit pour commencer à le déballer. Tout pour éviter maman.

Maman soupire bruyamment.

— Tu as promis d'assister à certains événements avant le début de la pièce ! Tu n'as que quelques semaines avant d'être enchaînée à cette scène.

— Mince, maman, enchaînée ? la taquine Matty.

Il sort d'un carton un ourson en peluche qu'Austin a gagné pour moi sur le quai Santa Monica, et ses yeux verts sautillent gaiement.

— Elle n'est pas en prison. Elle veut jouer au théâtre, tu t'en souviens ?

— Oui, oui.

Maman semble distraite. Je n'arrive pas à croire que même un jour où notre seule activité est de déballer des cartons, son fond de teint est parfait, qu'elle ait même pris la peine d'en appliquer un. Maman a sans aucun doute l'intention de rester à la maison, par contre — elle porte l'un de ses vieux survêtements PB&J qui, selon elle, sont dépassés depuis trois saisons. Si c'est le cas, pourquoi les a-t-elle toujours ?

— Je m'efforce seulement d'insérer quelques obligations sociales avant qu'elle commence, dit maman à Matty. Bon, j'ai discuté avec Nancy Walsh — tu la connais, ma chérie, c'est la femme de Tom Walsh, le gourou de l'immobilier.

— Pas exactement.

Je décoche un clin d'œil à Matty, et il essaie de ne pas rire.

Maman continue à parler.

— Elle est très importante sur la scène mondaine et a été assez gentille pour me donner des conseils sur les événements auxquels il faut absolument assister cette saison, ce qui me rappelle que j'ai oublié de t'apprendre la plus divine des nouvelles.

Elle tape des mains avec excitation, et son BlackBerry tombe sur le plancher de bois. Elle se penche et le ramasse ; ses ongles à la manucure française permanente égratignent le vernis.

— Je vais devenir l'une des nouvelles présidentes de l'un de ses comités Darling Daisies !

Matty et moi nous regardons. Que diable sont les Darling Daisies ?

Maman croise les bras impatiemment, relevant et rabaissant la fermeture éclair de son haut de survêtement PB&J de façon menaçante. Je vois le débardeur Juicy Couture qu'elle porte en dessous, malgré le fait que Matty et moi la taquinons toujours en lui disant qu'elle est trop âgée pour porter du Juicy Couture.

— Le comité des Darling Daisies amasse de l'argent pour planter des fleurs aux quatre coins de la ville de New York pour embellir le paysage, déclare-t-elle, comme si c'était une chose que nous devrions déjà savoir. N'avez-vous pas remarqué les mignons jeunes arbres qui poussent partout ? Nous faisons la même chose avec des fleurs.

Je n'ai pas vu les jeunes arbres, mais c'est peut-être parce que j'étais trop excitée par d'autres trucs géniaux quand on vit à New York : le fait que je peux marcher jusqu'au Starbucks pour boire un Frappuccino crémeux à la framboise, au lieu d'attendre que Rodney m'y conduise en voiture. Et qu'il y a un traiteur à chaque deux mètres, ce qui signifie que je peux y courir m'acheter des Froot Loops pour le petit déjeuner sans que ma mère le sache. (« C'est du sucre pur, Kaitlin. Tu vas gonfler. »)

— Les Darling Daisies me semblent une cause capable de changer une vie, maman, la taquine Matty, puis il fait courir une main dans ses courtes mèches châtaines.

— En tout cas, Kate-Kate, avec ton nouveau boulot, tu n'auras pas beaucoup de temps pour assister à plusieurs des événements de financement des Daisies, mais nous pouvons en insérer quelques-uns maintenant. Bien sûr, tu pourras te rendre à quelques fêtes dans les Hamptons les week-ends.

Maman me fusille du regard, levant pensivement un sourcil droit récemment épilé.

— J'ai des représentations en matinée et le soir également, maman, lui rappelé-je, essuyant mes mains sur mon petit jean coupé (ça ne vaut même pas la peine de vous préciser le nom du styliste, car je l'ai depuis avant qu'il soit à la mode).

— Pas tous les jours! Et tu as congé le lundi.

Maman ne va pas facilement abandonner, alors je décide qu'il vaut mieux me remettre à mes cartons. Je sors mon autographe encadré de Carrie Fisher (alias Princess Leia) d'une boîte. Pourquoi exactement ai-je pensé que j'en aurais besoin à New York?

— Nous allons assister à de charmants petits dîners, s'extasie maman. Il y a quelques événements caritatifs à venir, un match de polo de rêve dans les Hamptons et évidemment l'Ivory Party.

— Tu veux dire le White Party? corrigé-je.

— Cette année, il n'est question que de l'Ivory Party.

Les longs cheveux blonds de maman sont coiffés exactement comme les miens. («Nous sommes comme des sœurs! dit-elle constamment aux gens.)

— Nancy affirme que ce sera mieux que le White Party sur tous les plans.

Matty lève le regard du réveil Star Wars qu'il vient de déballer pour moi.

— Le White Party de Diddy n'est-il pas déménagé à Los Angeles, de toute façon?

Maman roule les yeux.

— Bien entendu, il a choisi de le déplacer à Los Angeles quand les meilleures personnes se trouvent à New York pour l'été.

— Puis-je y aller, maman? la supplie Matty.

— Évidemment, mon chéri.

Elle plisse les lèvres légèrement dans sa direction, comme s'il avait encore cinq ans.

— Ça a été tellement plus facile de remplir ton agenda, puisque tu n'as rien avant juillet. Nancy dit que sa fille a très hâte à ton émission, en passant.

— J'entends beaucoup cela, réplique Matty, essayant de paraître modeste, alors qu'il ne l'est pas.

Ses sourcils s'arquent avec espoir.

— Est-elle une de mes admiratrices?

Maman hésite, détournant le regard des yeux verts que nous avons hérités d'elle.

— Non; mais elle a bien dit qu'elle adore la distribution dans son ensemble. En tout cas, revenons au dîner Chanel…

— Je vais y assister, déclaré-je, espérant que cela satisfera maman pour l'instant. Personne ne refuse un événement Chanel. Laisse-moi simplement une liste des trucs où tu veux que j'aille, et je mettrai un astérisque à côté de ceux que j'aime, d'accord?

Cela semble la rendre heureuse, car elle répond à un appel à propos d'un bal costumé ce week-end. Elle quitte la chambre juste au moment où Nadine surgit.

— Tu as fini? demanda-t-elle, parcourant des yeux l'ameublement contemporain de la pièce.

Le goût du précédent propriétaire diffère du mien — austère, minimaliste, avec des chaises modernes, une tête et un pied de lit en plastique. J'ai l'impression de vivre dans une version déformée d'*Alice au pays des merveilles*. J'ai réchauffé l'atmosphère en apportant mon édredon Ralph Lauren, quelques animaux en peluche et des tonnes de touches personnelles.

Je gémis et me laisse tomber de dos sur le lit, atterrissant sur mon coussin R2-D2.

— Je n'aurai jamais terminé, me plaignis-je. Renvoie le reste à la maison.

— Je le ferais, mais il est inscrit « Tiroir de sous-vêtements de Kaitlin » sur le carton dans le vestibule. Tu es certaine de ne pas en avoir besoin?

Nadine essaie de ne pas afficher un petit sourire narquois. Matty s'étrangle de rire.

Je me mords la lèvre inférieure et me couvre le visage avec R2-D2.

— Oublie ça.

— Laisse-le simplement pour plus tard. Rodney attend en bas.

Nadine saisit ma main et me hisse debout.

— Nous partons pour une autre sortie éducative.

Je glisse mes pieds dans des Havaianas et la suis docilement à travers le reste de l'appartement minimaliste aux touches d'influence asiatique. Tout l'édifice est «vert» (très «Cali»), alors les gens de qui nous sous-louons ont utilisé des tas de matériaux durables, comme un plancher de bambou, et ils possèdent un bac à compost dans la cuisine en calcaire et acier.

Les sorties éducatives de Nadine intitulées «Apprendre à connaître ta nouvelle ville» ont été tellement amusantes! Mardi soir, nous avons pris un dîner tardif chez Houston parce que Nadine sait que je suis obsédée par cette chaîne et que j'adore leur trempette aux épinards. (Je suis si soulagée qu'ils aient ouvert un restaurant à New York.) Mercredi, nous sommes allés au MoMA, et j'ai admiré l'Étang des fleurs de lys, de Claude Monnet, pendant presque vingt minutes. Puis, nous avons mangé des glaces au chocolat chaud chez Serendipity. Jeudi, Nadine nous a amenés au zoo de Central Park, puis chez Dylan's Candy Bar pour faire des réserves d'Oreo recouverts de chocolat (j'ai aussi acheté ce mignon petit distributeur Dylan avec une cuillère en argent, et l'ai rempli de bonbons à la gélatine à la pastèque pour Austin). Vendredi comprenait une escapade à la statue de la Liberté, à laquelle papa s'est joint, suivie d'un dîner au South Street Seaport.

— Où allons-nous aujourd'hui? demande Matty. Au musée d'Histoire naturelle? Le film *Journey to the Stars* est censé être génial.

— Papa voulait voir ça dimanche, rappelé-je à Matty. Je vous accompagne, mais je laisse tomber le planétarium et reste dans l'exposition des dinosaures.

— L'excursion du jour sera peut-être la préférée de Kaitlin, déclare Nadine, avec un sourire entendu. Je vous en parlerai une fois que nous serons dehors.

— Pouvons-nous arrêter manger quelque chose d'abord ? demandé-je, la laissant prendre les rênes. Je suis affamée.

J'attrape vite mon imperméable beige Gap pour le printemps de ma main libre. Il fait un peu plus froid à New York en juin qu'à Los Angeles, ce qui me convient. À 21 °C, c'est superbe. Je mets quand même de grandes lunettes de soleil Chanel — il semble que toutes les célébrités de New York font de même, et j'aime l'air mystérieux qu'elles me font.

— Nous prendrons quelque chose de rapide au centre-ville, répond Nadine. Nous dînerons beaucoup plus tard.

Je lui lance un regard interrogateur.

— Nous avons une réservation chez Dos Caminos à 23 h 30. Tout d'abord, direction Empire State Building.

Nadine est tellement bien organisée, même quand il s'agit de tourisme. J'ai l'envie obsédante de visiter l'Empire State Building depuis que j'ai vu *Nuits blanches à Seattle* en cinquième année du primaire. (Oui, je sais que c'est un vieux film, mais il passe continuellement à TBS, et je l'adore !) J'ai été un peu déçue d'apprendre par Nadine que certaines fenêtres ne s'illuminent pas vraiment en rouge à la Saint-Valentin, mais je veux quand même y aller.

Nous disons au revoir à maman, toujours au téléphone. D'après ce que je comprends, elle planifie mon apparition à un repas de début de soirée de *Teen Vogue* pour des vedettes adolescentes. Quand nous sommes enfin dans l'ascenseur, Nadine nous révèle la grande surprise.

— Tu as obtenu des billets pour *Wicked*[*] ?

Je crie. J'ai vu la production de Los Angeles plusieurs fois, mais je ne suis jamais allée à celle de New York. J'ai dressé une liste de spectacles à voir avant le début de ma pièce, et *Wicked* est en tête.

— J'ai appelé le bureau de la production, et ils t'ont arrangé ça, déclare fièrement Nadine, puis elle enfile ses lunettes de soleil Gucci.

---

*N.d.T. Spectacle qui reprend les thèmes et les personnages du *Magicien d'Oz*

Je les lui ai offertes à son dernier anniversaire.

— Je leur ai dit que tu étais une grande admiratrice. Ils ont même proposé de te faire visiter l'arrière-scène. Ils font ces visites le samedi matin, mais ils pourraient en organiser une privée, si tu le désires.

Matty tape dans la main de notre portier, Andrew, déjà devenu notre préféré, quand nous passons. C'est un vieil homme adorable qui prend son travail très au sérieux, portant un habit qui ressemble un peu à celui d'un policier, y compris la casquette. Andrew nous a demandé de montrer notre preuve d'identité chaque fois que nous sommes entrés ou sortis ces derniers jours — maman était en rogne qu'il n'ait pas connu ses enfants vedettes — avant de se souvenir que nous étions les nouveaux locataires.

Nous passons les portes-tambour. Rodney nous attend au coin, et le niveau de bruit augmente. Il est considérablement plus fort qu'à la maison, mais je commence à aimer le son des taxis qui klaxonnent — sauf à 1 h du matin quand j'essaie de m'endormir. Rodney porte sa tenue habituelle (tout en noir, même en juin), avec des lunettes de soleil noires, sa tête bronzée rasée de si près que son crâne luit et une barre sur le front, pendant qu'il sirote une boisson gazeuse et serre un petit gâteau Twix dans sa main droite. Rodney a toujours un casse-croûte.

— Qu'est-ce qui cloche, Rodney? lui demandé-je en me glissant dans la voiture climatisée, derrière Matty et Nadine.

— Je me sens encore bizarre de ne pas conduire pendant notre séjour ici, grommelle-t-il, puis il ferme la portière dans mon dos.

Il s'installe en avant, à côté du chauffeur.

— Je suis furieuse que maman ne me permette pas de me servir du métro, mais que puis-je y faire? lui dis-je.

Ma plus grande irritation est que maman ne veut pas me laisser aller sous terre. Elle préfère que je marche, prenne un taxi ou utilise les services d'un chauffeur (sa préférence).

— Il n'y a pas assez de Purell dans le monde pour te laisser descendre là! a-t-elle déclaré, quand j'ai mentionné l'idée d'acheter une carte de métro.

Nadine s'est contentée de la regarder en roulant les yeux. Elle monte dans le métro pour se rendre partout et dit que neuf fois sur dix, c'est le moyen de transport le plus rapide.

— Rodney, Seth a engagé un service de chauffeur pour les heures en dehors du travail, et le théâtre a fait de même, mais pour les jours où elle travaille, lui rappelle Nadine gentiment. C'est plus facile de ne pas posséder de voiture ici. Où nous garerions-nous?

— Ils ont des garages, répond-il d'un ton bourru, et il sort le deuxième Twix de son emballage.

— Je sais, Rodney, lui dis-je en regardant Nadine avec inquiétude, mais j'aime mieux que tu ne perdes pas ton temps à garer la voiture quand j'ai besoin de toi à côté de moi. Les rues de New York sont beaucoup trop bondées.

Rodney semble réfléchir à cela.

— Tu as raison.

Je pense même le voir sourire un peu, car la lumière du soleil frappe sa dent en or adorée, me faisant tressaillir. Satisfait, Rodney bavarde avec le chauffeur du jour (au contraire de Rodney avec moi à Los Angeles, le chauffeur ici change tous les jours).

— Hé, combien cet engin parcourt-il de kilomètres au litre? Êtes-vous natif de la ville? Savez-vous où se trouve le Whole Foods le plus près? Je dois acheter mon mélange de protéines.

La planification de Nadine est parfaite, comme d'habitude. Mon appareil photo est demeuré en permanence dans la poche de mon manteau, cette semaine; nous prenons donc des photos de notre groupe en haut de l'Empire State Building (où je pose aussi avec des touristes) et de moi en train d'insister pour que nous entrions chez Macy's, pour nous procurer une tenue digne d'assister à un spectacle de Broadway. (Je déteste la façon dont les gens ne s'habillent plus à présent pour aller au théâtre!) J'achète une mignonne robe à plis en mousseline de soie caramel BCBG ; Matty choisit un pantalon kaki Ralph Lauren et une chemise polo bleu foncé ; Nadine fait une folie en s'octroyant une robe Calvin Klein sans manches en organza crème, en solde pour 65 $. Rodney s'en tient à ses propres vêtements, malgré nos supplications pour qu'il essaie un costume Michael Kors.

Enfin, je demande à un touriste de prendre une photo de nous dans nos nouveaux habits devant le Gershwin Theater, avant que nous entrions voir *Wicked*. Le spectacle est extraordinaire. J'ai déjà vu la production en tournée, mais il y a quelque chose dans le fait de voir cette horloge dragon temporelle, Elphaba voler et Galinda faire la moue ici, à Broadway, qui pousse la magie à un tout autre niveau. La pièce file à toute vitesse, et le temps vient beaucoup trop vite où je dois serrer mon livret *Wicked*. Je fixe l'affiche sur le mur au-dessus des sorties qui dit : « Vous quittez à présent Oz. Volez avec prudence. »

Les rues sont bondées, alors que les gens se déversent hors des spectacles sur plusieurs pâtés de maisons simultanément. Partout où l'on tourne le regard, des touristes sourient et rient en marchant, ou sautent dans des taxis ou des limousines en attente. C'est agréable de voir tant de personnes en un seul lieu, qui n'est pas un groupe de paparazzis. À Los Angeles, on ne voit jamais une foule aussi importante, à moins de sortir du Dodgers Stadium ou du Kodak Theater.

— Pouvons-nous aller au restaurant à pied ? demandé-je à Rodney.

L'ivresse que je ressens d'avoir vu la pièce me fait sentir toute remontée et sentimentale.

— Il fait tellement beau.

Rodney regarde autour de lui avec scepticisme. Sauf un groupe de jeunes filles à midi — je les entends discuter pour savoir si elles vont me demander un autographe ou pas —, je ne crois pas que d'autres personnes me remarquent ou se soucient de moi. C'est l'une des choses que je préfère de New York jusqu'ici. L'anonymat constitue un changement agréable.

Nadine rit.

— Kate, ce sera trop long, si nous marchons. C'est exactement comme l'autre jour, lorsque tu voulais marcher de l'appartement jusqu'à Topshop — c'est trop loin quand nous sommes pressés par le temps. Nous sommes attendus pour dîner dans quarante-cinq minutes.

J'oublie constamment que la ville est plus grande qu'elle n'y paraît. Avec de si nombreux magasins à proximité de notre appartement, on dirait que tout se trouve à distance de marche, ce qui n'est pas le cas à la maison. J'imagine que ce n'est pas non plus le cas ici.

— Je vais demander au chauffeur de nous attendre à quelques pâtés de maisons plus loin, offre Rodney, en guise de compromis.

La foule nous entraîne doucement vers les lumières vives en néon de Times Square. C'est impossible de ne pas ralentir pour lever les yeux sur les écrans clignotants et les publicités ici, même si je marche trop lentement pour les gens du quartier. Je peux entendre les spectateurs autour de nous discuter de leurs plans pour le dîner (tout le monde mange tard, dans cette ville !), ou bavarder à propos de la représentation qu'ils ont vue. Je ne peux pas m'empêcher de me dire qu'ils feront la même chose pour ma pièce dans quelques semaines. L'aimeront-ils avec moi dedans ? Regretteront-ils Meg Valentine, celle qui a créé le personnage original d'Andie Amber ? Le simple fait de songer à leurs critiques est étourdissant.

— Kaitlin, regarde ! s'exclame Matty en tirant sur mon bras tout en pointant le ciel. C'est nous deux !

Étrangement, Matty et moi avons des panneaux d'affichage de nous l'un à côté de l'autre. Matty est dans une photo de groupe des acteurs de la série à venir *Scooby-Doo*. La photo est sombre et enfumée, et les acteurs sourient, inconscients du fait qu'il y a un gros monstre vert et poisseux tapi derrière eux ; inconscients, à l'exception de Matty, en tant que petit ami de Velma, et du Scooby, programmé avec le script CGI qu'il tient avec Shaggy. C'est une publicité vraiment géniale, et je fixe le texte en dessous avec mélancolie : « La bande de Scooby — vous disant bouh cet automne sur CW ». Même si CW est toujours chancelant, ce réseau semble toujours décrocher les émissions les plus cool, comme *Gossip Girl* et *90210*... J'ai tellement envie de faire partie de ce réseau.

À côté de Scooby, il y a une affiche de la distribution de *Les grands esprits se rencontrent*, avec moi en avant au centre. Nous l'avons immortalisée pendant une rapide séance d'une heure il y a quelques semaines quand je suis venue ici pour faire connaissance avec tous les acteurs, qui, heureusement, ont l'air plutôt gentils. Bon, c'est difficile à dire à un événement où nous sourions tous, mais Ben, qui joue mon frère, a été vraiment charmant. Je lève les yeux vers l'affiche, et lis et relis les mots : « Avec Kaitlin Burke d'*Affaire de famille* dès le 26 juin ». Je prends une photo de l'affiche avec mon appareil, puis une autre avec mon iPhone, et l'envoie à Liz et à Austin.

SECRET D'HOLLYWOOD NUMÉRO TROIS : Je ne sais pas ce qu'il en est à propos des affiches de spectacle de Broadway, mais quand il s'agit d'affiches de films et d'émissions de télévision, tout ce que vous voyez sur cette unique feuille est voulu. Les studios mettent leurs émissions et leurs films en marché avec beaucoup de soin, et les affiches ne font pas exception. Chaque mot, chaque nom d'acteur et son emplacement (le nom de la plus grande vedette est situé au-dessus du titre), et chaque image sont soigneusement pensés. Un studio se servira d'une bonne critique, même si elle vient d'un média ou d'un critique sans renom, pour un maximum d'effet. On élargira la citation et inscrira le nom du critique inconnu en très petits caractères. Parfois, les studios utilisent même délibérément une image qui rappelle au public d'une manière subliminale un film qu'il a déjà aimé. Le film *The*

Women avait une affiche avec des tonnes d'écritures dessus, semblable à l'affiche de *27 robes*, dans lequel Katherine Heigl porte une robe faite de mots. J'imagine qu'on a pensé que les femmes apercevant cette affiche éprouveraient le même sentiment d'amusement, mais ça n'a pas été le cas (*The Women* a fait un bide). Un film de Renée Zellweger qui était mort avant sa sortie ressemblait sur l'affiche à celui de Reese Witherspoon, *Sweet Home Alabama* — robe noire, assise et debout près de valises. Les studios qui tentent ce coup devraient être prévenus : si vous pensez que la presse ne remarquera pas la coïncidence, vous vous trompez et devez vous attendre à une raclée.

Mais en ce moment la seule chose que j'ai en tête est que je suis ici. J'ai survécu à la fin d'*AF*, j'ai décroché un nouveau travail qui m'excite et maintenant, j'ai un panneau publicitaire dans la ville de New York. O.K., j'admets que j'ai déjà été présentée sur une affiche pour *AF* ou un film, mais on ne m'a jamais désigné comme étant la raison pour voir un projet.

C'est irréel. Je suis debout dans Times Square admirant une photo de moi, et Matty fait la même chose. J'étreins mon frère, pendant qu'il continue à regarder son propre « dopplegäner ».

— Je pense que je vais aimer cette ville, déclare Matty en me rendant mon étreinte, mais sans jamais détourner son regard de, bien, lui-même.

Je ne pourrais pas être plus en accord.

LE VENDREDI 5 JUIN
NOTE À MOI-MÊME :

Lun : réunion producteurs, acteurs de la pièce et répétition. 12 h.
Sam. proch. : dîner Laney
**Demander à Nadine d'exp. robe pour bal de finissants à la maison !
Envoyer cadeau à Austin de Dylan's Candy Bar et maillot des acteurs des Grands esprits.

Sky et Kaitlin se lancent dans le crêpage de chignon !

Le dimanche 7 juin

Par Haley Patterson

Alors que le deuxième clip brutal de Lauren Cob et d'Ava Hayden est encore frais et se paie la tête de Kaitlin Burke et de Sky Mackenzie depuis moins d'une semaine, un refrain mesquin est entamé par le camp opposé. Les admirateurs Twitter gazouillent littéralement en lisant les messages de Sky dans son compte Twitter, sa page MySpace et Facebook, sans parler de son site officiel.

« Vous désirez savoir où Lauren et Ava peuvent se mettre leurs vidéos ? Dans leurs culs osseux ! xoxo Sky et Kaitlin, dit le message sur Twitter, lequel est confirmé comme authentique par l'agente de publicité de Sky. Sur MySpace et Facebook, Sky a affiché la liste des « 25 premières raisons qui font que nous ne pouvons pas supporter Lauren Cobb et Ava Hayden ». Parmi les meilleures : « Parce qu'elles assortissent leurs leggings avec des tongs. Ça fait TELLEMENT années 1980 ! », ou « Parce que le brillant à lèvres lavande est passé de mode à l'hiver 2008, mais elles continuent de se maquiller en mauve. » Et cette merveille : « Parce qu'elles n'ont JAMAIS eu de succès, ce qui signifie que leur quinze minutes de gloire n'a jamais commencé. » Notre préféré : « Parce que les deux sont comme des Skittles. Agréables au début, mais quand on en mange trop, ils donnent envie de vomir. »

Alors que le camp de Sky a été plus que disposé à confirmer que ces déclarations sont réglo, celui de Kaitlin est resté silencieux, ce qui n'a rien d'étonnant. Les deux anciennes vedettes d'*Affaire de famille* ont toujours eu des rapports mitigés, et cela serait inhabituel de les voir faire équipe pour quoi que ce soit, même pour se payer la tête de quelqu'un d'autre. Tout de

Sky et Kaitlin se lancent dans le crêpage de chignon!

même, comme le fait remarquer l'une des amies du duo, il y a toujours une première fois. «Elles sont vraiment en colère de voir jusqu'où vont Lauren et Ava dans cette affaire. Je ne serais pas étonnée si elles réagissaient fortement.»

À suivre.

LES GRANDS ESPRITS SE RENCONTRENT

<u>Lieu et époque</u>
Aujourd'hui. La cafétéria d'un lycée.
NOTE : Les références ont été américanisées
pour la production à Broadway.

SCÈNE 1

Plusieurs tables bordent la scène. Les murs sont remplis d'affiches sur les récents rassemblements pour encourager les équipes sportives, des publicités pour l'album des étudiants et des dépliants sur la production printanière de *Guys & Dolls* — il y a aussi des photos de LEO et de JENNY. Plusieurs étudiants mangent aux tables, et nous pouvons entendre leurs conversations. LEO et JENNY sont à une table avec des amis, et BECCA, ANDIE et JORDAN sont assis à une autre.

BECCA

Je pense à partir pour Chapel Hill un mois plus tôt. Je voudrais essayer de décrocher un emploi d'été et me faire un peu d'argent de poche.

JORDAN

Becca, tu as quatre ans devant toi avant de nous laisser tomber pour Chapel Hill. Je pensais que nous avions des plans pour cet été.

BECCA

Je vous adore, les amis, mais je ne peux
pas supporter encore huit semaines à
me faire ignorer. Pete Summers fait une
fête pour l'obtention du diplôme demain
soir, et je ne suis pas invitée. La seule
raison pour laquelle je suis au courant,
c'est que j'ai surpris Jenny Waters en
train d'en parler dans les toilettes.

JORDAN

Comme si tu allais assister à la fête de
Pete Summers même si tu y étais invitée,
un gars que tu ne fréquentes pas, vu
qu'il ne sait même pas que nous existons.

BECCA

Il le saurait, si nous passions nos ven-
dredis soirs à Hill, au lieu d'être chez
toi à nous entraîner avec la Wii.

JORDAN

Andie, voudrais-tu me soutenir ici et
rappeler à Becks que la Wii Fit est ce
qui lui a permis de porter une robe de
taille 6 de Calvin Klein pour le bal
de fin d'études? Andie? La lune appelle
Andie!

ANDIE

Désolée.

BECCA

Regarde-le tout content, Andie. C'est le dernier jour que tu pourras le fixer. Demain, Leo Sanders sera de l'histoire ancienne, un souvenir, une photo du gars qui t'a fait craquer pendant quatre ans dans l'album des étudiants.

JORDAN

Elle comprend ce que tu veux dire, Becks. Leo ne sait même pas qu'Andie existe. Demain, nous recevons notre diplôme. Après ça, Leo et Jenny partent ensemble pour Berkeley. Ils feront allonger leurs cheveux, cesseront de se raser et deviendront des écologistes pendant que notre Andie partira pour la Pennsylvanie, où elle craquera pour un nouvel étudiant en sciences politiques à qui elle ne parlera jamais non plus.

ANDIE

Les amis, vous savez que je vous entends, n'est-ce pas?

JORDAN

C'est l'idée.

BECCA

Nous voulons t'épargner quatre années supplémentaires d'anonymat. Intéresse-toi à quelqu'un davantage de ton niveau, la prochaine fois, Andie.

JORDAN

Oui, ne vise pas si haut. Le prochain
gars doit-il gagner le prix du «comédien
de la classe», du «plus beau sourire»
et de la «personne la plus populaire»?
Non. Il a seulement besoin de se couper
les poils du nez et de respirer.

ANDIE

Est-ce si mal de vouloir plus, les amis?
Juste parce que Leo est tout cela et que
je suis juste… je suis juste…

BECCA

Une intellectuelle avec une cote parfaite de 4.0?

ANDIE

J'allais dire quelqu'un qui préfère
Monet à Moët. Juste parce que je suis
celle-là, ça ne signifie pas que nous
n'avons rien en commun. Leo aime les
arts et la littérature — il a reçu un
«A» pour cette dissertation en littérature anglaise sur *Les Cendres d'Angela*!
Il adore Steve McQueen, comme moi,
déteste la plage, exactement comme moi,
et pense que le brouillard est effrayant,
tout à fait comme moi. *(Elle rit d'elle-
même.)* Une fois, il a été pris dedans
à sa maison du lac et a cru être tombé
sur le Sasquatch, mais il s'est avéré

que c'était une vache qui s'était enfuie d'une ferme à proximité.

BECCA

Comment sait-elle tout cela?

JORDAN

Elle est suspendue à chacune de ses paroles en classe. Je pense qu'elle prend des notes.

ANDIE

Oh et il donne des leçons privées à des enfants des quartiers déshérités, exactement comme moi.

JORDAN

Leo fait la classe particulière d'espagnol à un enfant afin de pouvoir rester dans l'équipe de football! C'est loin de le distinguer comme une personne qui contribue à sa communauté.

ANDIE

Ce que je veux dire, c'est qu'il est plus complexe que ce que nous voyons à l'école, tout comme il y a plus à apprendre sur moi que ce que les gens voient ici en surface. Je m'occupe de l'album des étudiants, je donne des leçons particulières, je suis membre de l'association des élèves émérites d'anglais, mais je suis bien davantage que ce qu'on lit dans mes textes de l'album des étudiants. J'aime le karaoké, l'escalade, la piscine, le volleyball et l'odeur de l'herbe fraîchement coupée. Si Leo et moi avions l'occasion de nous parler, il saurait ces choses.

JORDAN

Oui, mais il n'a jamais pris le temps de le faire, Andie.

ANDIE

Parce que nous n'en avons jamais eu l'occasion! Il est dans son cercle d'amis, moi dans le mien, et nous ne faisons que graviter autour d'eux.

BECCA

Et ça va continuer ainsi, car nous recevons nos diplômes demain. Admets-le, Andie : c'est fini. Je t'adore, ma douce, mais ce béguin doit prendre fin. Tu as épuisé tes options.

JORDAN

Becks a raison, Andie. Leo est un perdant. Il n'en vaut pas la peine. Tu es mieux sans lui. Voilà. J'ai prononcé tous les clichés romantiques qui me viennent à l'esprit, mais le résultat final est exactement comme la version cinématographique du livre à succès : Andie, laisse tomber, il ne te mérite pas.

ANDIE

Comment peut-il ne pas craquer pour moi
alors qu'il ne me connaît même pas?
(Andie se lève.)

BECCA

(Paniquée.) Que fais-tu?

ANDIE

Une chose que j'aurais dû faire il y a
longtemps : parler à Leo.

JORDAN

Andie, c'est du suicide! Reviens. Je ne
veux pas porter le deuil le jour où je
reçois mon diplôme. (Andie va à la table
de Leo. Ses amis bavardent, mais il lève
les yeux.)

ANDIE

Leo? Salut, je suis Andie Amber. Tu ne
me connais pas, même si nous avons par-
tagé le même cours d'histoire depuis
quatre ans. Nous nous sommes parlé une
fois. Je t'ai prêté mon surligneur mauve
dans le cours de sciences, quand tu as
eu besoin de quelque chose pour écrire
parce que tu avais oublié ton sac à dos
à la maison.

LEO

Je me souviens de toi. Salut, Andie.

ANDIE

C'est vrai? Je veux dire, salut.

JENNY

(*Murmurant à Leo.*) Blablabla! Dis-lui de partir. Elle me donne mal à la tête.

ANDIE

Tu ne m'as jamais rendu mon surligneur.

LEO

Désolé. Je t'en achèterai un autre, si tu le souhaites.

ANDIE

Ça va. C'est sans importance.

JENNY

As-tu quelque chose de particulier à dire?

ANDIE

Oui. Je veux dire quelque chose à Leo depuis quatre ans, et je ne peux pas attendre un jour de plus, car nous n'aurons pas un jour de plus. Alors, je vais le dire maintenant, d'accord? À voix haute avant de perdre ma chance.

QUATRE : *Le comité d'accueil*

— Tu ne pouvais pas seulement laisser la chose mourir d'elle-même, hein? Tu devais empirer la situation! Elles ne reculeront plus, maintenant!

Je suis au téléphone avec Sky — oui, Sky — et n'ai pas pris le temps de respirer depuis au moins dix minutes. Je pense que nous avons dû échanger au plus six conversations téléphoniques au cours de la dernière décennie. Pourtant, je lui ai déjà parlé trois fois ce matin pendant que je m'habille et me prépare pour aller à ma première répétition avec les acteurs des *Grands Esprits*. Ma chambre est enfin débarrassée des cartons et ressemble davantage à une véritable chambre à coucher. Toutes mes photos, mes affiches et mes coussins ont été soigneusement disposés dans la pièce. Je porte l'oreillette Bluetooth de mon iPhone en discutant, afin de pouvoir choisir ce que je vais enfiler aujourd'hui. Sky, j'en suis sous le choc, me laisse parler.

— Ma mère panique de peur que je me retrouve à l'hôpital encore une fois! m'exclamé-je en laissant libre cours à ma frustration. Laney s'inquiète de me voir ternir ma réputation déjà fragile, et *Access Hollywood* n'a pas arrêté de téléphoner à Nadine de la matinée, la suppliant que je leur accorde une entrevue exclusive.

— N'oublie pas *Celebrity Insider*, me rappelle Matty.

Il est assis sur mon lit à boire un lait frappé à la banane. Nous allons prendre une voiture ensemble pour les quartiers chics. J'ai ma première répétition pour le spectacle, et Matty a une séance de photos pour *Teen Vogue*. Il porte un jean Diesel et un maillot Hanes blanc ordinaire. Même s'ils vont l'habiller pour la séance, il a peur qu'ils incluent dans le reportage quelques scènes où la vedette arrive, et ne veut rien porter qui ne soit pas « in ». Le magazine le présente comme un nouveau visage dans son édition d'automne sur Scooby, et il est tellement excité que je pense qu'il pourrait s'enflammer comme un phénix. Soit ça ou soit sa tête va exploser, mais ça devait se produire un jour, de toute façon. Son ego est plutôt boursouflé.

— *Celebrity Insider* a téléphoné aussi! répété-je.

Je lève deux chandails pour l'approbation de Matty — un tricot turquoise DKNY que je pourrais assortir avec une blouse en lin blanc à volants et un pantalon large indigo Nanette Lepore, ou un chandail à devant croisé noir Tahari avec des manches courtes qui fait New York à plein. Matty pointe le haut noir. Je lui lève mes pouces, puis je lui fais signe de sortir, afin de pouvoir me changer. Je lance rapidement mon brillant à lèvres Bobbi Brown et mon calepin de notes dans mon sac en peau de serpent Orion. Orion est la nouvelle marque très en vogue en ce moment, et ce sac est le premier must de leur collection. Ils me l'ont envoyé, et c'est devenu mon sac de choix pour la vie citadine. Il est assez grand pour que j'y range mon maquillage, un livre et mon iPhone, mais assez petit pour ne pas avoir l'impression de porter un sac de pommes de terre.

— K., pourrais-tu arrêter de te plaindre? m'interrompt Sky. Je t'ai rendu service, et tu n'as même pas dit merci.

Je l'entends renifler.

— Merci? Merci? dis-je, outragée. Tu me causes des ennuis. Encore! Tu me fais totalement un tour à la Britney, n'est-ce pas? Je parie que tu n'as même pas parlé à ton agente de publicité en premier. Et je ne peux pas croire que tu as utilisé cette réplique sur les Skittles! C'était un texto privé.

— Si je n'avais pas ajouté ton nom sur ces trucs, Lauren et Ava penseraient alors que tu es une carpette, ce que tu es, mais comme ton nom est lié au mien, je devais agir! Tes messages à la Gandhi disant de «faire preuve de noblesse» ne convenaient tout simplement pas, déclare Sky, d'une voix aiguë, qui, je présume, vise à imiter la mienne. Tu es trop paix, amour et compréhension. Tu dois t'enflammer et frapper les gens à ton tour, parfois! J'avais besoin de dire ces choses sur Twitter! Et sur Facebook! Et dans mon blogue! Je limitais les dégâts pour nous. Tu aurais dû entendre ce qu'elles m'ont dit samedi chez — bip — Hershberger! Je suis presque tombée en bas de ma chaise de massage et — bip — son cou!

— Sky? C'est Laney, dis-je en fixant l'afficheur. Je dois le prendre.

— J'ai un — bip — je te verrais dans quelques jours, me dit Sky. Je serai en ville pour les avant-premières et…

Les avant-premières! Soupir. Oh, comme elles me manquent! SECRET D'HOLLYWOOD NUMÉRO QUATRE : Certaines personnes ont l'occasion de voir les émissions télévisées de l'automne avant le reste du monde. Chaque printemps, les cinq réseaux principaux déroulent le tapis rouge dans la ville de New York et font venir leurs plus grandes vedettes en avion, pour présenter leurs nouveaux calendriers aux annonceurs, aux élites des médias et aux réseaux affiliés. Ils organisent cela en grand, donnant des fêtes et diffusant des clips pour leurs plus récentes émissions. C'est essentiellement le festival de la lèche, mais c'est également très amusant. C'est l'une des rares fois dans l'année où l'on a l'occasion de passer du temps avec les vedettes collègues des autres réseaux sous un même toit. C'est là que j'ai rencontré Patrick Dempsey (je l'aime tellement), j'ai trébuché sur les mignons talons aiguilles noirs de Jennifer Garner (je l'adore) et selon ma mère, je l'ai embarrassée devant George Clooney il y a de cela des lustres quand il faisait partie d'*Urgences*. J'étais petite, alors je ne m'en souviens pas, mais maman prétend que je lui ai demandé pourquoi ses cheveux étaient gris. En tout cas, pour en revenir aux avant-premières, on accorde des entrevues à la presse et fait une apparition à l'événement principal, mais c'est surtout une grande fête remplie de luxueuses suites d'hôtel avec des cadeaux, des photos publicitaires avec les membres de la distribution et d'autres avec des admirateurs. J'avais l'habitude de supplier Tom Pullman, notre réalisateur d'*AF*, de m'y envoyer chaque année. Aujourd'hui, Matty y va pour Scooby, et Sky, pour son pilote.

— … je songeais donc à Bubby's pour le brunch, dit Sky. K. ? K. ! ALLÔÔÔÔÔÔÔ ?

— Quoi ? Oui. D'accord, acquiescé-je à je ne sais trop quoi. Quelle était la question ?

Sky pousse un long et profond soupir.

— Le brunch. Avec moi pour discuter du projet « Détruire LAVA ». Tu en es ?

Un brunch ? Avec Sky ? Même si je trouve l'idée étrange, la pensée qui surgit ensuite dans mon esprit me paraît encore plus étrange : je veux vraiment y aller.

— O.K., lui dis-je. Tant que tu ne les appelles plus LAVA. Téléphone-moi quand tu seras en ville.

— Ou plus tôt, réplique rapidement Sky. Qui sait ce que — bip — ensuite, tu vois ? Je dois partir, K. À suivre. Clic.

Je passe à Laney.

— Je suis désolée. Je…

— J'ai la plus fabuleuse des nouvelles !

On dirait presque qu'elle va surgir du téléphone, tellement sa voix est forte. Je ne l'ai pas vue aussi enthousiaste depuis que Fergie lui a demandé d'être sa demoiselle d'honneur à son mariage.

— Tu ne devineras jamais ! Seth et moi n'en revenons pas ! Il va t'appeler, alors joue celle qui ne sait rien parce que je ne suis pas censée ouvrir la bouche, mais je devais être la première à te le dire. Prête ?

Une nouvelle émission de télévision ?

C'est la première pensée qui me vient en tête, ce qui m'étonne encore plus que d'avoir envie d'un brunch avec Sky. Est-ce cela que je veux? Une nouvelle émission de télévision? J'ai enfin un horaire qui me permet de faire des trucs comme Broadway. Est-ce que je souhaite réellement passer toutes ces heures sur un plateau de tournage encore une fois? Je pense peut-être de nouveau à des émissions de télévision parce que la finale d'*Affaire de famille* a été diffusée dimanche dernier et que les avant-premières ont lieu la semaine prochaine. Ça doit être ça.

— Dis-moi.

— Lorne Michaels vient de téléphoner à Seth!

Laney trébuche sur ses mots, tant ils sortent vite de sa bouche.

— Il veut que toi et Sky animiez la dernière de la saison de *SNL*!

— *Saturday Night Live*?

Je répète ces mots seulement pour être certaine. C'est le seul *SNL* que je connaisse, mais je suis tellement sous le choc que je dois vérifier. Il veut que j'anime l'émission? Je commence à faire les cent pas dans ma chambre pour me calmer. Moi? *SNL*? J'ai toujours souhaité animer. Je me demande qui présentera le numéro musical. Oh, et si c'était Lady Gaga? Je désire tellement rencontrer Lady Gaga!

— Toi et Sky, réitère Laney. J'imagine que les inepties que cette maniaque a publiées sur ses sites Web étaient une bonne chose parce que Lorne affirme que votre petit brouhaha avec Lauren et Ava est « le » sujet du jour! Les gens bavent devant vous comme si vous étiez un juteux morceau de bœuf Kobe! Ils meurent d'envie de vous voir, toi et Sky, donner une raclée aux filles, et Lorne se dit qu'ils peuvent écrire quelques merveilleux sketchs satiriques. Il veut que les scénaristes en pondent un où vous faites semblant d'être Lauren et Ava et où vous êtes habillées en Skittles. Ça ne serait pas — bip — hilarant? Dieu, j'adorerais observer leurs visages quand ce sera diffusé.

Je vérifie le numéro sur l'afficheur. C'est Seth.

— Laney, l'appel de Seth entre maintenant.

— Bien, laisse-lui t'apprendre le reste. Laney semble bouder.

Alors que je passe à l'autre appel, je ne peux pas m'empêcher de me dire que Sky avait raison et qu'il faut laisser libre cours à sa colère intérieure, parfois. Ses divagations nous ont obtenu le boulot pour *SNL*. Maintenant, je me sens coupable d'avoir crié après elle. Elle va tellement m'obliger à lui présenter mes excuses après ça.

Tout de même, jouer dans des sketchs satiriques pour démolir Lauren et Ava me rend nerveuse. Cela ne réussira qu'à les enrager encore davantage, et tout ce cirque ne fera que continuer. Mais il est question de *SNL*, ici. On ne refuse pas ça. Et d'ailleurs leurs sketchs ne seront pas carrément méchants. Ils seront drôlement méchants, ce qui est mieux, j'imagine.

— Salut Seth !

J'essaie de paraître pressée.

— Je suis sur le point de partir pour la répétition.

— Que se passe-t-il ?

— Elle t'a déjà appelée, n'est-ce pas ?

Seth rit.

— Elle me fait toujours le coup. Ne nie pas, Kaitlin. Dis-moi seulement ce que tu ressens. Excitée, oui ?

J'expire.

— Oui. TELLEMENT excitée ! Je ne peux pas croire qu'ils me veulent !

J'arrête de marcher.

— Seth, comment puis-je faire cela ?

Je me mords la lèvre inférieure.

— Ne serais-je pas en train de présenter ma pièce à ce moment-là ?

— Comme la dernière de la saison est tard cette année, tu seras encore en répétition, explique Seth. Je vais joindre le bureau de la production pour le confirmer, mais je pense que nous avons trouvé la solution. Nous sommes certains que les *Grands esprits* coopéreront et que ça devrait bien se passer pour toi. Ce sera de longues heures, mais tu ne peux pas laisser filer ça. C'est énorme, ma vedette !

— D'accord ! m'exclamé-je, prise de vertiges. J'en suis !

Je me tortille pour enfiler mon chandail, tout en poursuivant ma conversation, le tirant par-dessus mon oreillette, puis attrapant mon sac Orion, en route vers le vestibule.

— Envoie tous les détails à Nadine. Quand dois-je les rencontrer ? Est-ce que j'ai un droit de regard sur les sketchs ? Aurais-je la chance d'en jouer un avec Andy Samberg ? Je l'adore ! Oh, peut-être que Justin Timberlake fera une apparition pour un sketch avec nous ! Puis-je demander Andy et Justin ?

Je parle toujours lorsque je franchis la porte presque sans toucher terre et que je descends dans l'ascenseur avec Matty, qui me fixe avec curiosité. Je lui gribouille un mot pour expliquer ce qui se passe, tout en continuant à bavarder avec Seth à propos de la logistique d'animation, ce que je dois faire avant et de téléphoner à Sky pour discuter des détails. Si seulement Seth savait que je venais tout juste de lui parler au téléphone ! Matty montre la note à Nadine, puis elle se tourne et la tend à Rodney, qui la montre à son tour au portier, Andrew. Avant que j'aie pu réagir, nous dansons tous une folle farandole.

— Seth a raison ; c'est une grosse affaire, acquiesce Nadine un peu plus tard pendant que nous avançons à pas de tortue dans la circulation sur Broadway en nous rendant au théâtre.

La voiture avance et arrête, avance et arrête, puis la circulation s'éclaircit pendant une minute, et notre chauffeur appuie sur l'accélérateur, puis sur les freins, et nous recommençons à avancer, puis à arrêter. Ces mouvements me donnent parfois l'impression d'avoir la tête montée sur un ressort ! Nous venons de conduire Matty au Sheraton Midtown, où le reste de son équipe est logée pour les avant-premières, et nous progressons lentement vers mon arrêt. Au moins, à New York, il y a d'autres moyens de se déplacer, si nous devons abandonner la voiture. Je peux demander au chauffeur de me laisser descendre pour marcher, ce qui est formidable parce que quand je suis à pied, je vois des boutiques dont j'ignorais l'existence. L'autre jour, j'allais à un essayage pour mes costumes et suis sortie du taxi directement devant le Kiehls original. J'ai acheté tellement de trucs que j'ai dû héler un autre taxi pour rentrer à la maison, ce qui voulait dire encore la circulation, mais j'étais si occupée à essayer mes nouveaux trésors que je ne m'en souciais pas. Hier soir, alors que notre taxi était immobilisé moteur en marche entre la 36e et la 34e Rue sur Broadway depuis plus de quinze minutes, Nadine et moi avons bondi hors de la voiture et avons embarqué dans le métro. (Chut ! Je l'ai déjà pris deux fois avec Nadine, et tout s'est bien passé. Évidemment, il y fait un peu chaud, mais c'était facile et rapide ! Et aussi fou que cela puisse paraître, personne ne m'a regardé deux fois.)

— Pense à la couverture médiatique que tu offriras à la pièce et à toi-même, poursuit Nadine. Je parie qu'un tas de directeurs de distribution cogneront à ta porte après ça.

— Penses-tu qu'ils cogneront quand même quand ils découvriront qu'on a demandé à moi et à Sky d'animer seulement en raison de notre crêpage de chignon avec Lauren et Ava ? Je m'inquiète. *SNL* nous a choisies uniquement à cause des divagations coléreuses de Sky sur Twitter. Je suis loin d'être aussi méchante qu'elle. Je ne fais que la suivre et me sens un peu coupable de ça.

— Qui s'en soucie ?

Nadine exprime son opinion à voix forte, assez forte pour être entendue par-dessus le bruit des klaxons actionnés à l'intersection. Deux voitures bloquent notre voie dans la direction opposée, et notre chauffeur a la main fermement enfoncée sur le klaxon. Je suis déjà tellement habituée à la mélodie des klaxons — des sirènes de police et leurs lumières vives, et les ambulances, sans parler des conducteurs criant en anglais et dans leurs langues maternelles.

— Le fait est que tu vas animer *SNL*, me dit Nadine. Aucun téléspectateur ne sait pourquoi on te l'a demandé. On sait seulement qu'on t'a choisie, et c'est une bonne chose. Et en ce qui concerne la crise de Sky contre Lauren et Ava, je pense personnellement qu'il est à peu près temps.

Je la fixe avec des yeux ronds.

— Je suis sérieuse, déclare Nadine d'un ton de défi, et elle lisse ses cheveux roux avec ses ongles rongés. Je crois que Sky pourrait avoir raison. Parfois, faire l'imbécile fonctionne.

— Heu, peut-être, répliqué-je, regardant Nadine comme si elle était folle.

Elle vient juste d'être d'accord avec Sky. Le ciel nous tombe-t-il sur la tête ? Je devrais le dire à Liz et à Austin. Je jette un œil à ma montre. Il est 11 h 30, ce qui signifie 8 h 30 à Los Angeles. Ils sont probablement tous les deux dans leur premier cours. J'essaie d'abord Liz — elle est en retard pour l'école et dans la voiture avec son père. Elle hurle tellement que son père crie après elle et doit raccrocher. Ensuite, j'appelle Austin, et il décroche à la première sonnerie.

— Hé, Burke. Où vas-tu ?

La profonde voix d'Austin me coupe presque la respiration. Juste alors que je pense m'habituer à ne pas le voir, j'entends sa voix et suis de nouveau en chute libre.

— Désolée de t'attraper en classe, m'excusé-je.

— Je n'y suis pas, dit rapidement Austin, et je perçois des bruits en arrière-plan : beaucoup de voix de gars, de balles rebondissantes et de crissement d'espadrilles. Nous sommes en réunion de calendrier aujourd'hui, alors je fais de la gym, ce que je ne considère pas comme un cours, comme tu le sais.

Je l'imagine avec un grand sourire, alors qu'il est debout au milieu du gymnase dans son short en nylon et son débardeur qui montre ses biceps. Je vais me liquéfier. Ces bras. Je veux voir les bras lisses et musclés d'Austin, qui sont habituellement enroulés autour de ma taille…

— Mais je dois retourner à la partie de basketball que je perds au profit de Murray, alors…

Austin hésite.

Oh! c'est vrai. Je suis au téléphone. Pas question de rêver éveillée à mon amoureux quand je suis en communication avec lui. Je dois me souvenir de ça.

— Je viens de recevoir un appel de Laney. Bien, de Laney et de Seth, rectifié-je. Devine qui est l'animatrice de la dernière de la saison de *SNL*? Moi! Et Sky, mais moi! Je vais participer à *SNL*!

Je sautille presque sur la banquette en cuir noir. Je le ferais de toute façon avec tous ces nids-de-poule qui surgissent maintenant que la circulation est fluide. Nadine et moi glissons et nous cognons l'une sur l'autre. Rodney est sur le siège avant et n'arrête pas de fixer le chauffeur en essayant de crier après lui par télépathie. (Je lui ai dit la première semaine de les laisser faire leur boulot sans ses «critiques constructives» et sans les fixer à travers ses lunettes noires. Leur travail est probablement plus difficile qu'il n'y paraît, et il a l'air difficile.)

— Bravo, Burke! s'exclame Austin. Tu vas enfin rencontrer Andy Samberg.

— Je sais!

Austin se souvient que je l'aime beaucoup. Il est vraiment attentif lorsque je parle. Ou quand je radote. Ce qui m'arrive souvent.

— J'aurais aimé que tu puisses être dans l'assistance, dis-je, avec mélancolie. Je vais être tellement nerveuse.

— Non, tu ne le seras pas, insiste Austin. Tu seras parfaite. Pense à *SNL* comme à une répétition pour ta pièce. C'est devant un public aussi, au cas où tu l'aurais oublié. La différence avec *SNL*, c'est que des millions de gens te regardent. Il rigole. D'accord, je serais un peu nerveux aussi. Mais je vais le syntoniser pour t'encourager.

Je sens mon corps tiré en avant et tends une main pour tenter de ne pas écraser mon visage sur le dos capitonné de la banquette devant moi. Nous ralentissons. Je regarde dehors ; nous sommes arrivés au théâtre.

— Merci. Je suis vraiment nerveuse maintenant que nous sommes ici. Je t'appelle plus tard, d'accord ? Va donner une raclée à Murray.

— Promis, affirme Austin, puis il est parti.

Je prends une profonde respiration — en partie pour me calmer après m'être imaginée en train d'embrasser Austin, ce à quoi je pense beaucoup à présent que c'est impossible, et en partie pour m'empêcher de souffrir d'hyperventilation par rapport à ce je suis sur le point de faire : entrer pour ma première répétition de *Les grands esprits se rencontrent*. La pièce dans laquelle je vais tenir la vedette. Dans quelques courtes semaines. Wow !

Nadine descend la première, suivie par Rodney, qui grommelle encore.

— Quelle était cette façon de conduire ? Nous avançons à pas de tortue, il se faufile d'une voie à l'autre et effectue des virages serrés, faisant crisser ses pneus à côté des piétons…

— Rodney, ils conduisent comme ça, ici, lui rappelle Nadine pour la énième fois. Ils doivent maintenir l'allure des chauffeurs de taxi, et bouger, bouger, bouger.

— Tout de même, si je nous conduisais, je ne ferais pas cela.

Il fixe avec envie l'arrière de la Lincoln Town Car qui vient de nous quitter.

— Je n'arrête pas de te le dire, tu as des choses plus importantes à t'occuper à part conduire.

Je frotte son énorme bras. Il me tend un Sharpie vert et hoche la tête devant les deux jumelles qui viennent de me remarquer. Elles s'approchent à toute vitesse, parlant d'une voix si aiguë que je comprends à peine ce qu'elles disent. Je lance un coup d'œil à Rodney.

— Tu dois me protéger. Habituellement de moi-même.

Je signe les maillots des filles, pose pour une photo avec elles prise avec leur cellulaire, puis me dirige vers le théâtre.

Le Limestone Theater ne paie pas de mine de l'extérieur, mais le hall vous coupe le souffle. Il a été construit dans les années 1930. D'après ce que j'ai lu en ligne, il a été restauré deux fois depuis. La première fois, ils se sont débarrassés de toutes les touches classiques ; la deuxième fois, quand l'ancienne école est devenue la nouvelle école, ils les ont toutes remises. Il y a des moulures dorées partout, des colonnes en pierre sculptée, un luxueux tapis rouge, de hauts plafonds voûtés, des murs de plâtre et de lourdes portes en bois menant à la salle. Ce que j'aime le plus, ce sont les murales peintes. Elles paraissent « art déco », ce qui ne concorde pas tout à fait avec le reste du décor de la Renaissance et des statues grecques, mais ça fonctionne. Le hall est silencieux — il n'y a pas de représentation le lundi —, mais je suis capable d'imaginer de quoi cet endroit a l'air avant un spectacle à guichet fermé. On peut presque entendre les voix des gens trouvant leurs places. Je tire la lourde porte le plus près et j'entre dans le théâtre frais partiellement sombre. Des rangées et des rangées de sièges recouverts de velours m'accueillent dans la salle caverneuse. (Je pense que Nadine a dit que la maison compte mille cents sièges entre le parterre et le balcon.) Le décor est encore plus élaboré à l'intérieur, avec beaucoup de feuilles d'or sur les murs et de pierre sculptée sur les corbeilles. La scène paraît immense d'ici, et il y a de longs rideaux en velours épais tirés de chaque côté. Je peux apercevoir la fausse de l'orchestre accommodant cinquante personnes, qui est en partie visible au public, devant la scène. Seules quelques lumières sont allumées, mais la scène est quand même totalement éclairée, et je vois les briques noires du mur exposé en arrière-scène. Le fond de la scène manque, pour l'instant.

Il y a un groupe de gens debout sur la scène, et tous se tournent quand les portes se referment derrière moi. Je prends une profonde inspiration pour ne pas m'évanouir. Je ne connais rien au monde de Broadway. Malgré tout l'enthousiasme que j'éprouve à l'essayer, je ne peux pas m'empêcher de me sentir comme la nouvelle venue en ville. Et si je ne pouvais pas suivre ? Et si je n'y avais pas ma place ? Et s'ils me détestaient ?

— Kaitlin ! Bienvenue !

Forest Amsterdam, le metteur en scène de la pièce, fonce droit sur moi dans l'allée et calme mes peurs. D'une étrange façon, Forest est un nouveau venu comme moi. Forest et moi sommes les deux seuls Américains dans cette production (il a pris la relève quand le spectacle a déménagé à New York). Les autres acteurs sont de la distribution originale de Londres. Au contraire de moi, par contre, Forest est un vieux pro de Broadway. Il vient de terminer une tournée itinérante de *La petite sirène*, et avant cela a travaillé sur *Le dieu du carnage*.

— C'est bon de te revoir, lance gaiement Forest.

Son visage est blanc terreux, ce qui est normal pour une personne ayant passé des heures au théâtre, mais son sourire vif et ses yeux gris sont chaleureux, alors qu'il me serre la main. Il porte une casquette de baseball, comme les quelques fois où je l'ai vu, et je ne sais toujours pas de quoi ses cheveux ont l'air — ou s'il en a —, mais je sais qu'il est plus grand que moi et peut-être même plus mince. Il est rasé, par contre, ce qui est un plus par rapport à la majorité des metteurs en scène d'Hollywood avec qui j'ai travaillé.

— Est-ce que ton installation se passe bien ? demande-t-il. Nous voulions t'accorder quelques jours pour te familiariser avec la ville avant de commencer à nous acharner contre toi.

— Je vais très bien, lui dis-je, et lui rends un sourire tout aussi grand, même si je panique.

Je regardais en même temps la scène du coin de l'œil, et elle paraît IMMENSE même de proche.

— J'ai défait mes cartons et j'ai appris à connaître mon quartier. J'ai déjà trouvé le Starbucks le plus près, en plus de la meilleure pizzeria, et j'ai fait une promenade de vingt minutes jusqu'à Magnolia Bakery. Je suis accro à leurs petits gâteaux, admis-je, gênée.

Forest rit.

— Qui ne l'est pas ? Tu dois essayer Crumbs, par contre. Nous allons devoir prendre quelques-uns de ceux-là pour maintenir ton taux de sucre élevé.

Il gribouille rapidement une note sur la tablette qu'il transporte sous le bras de sa chemise bleu marine sortie de son pantalon, qu'il porte par-dessus un jean usé.

— Le texte, est-ce que ça c'est bien passé pour toi ?

Je hoche la tête.

— Je pense avoir mémorisé mon rôle.

Je tire les pages de mon sac.

— J'ai pris quelques notes là où j'ai des questions, ajouté-je nerveusement.

Est-il permis d'avoir des questions sur un texte de théâtre ? C'est l'habitude pour les films, mais je n'étais pas certaine du protocole en vigueur au théâtre. On n'a peut-être pas le droit de retoucher le dialogue.

— Je voulais voir comment Meg a fait quelques petites choses.

Meg Valentine est l'actrice de qui je prends la relève. Elle a créé le rôle d'Andie Amber à Londres et ici, à New York, et ses critiques étaient dithyrambiques. Elle est la seule actrice de la distribution originale à quitter la pièce. C'est difficile de frapper un coup de circuit avec une pièce pour adolescents, mais celle-ci a piqué l'intérêt de Seth à cause de l'intrigue. Toute l'histoire se déroule dans un lycée le dernier jour d'école des étudiants de dernière année. Andie trouve le courage d'avouer son amour à Leo, qu'elle aime en silence depuis quatre ans. Sa confession déclenche une tendance qui touche tout le monde dans la cafétéria, et sous peu tous les autres, même les professeurs et le directeur, avouent quelque chose — leurs peurs de l'avenir, leurs côtés sombres, leurs insécurités. Et évidemment, ce que cela signifie d'aimer quelqu'un qui ne savait même pas que vous existiez. Les adolescents à Londres ont trouvé que le spectacle arrivait tout juste derrière *Les pages de notre amour*. Ils en sont devenus fanatiques, et les ventes de billets de représentations supplémentaires sont montées en flèche — partiellement à cause de Dylan Koster, qui joue le rôle du gars qui intéresse Andie. Dylan est une énorme vedette outre-Atlantique, et son premier film sortira cette année aux États-Unis.

Forest me prend la main et la serre fortement.

— On ne parle plus de Meg, déclare-t-il. Il s'agit de ton rôle, à présent, et je te l'ai dit — nous voulons que tu te l'appropries. C'est ton tour de faire s'affoler les critiques ! Ils vont t'adorer.

Je suis contente que Forest démontre autant de confiance en moi parce que je m'inquiète toujours de savoir comment je vais tirer mon épingle du jeu. Et je dois réussir, car autrement ma place déjà précaire (selon maman) dans la chaîne alimentaire hollywoodienne sera encore plus en péril. Heureusement, c'est un rôle formidable. Andie est comique, empotée, une grande parleuse et un cœur sur deux pattes, exactement ce qui se dégage du spectacle.

— Viens saluer tout le monde.

Forest me guide vers la scène pendant que Nadine et Rodney s'assoient dans la dernière rangée de la salle.

— Groupe, vous vous souvenez de Kaitlin. Kaitlin, voici tout le monde.

— Salut.

Je me sens mal à l'aise, comme si c'était mon premier jour d'école. Que devrais-je faire ? Serrer la main de tout le monde ? Bavarder ? Je ne veux pas dire quelque chose qui ne convient pas. Comment se passent les présentations pour une pièce ?

Heureusement, les acteurs s'occupent de ces questions pour moi. Chacun se présente et me serre la main. La distribution est petite, seulement vingt personnes environ, et j'avance dans la file en parlant à tout le monde. Nul ne mentionne la pièce. Au lieu, ils posent des questions sur Hollywood, surtout sur les célébrités. (Miley est-elle réellement aussi mignonne et pétillante en chair et en os ? Est-ce que je me considère aussi comme une des meilleures amies de Taylor Swift?) Je suis tellement prise par la conversation que je ne réalise pas que Forest attend de me présenter à deux autres personnes.

— Et bien sûr, dit Forest, tu te souviens de Riley et Dylan. Ces deux-là seront ta main droite et ta main gauche sur scène.

— Comment te portes-tu, ma jolie?

Dylan a cet adorable accent britannique.

— Prête à te lancer dans cette aventure?

Wow! Dylan était-il aussi beau la dernière fois où nous nous sommes vus? J'étais en plein milieu de ma phase Lauren et Ava quand nous avons répété, et à cette époque, je ne pensais qu'aux souliers, au magasinage et aux sucreries pour me garder éveillée après toutes ces longues soirées dehors. Cependant, à présent que le brouillard s'est levé, il est difficile de ne pas remarquer à quel point ce gars qui joue celui qui m'intéresse amoureusement est séduisant. Il est plus grand que moi d'au moins quinze centimètres et a la carrure d'un défenseur, mais le visage est celui d'un chérubin aux cheveux foncés avec des yeux verts qui vous aspirent.

Je perds un peu le fil de mes pensées un instant et dois envoyer un signal à mon cerveau pour qu'il réagisse. Dis salut, me dis-je, pour m'encourager. Tends la main, et serre-lui la sienne. Je le fais. Sa prise est chaude et ferme. Au lieu de lui dire salut, par contre, j'émets un genre de petit couac.

— J'ai vu *AJA* au cinéma ce week-end, ajoute Dylan. Tu as botté le derrière de Sky Mackenzie, ce dont tu avais probablement envie depuis un moment.

Il me décoche un clin d'œil.

Pourquoi les accents rendent-ils les gars plus attirants? Je craque pour les accents, ce qui est bon, parce qu'Andie, mon personnage, est censée être éperdument amoureuse de ce gars. La beauté de Dylan me sera bien utile pour la motivation de mon personnage, bien que j'imagine Dylan n'utilisera pas son accent pour le spectacle. Forest m'a dit que les acteurs parlent avec l'accent américain, pour cette production.

— Elle n'est pas si mal, en fait.

Je me découvre enfin à parler, et c'est pour dire du bien de Sky, parmi tous.

— Particulièrement quand nous ne travaillons pas ensemble et que je n'ai pas à l'écouter rouspéter sur le nombre de nos répliques.

Dylan et moi émettons un genre de petit rire, et j'entends quelqu'un s'éclaircir la voix.

— Arrête de la monopoliser, nous interrompt Riley, et elle donne un petit coup de coude à Dylan. Puis-je dire bonjour aussi ?

Riley m'étreint fortement.

— Tu as assurément été occupée par tes petites affaires, n'est-ce pas ? Ton nom est dans tous les journaux. Ce qui est bon, si on aime ce genre de truc, ce qui est ton cas, j'imagine. Cela te va bien.

— C'est bon de te revoir, Riley.

Je souris chaleureusement, même si, à l'intérieur, je veux me ratatiner et disparaître. Je me souviens de Riley. Son nom de scène est Emma Price. Apparemment, elle craint énormément que les gens connaissent son véritable nom. Alors, elle se sert de son deuxième prénom pour sa vie professionnelle. Emma, Riley, peu importe qui elle est, avait une façon de me faire sentir très petite et inférieure quant au fait de m'attaquer au théâtre la dernière fois où nous nous sommes rencontrées. J'ai mis ça sur le compte du décalage horaire — je me rappelle distinctement qu'elle m'ait confié détester les longs vols, et celui de New York jusqu'à L.A. en était un qu'elle n'avait pas voulu subir. Forest l'avait obligée à prendre l'avion avec lui et Dylan pour venir passer l'audition avec moi. Toutefois, ce n'était peut-être pas le changement d'heure. C'était peut-être elle, tout simplement.

— Forest vient tout juste de nous apprendre ta super nouvelle — tu animeras *Saturday Night Live* dans quelques semaines, dit Riley.

Alors que j'ai un style chic décontracté pour la répétition d'aujourd'hui et que les autres acteurs sont carrément décontractés avec des jeans et des maillots, Riley semble prête pour une journée au bureau. Elle a revêtu une blouse blanche ajustée bien rentrée dans une jupe étroite bleu marine. Elle porte aussi des talons. Je baisse les yeux sur mes mignonnes et confortables sandales Dolce & Gabbana à clous dorés.

Wow! Seth travaille vite.

— Oui, j'en suis honorée.

Mon dieu, on dirait que j'accepte un prix. Riley me rend tellement mal à l'aise!

— Je veux dire que j'ai très hâte. Ça semble une émission tellement amusante.

— Bien joué!

Riley tape des mains.

— Cette querelle avec ces branleuses a vraiment été rentable pour toi.

Elle sourit faiblement, et je ne peux pas m'empêcher de penser qu'elle ressemble au chat qui a avalé la souris. Une jolie chatte avec la peau pâle, de longs cheveux brun clair qui lui tombent à la taille et des yeux bruns qui m'observent avec méfiance.

— J'adorerais participer à ce type d'émission pendant mon séjour ici, mais bien sûr je ne reçois pas assez de publicité des paparazzis pour le justifier. J'ai quand même présenté dimanche soir à la soirée du gala des Tony avec Meg Valentine. Nous ne t'y avons pas vue. N'as-tu pas été invitée?

Je rougis.

— Je voulais les regarder à la maison, mentis-je.

D'accord, la vérité est que je n'ai pas été invitée, mais l'American Theatre Wing s'est amplement excusé pour cet oubli. Laney s'est défoulée sur un pauvre cadre au téléphone ce matin. Étant tellement nouvelle au petit jeu de Broadway, je n'avais même pas réalisé que le gala des Tony se déroulait la semaine dernière. Laney aurait dû le savoir, mais je la soupçonne d'en avoir plein les bras avec une de ses célèbres clientes qui cherche une nouvelle bonne d'enfants — elle a surpris son mari avec l'actuelle bonne (ce qui signifie qu'elle cherche également un bon avocat en divorce).

— Vraiment?

Riley semble légèrement amusée.

— Je n'ai jamais entendu parler de quelqu'un qui aurait refusé une invitation au gala des Tony Awards! Recevais-tu beaucoup d'invitations pour des galas importants de remises de prix quand tu jouais dans le feuilleton télévisé?

Je fais fi de la pique.

— Seulement pour le gala des Oscars, répondis-je d'un ton doucereux.

— Riley, sois gentille, la réprimande Dylan.

Il paraît beaucoup plus détendu que la reine des glaces. Son jean est aussi usé que celui de Forest, sinon plus. Il y a un trou près de son genou droit. Il porte un maillot noir avec la photo de John Lennon dessus. Il y a une tache de décoloration près du bas, que je crois réelle, au contraire de celle sur le chandail de Matty aujourd'hui.

— Juste parce qu'elle est une actrice d'Hollywood, cela ne signifie pas qu'elle va te filer des poux.

Dylan me regarde, se couvre la bouche, et chuchote faussement, afin que Riley puisse l'entendre.

— Elle ne pense pas que vous, célébrités d'ici, « avez les couilles » pour la scène.

— Des conneries, Dylan! Je n'ai jamais dit cela, lui affirme Riley en m'ignorant. J'ai dit que la plupart des vedettes d'Hollywood qui jouent au théâtre le font quand leur carrière périclite et qu'elles ont besoin de publicité. Les producteurs sautent sur l'occasion de les embaucher pour remplir leurs salles, sans jamais se soucier du fait que l'inexpérience du branleur abaisse le niveau de la pièce.

Sa voix devient de plus en plus forte, et je prends conscience des autres qui nous écoutent.

— Je sais que ce n'est pas le cas avec toi, Kaitlin, ma chérie, insiste-t-elle. Toutefois, il y a tant de cas où la pièce fonctionnerait tellement bien avec une autre actrice de théâtre, une aussi qualifiée que Meg l'était, mais au lieu le producteur engage le petit « cul » d'Hollywood qui ne sait pas distinguer l'espace scénique du guichet et ignore ce qu'est la « boîte ». À la suite de quoi, nous, comédiens dramatiques qui avons baigné là-dedans toute notre vie, devons passer dix semaines à démêler tout cela avec quelqu'un qui ne reverra jamais l'intérieur d'un théâtre après cette série de représentations, particulièrement après que les journaux qui ont annoncé ses débuts le démolissent.

À ce point-ci, elle prend une grande goulée d'air, n'ayant pas respiré depuis le début de son « discours ». Wow ! C'est vraiment une comédienne entraînée.

Je suis en quelque sorte muette de stupeur. Mon visage brûle, et je fixe le plancher. Je suis incapable de penser à une répartie intelligente à lui lancer, en partie parce que ce qu'elle vient de dire est ce qui me préoccupe. Forest m'a-t-il embauché pour remplir la salle ? Ai-je décroché le rôle principal uniquement parce que j'allais attirer les médias ? Si Sky était ici, elle ne laisserait pas Riley s'en sortir avec un long discours interminable comme celui-là. Mais je ne suis pas Sky, et en ce moment la seule chose que je ressens, c'est de l'embarras.

— Brillant, Riley, confie-nous vraiment comment tu te sens à propos de la présence de Kaitlin ici, dit sèchement Dylan, et je lève les yeux vers lui.

Il me décoche un nouveau clin d'œil.

— Je n'ai pas dit Kaitlin, insiste Riley en regardant autour d'elle. Quelqu'un m'a-t-il entendu prononcer le nom de Kaitlin ?

— Au contraire de toi, j'aime l'idée d'une princesse des paparazzis ; c'est ainsi qu'ils t'appellent, non ? me demande Dylan, mais il n'attend pas ma réponse. J'aime l'idée de partager la scène avec elle. C'est comme monter dans l'une de ces montagnes russes à Euro Disney. Elles plongent et virent, et on ne sait jamais où l'on va, mais on aime la balade.

— Je pense que tu as trouvé la bonne princesse de paparazzis, alors.

Je lui rends son sourire.

— Je suis une fana des montagnes russes.

Dylan sourit, et je remarque le mignon petit espace entre ses deux incisives.

— Riley, puis-je te parler une seconde?

La voix de Forest interrompt notre conversation, et nous nous retournons pour voir son visage de marbre.

— Maintenant?

Riley pivote et passe devant le metteur en scène, qui la suit en bas de la scène et dans les coulisses, d'où je perçois ses chuchotements furieux. J'aurais envie d'entendre ce qu'il dit, mais je suis presque certaine de l'avoir deviné : il n'apprécie pas son comportement. Et cela me fait sourire parce que même si Riley ne m'aime pas, je sais que Forest m'aime. Et aussi, apparemment, Dylan. Les autres acteurs gardent le silence. On voit bien que Riley est leur reine, ne serait-ce que parce que tout le monde a un peu peur de la mettre en colère. Je saisis l'occasion de m'adresser à eux.

— Écoutez, Riley a un peu raison, leur dis-je, sans broncher. Je n'ai jamais fait cela avant. J'ignore ce qu'est l'espace scénique. Ou le… Je lance un regard interrogateur à Dylan.

— Guichet, murmure-t-il.

— Guichet.

Je me mords la lèvre.

— Je sais par contre que je suis excitée d'être ici. J'espère que vous pourrez me montrer les ficelles du métier. Et je promets de travailler fort. Je m'engage à offrir la meilleure performance de ma vie. Je demande seulement une chance.

— Ça, les amis, c'est l'attitude que je recherche.

Forest marche vers moi et me fait un gros câlin, tout en gardant les yeux sur Riley, qui fixe les chevrons d'un air sombre.

— Kaitlin va faire une superbe Andie, dit-il avec affabilité, puis il ajuste le crayon derrière son oreille. Et nous allons l'aider à chaque étape, n'est-ce pas ? Je compte sur vous tous pour aider, puisque je ne suis pas là à chaque répétition.

Oh, mon dieu, c'est vrai ? Forest est mon plus grand partisan. Comment vais-je m'en sortir sans lui ?

— Rappelez-vous : mieux elle réussit, plus nous paraissons bons, ajoute Forest. Donnons-lui donc une main d'applaudissement pour qu'elle se sente la bienvenue.

Forest commence à taper des mains, et je me sens rougir quand les autres se joignent à lui. Ils sourient, et Dylan siffle. Même si je suis gênée, je suis émue. C'est bon de se sentir désirée par tout le monde. Je devrais plutôt dire par presque tout le monde. Riley applaudit à peine. Mais ça va. Je regarde les autres et souris avec reconnaissance. Après les paparazzis déments (je suis contente que tu sois en Californie, Larry le menteur !), les vedettes invitées amères et les mondaines devenues folles, gagner l'approbation de Riley devrait s'avérer facile.

Je l'espère.

LE LUNDI 8 JUIN
NOTE À MOI-MÊME :

Demander à Nadine acheter lexique de théâtre !
Améliorer mon côté british.
Étudier texte ! ! !
Répétition : M-V acteurs : 11 h-14 h 30. Moi seul. : 14 h 30-16 h.
Sam. soir : dîner bienfaisance Opération alphabétisation Amérique.
Dim. soir : fête pour Scooby.
Réun. *SNL* : lun. Matin Sky *brunch Sky après.
Merc. 18 h : dîner bienfaisance Chanel.

Le cirque Kaitlin et Sky continue !   11 juin

Nos yeux nous trompent-ils ou bien Kaitlin Burke et Sky Mackenzie étaient-elles bras dessus, bras dessous à L.A. hier soir, paraissant aussi amies que Drew Barrymore avec la moitié d'Hollywood ? Vêtues de tenues assorties qui font pâlir les vêtements de tournée de Britney Spears en comparaison, les cheveux coiffés plus haut que l'édifice Capitol Records, le duo a pris d'assaut le Sunset Tower Hotel pour dîner, puis s'est rendu au MyHouse pour danser, s'arrêtant à chaque endroit pour poser pour des douzaines de photos pour des paparazzis qui salivaient déjà devant la précédente mésaventure de la paire ce soir-là. Au Sunset Tower Hotel, elles ont fait une scène en plein milieu du repas en aspergeant d'autres invités de champagne. À MyHouse, elles ont fait fuir Zac Efron de peur, après qu'elles aient tenté à plusieurs reprises de l'embrasser devant une Ashley Tisdale furax, l'amie de l'amoureuse de Zac, Vanessa Hudgens. « Kaitlin et Sky étaient incontrôlables ! déclare un témoin. Elles étaient bruyantes, impolies et ne se souciaient pas de qui les regardait. C'était tellement inhabituel pour elles. Bien, pour Kaitlin, du moins. »

Hum… ce qui nous amène à nous questionner, *Hollywood Nationalistes*. Comment SKAT (notre abréviation chérie pour Sky et Kaitlin) — toutes deux dans la Grosse Pomme pour le boulot — pouvaient-elles être à Los Angeles pour la soirée ? Et pourquoi la récemment repentie Burke chercherait-elle à faire des sottises ?

LES FILLES DE L.A. ÉTAIENT DES IMPOSTEURS !

« Lauren Cobb et Ava Hayden ont pensé que ce serait hilarant de s'habiller comme Kaitlin et Sky et de semer le trouble, admet une source soi-disant proche des filles qui craint qu'« elles me tuent si elles apprennent que j'ai bavassé. Les deux étaient furieuses quand elles ont entendu que Kaitlin et Sky profitaient de toute cette publicité à leur place. Elles n'arrivent pas à croire que Sky et Kaitlin vont animer la dernière de la saison de *Saturday Night Live* ! Cela n'a pas passé. Maintenant, elles essaient de se venger. »

D'autres confirment les propos de cette source, comme les photos affichées ici en témoignent, lesquelles montrent distinctement LAVA (le nouveau surnom de Lauren et d'Ava, gracieuseté de HN) jouant à se déguiser. (Qui pourrait ne pas remarquer le tatouage qu'arbore Ava de son chien, Calou, sur la face de son poignet ?) « Je savais que ce n'était pas Kaitlin et Sky, dit un serveur au Sunset Tower Hotel. Kaitlin était ici il y a seulement quelques semaines, et elle n'aurait pas pu être plus gentille. Je me sens tellement mal pour cette fille. Lauren et Ava veulent vraiment avoir sa tête. »

Comme nous le savons — et nous sommes impatients de voir ce qui se produira ensuite !

CINQ : *Embrassez-moi*

Je parie que Giselle n'a pas ces problèmes. J'aurais dû me trouver dans une voiture en direction du Waverly Inn pour l'événement Opération alphabétisation Amérique depuis quinze minutes déjà. Au lieu, je gère une crise d'habillement (Sky vient de me chiper le bustier Vera Wang Lavender Label avec la ceinture d'acier que j'allais porter parce qu'elle le préfère à la mini robe bustier Nicole Miller qu'elle a), tout en essayant d'appliquer mon maquillage pendant que je fais la sourde oreille à la sonnerie de mon téléphone (je suis certaine que c'est maman qui se demande où je suis). Puis, la sonnette de porte retentit.

— Dis-leur de s'en aller ! aboie Sky.

Elle accapare la glace dans la salle de bain, alors qu'elle applique une troisième couche de brillant à lèvres aux baies. Matty sautille derrière elle pour s'apercevoir dedans, mais Sky ne bouge pas.

Je cours hors de ma salle de bain avec seulement une jambe dans ma gaine Spanx (ne laissez pas les vedettes vous tromper. Tout le monde les porte, à Hollywood) et bondis jusqu'à la porte d'entrée. Quand je regarde à travers le judas, je crie. Cela fait accourir Nadine, Matty et Rodney. (Sky ne quitte pas la glace de la salle de bain.) J'ouvre la porte.

— SURPRISE ! hurle Liz.

Elle tire une valise Louis Vuitton sur roulettes et porte un haut tube Free *People* genre « tie-dye » qui s'élargit à sa taille, un étroit pantalon noir en lin et ses escarpins avec brides arrière et semelles compensées préférées en cuir noir d'Elie Tahari. Ses épais cheveux bouclés sont empilés sur sa tête, et des baguettes chinoises pointent en dehors. Pas tout à fait un style de voyage, mais c'est Liz.

Nous sautillons toutes les deux sur place en nous serrant dans nos bras et en criant d'une voix si forte que nous ressemblons à des phoques au zoo de Central Park (que j'ai visité encore une fois hier! Ils sont tellement mignons). Nous sautons si fort sur le plancher de bois qu'un cadre Pottery Barn glisse en bas de la table asiatique du vestibule et atterrit avec un bruit sourd sur le sol.

— Les gens en dessous vont commencer à frapper dans le plafond, nous prévient Nadine, et elle ramasse la photo encadrée de Matty et de moi à Turks and Caicos

Elle le replace sur la table.

— Qui s'en soucie? roucoulé-je. Laisse-les frapper tout leur soul. Ils ont frappé pendant une demi-heure l'autre jour pendant que maman faisait son aérobie sur la Wii Fit à plein volume.

Ça ne fait que deux semaines que je n'ai pas vu Liz, mais j'ai l'impression que dix ans se sont écoulés, et je ne peux pas m'empêcher d'être excitée.

— Papa a pris l'avion pour venir passer le week-end, et je l'ai accompagné pour te voir et commencer à défaire mes cartons, mais je retourne lundi pour les examens finaux, annonce Liz par-dessus mon épaule.

Elle me lâche enfin, elle aussi.

— Es-tu contente de me voir?

— Non! la taquiné-je. Évidemment! J'ai tellement de choses à te dire.

Elle roule sa valise jusqu'au divan et l'abandonne là un instant pour admirer le vaste salon, avec sa vue panoramique du bas Manhattan et ses sofas en cuir sombre géniaux.

— Belle piaule.

— Maman veut l'acheter, annonce Matty à Liz. L'agent immobilier dit qu'elle vaut au-dessus de deux millions de dollars, alors je pense que maman a reculé.

— Elle voulait aussi acheter une maison de dix millions de dollars dans les Hamptons le week-end dernier, intervient Nadine. Elle a abandonné cette idée aussi.

— Bien, de toute façon c'est beau, acquiesce Liz.

Elle me regarde.

— Alors ? Dis-moi ! Comment va la pièce ?

— Vraiment bien.

Je baisse les yeux sur ma gaine Spanx qui pend et la retire, la froissant en boule et la cachant dans mon poing. Je vais la remettre dans l'intimité de ma chambre.

— Les répétitions sont éreintantes, mais épatantes. C'est plus difficile que je ne l'avais cru.

— Et Riley ?

Liz lit dans mes pensées.

— Agit-elle encore comme si tu étais Britney Spears essayant de jouer du Shakespeare ?

— Oui. Je soupire. « Kaitlin, cette prise était parfaite ! Parfaite si tu misais sur l'effet comique au lieu de dramatique. C'est ce que tu tentes de faire, n'est-ce pas ? Intéressant. Pas tout à fait ce à quoi je m'attendrais du personnage, mais correct. Rudement bon ! Bravo ! »

J'utilise mon faux accent britannique — celui que j'ai perfectionné lorsque je me faisais passer pour une étudiante du programme d'échange avec l'Angleterre à l'école de Liz il y a un certain temps — et prends quelques libertés avec ce que Riley a véritablement dit, mais l'idée est la même. Riley me donne l'impression que je ne serai jamais capable de tenir sur une scène. Elle tente constamment d'anticiper ma manière de prononcer mes répliques et émet de petits commentaires sur la façon dont Meg — une véritable tragédienne — jouait les choses, ou remet en question ma connaissance du théâtre (« *Wicked* est bon, mais tellement commercial », a-t-elle déclaré avec un petit reniflement, quand j'ai confié à quelqu'un que c'était ma pièce préférée. « As-tu vu *En attendant Godot*? Non? Mais c'est un classique! Je croyais que *tous* les acteurs de théâtre l'avaient vu. ») Je n'adopterai pas le rôle de la vedette gâtée et folle qu'elle veut me voir jouer à tout prix et me plaindre (même si Sky et Laney pensent que je le devrais), mais il m'a été difficile de retenir ma langue.

— Hier a été la pire journée, dis-je au groupe. J'ai commandé le repas du midi pour les acteurs tous les jours cette semaine — un genre de merci pour toutes les répétitions qu'ils font avec moi —, et tout le monde a pensé que c'était bien. Tous, sauf Riley. Hier, j'ai fait livrer des pizzas, et Riley n'a pas voulu y toucher. Elle a dit : « Pas pour moi, merci. Je ne digère pas tout ce fromage. Ça me fait gonfler, mais d'après ce que je vois, cela ne te dérange pas trop. Tu devrais songer à un autre essayage de costumes, ma chérie, juste au cas. Bien, je crois que je vais partir. Je dois prendre le métro pour le centre-ville. Nous ne bénéficions pas tous d'un service de chauffeur comme toi, tu sais. Cheerio!

Liz glousse.

— Troll. A-t-elle vraiment dit « Cheerio »?

Je souris largement.

— Non. Je l'ai ajouté. Ça sonne mieux comme ça.

Sky toussote. Bruyamment.

— Nous allons être en retard, K. Remets ton Spanx, et partons.

Elle regarde Liz de haut et trépigne impatiemment sur le plancher de bois dans ses talons hauts en peau de serpent. Les cheveux de Sky sont tirés en un chignon serré, et ses longues boucles d'oreille en or lui frappent les joues lorsqu'elle secoue la tête.

— Qu'est-ce qu'un Spanx? demande Matty, l'air dérouté.

Il est vêtu d'un chandail blanc, d'un veston noir à fines rayures (très Justin Timberlake) et d'un pantalon noir. Rodney a dit qu'il ressemblait à un serveur. Hi hi!

Nadine le pousse vers la porte encore ouverte.

— C'est un truc de fille ultrasecret.

Elle se tourne vers moi. Je ne porte qu'un peignoir rose pelucheux.

— Finis de t'habiller, et partons. Tu es vraiment en retard.

Je retourne vers ma chambre à coucher pour finir de m'habiller quand je réalise que Liz est toujours debout au même endroit que quelques minutes auparavant, regardant droit devant elle, les bras croisés.

— Qu'est-ce qu'il y a ?

Je fronce les sourcils.

— Qu'est-ce qu'elle fait ici ?

Liz pointe en tremblant un ongle verni mauve sur Sky.

— Nous avons un dîner pour Opération alphabétisation Amérique ce soir au Waverly Inn, expliqué-je. Sky et moi sommes dans le kiosque des baisers.

Sky m'attrape le bras.

— K. ! Habille-toi ! Tu pourras tenir ton festival des débiles plus tard.

Elle toise Liz.

— Elle peut traîner ici et regarder *The Real Housewives of New York* ou une autre émission vaseuse du genre.

Liz attrape mon autre bras.

— Noooon… je viens avec toi, dit-elle d'un ton de défi.

Sky lui rétorque sèchement :

— Il n'y a pas de place à notre table.

— Sky.

J'utilise mon ton d'avertissement.

— Ils ajouteront une chaise pour moi.

Liz est hargneuse.

— Ton père n'est peut-être pas en mesure d'obtenir une table là-bas, mais papa y mange toujours quand il vient à New York.

— Liz.

J'utilise le même ton. À l'évidence, Liz et Sky ne peuvent pas se sentir. Depuis toujours. Leurs pères ont travaillé ensemble dans la firme d'avocats du spectacle du père de Liz. Une certaine affaire a mal tourné, et le sang a coulé. Depuis, le père de Sky a démarré sa propre firme et essaie constamment de voler des clients du père de Liz. Comme si cela ne suffisait pas, il y a le fait que les meilleures amies se défendent toujours mutuellement. Comme je détestais Sky, Liz déteste Sky, même si, maintenant, Sky et moi nous entendons bien, en quelque sorte.

— Nous pouvons toutes y aller. Je vais dire à Nadine d'appeler pour prévenir qu'il y aura une personne supplémentaire.

Liz sourit triomphalement, alors que Sky se renfrogne. Je me hâte de partir avant qu'elles n'explosent une autre fois afin de pouvoir enfin m'habiller.

* * *

Je pense que cette tenue est mieux que celle que j'avais prévue au départ. Je porte une robe à dos nu en jersey plissé vert pomme BCBG et des escarpins noirs à brides arrière Roberto Cavalli à bouts découpés. J'ai laissé mes cheveux libres et bouclés essentiellement parce que je n'avais pas le temps de les coiffer autrement. Quinze minutes plus tard, nous roulions tous vers le Waverly Inn dans le West Village, où se tient Opération alphabétisation Amérique. C'est ma première fois dans ce restaurant plus « hot » que l'Équateur, et j'ai très hâte d'entrer.

Graydon Carter de *Vanity Fair* est l'un des copropriétaires de ce minuscule bar et restaurant, et on dit qu'il mange ici plusieurs fois par semaine à sa banquette habituelle. Apparemment, il regarde aussi le plan de table et le système de réservations qui enregistre les noms des clients et le nombre de fois où ils ont dîné ici, s'ils se sont plaints de leurs repas ou s'ils ont réprimandé le serveur. J'imagine qu'il aime garder l'endroit chic et mystérieux.

On ne sait jamais sur qui l'on va tomber. Même si, ce soir, il s'agit d'un événement plutôt que d'une réservation à dîner, j'ai l'intention de rester du bon côté du restaurant, afin de pouvoir y revenir avec Austin. La voiture s'arrête devant l'entrée en porte de grange verte située au rez-de-chaussée d'une maison de ville.

Alors que nous descendons de voiture, Liz tire violemment sur mon bras et fixe mes pieds.

— Kaitlin Burke, portes-tu des chaussures à talons PLATS ? Je rougis. On ne porte jamais de talons plats à un événement !

— C'est parce que nous allons partout en voiture à L.A., lui rappelé-je. Ici, je marche beaucoup. J'ai dû parcourir quinze pâtés de maisons l'autre soir dans mes Manolo. Mes pieds sont encore douloureux.

Nadine m'a prévenue de ne pas porter des talons hauts en tout temps, mais je ne l'ai pas écoutée. Je pensais qu'elle voulait que je ressemble à l'une de ces femmes d'affaires qui nous dépassent en pratiquant la marche rapide le matin, vêtues d'un tailleur et de Ugg ou d'espadrilles. J'ai dit à Nadine que j'étais prête à souffrir pour la mode et ne succomberais pas aux semelles de caoutchouc. Toutefois, c'était avant que mon chauffeur ne reste coincé dans un bouchon de circulation sur la 4e Rue Ouest pendant quarante-cinq minutes et que j'ai décidé de revenir à la maison à pied. Ç'a été une véritable torture ! Le bon côté quand on marche dans New York est qu'il est presque impossible de s'y perdre. J'adore la façon dont les rues sont linéaires et que la plupart des pâtés de maisons sont numérotés. C'est extraordinaire de pouvoir se mettre debout à un bout de de la 5e Avenue et voir jusqu'à l'autre bout de la rue dans les quartiers chics.

— Je me fous de savoir à quel point mes pieds me font souffrir, je ne porterai jamais de talons plats, déclare Liz, et elle remue ses orteils manucurés couleur prune. Tu ne porteras pas de talons plats pour le bal de fin d'études, n'est-ce pas ? me demande Liz, alors que nous nous dirigeons vers la porte.

Il n'y a pas de paparazzis traînant devant; c'est donc une courte marche sans interruption. Il n'y a pas de tapis rouge non plus, car *People* détient l'exclusivité de l'événement, et les plans pour la soirée ont été tenus plutôt sous silence.

— K., n'oublie pas que nous avons notre réunion *SNL* lundi, interrompt Sky.

— Je m'en souviens, répondis-je d'abord à Sky, puis à Liz : Je ne porterai pas de talons plats au bal.

— Bien, dit Liz. Austin et Josh ont loué une limousine, mais nous devons toujours faire une réservation pour dîner. À quelle heure part le vol de retour, dimanche?

Sky continue aussi à parler.

— Je leur ai dit que nous voulions un sketch avec Andy, et bien sûr il acceptera parce que c'est nous. Tu travailleras avec Andy même si c'est un sketch tordu, n'est-ce pas, K.?

— Oui, je veux travailler avec Andy, dis-je à Sky et ensuite à Liz : Midi.

Liz se tourne de nouveau :

— As-tu téléphoné à Allison depuis que tu es ici? Elle y va avec Murray, évidemment.

— Que portes-tu lundi, K.? Et ceci, de Sky : Je ne veux pas que nous arrivions toutes les deux dans du Stella McCartney.

J'arrête net juste devant la porte. Ce trajet sans paparazzis aurait dû être facile.

— Les filles, allez-vous essayer de parler l'une par-dessus l'autre toute la soirée, ou allez-vous grandir toutes les deux et finir par vous adresser la parole?

Le duo se zieute rapidement, puis tourne les yeux vers moi.

— Parler l'une par-dessus l'autre, disent-elles presque à l'unisson.

Je regarde Nadine, qui semble plutôt amusée. Matty se contente de secouer la tête.

— Les filles, marmonne-t-il.

— Kaitlin ! Sky ! Je suis tellement contente de vous voir ici !

Olivia Thompson, la coordonnatrice d'Opération alphabétisation Amérique, quitte en hâte l'endroit où elle se tient avec la liste des invités à la porte pour venir vers nous. Elle porte le maillot arborant le logo du programme, c'est-à-dire un chandail noir couvert de traces de rouge à lèvres et un pantalon chic noir. Ses cheveux grisonnants frisottés sont tirés en chignon, et son long visage étroit affiche seulement une petite touche de maquillage. Elle tient dans ses mains deux paires de lèvres rouges en cire sur des bâtonnets.

— Elles sont pour vous, dit-elle en nous les remettant. Vous pouvez les utiliser dans le kiosque. Certaines célébrités étaient plus à l'aise de donner des baisers si elles avaient ces lèvres comme filtres.

— Je n'ai pas besoin de filtre, insiste Sky. Tant que l'embrasseur est séduisant.

Olivia semble troublée.

— Bien, il s'agit d'une soirée de bienfaisance. J'ignore donc qui vous aurez pendant quinze minutes, mais nous avons fait beaucoup de publicité discrète, et la réponse a été formidable. Il y a beaucoup de gens en ville pour les avant-premières. Nous sommes tellement chanceux que Graydon nous ait permis de tenir l'événement ici, dit-elle en parcourant la foule du regard. Il ne le fait pas habituellement au Waverly, mais alors c'est un vieil ami du directeur du programme. Cela explique peut-être pourquoi de si nombreuses vedettes ont accepté d'être bénévoles ce soir.

Je me tiens sur le bout de mes orteils pour voir l'intérieur sombre de ce lieu très couru.

Sky hoche la tête.

— Tu es chanceuse que je sois ici, Olivia. J'aurais été difficile à attraper si je n'avais pas été en ville pour promouvoir ma prochaine émission.

Liz s'étrangle de rire.

— C'est l'une des émissions à venir cet automne dont on parle le plus en ce moment.

Olivia fronce légèrement les sourcils.

— Qu'est-ce que c'est déjà?

Je guide Sky à travers la porte entrouverte avant qu'elle ne puisse admonester Olivia.

— Merci, Oliva, crié-je derrière moi. Nous nous assurerons d'aller au kiosque à 20 h 25 pour la séance de 20 h 30.

Je pousse Sky vers la salle à manger. Les pièces sont minuscules, éclairées avec des lampes à faible intensité qui font briller les murs de briques, et il y a de petites tables, des chaises rouges et des banquettes disséminées partout. Il y a des tonnes de « Tchotchke » ajoutant à l'ambiance chaleureuse, comme de vieux livres et des photos des Dodgers de Brooklyn, ainsi qu'une cheminée éteinte dans un coin.

— Allons chercher un peu de nourriture avant de nous mettre au travail, dis-je aux autres. J'ai entendu dire que le macaroni au fromage et à la truffe est excellent.

— Beurk, tu ne peux pas manger et embrasser. Sky paraît dégoûtée. Ne t'ai-je rien appris?

— Voilà pourquoi le rince-bouche existe, argumente Liz. Prends le macaroni au fromage. J'ai vu un serveur avec des pâtés au poulet miniatures.

— Oh, j'en veux un!

Je me frotte les mains, et mes deux bracelets de perles vertes se cognent ensemble.

— K.! Nous sommes dans *SNL* dans deux semaines! me rappelle Sky. Tu ne veux pas avoir l'air gonflé.

— Maintenant, on croirait entendre Riley, lui dis-je. Ai-je l'air gonflée? demandé-je à Liz.

— Kaitlin ne pourrait jamais avoir l'air gonflée, insiste Liz. C'est peut-être toi qui as besoin d'une Spanx, Sky.

— Qui est-ce que tu traites de gonflée? s'enquiert sèchement Sky, ses longues boucles d'oreilles se balançant encore une fois sous la colère.

— La première moitié de SKAT.

Liz roule les yeux et me regarde.

— Non, mais ce surnom est vraiment idiot, en passant. Ils l'utilisent partout.

Sky fusille Liz du regard.

— Moi, je l'aime.

— C'est mieux que LAVA, acquiescé-je. En fait, je le trouve drôle.

— Cela signifie que nous sommes en territoire Brangelina, insiste Sky, et Liz roule les yeux.

Mais avant que Sky ne se lance dans sa longue tirade surgit la plus improbable des héroïnes.

— Katie-Kate! Katie-Kins!

Ma mère glisse vers nous. Elle a l'air incroyable dans son tailleur-pantalon blanc J. Mendel. Ses cheveux sont longs et bouclés. De dos, on lui donnerait dix-huit ans. Passer autant de temps dans les Hamptons à s'occuper d'œuvres de bienfaisance l'a vraiment beaucoup détendue. En quelque sorte. Papa a enfilé un costume et une cravate bleu marine (chemise froissée en dessous encore une fois, pauvre papa) et paraît dérouté par toutes ces lumières qui éclatent quand les gens de *People* tombent en flèche sur nous pour immortaliser notre petite réunion.

— Ma douce, tu as l'air tellement chou!

Maman s'extasie, puis elle me chuchote à l'oreille

— La robe verte est jolie, mais pourquoi Sky porte-t-elle la Vera Wang? Je trouvais qu'elle faisait vraiment ressortir ton teint.

— Je vais me chercher quelque chose à manger, gronde Nadine.

Nous sommes ici depuis quelques semaines seulement, mais maman lui tombe déjà sur les nerfs. Je ne pense pas que Nadine avait vraiment prévu comment ce serait de vivre dans la même maison que nous.

— Lizzie, je suis tellement contente que tu sois arrivée à temps. Tu me rappelles les années 1960 dans ce haut, dit papa à ma meilleure amie avant de l'étreindre. Prête pour le déménagement la semaine prochaine ? Ton père m'a dit que tu comptes les heures jusqu'à ton arrivée à temps plein à New York.

— Quel déménagement ? demande Sky.

— K. ne te l'a pas dit ? s'enquiert Liz, avec un petit sourire satisfait, tirant sur son collier de perles à trois rangs. J'emménage avec les Burke pendant que j'assisterai aux cours d'été à NYU.

Sky a l'air de quelqu'un qui vient d'avaler un cube de fromage ranci (quoique cela exigerait qu'elle mange du fromage, ce qui n'est pas le cas). Elle tape son pied chaussé de Prada sur le sol.

— Mince, Mendes, j'aurais pensé que tu étais du genre à dormir dans les dortoirs avec les petites gens. N'est-ce pas la meilleure façon de se faire une idée de la vie universitaire ? Je sais que c'est ce que j'ai fait les deux nuits où j'ai tourné le film à succès de *Lifetime, L'étudiante universitaire courageuse*.

J'attrape le bras de Liz pour l'empêcher de saisir Sky à bras-le-corps devant une salle bondée de célébrités.

— Comment sont les Hamptons, papa ? demandé-je.

— Bien.

Papa rayonne.

— Beaucoup de matchs de polo, des trucs pour les œuvres de bienfaisance de ta mère.

— Des occasions d'emploi ? m'enquis-je avec espoir.

— Aucun projet de production pour l'instant, mais je suis certain que je trouverai quelque chose.

Papa semble joyeux, mais je me sens mal. Il n'a pas travaillé depuis que j'ai filmé *Faux*, et je pense qu'il s'ennuie.

— Je dois vous interrompre. Je meurs d'envie de présenter une personne à Kaitlin, dit Maman avant de tirer en avant une femme dans la quarantaine mince comme un fil avec un profond bronzage, des bras musclés et des cheveux blond-blanc.

Elle porte le plus adorable tailleur blanc Gucci, ce qui sont, selon moi, de véritables pendants d'oreilles en diamant, ainsi qu'un gros collier en or. À son annulaire, il y a un diamant plus gros que tout ce qu'Harry Winston m'a déjà prêté. Cette femme pourrait prendre la place de l'une des mères de l'émission *The Real Housewives of New York*.

— Voici Nancy Walsh, l'épouse de Tom Walsh, le magnat de l'immobilier de New York.

— Bien, je ne dirais pas *magnat*, dit Nancy d'une voix traînante, et elle touche légèrement le bras de ma mère. D'accord, peut-être que si.

Elle me sourit.

— Kaitlin, c'est un plaisir. Ta mère me dit que tu es extrêmement impatiente de t'intégrer dans le réseau social new-yorkais pendant ton séjour en ville.

Je ne me souviens pas de ça. Je regarde maman du coin de l'œil, et elle lève les sourcils d'une manière menaçante. Un mouvement double des sourcils signifie que l'affaire est sérieuse, alors j'acquiesce d'un signe de tête et souris à Nancy.

— Ce sera plutôt délicat, chérie, avec ton horaire de théâtre, mais il y a des événements le jour et les lundis auxquels tu pourras assister. Tu devras faire le trajet jusqu'aux Hamptons, mais ça en vaut l'effort si tu veux être vue dans les bons endroits.

— Ce que nous souhaitons, Nancy, lui dit maman sérieusement. Nous tenons à laisser notre marque pendant que nous sommes sur la côte Est. Ce voyage est peut-être court, mais mon mari et moi y prenons un tel plaisir que nous songeons à nous procurer une résidence secondaire ici. J'ignorais totalement que les œuvres de bienfaisance pouvaient être aussi valorisantes.

Et c'est reparti. Nadine et moi nous regardons. Maman, je peux l'imaginer, mais papa ne voudrait jamais vivre ici. Il a besoin du soleil, du sable et de grands espaces verts pour le golf. Je profite de mon séjour prolongé, mais je ne suis pas certaine d'être d'attaque pour la double résidence. Notre piscine privée me manque terriblement dans cette chaleur. Et j'ai un besoin maladif de verdure. Il y a tous ces mignons petits arbres parsemant les rues, mais ce n'est pas la même chose que les hautes rangées de palmiers que l'on voit à Los Angeles, ni les parcs à fontaine et les jardins luxuriants.

— Ma douce, je…, commence à dire papa.

Maman ne le laisse pas l'interrompre.

— Kaitlin explore plusieurs options en dehors du théâtre, et qui sait ? L'une d'elles pourrait la ramener dans l'Est plus vite qu'elle ne le réalise. Beaucoup d'émissions sont tournées ici, ces jours-ci. Mon fils, Matthew, joue dans *Scooby* à Los Angeles, mais nous venons juste d'apprendre qu'ils projettent de filmer trois épisodes ici à New York.

Nancy prend une gorgée de son vin blanc et sourit d'un air entendu.

— C'est l'endroit où il faut être, comme on dit.

Elle me regarde.

— Et nous nous assurerons que tu sois vue, Kaitlin. J'ai remis à ta mère une liste d'événements qu'il faut que tu acceptes.

— Et elle le fera, répond ma mère pour moi.

— Ta mère coprésíde certains d'entre eux, ajoute Nancy. Je suis donc certaine que nous nous côtoierons beaucoup cet été. Mes filles, Sabrina et Seraphina, sont de ferventes admiratrices et sont impatientes de voir *Les grands esprits se rencontrent*.

— Kaitlin se fera un devoir de les amener en coulisse, dit maman à Nancy.

Nadine se tient debout derrière maman, et on dirait qu'elle a envie de crier.

— Ce serait charmant.

Nancy rayonne.

Wow ! Ses placages sont aveuglants !

— Je dois saluer Margaret Beatrow ; tu le devrais aussi, Meg. Tu te joins à moi ?

— Évidemment !

Maman embrasse l'air à côté de mes joues et réussit à y laisser du brillant à lèvres rose scintillant.

— Katie-Kins, je dois filer, mais j'essaierai de passer par ton kiosque, si je trouve cinq minutes. Salut, les filles!

— Je devrais garder un œil sur elle.

Papa me décroche un clin d'œil.

— On ne sait jamais dans quoi elle va m'engager — ou nous engager — sans demander d'abord.

J'attrape sa cravate et la redresse avant qu'il parte.

— Bonne idée, monsieur Burke, crie Nadine dans son dos. Donnez-nous des nouvelles. Nadine se tourne vers nous. *People* veut quelques photos et une courte entrevue à propos de la pièce, mais sois prête à répondre à des questions sur Lauren et Ava. Ensuite, vous devriez manger, les filles, avant de vous rendre au kiosque. Vous n'avez que vingt minutes.

— Elle parle de nous, Liz.

Sky donne un petit coup avec son doigt dans le dos de Liz, juste au-dessus du nouveau tatouage sur son épaule gauche. (C'est le symbole japonais pour la vie. Liz en est vraiment très fière, même si son père était furieux.)

— Pas toi.

— À l'évidence, rétorque sèchement Liz, tout en se glissant sur la banquette en cuir rouge avant de tremper sa fourchette dans le macaroni au fromage déjà servi. Je ne peux pas m'imaginer en train d'avoir à me défendre devant *People*. C'est davantage ton domaine d'expertise, Sky. Kates, je m'assurerai d'avoir une coupe glacée à la banane pour toi à ton retour. J'ai entendu dire qu'elle est bonne à mourir ici.

Les lèvres de Sky forment un sourire féroce, et je la tire avec moi vers le journaliste. Tout comme Nadine l'avait soupçonné, il nous demande notre opinion sur la dernière vidéo de Lauren et d'Ava (Sky attaque les filles à boulet rouge pendant que je reste docilement en arrière-plan, craintive de dire quelque chose qui pourrait déchaîner encore davantage les jumelles des paparazzis) et veut qu'on lui révèle quelques petits détails sur notre apparition à venir dans *SNL*. Je parle un peu de ma pièce de théâtre, et le journaliste m'apprend qu'ils ont l'intention de passer ma performance en revue dans quelques semaines. Je ne sais pas trop si cela m'excite ou me rend encore plus nerveuse. Ensuite, il se tourne pour discuter de l'émission de Sky.

— Je suis simplement honorée de faire partie d'une distribution aussi extraordinaire, et j'ai très hâte de me mettre au travail pour une émission aussi importante, capable de changer des vies, déclare Sky, donnant l'impression d'accepter le prix Nobel de la paix, au lieu de parler de son rôle en tant que fille membre d'une association étudiante et hôtesse skieuse.

— Donc, il n'y a pas de fondement aux rumeurs selon lesquelles le créateur de ton émission, Grady Travis, a dû se battre avec le réseau pour des questions de budget ? demande le reporter.

Sky paraît momentanément troublée et tripote l'un des petits cristaux sur son pouce manucuré.

— Non. Non, nous sommes prêts à démarrer dans quelques semaines. Direction Vancouver. Je dois encore trouver quelques tenues chics pour la température froide. Ils ont des boîtes de nuit là-bas, j'espère ?

Le journaliste fronce les sourcils.

— Je pensais que la production déménageait à Los Angeles, maintenant. Du moins, c'est ce qui a été annoncé sur le site Web du réseau plus tôt aujourd'hui.

Il approche son magnétophone à cassettes plus près de la bouche de Sky.

— Je… je ne sais pas trop de quoi vous parler, déclare Sky, et elle commence à repousser ses cheveux de tout côté, comme elle le fait toujours lorsqu'elle est nerveuse.

Le journaliste éternue quand les cheveux de Sky lui frôlent le visage.

— À vos souhaits ! Los Angeles ? Pour une émission sur l'Alaska ? demandé-je.

Le journaliste éternue de nouveau quand les cheveux de Sky le frappent encore au visage.

— Grady était en rogne, lui aussi. La rumeur veut qu'il abandonne l'émission, s'ils ne reviennent pas sur leur décision pour Vancouver.

Sky arrête de se balancer.

— Quoi ? C'est impossible !

Oh oh ! Je dois l'éloigner d'ici avant qu'elle ne dise une chose qu'elle regrettera.

— Regardez l'heure, dis-je au journaliste. Nous devrions vraiment utiliser du baume à lèvres avant que nos lèvres se mettent en action au kiosque. Pourriez-vous nous excuser ?

Je traîne Sky à travers la pièce bondée jusqu'au jardin couvert à l'arrière. Son corps est mou et facile à tirer.

— Elle doit avoir tort, n'est-ce pas, K. ?

Sky enfonce un pouce rose poudre dans sa bouche, le mordant, une chose que je ne l'ai jamais vu faire auparavant.

— Enfin, oui, j'aimerais mieux être à Los Angeles, et c'est là que je croyais que nous tournions originalement, mais à présent je suis plutôt préparée mentalement pour Vancouver, et l'émission pourrait bien ne pas décoller ? Nous venons juste d'avoir une table ronde avec les acteurs aux avant-premières ! Grady était aux anges à propos de l'émission. Il ne peut pas la retirer.

— Calme-toi, dis-je à Sky avant de l'asseoir sur une chaise près du kiosque.

Je lui tends le baume à lèvres pris dans un grand bol en verre.

La table de préparation aux baisers est couverte de produits nourrissants pour les lèvres, de glaces à main et de parfums. Toute chose pour aider une vedette à être plus désirable pour un baiser, si elle choisit de ne pas utiliser les lèvres de cire. Non que certaines d'entre nous ont besoin d'aide de ce côté-là. Il y a une file pour la table de Zac Efron qui s'enroule tout autour du restaurant. Pour faire oublier l'émission à Sky, je fais signe à Vanessa de venir nous retrouver, et nous parlons des fêtes à venir à L.A. Puis, Sky et moi nous excusons un milliard de fois pour les poseuses qui ont essayé de coller leurs lèvres sur celles de Zac au MyHouse l'autre soir. Elle savait que ce n'était pas nous, bien sûr, mais ça me met tout de même en colère que Lauren et Ava aient tenté de lui faire croire le contraire.

Sky regarde tristement la glace devant elle.

— J'ai *besoin* de faire partie de cette émission, K. J'ai besoin d'avoir une émission qui m'attend. Qu'est-ce que je ferai ? Je dois travailler. Il le faut. J'adore travailler ! J'adore la télévision ! Je ne peux pas imaginer le début de la nouvelle saison sans en être. Ne pas faire partie d'une distribution ou avoir un plateau sur lequel me présenter chaque jour. Tu le peux, toi ?

— Hum, il le faut, en quelque sorte, plaisanté-je, mais je baisse les yeux et regarde le bas de ma robe.

C'est encore douloureux de penser à cela.

— C'est vrai !

La mâchoire de Sky se décroche.

— Tu n'as pas de contrat de télévision. Seulement cette petite chose estivale.

— Il se trouve que la petite chose estivale est Broadway, dis-je avec indignation. Maintenant, arrête de t'en faire. Tu pourras téléphoner à ton agent demain. Là, tout de suite, nous avons des baisers à distribuer.

Sky prend une profonde respiration et applique une nouvelle couche de brillant à lèvres devant la glace pour la millionième fois. Elle exécute quelques baisers de poisson dans la glace pour s'exercer.

— Tu as raison. Je dois être professionnelle. Je suis certaine qu'il y a des tonnes de personnes attendant de plisser les lèvres pour moi.

— Exactement.

Nous nous dirigeons vers notre kiosque — ou plutôt notre table. Il y a une grande affiche derrière qui dit « Lis sur mes lèvres ». Brillant, quand on se rappelle que c'est au profit d'une organisation pour la lecture.

Liz nous rejoint à la table, et je vois Sky froncer les sourcils.

— Merci, mon dieu, tu es là, Liz, déclarai-je rapidement. Sky va attirer une énorme file, alors tu pourras nous aider à maîtriser la foule.

Liz s'étouffe presque avec la frite qu'elle mange.

— J'en doute. Je suis ici pour prendre des photos de vous jouant les coquines.

Liz jette un regard de côté à Sky.

— Si jamais tu m'agaces, Kates, je pourrais utiliser ces photos pour les dommages collatéraux.

J'ai le sentiment qu'il s'agit d'une menace à peine voilée dirigée contre Sky, mais je ne dis rien. Liz m'attire à l'écart.

— As-tu dit à Austin que tu faisais ceci ?

Je secoue la tête, et les yeux cendrés de Liz tombent au sol.

— Aurais-je dû ? demandé-je d'une voix aiguë.

Liz gémit.

— Kates, tu participes à un kiosque de baisers ! Tu sais, embrasser d'autres gens. Austin voudrait être mis au courant.

— J'embrasse des gens pour une bonne cause ! insisté-je. C'est différent.

Je me mords la lèvre.

— N'est-ce pas ?

Liz fourre une autre frite dans sa bouche. Elle grommelle, mais j'observe sa bouche et peux deviner ses mots.

— Je ne dis pas que tu ne devrais pas le faire, je dis seulement que ton amoureux, qui se trouve à des milliers de kilomètres d'ici, pourrait vouloir être mis au courant avant qu'il ne voie des photos dans *People*. Si j'étais toi, je l'appellerais dès que possible.

Liz a raison. Je suis une telle idiote ! C'est une chose que j'aurais dû dire à Austin ; pas lui raconter que j'ai déniché ce joli petit débardeur Rebecca Taylor en solde à moitié prix. Mais pour ma défense, ce n'est pas comme si je lui avais caché l'événement de ce soir. Nous ne nous sommes pas parlé depuis trois longs jours. Nous manquons sans arrêt les appels de l'autre, puis, à cause des fuseaux horaires différents, nous ne nous parlons jamais le soir. Nous nous envoyons des textos, mais je réalise lentement que ce n'est vraiment pas la même chose.

Nous ne nous sommes pas parlé aujourd'hui non plus. On dirait presque… non, je ne pourrais pas… avoir oublié de l'appeler. Je commence à devenir frustrée. Déjà. Et il nous reste encore une longue période de séparation devant nous.

— Je vais lui téléphoner dès que nous aurons terminé, promis-je à Liz.

— Avez-vous vos lèvres de cire, les filles ?

Olivia marche vers nous et nous tend de nouvelles paires. Je lève les miennes, et Sky prend une des paires d'Olivia, cette fois. (« Juste au cas », me dit-elle.)

Je me sens encore un peu anxieuse à cause de cette pagaille avec Austin, mais le photographe de *People* attend, alors je repousse cette pensée. Il prend des photos de moi et de Sky en train de forcer notre rôle. Je tiens mes lèvres de cire près de mes fesses, et Sky les embrasse. Ensuite, nous faisons semblant que nos lèvres de cire s'embrassent dans les airs. Sky pose même ses lèvres de cire sur une photo de Lauren et d'Ava apportée par un admirateur.

— Je vais démarrer la minuterie MAINTENANT, nous dit Olivia, quand nous avons terminé les photos.

Elle presse le bouton d'une petite minuterie électronique.

— Si vous avez une file plus longue, vous pourrez toujours ajouter du temps, d'accord ? Amusez-vous !

Et c'est le cas ! Nous embrassons un tas de mignons bébés joufflus, quelques adolescents nerveux et quelques hommes coincés de la bonne société. Certains de nos célèbres amis se présentent aussi, comme Channing Tatum, Jimmy Fallon et Chace Crawford (que ni Sky ni moi n'avons hésité à embrasser). Alors que je rends un bébé à sa mère, je lève les yeux et aperçois Dylan. Il porte une chemise habillée blanche impeccable, déboutonnée au cou, un veston noir et un pantalon en denim foncé. Il sourit, et mes paumes deviennent humides, ce qui est étrange.

— Tu n'es pas vilaine, Burke, lance Dylan.

Avant que je puisse dire salut, je réalise ce qu'il a dit et fige.

— Comment m'as-tu appelée? demandé-je, momentanément abasourdie.

Le sourire de Dylan s'efface.

— Burke. N'est-ce pas ton nom de famille?

Je hoche lentement la tête, puis j'essaie de reprendre mes esprits.

— Oui. C'est juste. Rien.

Je chasse ma réaction d'un rire, mais commence quand même à tripoter mes bracelets.

— Mon petit ami m'appelle Burke.

Dylan hoche la tête.

— J'imagine que c'est pour ça que tu as l'air d'avoir vu un fantôme! Désolé pour ça. Je parie que tu as très hâte de rentrer à L.A. la semaine prochaine pour le voir.

— Oui, admis-je. Comment se fait-il que tu sois en congé ce soir?

— Les doublures reçoivent leur dû, répond Dylan. Puisque notre charmante vedette principale ne commence pas avant quelques semaines, Forest fait jouer les doublures en rotation et nous offre à nous, les mecs, quelques soirées libres. As-tu reçu mon message sur ton cellulaire?

Je hoche la tête.

— À propos d'un dîner au Monkey Bar lundi soir? Oui.

— Peux-tu y aller? demande-t-il. Je veux visiter quelques-uns de ces repères locaux et pensais que ce serait peut-être ton cas aussi.

Mon cœur bat juste un peu plus vite, et je rougis.

— Oui, ne puis-je m'empêcher de répondre.

Et ce serait totalement amusant d'y aller avec Dylan.

Puis, je repense à Austin.

— Mais je dois vérifier mon agenda.

Dylan hoche la tête.

— Sûr. Nous pourrions pratiquer nos répliques avant aussi. Si tu es libre. Je sais que tu t'inquiètes un peu pour le deuxième acte. J'ai pris quelques notes sur un texte pour toi. Je l'aurais apporté ce soir, si j'avais su que tu étais présente.

Dylan est vraiment très prévenant.

— Merci. C'est tellement gentil.

— Ce n'est rien, déclare Dylan, puis il tripote un bouton de son veston. Je suis ici avec Riley ce soir, mais je l'ai perdue dans la foule devant la table de Zac Efron.

Je fronce les sourcils. Je ne peux pas m'en empêcher. Dylan rit.

— Tu n'es pas une admiratrice de Riley, je sais. Elle te fait la vie dure, hein ? demande Dylan.

— Non, pas vraiment, mentis-je.

Mais c'est le cas. Si je dois entendre cette phrase : « Tu le fais peut-être ainsi au cinéma, mais Kaitlin, au théâtre, nous nous tenons ainsi, afin que nos voix portent. J'aurais pensé que tu savais cela » une autre fois, il se pourrait que je pleure.

— Elle est coriace, mais je te promets qu'elle est douce comme un petit animal, quand on la connaît, déclare Dylan. Elle et Meg étaient des amies à la vie à la mort. Elle lui manque, c'est tout.

— Qui est-ce ?

Sky se drape sur mon épaule.

— K., ne vas-tu pas nous présenter ?

— Et moi ?

Liz s'empare de la main de Dylan.

— Salut. Je suis la meilleure amie de Kaitlin, Liz. Nous nous verrons beaucoup cet été, vu que je suis en ville pour un atelier d'écriture et de réalisation à NYU.

— Une universitaire.

Les yeux de Dylan pétillent.

— Cool.

— Je serai en ville pour différentes choses, moi aussi, roucoule Sky.

Pour deux filles qui ont des amoureux, elles sont vraiment énervées devant Dylan. Elles ne le lâchent pas! Non que je peux leur jeter le blâme. C'est un beau mec. Un très, très beau mec.

Je fais les présentations.

— Sky, Liz, voici Dylan. Dylan, je te présente Liz et Sky. Sky était ma partenaire dans *Affaire de famille*. Dylan est mon collègue dans *Les grands esprits se rencontrent*.

— Chanceuse va.

Sky parcourt Dylan de ses grands yeux bruns et lui serre la main.

— Es-tu ici pour un baiser?

Dylan regarde l'endroit où il se tient — au début de la file — et rit.

— J'imagine que oui, puisque je fais la queue. Laquelle veut y aller en premier?

— La queue? demande Sky.

— Oh, vous autres, Américains, vous dites « faire la file », n'est-ce pas? s'enquiert Dylan.

Sky et Liz réussissent seulement à acquiescer d'un signe de tête. Elles sont toutes molles.

— Queue, file, qui s'en soucie?

Sky lui masse l'épaule, et Dylan paraît légèrement mal à l'aise.

— Veux-tu un baiser? Je suis prête!

Je ne peux pas m'empêcher de rougir. Je me sens étrange d'embrasser Dylan. Nous partageons un baiser dans la pièce, près de la fin du deuxième acte, mais nous ne l'avons pas encore répété, et je suis bizarrement heureuse de cela. Je ne veux pas que l'habitude intervienne maintenant.

— Te voilà, dit Riley en se frayant un chemin au début de la file. Oh, salut Kaitlin.

Elle m'aperçoit et me sourit froidement, ce qui va bien avec le haut à dos nu bleu glacé qu'elle porte, avec un pantalon noir étroit. Je ne me serais pas attendue à ce que le bleu aille bien à son teint pâle, mais ça fonctionne pour Riley, non que je le lui avouerais.

— Que fais-tu ici? me demande-t-elle. Je pensais que Forest t'aurait laissé tenter ta chance avec le spectacle ce soir pour t'exercer. Toutes les doublures sont en scène. J'imagine qu'il n'a pas cru que tu étais prête.

— Voici Riley, je suppose.

Liz lui lance un regard perçant.

— Tu crois? l'appuie Sky. Qu'est-ce qui l'a trahie? Le cul osseux ou l'attitude glaciale?

— Excusez-moi? demande Riley. Ces deux-là sont impertinentes. Des amies à toi?

— Oui, lui dis-je en levant le menton fièrement.

— Est-ce que tu parlais de nous deux? s'informe Liz en pointant Sky.

Je la fusille du regard.

Riley hoche la tête.

— C'est tellement agréable d'avoir des amies en ville. Les miennes sont outre-Atlantique. Je ne peux pas me laisser distraire. Le théâtre, c'est beaucoup de travail, et j'aime concentrer toute mon attention sur le développement de mon personnage.

— Je suis certain que c'est le cas de Kaitlin aussi, intervient doucement Dylan, et il me décoche un clin d'œil.

— Absolument, acquiesce Riley. Elle a consacré tellement de son temps à l'étude, dit-elle à Liz et à Sky. Et elle finira par y arriver, je n'en doute pas, avec le temps. N'est-ce pas, Kaitlin, ma chérie? Comme le langage du métier.

Riley commence à rigoler.

— Désolée, Kaitlin. Je n'avais pas l'intention de rire. C'est juste que c'était tellement charmant cette fois où tu pensais que l'ABTT était un club d'admirateurs de l'œuvre théâtrale d'ABBA.

Je rougis légèrement. Comment étais-je censée savoir que l'ABTT signifiait Association of British Theatre Technicians? Tout cela est nouveau pour moi, et franchement je ne vois pas comment toutes ces choses peuvent déterminer si je peux jouer ou non. Et pourtant je n'ai jamais ressenti autant d'incertitude à propos de mes talents d'actrice.

— OUF!

Sky croise les bras sur son bustier, écrasant la soie et me faisant grimacer.

Elle fixe impoliment Riley.

— Excuse-moi? demande Riley, essayant de sourire, sans succès. Est-ce que je te parlais?

— Merci, mon dieu, non, mais moi, je te parle, rétorque Sky. Juste une seconde, bien sûr. Je ne t'aime vraiment pas. Et je n'aime pas que tu t'en prennes à K. parce qu'elle ne connaît pas un stupide terme technique. Genre, qui ça intéresse? Laisse-moi te poser une question : est-ce que tu sais ce qu'est une « voiture-arroseuse »? Ou ce que signifie l'expression « placement caméra »?

Riley paraît troublée.

— Non...

— Ce sont des termes de plateau de cinéma, reprend Sky calmement, et elle commence à fouetter l'air de ses cheveux comme si elle brandissait une épée.

Ils frappent Riley dans la bouche, et elle s'étouffe presque.

— Une chose dont tu ne connais rien, puisque tu n'as jamais mis les pieds sur un plateau de cinéma, n'est-ce pas? Riley secoue lentement la tête. C'est ce que je me suis dit. Ça doit être difficile de vivre avec un cachet de théâtre aussi, d'après ce que je remarque en voyant ton haut Marc Jacobs en rabais.

SECRET D'HOLLYWOOD NUMÉRO CINQ : Riley a peut-être ses termes de théâtre, mais les acteurs de cinéma ont leurs propres termes, eux aussi. Une « voiture-arroseuse » est un terme discret pour désigner le camion des toilettes portatives de l'équipe. Et un « placement caméra » signifie qu'il faut placer un objet ou une personne au meilleur endroit pour être vu par la caméra. Il y a des tas d'autres termes, et je mettrais toute l'année à vous les apprendre, mais certains de mes préférés sont : « stationnement Doris Day » (la meilleure place de stationnement dans tout le terrain), « rencontre Perrier » (une réunion qui ne dure que jusqu'à la fin de la bouteille de Perrier d'une personne), « prise en double T » (ou pics jumeaux — une prise de vue qui est cadrée du torse en montant) et « rideau de douche » (une grande feuille transparente utilisée pour adoucir les lumières). Prends ça, Riley !

— Je suis fatiguée, Dylan, déclare Riley avec raideur en fixant Sky pour l'intimider.

Sky ne cille même pas.

— Présenter huit spectacles par semaine en donnant le meilleur de soi-même est exigeant pour ceux qui sont sérieux à propos de leurs engagements.

Liz me transperce du regard. Elle me dit par télépathie de répliquer quelque chose à cette fille, mais j'en suis incapable. Je ne sais pas trop si j'arriverai un jour à me sentir autre chose que mal à l'aise en présence de Riley, même après (avec de la chance) que des critiques positives soient prononcées sur la pièce.

— Dylan ne peut pas partir tout de suite, lui dit Sky, et elle tire Dylan vers elle par le col de sa chemise blanche. D'abord, il a quelques baisers à distribuer.

Avant que Dylan puisse protester, et sans son filtre de lèvres en cire, Sky embrasse mon partenaire abasourdi. Le baiser semble se prolonger infiniment, et Riley reste là, énervée. J'observe le baiser avec admiration. Enfin, Sky le libère.

— K., c'est ton tour.

Je regarde dans les yeux verts de Dylan et sens des papillons dans mon estomac.

— Je pense que tu as donné à Dylan un baiser suffisamment long pour nous deux, répondis-je nerveusement.

— Je suis d'accord, m'appuie Riley. Dylan, allons-y.

Mon regard s'attache à celui de Sky. Elle sent la même chose que je ressens en ce moment. Riley a un béguin pour Dylan. Et révéler cela à Sky est le pire cauchemar de Riley. Sky s'accroche à un Dylan stupéfait et joue avec son col pendant qu'il rougit.

— Pas avant qu'il n'ait embrassé K. ! Ne le veux-tu pas, Dylan ? C'est pour une bonne cause.

— Ne l'intimide pas, Sky, lui dis-je.

Liz fixe Riley avec mauvaise humeur.

— Kates, tu ne peux pas passer Dylan. C'est un client payant.

Pendant que tout le monde se dispute à notre sujet, mon regard croise celui de Dylan. En fait, il n'a pas l'air mal à l'aise — il me sourit un peu, et je peux sentir mes oreilles s'enflammer. Je détourne les yeux.

Liz est-elle folle ? Embrasser des bébés, c'est une chose, mais Dylan en est une autre. Austin piquerait une crise. Mais encore embrasser Chace Crawford n'était pas beaucoup mieux. Je suis déjà perdue. Je lève les yeux. Dylan a une allure d'enfer, ce soir. Mon souffle reste coincé dans ma gorge.

Riley fixe mes amies avec horreur.

— Dylan, nous retenons la queue. Partons.

— Je, heu, Dylan me regarde encore avec ce petit sourire accommodant de guingois. J'imagine que c'est une bonne répétition pour le spectacle, si ? Et c'est pour une bonne cause.

— Oui, dis-je, l'air professionnel.

Riley lance un regard furieux.

Sky me pousse en avant.

— Embrasse-le, exige-t-elle.

Le photographe de *People* a remarqué le chahut et s'approche pour prendre une photo de plus près. Parfait. Tout simplement formidable.

— Dépêche, K., nous avons une file qui attend! insiste Sky, sa voix devenant plus forte et impatiente. Ce n'est qu'un baiser! Crois-tu que Trevor se soucie de qui j'embrasse? Son visage perd toute expression. Je veux dire, penses-tu que Trevor se soucie de qui j'embrasse pour une bonne cause? Non.

Sky a raison. C'est pour une bonne cause. Un baiser ne peut pas faire de mal, n'est-ce pas? J'attrape mes lèvres de cire et me tiens sur le bout de mes orteils. Tout ce que je vois, ce sont les yeux de Dylan. Je ferme les miens et sens qu'on m'arrache mes lèvres de cire des mains.

— Qu'est-ce que c'est, ça? Tu dois l'embrasser sur scène, de toute façon! insiste Sky.

Elle s'empare de mon bras et me guide de l'autre côté de la table, qui est la seule barrière entre moi et Dylan. Elle me pousse vers lui, et il m'attrape. Ses bras s'attardent sur mes épaules nues, et je peux à peine respirer. Pas de lèvres de cire.

— Mais… protesté-je.

Ma peau commence à fourmiller.

— Je ne sais pas trop pour ça, dit Liz avec inquiétude. Le photographe…

— Ça va, Kaitlin.

Dylan baisse les yeux sur moi. Wow! Il est grand.

— Tu n'es pas obligée de le faire, si tu ne le veux pas.

— Ce n'est pas cela, expliqué-je.

Je suis momentanément aveuglée par les premières lumières, puis par les suivantes et les suivantes. Sky me crie dans les oreilles, Liz tire sur mon bras, et Riley jure tout bas (une expression britannique que je ne devrais pas répéter), mais je suis captivée par les yeux de Dylan. Ils sont vraiment beaux, et son menton à fossette est si mignon. Je ne réfléchis pas, j'agis. J'attrape Dylan par le revers de son veston, l'attire plus près et lui plante un baiser sur les lèvres. Et…

Wow! Vraiment wow!

Ses lèvres sont plus douces que je me l'étais imaginé, et elles sont différentes. Différentes de celles d'Austin, voilà tout ce qui me vient à l'esprit, mais mon cœur bat la chamade, de toute façon. Dylan s'enfonce dans mon baiser et ne s'écarte pas.

C'est agréable. Vraiment agréable. Mes épaules se détendent et… OH, MON DIEU! QU'EST-CE QUE JE FAIS?

Je lâche Dylan, mais les lumières de l'appareil photo continuent d'éclater. Mon visage est rouge comme une tomate. J'espère que ce n'est pas visible sur les clichés. En fait, je reprends mes paroles. J'espère qu'on le voit, afin qu'Austin sache que je n'ai pas aimé cela.

Même si j'ai aimé.

Sky paraît satisfaite.

— Voilà! C'était si difficile?

Dylan me sourit, et j'essaie de lui rendre son sourire, mais à l'intérieur, je me sens toute bizarre et j'ai l'estomac en bouillie, comme lorsque je mange de la glace trop vite ou que je mange trop d'Oreo.

Je me sens… coupable.

— Suivant! lance Sky. Bye-bye, RI-LEE! Bye, Dyl!

— On se voit lundi? demande Dylan, le visage totalement calme et détendu, comme s'il embrassait la partenaire amoureuse d'autres gars tous les jours de la semaine.

Oh oui. J'imagine que nous le faisons tous les deux. Nous sommes des acteurs.

— À la répétition? Puis, peut-être au Monkey Bar?

— À la répétition, oui, répondis-je, puis je m'arrête là. Je te verrai à ce moment-là.

— K., réveille, dit Sky pendant que je le regarde s'éloigner. Il y a des clients payants qui nous attendent.

— Oui, oui, acquiescé-je.

Je m'essuie les lèvres avec une serviette humide pour bébé et applique rapidement une nouvelle couche de baume à lèvres. Puis, j'applique encore du baume à lèvres. Je le frotte sur mes lèvres de plus en plus fort.

— Est-ce que ça va, Kates? s'inquiète Liz.

— Ouais, grommelai-je en continuant à frotter l'onguent sur mes lèvres.

Et là, je réalise ce que j'essaie de faire — effacer le baiser de Dylan de mes lèvres, comme si c'était possible. Et même dans ce cas, il y aurait encore une preuve — dans les photos de *People*. Je dois téléphoner à Austin et lui expliquer. Il pense déjà que Dylan en pince pour moi. Il va paniquer. J'embrasse Dylan et ne suis pas au travail! Et si les photos, genre, montrent à quel point j'étais immergée dans le baiser? Seulement pendant une seconde, bien sûr, mais et si?

Et si Austin peut voir que j'ai pris plaisir au baiser?

— K.! Allons! insiste Sky, et elle me lance mes lèvres de cire. Reprends le boulot, et recommence à embrasser!

— Désolée!

J'offre un sourire contrit au payeur suivant. Je prends mes lèvres de cire et me prépare à planter un baiser sur les lèvres d'un gars à l'air nerveux, mais toutes mes pensées sont occupées par Austin.

LE SAMEDI 13 JUIN
NOTE À MOI-MÊME :

Appeler Austin dès que possible.

LES GRANDS ESPRITS SE RENCONTRENT

SCÈNE 6
En file dans la cafétéria.

JENNY

Amy ! Amy ! ALLÔ ? Amy !

ANDIE

(Pivote.) Est-ce que c'est à moi que tu parles ?

JENNY

(Impatiemment.) Oui !

ANDIE

Je m'appelle Andie.

JENNY

Si tu veux. Écoute, *Andie*, peu importe ce que tu tentais de dire à mon petit ami là-bas, tu peux t'en épargner l'effort. Cela n'intéresse pas Leo.

ANDIE

Je n'ai pas pensé le contraire, Jenny. Il s'agit davantage de moi que de lui. Je ne veux pas commencer le reste de ma vie par des regrets. Un genre de *carpe diem* le dernier jour du lycée, tu vois ?

JENNY

Carpe quoi? Leo ne savait même pas que
tu respirais le même air que lui avant
aujourd'hui. Même si cela avait été le
cas, tu n'as pas ta place dans notre
groupe, et tu le sais. Ne te mets pas
dans l'embarras.

ANDIE

(Baissant la voix.) C'est toi qui devrais
te sentir gênée. Je t'ai vue. Le week-
end dernier. Avec Thomas Lopez au Bait
Shack, et je ne pense pas qu'il fasse
partie de votre groupe non plus. À moins
que vous n'ayez soudainement commencé
à accepter des membres de l'association
des étudiants émérites d'espagnol.

JENNY

Tu… tu… Je ne fréquenterais jamais Thomas
Lopez. Et si j'étais toi, je n'oserais
pas dire un autre mot sur un sujet dont
j'ignore tout. Compris? *(Elle se fait
bousculer dans le dos)* AÏE!

JORDAN

Oups. Je n'avais pas réalisé que je me
tenais si près de toi. Hé! Cette teinte
de Jell-O a vraiment belle allure sur
ton bronzage orange.

JENNY

(Hurlant.) C'est Été doré! Et tu viens de
répandre du Jell-O partout sur mon nouveau chandail! J'allais le porter pour
la fête de remise de diplômes de Leo.

JORDAN

J'imagine que tu devras porter autre
chose, non?

*(Jenny quitte la file, et Jordan et Andie
éclatent de rire.)*

ANDIE

Qu'est-ce que c'était, ça? Je ne t'ai
jamais entendu ouvrir la bouche pour
répliquer à quelqu'un de ce groupe
auparavant.

JORDAN

Tu m'as peut-être inspiré. Il ne nous
reste que vingt-quatre heures ici, tu
sais. À quel point Jenny pourrait-elle
me faire la vie dure?

LEO

Andie?

ANDIE

Leo! Hé.

LEO

As-tu une minute?

                    JORDAN

En fait, elle en a onze avant le début de
la prochaine période. *(Andie lui donne
un petit coup de coude.)* Je pense que je
vais prendre mon Jell-O pour emporter.

                     ANDIE

(Souriant.) J'ai onze minutes.

                      LEO

C'est ce que j'ai entendu dire. Alors,
nous devrions peut-être commencer à parler. Mais d'abord cette conversation a
besoin de glaces. Je vais prendre la
barre glacée au chocolat. Que puis-je
prendre pour toi? C'est moi qui régale.

                     ANDIE

D'accord. La barre glacée aux fraises,
s'il te plaît.

                      LEO

Parfait. *(Il tend la barre à Andie.)*
Alors… tu voulais me dire quelque chose?

                     ANDIE

Oui, et voici ce que c'était…

SIX : *Ce n'est pas fini tant que ce n'est pas terminé*

— Amy! Amy! ALLÔ? AMY!

Riley répond à son signal, et bondit sur la scène dans son débardeur violet et son short cargo kaki. Son ton avec moi est impatient, exactement comme dans la vraie vie.

Ma réplique!

— Est-ce que c'est à moi que tu parles? m'enquis-je, l'air perplexe.

Je porte un bermuda noir et un maillot blanc ajusté Juicy Couture qui dit « Juicy Couture adore le théâtre ». Nous n'avons pas encore porté nos costumes pour les répétitions, même si nos vêtements de scène ne sont pas vraiment contraignants. Riley porte un uniforme de meneuse de claque, et moi, un jean.

— Je m'appelle Andie, dis-je en articulant d'une voix forte, comme mon professeur de théâtre me l'a enseigné.

C'est vraiment amusant. Jouer sur scène, c'est exactement comme pour les répétitions d'*Affaire de famille*. Nous pratiquons toujours tout avant de filmer. Sauf que sur scène, la première prise est la seule prise — quand il y a un public, je veux dire. Et je pense que je vais beaucoup aimer cela. C'est vivant, et tout peut arriver.

Riley secoue la tête dans ma direction.

— Kaitlin, je devais répondre « oui » avant que tu dises « je m'appelle Andie ». Tu te souviens?

Elle a raison. Je sais qu'elle a raison. Tout comme elle avait raison dans la dernière scène quand j'ai coupé l'une de ses répliques en passant par-dessus sa partie sans le vouloir.

— Désolée.

— Je sais que tu l'es, rétorque patiemment Riley, et elle tripote la minuscule perle mauve à son oreille droite. C'est très différent du cinéma, j'en suis sûre. Si tu me déstabilises, alors je déstabilise Karen, elle, à son tour, déstabilise Dylan, et tout va de travers. Vois-tu ce que je veux dire, ma chérie ?

Je hoche la tête, consciente que le reste de la distribution nous observe, y compris Karen, qui joue Jordan. Tout le monde paraît mal à l'aise, comme c'est habituellement le cas quand Riley me réprimande. J'aimerais seulement savoir si c'est parce que je me montre trop odieuse ou si c'est parce que je suis une vraie péquenaude. Forest est absent aujourd'hui. Nous sommes entre acteurs. Chaque fois que Forest n'est pas là, je deviens plus nerveuse en présence de Riley, car elle a tendance à faire un plat du fait que je ne connais pas le théâtre comme elle.

— Bon, as-tu regardé cette vidéo sur l'indication scénique sur le site Web de l'American Theatre Wing dont je t'ai parlé ? me questionne Riley.

Je hoche la tête.

— Nous ne voulons pas une répétition des événements d'hier, n'est-ce pas ? Quand nous faisons la queue dans la cafétéria, je suis derrière toi, pas devant. Une chose comme celle-là peut gâcher tout l'esthétisme de la pièce.

— Riley, allons, lui dit Dylan.

Il porte une tenue semblable à celle de son personnage, un maillot noir qui met en valeur son torse, un jean serré déchiré au genou et des Converse noirs. Faisant courir sa main dans ses courts cheveux foncés, il semble fatigué d'avoir à la calmer pour la millionième fois aujourd'hui.

— Kaitlin se casse le cul.

— Je sais que c'est vrai, Dylan.

Riley croise les bras sur sa poitrine, et je remarque le minuscule rubis sur le majeur de sa main droite.

— Tout ce que je lui dis est pour son bien. Je ne veux pas qu'elle monte sur scène le soir de la première et qu'elle se goure comme elle le fait continuellement, puis qu'elle se sente comme une branleuse totale. Elle devrait briller !

— Tu as raison, dis-je à Riley en rougissant, me cachant un peu derrière mes cheveux.

Mais pourquoi fait-elle constamment remarquer chacune de mes petites erreurs ?

— Maintenant, essayons de nouveau, voulez-vous ?

Riley tape dans les mains. On se sait pourquoi, elle endosse toujours le rôle de Forest lorsqu'il s'absente. (« Il est vrai que c'est moi qui ai le plus d'expérience, ayant monté sur scène depuis l'âge de deux ans. »)

— Reprenons à la réplique suivante.

Riley roule les épaules en arrière, secoue la tête et prend une profonde respiration. Elle ferme même les yeux, et j'essaie de ne pas m'étrangler de rire. Hier, elle m'a surprise à rire de sa « préparation mentale », comme elle l'appelle, et j'ai eu droit à un sermon de dix minutes sur l'étiquette au théâtre.

— Comme tu veux.

La voix traînante de Riley est pile-poil sur l'accent américain. Je dois l'admettre, Riley est bonne.

— Écoute, Andie, peu importe ce que tu tentais de dire à mon partenaire là-bas, tu peux t'en épargner l'effort. Cela…

— Petit ami, j'interromps, et Riley se contente de cligner des yeux. Tu as dit « partenaire ». N'est-ce pas plutôt « petit ami » ?

Tout le monde me regarde. Je regarde Dylan. Il essaie de ne pas arborer un sourire narquois. Oh non. J'aurais probablement dû m'abstenir.

— Flûte ! Kaitlin a raison.

Riley me sourit faiblement.

— C'est bien « petit ami ». Nous disons « partenaire » en Angleterre, tu sais. C'est tellement difficile de se tenir au courant de deux dialectes, tu ne peux pas imaginer.

Elle traverse la scène silencieuse, ses sandales blanches cliquetant bruyamment.

—Tu es tellement chanceuse, car tu n'auras jamais que ton propre accent à maîtriser, Kaitlin. Tu éprouverais la plus grande difficulté à essayer de parler comme un Anglais.

— En fait, j'ai utilisé un accent britannique dans...

Dylan toussote, et je me tais. J'ai appris ses signaux pour naviguer entre les écueils de la colère de Riley. Là, il m'indique discrètement de me la fermer. J'obéis.

— Tu as raison, Riley.

Je souris patiemment pour sceller mes lèvres et m'empêcher de crier.

— Tu es chanceuse de m'avoir, Kaitlin.

Riley revient à grandes enjambées et place un bras autour de moi, me tournant légèrement pour que je regarde les autres en face.

— Sur scène, il n'y a pas de «je», seulement «nous». Nous travaillons ensemble, ou bien nous échouons tous. Quand j'étais dans *Gypsy* — tu as vu *Gypsy*, n'est-ce pas?

Je ne croise pas son regard.

— Non.

Riley sursaute et laisse tomber son bras osseux comme si j'étais en feu.

— Kaitlin, c'est un autre classique. J'ai vu *Gypsy* alors que je n'étais qu'une bambine. C'était la deuxième pièce après *Jésus-Christ Superstar*.

Ma voix est encore plus petite.

— Je n'ai pas vu cela non plus.

Riley regarde les autres. Je remarque que certains sont également surpris quand je lève les paupières pour jeter subrepticement un œil sur mes collègues. Certains se contentent de rouler les yeux.

— Pouvez-vous l'imaginer? Il s'agit des bases que chaque acteur de théâtre professionnel a vues! Tu devrais vraiment voir une production locale, Kaitlin. C'est tellement important de voir le travail des autres pour son art.

— Je viens de me procurer des billets pour voir *Rock of Ages* cette semaine.

Je regarde Riley en espérant que cela va l'apaiser. Au lieu de cela, elle m'observe comme si je venais de lui suggérer de regarder *American Idol*.

— *Rock of Ages* ne peut pas se comparer à *Jésus-Christ Superstar*!

Elle est tellement sous le choc qu'elle bégaie et cherche le soutien auprès des autres, mais personne ne lui offre.

— C'est comme, c'est comme, comparer *Gypsy* à *Mary Poppins*!

— J'ai aimé *Mary Poppins*.

Je commence à comprendre que je ne peux pas gagner.

— Je l'ai vu l'autre soir. J'essaie d'assister à autant de pièces de théâtre que possible avant le début de mon propre spectacle.

— Un spectacle Disney! rit-elle. Oh, Kaitlin, qu'allons-nous faire de toi?

Elle regarde sa minuscule montre Movado.

— Pause pipi! Nous nous retrouverons dans quinze minutes.

Karen et Riley se dirigent vers les toilettes, et je m'effondre sur le sol éraflé poussiéreux, assise en tailleur. Je salis mon short Rebecca Taylor, mais je m'en soucie comme d'une guigne. Tout ce que je veux, c'est entendre la voix d'Austin. Je compose son numéro et attends patiemment qu'il décroche.

— Salut, vous avez joint Austin, l'entends-je répondre.

— Austin! Hé, c'est moi, dis-je rapidement, excitée de le joindre enfin. Je ne t'ai pas parlé depuis deux jours…

— Vous savez quoi faire au son du bip, dit-il. Je vous rappelle bientôt. Promis. Bip.

C'est un message. Un nouveau message que je ne reconnais pas, ce qui explique pourquoi j'ai été trompée.

— C'est moi.

Je ne peux pas m'empêcher d'avoir l'air sombre.

— Rappelle-moi, d'accord ? Tu me manques.

Je raccroche et fourre mon téléphone dans mon sac en peau de serpent beaucoup trop plein. (Je transporte une tenue de rechange pour une réunion avec Laney plus tard.) Pourquoi a-t-il changé son message depuis hier ?

— Courage, compagnon !

Dylan me rejoint sur le sol sans se préoccuper de salir son jean lui aussi. Il m'offre la moitié de sa barre Cadbury, et je cherche Riley des yeux (« Plus de petits gâteaux, Kaitlin ! Au théâtre, il faut prendre soin de ton corps ! ») avant de l'accepter. Il se les fait envoyer du Royaume-Uni parce qu'il jure que celles des États-Unis sont différentes.

— Quel est ce dicton à vous ? Riley jappe plus qu'elle ne mord ? Je ris.

— C'est ça. J'espère que tu as raison.

Dylan est assis juste à côté de moi, et nos genoux se touchent. Il sent un peu l'ananas. C'est peut-être le parfum CK One. Et même vêtu de son maillot Ed Hardy usé, je lui ai jeté des coups d'œil discrets tout au long de la répétition. Ses biceps pointent hors de son chandail. Il doit faire beaucoup de musculation.

— C'est dommage que *Les grands esprits se rencontrent* soit déjà commencé.

Dylan me fait sortir de mes pensées.

— Tu aurais grand besoin du rituel de la « robe Gipsy ».

— J'ai lu à ce propos, lui dis-je avec excitation. C'était dans l'un des livres que j'ai lus sur Broadway et ses millions de lumières blanches…

SECRET ~~D'HOLLYWOOD~~ DE BROADWAY NUMÉRO SIX : Le rituel de la robe Gipsy a lieu le soir de première d'un spectacle musical de Broadway, juste avant la levée du rideau. Tous les membres de la distribution de la production se regroupent sur scène en formant un cercle. On place au centre un acteur censé représenter l'Égalité entre tous les acteurs et un ancien récipiendaire du rituel venu du dernier spectacle musical présenté à Broadway. L'acteur tient une splendide robe ornementée qui arbore des souvenirs d'anciens spectacles musicaux de Broadway partout sur elle. Le récipiendaire de la robe est habituellement une personne du chœur qui a joué dans la plupart des spectacles de Broadway et qui incarne les qualités de la « gipsy » de Broadway — une personne qui est dévouée, professionnelle et qui a eu une carrière bien remplie. L'espoir est que la robe apportera la chance et qu'elle charmera le public le soir de la première.

— Je ne pense pas que cela fonctionnerait dans ce cas-ci, par contre, dis-je à Dylan en traçant une ligne sur le sol avec mon index. Ce n'est pas une comédie musicale, c'est ma première pièce, et je ne fais pas partie du chœur.

— Zut, tu as raison, rétorque Dylan en riant.

Il pose sa tête sur ses genoux.

— Tu n'en as pas besoin, de toute façon. Tout le monde t'aime, et tu seras extraordinaire le soir de la première.

— Tu crois ?

Je sais que je vais à la pêche aux compliments, mais c'est le genre d'encouragement dont j'ai impudemment besoin en ce moment. Je tire sur le coton de mon chandail, agitée. Je suis déjà assez paniquée par ma présence sur scène sans avoir à m'inquiéter de l'impression que mes propos laisseront. J'avais espéré qu'Austin me dise la même chose, mais il est injoignable depuis quelques jours. Je sais qu'il est simplement occupé par ses examens finaux et qu'il se prépare pour son camp de crosse, mais je ressens vraiment mon ennui de lui.

— Je sais, déclare fermement Dylan. La répétition se termine dans une heure, et j'allais prendre le métro pour aller manger dans les quartiers chics. Ça te tente ?

— Oui, dis-je à Dylan avec regret, mais j'ai une réunion avec mon agente de publicité. Elle est en ville avec un autre client qui participe à une émission de variétés.

Dylan sourit, plisse le front et baisse les yeux sur la scène peinte en noir.

— Peut-être demain, alors, suggère-t-il. Nous pourrions même rester plus tard pour revoir quelques scènes supplémentaires, si tu le veux.

— Cette aide me serait vraiment utile.

Je me démène pour me lever, et Dylan me tend la main. Il me tire sur mes pieds, et je me retrouve à regarder encore une fois dans ses yeux verts.

— J'en suis heureux, répond Dylan, et il me décoche le plus étonnant sourire.

Heu, regardez ça. Il a deux fossettes et non une. Bizarrement, ça me fait rougir, et je sens la chaleur envahir mon visage.

— Ce serait formidable.

Je sens la vibration de mon iPhone et cours à mon sac.

— Pourrais-tu m'excuser un moment ?

Dylan hoche la tête.

— Allô ?

— Hé, l'étrangère.

La voix d'Austin gronde dans mon oreille.

— Hé !

Je suis si excitée que je crie presque.

— Je veux dire, salut. Et c'est toi, l'étranger. Je ne t'ai pas parlé depuis deux jours.

— Bien, j'ai l'impression que ça fait beaucoup plus longtemps, rétorque Austin. Mais je suis vraiment désolé, Burke. Nous avons eu ces deux matchs à San Diego et avons fini par rester pour la nuit. Quand j'ai enfin pu te téléphoner, j'ai réalisé qu'il était trop tard.

— Ça va, dis-je.

Étais-je même au courant pour ces deux rencontres ? Je n'arrive pas à m'en souvenir. Mais alors, je ne lui ai pas parlé du kiosque des baisers pour l'œuvre de bienfaisance non plus, ce que je dois faire maintenant. Beurk.

— Je désirais simplement entendre ta voix.

— Est-ce qu'elle est belle? me taquine Austin.

— Oui!

Je ris.

— Alors, de quoi veux-tu parler? me demande-t-il. Je t'écoute. D'accord, allons-y.

— Est-ce que tu te rappelles que je t'ai parlé de l'événement Opération alphabétisation Amérique où je suis allée l'autre soir?

— Heu… Est-ce que tu m'as dit que tu avais assisté à une Opération alphabétisation Amérique l'autre soir?

Austin rit.

— Désolé. Je ne m'en souviens pas.

Je suis légèrement agacée. Je lui ai dit et en ai parlé pendant une heure parce que c'était au Waverly Inn et que j'espérais vraiment tomber sur Graydon Carter. Mais le moment est mal choisi pour le lui faire remarquer.

— Ça va. C'était une soirée pour une œuvre de bienfaisance, et ils avaient un kiosque de baisers où les gens pouvaient payer une somme d'argent pour embrasser des vedettes.

Cela attire son attention.

— Continue.

— Et Sky et moi étions deux des célébrités qui embrassaient, poursuivis-je nerveusement.

Je ne me rappelle pas d'une fois où j'ai été aussi nerveuse de parler à Austin, jamais.

— Nous portions des lèvres de cire et avons embrassé des bébés. C'était pour une bonne cause.

Dieu, on dirait Laney.

— En tout cas, je voulais simplement que tu sois au courant parce que tu pourrais voir des photos dans les journaux à potins.

— Oh.

Austin semble plutôt silencieux, mais le son dans mon téléphone est un peu flou. Oh, attendez; ça, c'est le climatiseur qui souffle en coulisse.

— Eh bien, l'une des autres personnes que j'ai embrassées était…

Dis-le.

— … Dylan Koster. Tu sais, mon partenaire de scène.

— Je sais qui il est.

La voix d'Austin résonne étrangement, presque comme s'il était sur le point de rire. Ou peut-être de pleurer.

— Les photos sont probablement déjà en ligne, et *People* en aura quelques-unes cette semaine.

Je suis incapable d'arrêter de parler.

— C'était une excellente publicité pour la pièce, et il s'est vraiment montré bon joueur. Oh, et j'ai aussi embrassé Chace Crawford et Jimmy Fallon.

— Comment était Jimmy Fallon? s'informe Austin.

— Très drôle, rétorqué-je d'une voix aigüe. Il voulait embrasser mon coude

Maintenant, c'est mon tour de laisser l'air vicié flotter entre nous.

— J'essaie de te joindre depuis des jours afin de te le dire. Es-tu en colère? demandé-je enfin.

Austin prend un moment à me répondre. Je l'entends soupirer à l'autre bout du fil.

— Non.

Il semble choisir soigneusement ses mots.

— Je n'aime pas cela, mais je sais comment ça fonctionne. En quelque sorte. Je suis content que tu me l'aies dit, par contre.

J'ai l'impression que je pourrais expirer pendant une minute complète tellement je suis soulagée.

— Bien sûr. Ce n'était rien, mais je ne voulais pas que tu t'imagines qu'il y avait quelque chose là, alors j'ai pensé que je devrais te parler de ce rien.

Est-ce que c'était logique?

— Je suis content que tu l'aies fait.

Austin semble encore à côté de la plaque. Ou c'est peut-être moi qui suis paranoïaque.

Je dois vite changer de sujet.

— Tu es prêt pour la danse ?

Ce sujet égaye immédiatement Austin.

— La limousine est louée, la réservation pour le dîner est réglée, et j'ai déjà été chercher mon smoking.

— Ma robe est déjà à Los Angeles, l'informé-je. Et Paul et Shelly viennent chez moi pour s'occuper de mes cheveux et de mon maquillage.

— Adorable.

Je suis attentive à chaque mot prononcé par Austin pour déceler s'il est encore furieux, mais il semble de nouveau lui-même. Et je sais qu'il l'est quand il dit :

— Burke, je suis impatient de te voir. Liz a dit à Josh que votre vol atterrit à 15 h. Assure-toi de dormir dans l'avion, d'accord ?

— Promis, dis-je.

Il est tellement adorable de se soucier de mon sommeil réparateur.

— Je serai reposée pour la danse vendredi.

J'entends Riley sur la scène, alors je ferais mieux d'y aller. Elle viendra à ma recherche d'une seconde à l'autre.

— Je vais essayer de te rappeler plus tard, d'accord ?

Après que nous ayons raccroché, je me sens un peu mieux. En même temps, je suis un peu triste. Le seul sujet que nous avons pu aborder a été cet idiot kiosque de baisers pour la bonne cause. Je ne lui ai même pas demandé qui a gagné les matchs à San Diego ! Je n'ai pas pu lui parler de Riley, de maman qui me rend dingue à propos des Hamptons ou savoir si sa famille se porte bien. C'est à ça que je songe pendant la dernière heure de répétition. Heureusement, personne ne remarque mon changement d'humeur. J'ai encore un peu le cafard lorsque nous nous disons au revoir et que je sors rejoindre la voiture qui m'attend.

Quand j'ouvre la portière, j'entends un gémissement qui pourrait rivaliser avec n'importe quelle sirène de police. Je regarde à l'intérieur et aperçois Nadine sur la banquette arrière, le bras autour de Sky. Ses longs cheveux noirs sont quelque peu frisottés, son nez est tout rouge, et sa peau est marbrée. Cela ressemble très peu à Sky, qui ne sort jamais sans au moins du cache-cerne et une poudre bronzante. Même Rodney paraît inquiet pour elle.

— Qu'est-ce qui s'est passé ? demandé-je.

Le visage de Nadine est sombre.

— L'émission de Sky a été annulée.

Cela accentue les pleurs de Sky.

— Je veux dire qu'elle a été temporairement annulée. Pour une durée indéfinie.

Sky commence à hoqueter.

— Elle s'est présentée à l'appartement pour te voir et a insisté pour venir à ta rencontre.

Je me glisse à côté de Nadine et place maladroitement un bras autour de Sky. Elle tire sur l'épaule de mon maillot et s'en sert comme mouchoir. J'imagine qu'elle ne peut pas risquer de mettre quoi que ce soit sur sa robe en soie magenta Nicole Miller unique en son genre. (Je sais qu'elle est unique, car elle me le dit chaque fois qu'elle la porte.) Je laisse passer l'affaire de « mon maillot sert de mouchoir ».

— Sky, je suis désolée. Je lui frotte le dos. Que s'est-il passé ?

— Journaliste… snif… avait… raison ! Reniflement. Grady se querelle avec le réseau… — reniflement — à propos du lieu de tournage, du budget, TOUT ! Il a menacé de retirer son soutien, alors ils… — SANGLOT —… l'ont fait pour lui ! Nous ne sommes plus à l'horaire.

Elle enfouit son visage dans mon épaule, envoyant de la morve partout sur mon débardeur. Beurk.

— Je ne sais pas quoi faire, poursuit Sky, commençant à devenir hystérique.

Elle m'observe avec de grands yeux sombres, ses boucles d'oreilles chandeliers se balançant sur les mouvements de la voiture.

— Que fait-on quand notre carrière tombe en chute libre ?

— Je l'ignore.

— Tu dois le savoir. La tienne est en chute libre depuis un moment ! lance sèchement Sky.

Je regarde Nadine. Elle essaie de ne pas rire.

— Si tu deviens hargneuse, alors tu peux aller pleurer sur quelqu'un d'autre.

J'ai l'air plus sévère que je n'en avais l'intention, et Sky recommence à sangloter.

— Je suis désolée, K.

Sky sort un poudrier de sa petite pochette Gucci et examine son visage. Elle attrape un mouchoir dans la boîte que lui tend maintenant Nadine. J'imagine que Nadine ne souhaite pas que son mignon haut Gap style bohémien à imprimés multiples ne se transforme à son tour en mouchoir.

— Je suis seulement en colère, et tu es la seule personne à qui j'ai pensé qui accepterait vraiment de m'écouter. Tu es trop gentille pour refuser.

Nadine lui tend un autre mouchoir.

— Appelle Laney, et demande-lui si nous pouvons reporter, ordonné-je à Nadine, puis je me tourne vers le chauffeur au volant de la berline noire. Nous devons aller dans l'Upper West Side. Le Shake Shack.

— Oui ! s'exclame Rodney. Je meurs d'envie d'y aller.

Sky se redresse de nouveau.

— Que diable est le Shake Shack ? Je ne suis pas d'humeur à suivre un cours de Zumba, K. !

— C'est un endroit pour manger des burgers et boire des laits fouettés, Sky.

Nadine coince une mèche des cheveux noirs de Sky derrière son oreille.

— On dit que c'est extraordinaire, ajouté-je. Allons, ça va te remonter le moral.

Sky enfouit sa tête dans ma poitrine. Je prends ça pour un oui. Je tapote doucement l'épaule de Sky, me demandant comment ma vie a pu devenir aussi étrange.

Quarante minutes plus tard (c'est une longue attente!), Sky et moi sommes profondément plongées dans nos laits fouettés vitaminés Creamsicle, faits de crème anglaise congelée et de glace, et dans les plus gros burgers que j'ai vus. Nous avons toutes les deux commandé des frites en extra, évidemment. Sky a exigé que Rodney monte la garde à l'extérieur de la porte en coin du restaurant, afin qu'elle ne soit pas surprise par un paparazzi à dévorer « un trillion de calories en un seul repas ». Nadine a offert de manger dehors avec lui — tout pour éviter d'entendre Sky pleurer encore. Heureusement, Sky semble un peu plus calme, maintenant, et ses joues reprennent de la couleur. Elle tire fortement sur la paille de son lait fouetté, et son rouge à lèvres rose laisse une marque dessus.

— Je t'ai dit que la nourriture pouvait tout arranger.

Je trempe une autre frite dans le ketchup.

Sky roule les yeux et fixe le plafond de verre.

— Un lait fouetté n'arrange pas mon problème d'emploi. Mais c'est vrai que cela a bon goût. Merci.

Elle redevient silencieuse et baisse les paupières vers la table. Puis, elle prend une autre bouchée de son burger.

— J'avais besoin de ça.

— Je t'en prie. Je souris. Ça ira bien pour toi. Tu obtiendras un nouveau boulot avant la fin de la semaine.

— Pas à la télévision.

La voix de Sky se casse.

— L'horaire d'automne est définitivement réglé. Pour la première fois depuis plus d'une décennie, je n'en serai pas.

— Tu as *SNL* sous peu, lui rappelé-je. Ce sera énorme pour nous deux. Et ensuite tu tourneras peut-être un film à l'automne.

Tu n'arrêtes pas de parler de toutes les offres que tu reçois. Choisis-en une.

— Vrai.

Sky déplace les frites dans son assiette avec un long ongle fuchsia.

— Mais ce n'est pas pareil, et tu le sais, K.

Elle me regarde.

— *AF* me manque.

Ses yeux commencent à s'emplir de larmes.

Maintenant, mes yeux aussi sont mouillés.

— Même chose pour moi, dis-je d'une voix rauque, enfonçant mes doigts dans la banquette verte sur laquelle je suis assise.

— Ça me manque de faire partie d'une émission que j'adorais ; même si je faisais parfois semblant du contraire.

Sky est repartie.

— Je n'ai pas réalisé à quel point elle me manquerait, tu sais ? Jusqu'à ce qu'elle soit terminée. Et je ne dis pas cela pour te faire replonger dans la déprime, non plus, mais j'ai l'impression que la seule qui pourrait comprendre quelque chose à ceci, bizarrement, c'est toi. Est-ce que ça te paraît logique ?

Je hoche la tête.

— Plus que tu le réalises, lui dis-je. Crois-le ou non, même nos querelles me manquent. Au moins, tu étais toujours franche dans tes insultes.

Je lui raconte à quel point Riley me fait me sentir mal.

Sky est plutôt remontée contre cette « poufiasse britannique », comme elle l'appelle, et dit un tas d'autres choses que je ne devrais pas répéter. Néanmoins, entendre Sky déclarer que je suis un peu trop dure envers moi-même sur le fait d'être une vedette qui monte pour la première fois sur les planches m'encourage.

Je lève mon lait fouetté.

— Que fais-tu ? demande Sky, soudainement inquiète.

Elle attrape maladroitement ses lunettes de soleil Burberry et les met pour éviter d'être remarquée.

— Je porte un toast à nous.

— Avec des laits fouettés? dit-elle, sidérée.

— Laisse-toi aller, Sky.

J'arque un sourcil (ils sont superbes à présent que je les ai fait épiler chez Eliza Petrescu, alias la reine de l'arc). Je lève mon verre en carton plus haut. Sky m'imite, même si elle fait la gueule.

— À nous, trouvant quelque chose qui rendra notre avenir aussi brillant que notre passé.

— Sympathique, K., me taquine Sky.

— C'était au dos de l'emballage de mon biscuit chinois au Shun Lee Palace hier soir, dis-je. Mais c'est vrai. J'espère que nous trouverons toutes les deux le prochain *AF* de notre vie — que ce soit à la télévision, au cinéma, à Broadway, ou aucun des précédents. Mais j'espère, peut-être, qu'alors que nous cherchons cette chose, continuai-je avec hésitation — que nous pouvons le faire ensemble.

J'ai presque un mouvement de recul, attendant que Sky revienne avec une pique spirituelle à mon intention. Mais au lieu elle sourit, en quelque sorte.

— Marché conclu, répond-elle.

Puis, nous cognons nos verres.

LE MERCREDI 17 JUIN
NOTE À MOI-MÊME :

Faire valise pour L.A.
Demander à Nadine de vérifier Paul Shelly pour h coiffure maquillage.
Ven. Vol pr L.A. 11 h 55, aéroport JFK
Voit. pour bal @ 18 h

** Début sem. *SNL* — lundi @ 10 h !

PSSST... Tout ce que vous êtes censés ignorer sur les favoris de Tinseltown

par Nicki Nuro

Kaitlin Burke fera-t-elle échouer son spectacle à Broadway ?

Elle nous a émerveillés dans *Affaire de famille*, a enflammé le grand écran dans *Adorables jeunes assassins* et est reconnue par ses collègues vedettes comme l'une des plus gentilles actrices de notre époque. Y a-t-il quelque chose que Kaitlin Burke est incapable de faire ?

Peut-être Broadway.

Des sources proches de la production *Les grands esprits se rencontrent* s'inquiètent que le premier rôle de Kaitlin dans la rue aux mille lumières puisse être son dernier. Bien que Kaitlin travaille dur aux répétitions et qu'elle soit merveilleuse autant avec les acteurs qu'avec l'équipe technique (elle a récemment fait livrer des pizzas pour l'ensemble des membres de la distribution après la fin d'une répétition), certains disent qu'elle n'a tout simplement pas ce qu'il faut pour le théâtre.

« Elle ne sait pas du tout comment se laisser diriger ni comment établir un lien avec un public, et sa présence sur scène est totalement inadéquate, dit l'une des sources. Si elle ne s'améliore pas, j'ai peur que le spectacle ne soit interrompu avant la fin prévue. Les gens ne paieront pas pour voir Kaitlin massacrer le rôle que Meg Valentine a rendu si fabuleux. »

La célébrité pourrait-elle entraver l'éthique de travail de Kaitlin ? Depuis son déménagement à New York, Kaitlin a beaucoup été vue sur la scène mondaine. Elle a récemment assisté à un événement de Opération alphabétisation Amérique, au Waverly Inn, a vu plusieurs pièces de théâtre comme *Wicked* et *Mary Poppins*, et on l'a aperçue en ville avec son partenaire Dylan (voir photo à droite du baiser de Kaitlin et de Dylan à la soirée Opération alphabétisation Amérique). « Kaitlin est adorable, a dit Dylan, lorsqu'il a été joint pour un commentaire. Et elle sera géniale dans le spectacle. »

Opinion subjective ? Nous n'avons d'autre choix que d'attendre de le constater par nous-mêmes.

SEPT : *C'est bon d'être à la maison (même pour moins de 48 heures)*

Le fromage chaud et gluant glisse de ma pointe de pizza et laisse tomber une goutte d'huile sur mon maillot Star Wars de collection. Oups! Dieu merci pour les lingettes Shout.

— Beurk! Attention à la graisse, dit Paul, mon ancien coiffeur d'*AF*. Je ne veux pas de doigts huileux ruinant mon chef-d'œuvre. Comment peux-tu manger ces trucs et rester aussi mince? Le simple fait de regarder de la pâte frite fait gonfler mon estomac, et Jacques me remet en mémoire mon abonnement inutilisé au gym.

Il tapote son ventre tendu, qui est parfaitement proportionné avec ses bras bronzés bien musclés et ses longues jambes.

Je glousse.

— Je doute fortement que ton ventre gonfle après un morceau.

Liz est assise à côté de moi dans son chandail à capuchon melon à col en V C&C California, terminant sa propre pointe, et opine de tout son cœur.

— Même si c'était le cas, cette pizza vaudrait la peine qu'on s'entraîne vingt minutes de plus sur le vélo elliptique.

Je fixe ma pointe avec amour. Nadine a commandé cette pizza à emporter à notre restaurant de pizza préféré, à Liz et à moi, à Los Angeles, A Slice of Heaven, afin que nous ayons quelque chose à grignoter pendant que nous nous préparons à la maison. Nous mourrions de faim après presque six heures de vol. Nous avons pris notre commande habituelle — une pizza sicilienne avec plus de fromage, des poivrons et du brocoli, et de grands Sprite. J'ai déjà avalé deux pointes et entame ma troisième. Avec la « police de la nourriture » (maman) à New York, je peux manger sans entendre les mots « essayage », « photos » ou « cellulite ».

SECRET D'HOLLYWOOD NUMÉRO SEPT : Les gens veulent toujours savoir comment c'est possible que les vedettes prennent quelques kilos quand elles engagent des entraîneurs personnels, des chefs personnels et ont l'argent pour n'importe quelle diète végétarienne, biologique ou sans gluten qui leur prend l'envie d'essayer. Ma plus récente entraîneuse, Olga Emegen, ne craint pas de dire la vérité toute crue à qui la demande : on peut faire travailler les vedettes jusqu'à l'épuisement, leur donner tous les repas préparés parfaitement équilibrés au monde et leur révéler tous les trucs d'entraînement et de diète au monde, mais on ne peut pas les surveiller sept jours sur sept. Même les célébrités ont des moments de faiblesse — comme maintenant —, et Olga n'est pas là pour m'empêcher de prendre cette troisième pointe de pizza. Ou d'engouffrer ce biscuit fondant aux pépites de chocolat que Dylan m'a acheté l'autre jour à la répétition. Elle ne peut pas me tenir la main — ou plutôt la taper — chaque minute de la journée. Et les célébrités, comme le reste du monde, sont humaines. Nous sommes aussi gagnées par des envies.

J'entends un léger clic et lève les yeux. Nadine vient juste de prendre une photo de moi au milieu d'une bouchée avec l'appareil photo dans son téléphone. Elle me sourit avec espièglerie avant de le ranger dans la poche arrière de son jean Gap usé.

— Je pense que je vais conserver ceci pour un futur chantage. Si nous n'aimons pas ces résultats du SAT qui doivent arriver d'un jour à l'autre, cette photo garantira que tu les reprendras.

— Tout un chaperon, grommelé-je.

Je n'arrivais pas à croire que maman et papa m'aient permis de prendre l'avion pour Los Angeles avec seulement Nadine et

Rodney. Maman a dit que j'étais assez vieille pour le faire, mais je soupçonne que le véritable motif pour lequel ni l'un ni l'autre de mes parents ne m'ont accompagnée pour ce voyage rapide est que le comité des Darling Daisies de maman organise un dîner de bienfaisance ce week-end au Time Warner Center. Je ne l'ai jamais vue auparavant aussi excitée de travailler pour quelque chose sans recevoir de salaire.

— Je suis certaine que Kaitlin a obtenu une très bonne note, se vante Shelly.

C'est mon ancienne maquilleuse de la télévision ; elle est donc légèrement partiale. Elle réalise d'abord le maquillage de Liz pendant que je me fais coiffer, et Shelly est tellement petite qu'elle doit monter sur un tabouret pour l'atteindre. Elle prend l'assiette vide de Liz et la tend à Anita, notre gouvernante. Ensuite, elle commence le maquillage de mon amie, en appliquant délicatement un peu de cache-cerne et de poudre comme base.

— Tu as besoin d'un hydratant plus fort. Le soleil de L.A. cause des dommages sérieux à ta peau délicate.

J'essaie de ne pas rire. Shelly s'est aussi toujours inquiétée de ma peau. Elle est du genre maman ourse, corps moelleux et tout. Je suis contente que Paul et Shelly aient été libres de réaliser notre coiffure et notre maquillage pour le bal de fin d'études. Ils sont tous les deux occupés par une tonne de tournages d'une journée et filtrent les offres pour entrer au service de quelques nouvelles émissions de télévision à l'automne.

— À la fin, Kates étudiait très sérieusement pour cet examen, et je suis sûre que ç'a été payant, déclare Liz, alors que Shelly commence à étendre du fard à paupières mauve, la même teinte que le pantalon à cordon en cachemire de Liz. Je ne sais pas à quoi elle a travaillé le plus dur — redresser sa réputation, passer du temps avec Austin ou étudier.

Je sais que Nadine aimerait que nous pensions que c'était à étudier.

— J'ai fait les trois.

Je résiste à l'envie d'essuyer mes doigts graisseux sur mon pantalon brun Torn en tissu éponge extensible et regarde plutôt dans la glace que Paul a placée sur l'îlot de la cuisine. Dieu merci, maman n'est pas ici pour voir la pagaille que nous avons semée. Anita, notre gouvernante, qui a expérimenté plus d'un combat avec maman, a promis de tout remettre en ordre avant qu'elle ne revienne dans deux semaines pour son rendez-vous fixe avec Botox (chut !).

— Il m'arrive parfois de maîtriser ma vie.

Le simple fait d'être de retour à Los Angeles me donne l'impression de mieux maîtriser ma vie. Je sais que ça semble étrange, mais je respire mieux ici (ce qui est bizarre, quand on songe au smog). C'est peut-être à cause de toutes ces collines, l'herbe et les palmiers, ou le luxe de posséder une piscine dans mon jardin (une chose qui me manque terriblement à New York). Un truc que je n'aime pas autant est le sentiment d'isolement que me donne Los Angeles. À New York, on peut rencontrer une nouvelle personne toutes les dix secondes. À L.A., la seule occasion de tomber sur des étrangers est si le moteur de votre voiture surchauffe sur l'autoroute pendant l'heure de pointe et que quelqu'un baisse sa vitre pour vous parler, ce qui revient à dire que vous ne rencontrez personne.

Paul commence à tirer sur les mèches de mes cheveux blond miel pour les tordre avant de les coiffer en un chignon lâche. Nous visons le style de mon amie Taylor Swift. La robe que j'ai choisie est tout aussi éthérée. Je me suis décidée pour cette robe ajustée ivoire sans bretelles Diane von Furstenberg, qui a une queue de sirène. Il y a un volant en accent qui descend depuis le haut de la robe jusqu'en bas. Elle est simple, mais je l'espère élégante. Liz, comme c'est Liz, a opté pour quelque chose de plus tape-à-l'œil. Elle arbore avec aplomb une robe dorée scintillante sans bretelles Betsey Johnson à mi-genoux. Le bas est fait en tulle. Liz appelle ça son style de bonne fée marraine.

— Ça me manque de ne pas vous voir tous les jours, les amis.

J'observe Paul. Ce n'est tout simplement pas pareil.

— Tu nous manques aussi, ma chérie.

Paul enfonce une épingle dans mes cheveux.

— Il y a un bon côté à la fin de l'émission. Tu n'as plus à vivre avec Sky, maintenant.

Il grimace.

— Cette princesse a réussi quelques coups fourrés au fil des ans, non ?

— Elle n'est pas si mal.

Je fixe mes mains. J'ai fait faire mes ongles à la française hier soir.

— Elle s'est radoucie.

Tout le monde cesse de s'activer et me regarde.

— Je suis sérieuse ! Allons, vous autres. Vous savez qu'elle a été d'une grande aide avec l'affaire Alexis. Et elle a pris ma défense après ma crise de nerfs ce printemps. Elle a changé, en quelque sorte.

Liz rit.

— D'accord, peut-être pas changé. Elle est toujours hargneuse, mais elle n'est pas aussi méchante. Je la comprends un peu, maintenant.

Liz roule les yeux.

— Je pense que tu te fais des illusions.

— Kaitlin a peut-être raison, acquiesce Nadine, et elle s'empare d'une pointe de pizza dans la boîte.

Dieu merci, Nadine a commandé plusieurs pizzas. Rodney émet un grognement derrière elle. Sans le regarder, elle lui tend son morceau et en prend un autre pour elle-même.

— Je me sentais un peu mal pour elle, l'autre jour.

— Mal pour Sky ? Qu'est-ce qui vous prend, les amis ?

Liz saute presque en bas de sa chaise, tellement elle est énervée. Shelly fait un bruit de bouche et pose une main sur la cape noire de coiffure de Liz, pour l'empêcher de se retrouver avec des traces de contour à lèvres partout sur le visage.

— Avez-vous oublié tous les problèmes qu'elle a causés à Kates toutes ces années ?

— Je sais, mais elle était vraiment démolie à cause de l'annulation de son émission.

Nadine lève les yeux de l'exemplaire du *New York Times* qu'elle lisait en mangeant.

— Elle a avalé un lait fouetté, un burger et des frites, et a ensuite cambriolé la réserve de petits gâteaux Sugar Sweet Sunshine que Rodney avait cachée dans la voiture.

— J'avais pensé que nous aurions peut-être besoin d'une collation de fin d'après-midi, explique-t-il, et il semble légèrement gêné.

Shelly sourit en coin.

— Tu passes au travers de tous les petits gâteaux de New York aussi, je vois.

— Shel, il y a tellement d'endroits mieux que Sprinkles, l'informé-je, inclinant la tête pour Paul. Jusqu'à présent, j'ai mangé du Suger Sweet Sunshine, Magnolia et Crumbs. Quelqu'un m'a dit que je ferais bien d'essayer Butter Lane et Buttercup ensuite, conseil que j'ai fermement l'intention de suivre.

— En fait, il y a une boîte ici d'un lieu nommé Buttercup.

Nadine glisse de son tabouret à l'îlot de la cuisine et prend quelque chose sur le plancher.

— Anita me l'a remis quand nous sommes entrés.

Nadine s'avance vers nous avec une grande boîte adressée à moi.

— Elle vient tout droit de New York, et je sais qui l'a expédiée, ajoute-t-elle avec malice.

— Maman ? me demandé-je.

Rodney rit tellement fort que le son résonne dans toute la vaste pièce.

— Penses-tu que ta mère t'enverrait des petits gâteaux ?

— Sky? essayé-je maintenant. Elle voulait visiter Buttercup avec moi. Nous en parlions l'autre jour, après ma répétition.

— Non.

Nadine secoue la tête, et ses petites boucles d'oreilles en perles vertes tintent.

— Tu vas mourir quand tu sauras qui l'a envoyée.

— Sky ne te laissera pas d'espace pour respirer, déclare Liz, qui sent le besoin de me le dire, même si elle est occupée à faire tracer le contour de ses lèvres.

— J'adore le surnom SKAT.

Paul me donne un petit coup de coude, et je ne sais pourquoi, je crois qu'il le pense.

— LAVA est mauvais.

— La seule raison pour laquelle elle passe du temps avec toi est qu'elle est sans emploi, interrompt Liz, encore une fois. Tu le sais, Kates.

Je ne réponds rien. Quand Liz a le vent en poupe comme ça, j'ai appris à la laisser se défouler. Au lieu, je fais signe à Anita de me donner des ciseaux. Il n'y a pas d'adresse d'expéditeur, alors je n'ai aucun indice sur la personne qui a envoyé la boîte. Je perce le carton et plonge la main dans un contenant rempli de glace sèche, pour découvrir une douzaine de petits gâteaux parfaitement emballés, qui sont légèrement écrasés. Je ne sais pas du tout comment ils ont pu arriver à L.A. comme ça, mais je suis contente de les voir. J'entreprends d'en offrir à la ronde. Rodney est le premier à mettre la main sur un. Il y a une carte scellée au fond du paquet.

— Vous deux en avez fini de vous faire souffrir comme partenaire de télé.

Liz parle encore en tendant la main pour prendre un petit gâteau au glaçage rose.

— Je ne comprends pas pourquoi elle ne peut pas simplement disparaître, comme toutes les collègues le font après qu'elles ont cessé de travailler ensemble. Faites seulement semblant de vouloir rester amies. Ensuite, ne rendez pas les appels de l'autre. Est-ce si difficile?

Elle s'interrompt une seconde, alors que Shelly met la touche finale à son visage, en lui vaporisant rapidement du brillant. Liz se laisse glisser en bas du tabouret et commence à manger tendrement son petit gâteau pendant que Shelly la fixe avec horreur. Elle aura besoin de lui refaire les lèvres, sans aucun doute, ce qui est bien parce que Paul doit terminer ma coiffure avant de s'occuper de Liz. Il a presque fini — il ne lui reste qu'à ajouter quelques épingles à cheveux en faux diamants à l'arrière.

— Au lieu de disparaître, Sky t'a pratiquement suivie à New York et a emménagé avec toi, dit-elle, la bouche pleine. Elle a traîné à l'appartement tout le week-end pendant que je séjournais en ville et parlait ENCORE et ENCORE d'elle-même. Il a fallu toute ma patience pour me retenir de lui lancer mes nouveaux manuels scolaires et l'assommer, afin que nous puissions profiter de quelques minutes de paix et de silence!

— Quelqu'un me semble un peu jaloux, chantonne Paul, dans mon oreille.

— J'ai entendu!

Liz a l'air de fumer et fait sursauter Anita, qui essuie les surfaces de travail.

— Je ne suis pas jalouse.

Elle me regarde.

— Kates, tu sais que je ne suis pas jalouse.

— Je sais, lui dis-je en évitant le regard perçant de Nadine.

— Nous venons juste de vivre un épisode de jalousie avec moi et Mikayla, et je sais que je ne suis pas jalouse, affirme Liz à tout le monde. Je ne peux pas supporter Sky Mackenzie. Mon problème est que je ne peux pas croire que Kates veuille passer du temps avec une fille qui a rendu sa vie un enfer depuis aussi longtemps que je la connais.

— Nous devons animer *SNL* la semaine prochaine, rappelé-je à Liz pendant que Paul pousse ma tête en avant pour y plonger une dernière épingle.

— Et ensuite tu promets qu'elle disparaîtra?

Liz lance son emballage dans la poubelle en acier inoxydable.

— Elle quittera sa place permanente sur ton sofa et videra les lieux? Elle règlera sa note au Soho Grand et reviendra plutôt torturer Los Angeles?

Shelly tire Liz vers sa station de fortune et arrange son rouge à lèvres.

— J'en suis certaine, dis-je à Liz, même si je ne le suis pas.

Je me souviens vaguement d'une des crises de larmes de Sky où elle a mentionné que les étés new-yorkais étaient bons pour son psychisme. Je me sentais trop mal pour elle pour avoir le courage de lui suggérer que son psychisme essaie plutôt la Floride.

— Suivante! lance Shelly en relâchant Liz, et Paul me libère pour que je passe à la chaise de Shelly.

Je jette un coup d'œil à mes cheveux dans la glace. Ils sont tellement soyeux et romantiques. J'ignore comment Paul réussit à les garder remontés, tout en leur donnant l'air de tenir sans effort.

Je déchire la carte et aperçois un message écrit à la main à l'intérieur.

J'AI PENSÉ QUE TU AIMERAIS PEUT-ÊTRE UN PEU DE NEW YORK PENDANT TON SÉJOUR À LOS ANGELES. JE SAVAIS QUE TU VOULAIS ESSAYER CET ENDROIT. LA PROCHAINE FOIS, C'EST MOI QUI CHOISIS —, TU M'AS PROMIS DE GOÛTER LE POISSON FRIT ET FRITES. (SOUVIENS-TOI DE TON JARGON BRITANNIQUE : LES CHIPS SONT DES FRITES, ET LES CROUSTILLES SONT DES CHIPS.) PASSE UN MERVEILLEUX CONGÉ, ET TENTE DE NE PAS T'INQUIÉTER À PROPOS DU THÉÂTRE. TU ES EXTRAORDINAIRE EN TANT QU'ANDIE, ET JE N'ARRÊTERAI PAS DE LE DIRE JUSQU'À CE QUE JE T'EN CONVAINQUE. CIAO, DYLAN.

— Ils viennent de Dylan.

Je suis tellement surprise que je peux à peine parler.

— Je n'arrive pas à croire qu'il m'ait posté des petits gâteaux depuis New York. C'est tellement délicat de sa part.

— Qu'est-ce qu'un Dylan, et où puis-je m'en procurer un ?

Paul a l'air intrigué.

— C'est le gars totalement superbe et incroyablement gentil dont Kates est amoureuse dans *Les grands esprits se rencontrent*, s'extasie Liz.

Je lui lance un regard.

— Quoi ? Il n'est pas toutes ces choses ?

— Oui, mais ce n'est qu'un ami, insisté-je.

Un ami qui me fait livrer des sucreries à plus de cinq cents kilomètres. Il n'y a rien là.

— Je sais cela, et tu sais cela, mais Dylan, lui, le sait-il ? demande Liz. Parce que quelque chose me dit que Dylan aimerait davantage.

— Meu aussi, acquiesce Shelly en léchant le glaçage blanc sur sa deuxième pâtisserie avant de commencer mon maquillage.

— Il était tellement mignon avec son envie de t'envoyer un paquet-cadeau que je n'ai pas voulu refuser, s'excuse Nadine. Il savait que tu souhaitais essayer Buttercup et m'a demandé ton adresse à la maison, afin qu'il puisse t'en expédier quelques-uns. Il a dit qu'il craignait que tu sois stressée tout le week-end à propos du spectacle. Il a pensé que les gâteaux pourraient t'aider.

— Ils sont très bons, admis-je, puis je décide de les inclure dans mon classement officieux des petits gâteaux de New York.

— Vas-tu en garder un pour Austin ?

Paul bat innocemment des cils. Il est tellement coquin. Il essaie toujours de créer des drames !

— Non.

Je fronce les sourcils un moment ; pas très longtemps parce que Shelly doit m'appliquer de l'hydratant à lèvres.

— Austin est déjà assez énervé à cause de Dylan. Cela le rendrait fou.

— Oh! Un triangle amoureux.

Paul commence à enrouler les boucles sombres de Liz avec plus d'extravagance.

— J'aimerais seulement pouvoir venir à New York avec vous pour voir comment tout cela va finir.

— Ce n'est pas un triangle amoureux, insisté-je avec un peu trop de mordant.

Shelly claque la langue à mon intention, soucieuse que mon froncement de sourcils gâche mon fond de teint.

— Nous devrions peut-être parler d'autre chose, intervient Nadine. J'ai quelques petits trucs à te dire avant de te laisser partir pour le bal et que j'oublie de te rappeler l'heure de ton couvre-feu.

Elle me décoche un clin d'œil.

— La limousine est payée jusqu'à 3 h.

Rodney lève les yeux du dernier gâteau au chocolat et à la crème au beurre, qu'il observe.

— J'ai parlé au chauffeur ce matin et ferai le trajet avec vous.

Nadine lit sur son BlackBerry.

— C'est pour le reste du week-end que je me casse la tête. Je sais que tu voudras passer chaque minute éveillée avec Austin jusqu'à dimanche 10 h lorsque nous partirons, et je comprends cela, mais j'ai eu beaucoup de difficulté à repousser certaines personnes, particulièrement parce que ta mère n'arrête pas de téléphoner et de leur rappeler que tu es ici.

Elle attrape sa bible, le cahier de notes qui contient mes horaires et mes renseignements. (Nadine possède un BlackBerry, mais elle aime aussi écrire les choses à la main.)

— Seth supplie que tu lui accordes une heure devant un café demain après-midi. Il a quelques scénarios qu'il désirerait regarder avec toi.

— Je l'ai aussi promis à Seth.

169

Je hausse les épaules.

— Je l'ai déjà dit à Austin, et il m'accompagnera. Ça va.

Nadine raye cela de sa liste.

— Formidable, alors il ne reste que… Laney.

Tout le monde dans la pièce gémit collectivement.

— Elle jure qu'elle n'a besoin que d'une demi-heure, supplie Nadine.

— Tu sais que ça ne se passera pas comme ça.

J'essaie de rire, mais c'est difficile quand Shelly applique une poudre bronzante.

— Lorsqu'elle se trouvait à New York il y a deux semaines, une demi-heure devant un café s'est transformée en trois heures de bavardage sans fin.

— « Et ensuite j'ai dit à Angelina que l'endroit "in" pour adopter des enfants est le Darfour, et elle a dit que j'étais brillante et s'est demandé pourquoi elle n'y avait pas songé elle-même ? », l'imite Paul.

— Je sais que c'est difficile de la ramener au pas, mais elle a dit qu'elle devait discuter avec toi d'une chose — et je cite — d'absolument, terriblement importante.

Nadine sourit.

— Elle n'a pas voulu dire de quoi il s'agit.

— Cela ne peut-il pas attendre à dimanche soir ? Une téléconférence, peut-être ? imploré-je. J'ai si peu de temps avec Austin, et nous avons vraiment besoin de reprendre le temps perdu. Tu sais que nous avons beaucoup de difficulté à trouver du temps pour bavarder au téléphone.

— Cela n'aide pas que tous les gars soient nuls en conversation téléphonique.

La tête de Liz est baissée pendant que Paul se sert d'un fer à friser pour former de minuscules boucles près de son cou.

— Tous les gars, sauf moi ! lui dit Paul.

— Je t'en prie, Nadine.

Je fais battre mes cils dans sa direction.

— Je la verrai quand elle reviendra en ville.

— Ahhhh… Nadine, comment peux-tu refuser? demande Shelly.

Nadine soupire.

— D'accord. Je vais en entendre parler, mais je vais lui téléphoner et mentir. Je prétendrai que tu as des réunions avec Seth ou autre chose.

— Fais attention à ce que tu raconteras, prévins-je. Elle peut découvrir n'importe quoi de n'importe qui.

— QUI PEUT DÉCOUVRIR QUOI?

Je saute presque au plafond. Anita, qui lavait la vaisselle, hurle et s'empare d'une poêle à frire savonneuse, envoyant des bulles et de l'eau tout autour d'elle, mais prête à frapper l'intruse, qui passe le coin en flèche et entre dans la pièce par la porte à côté d'elle.

L'intruse s'arrête net devant l'arme en fonte d'Anita et hurle. En moins de deux secondes, elle a sorti son Mace et est prête à vaporiser la pièce. Heureusement, Rodney attrape la bombe aérosol avant qu'elle ne puisse attaquer.

— EST-CE QUE VOUS ESSAYEZ TOUS DE ME FAIRE FAIRE UNE CRISE CARDIAQUE? gronde Laney, arrachant brusquement son bras de l'emprise de Rodney. POURQUOI ÊTES-VOUS TOUS ICI?

Elle serre son sac à main Chanel beige sur sa poitrine et prend de grandes respirations haletantes. Anita, réalisant qui c'est, lance rapidement quelques mots en espagnol, puis se précipite pour préparer une tasse de thé à Laney. Paul file vers elle et lui évente le visage avec une glace à main, et des mèches des longs cheveux droits de Laney commencent à voler partout.

— TU VAS DEVOIR ARRANGER MES MÈCHES FOLLES, dit Laney à Paul, qui s'arrête immédiatement. JE VIENS JUSTE DE FAIRE LISSER MES CHEVEUX À LA BRÉSILIENNE.

— Mais tes cheveux étaient déjà lisses, ne peut s'empêcher de lui rappeler Liz.

Laney la fusille du regard.

— Laney, pourquoi cries-tu? s'informe Nadine.

Laney la regarde, prête à aboyer, puis elle lève la main et se touche une oreille. Puis, l'autre.

— Oh, désolée.

Elle tire sur les oreillettes Bluetooth dans ses oreilles, dévoilant les dormeuses en diamant trois carats en dessous.

— Tu en as deux?

Paul semble incrédule.

— J'ai deux lignes.

Laney laisse tomber les Bluetooth dans son sac à main. Elle m'aperçoit et sourit.

— Kaitlin, te voilà! Quand je n'ai pas reçu de nouvelles de Nadine, j'ai craint que ton vol n'ait été retardé. Il n'est pas dans les habitudes de Nadine de ne pas me rappeler.

Elle fait claquer sa langue, et Nadine rougit légèrement. Laney commence à se ressaisir, lissant son haut sans manches DKNY froissé et son pantalon bleu foncé de style marin.

— C'est ma faute, m'excusé-je auprès de Laney. Le téléphone n'a pas arrêté de sonner depuis notre atterrissage, et je lui ai demandé de fermer son téléphone de travail.

Laney promène son regard sceptique entre Nadine et moi.

— Mais tu nous as trouvées, alors de quoi as-tu besoin?

Je m'égaie, essayant de la sortir de son humeur grincheuse.

— Nous pouvons bavarder pendant que Shelly réalise mon maquillage. J'assiste à un bal de fin d'études ce soir.

— Oh, ce truc d'école, oui.

Laney agite une main aux ongles rouge pavot avec dédain, en tirant une chaise si près de moi qu'il est presque impossible à Shelly de m'approcher assez pour m'appliquer du mascara.

— Donc, nous sommes fins prêts pour *SNL*, n'est-ce pas? J'ai des nouvelles formidables — *TV Guide* veut prendre des photos de vous et de Sky sur le plateau pour leur page couverture de la semaine prochaine. Amusant, non? *Entertainment Weekly's* et *People* ont également demandé à présenter un article. L'agente de presse de *SNL* dit que vous recevez plus de demandes que Justin Timberlake quand il a animé la dernière fois.

— U i pas, grommelé-je, alors que Shelly applique du brillant à lèvres pêche MAC.

— Puis-je tout accepter?

Laney sort son BackBerry.

— Je vais envoyer une liste à Nadine. Ils s'organiseront autour de tes horaires de répétition pour la pièce et l'émission. Ce sera une semaine folle.

— J'parie, acquiescé-je, puis, quand mes lèvres se libèrent : bien, je suis contente que tu m'aies trouvée, afin que nous discutions de ces sujets. Je suis désolée de ne pas avoir le temps de manger avec toi comme tu le souhaitais. Je rencontre Seth, par contre.

— Bien, bien. Laney hoche la tête d'un air absent.

Oh oh.

— Qu'est-ce qu'il y a?

— Il y a autre chose, admet Laney, rajustant le col jabot de sa blouse. Une chose que nous avons découverte ce matin. Ce n'est rien d'important, mais je sais que tu seras bouleversée, et ta mère et moi nous inquiétons encore de ton état fragile et de ces crises de panique dont tu étais victime.

Je saisis la main de Laney et la presse. C'est étrange de faire cela — d'être celle qui materne un peu, au lieu d'être celle qui s'effondre.

— Je vais bien. Vas-y carrément. Qu'est-ce que Lauren et Ava ont fait, maintenant? Elles se sont déguisées en moi et en Sky encore une fois? Elles vont devenir folles quand elles verront ce que Sky et moi gardons en réserve pour elle dans *SNL*. Je suis certaine qu'elles planifient quelque chose de bon.

Je ris, mais Laney a l'air sérieuse et sort une feuille imprimée de son sac.

— Ceci est sorti sur le fil de presse ce matin, déclare Laney. Elle a été affichée sur *Hollywood Insider*.

Je m'empare de la page et la survole rapidement. Il s'agit d'un article sur ma présence à Broadway. Une source anonyme déclare que je ne suis pas faite pour le théâtre. Je me tortille légèrement.

Suis-je vraiment aussi nulle ? Je ne suis pas si mauvaise, n'est-ce pas ? Forest me le dirait. Dylan affirme que je m'en tire très bien. La seule qui croit encore que j'ai beaucoup de chemin à parcourir, c'est Riley. Il ne faut pas être un génie pour comprendre que c'est sûrement elle, la source du site Web.

— J'ai déjà communiqué avec le père de Liz pour les menacer de les poursuivre, s'ils ne retirent pas cet article, mais tu devrais savoir qu'il a été repris par TMZ, *People*.com et Eonline.com, aussi.

Je tends la page à Liz, puis à Nadine ; Paul et Shelly la lisent par-dessus son épaule.

— Inutile d'aller aussi loin, Laney, dis-je, même si ça me donne plutôt le cafard. Je suis certaine que ce n'est que le dernier de nombreux articles semblables.

Je ne suis pas en colère, juste un peu gênée.

— Pourquoi ? veut savoir Laney.

À présent qu'elle est assurée que je ne vais pas me mettre à souffrir d'hyperventilation ni m'évanouir, elle a l'air beaucoup plus calme. Même ses hautes pommettes semblent détendues, si c'est possible. C'est du vent.

— Ne te laisse pas abattre par cela, ma douce. Comme je dis toujours à Jennifer — la mauvaise publicité peut se transformer en bonne publicité si on utilise l'attention à son avantage.

— Je sais. Je me raidis un peu. C'est juste…

— Quoi ? Liz éclate, furieuse pour moi. Tu as peur que la source n'ait raison, n'est-ce pas ?

Je ne réponds pas.

— Kates ! Tu sais que tu lui facilites les choses, n'est-ce pas ?

Laney soupire, et repousse ses cheveux blonds et lisses de ses yeux.

— Nous devons vraiment agir sur tes problèmes d'estime de soi.

— Mon estime de soi est parfaite, insisté-je. Partout, sauf au théâtre. Riley n'arrête pas de me dire que je ne sais pas ce que je fais, lâché-je brusquement. C'est difficile de ne pas me sentir légèrement amateur.

— Tu n'avais pas d'expérience quand tu as tourné ton premier film pour la chaîne Disney, et qu'est-ce qui s'est passé ? Laney prend de la vitesse. Tu as attiré de grosses cotes d'écoute ! La même chose s'est produite avec tes rôles au cinéma ! Tu dois commencer quelque part, et regarde où tu fais tes débuts — à Broadway. On ne t'engage pas pour une pièce à Broadway si tu ne peux pas jouer.

— Tu as raison. J'ignore si c'est à cause du décalage horaire ou quoi, mais je suis soudainement trop fatiguée pour discuter de cela.

— Ne t'inquiète pas pour l'article, Laney. Je vais bien. Tu peux le répéter à maman.

— Bien.

Laney tape résolument sur son BlackBerry avec un long ongle rouge.

— Je vais rappeler les chiens.

Elle fait glisser ses lunettes de soleil Burberry sur ses yeux et attrape son sac.

— Profite bien de ta petite danse ! Je te verrai à New York le week-end prochain pour *SNL*.

Je tends la main vers le dernier petit gâteau et mords dedans. Wow ! Ils sont vraiment bons. Qui s'inquiète de ce que dit une source anonyme ? Laney a raison. Je peux le faire. Je travaille dur pour être prête pour Broadway. Ce soir, je ne veux penser qu'à Austin.

* * *

Oublier Riley et son visage terreux aux mille lumières blanches (hi hi, je viens juste de l'inventer) est beaucoup plus facile quand on a une gueule aussi séduisante que celle d'Austin à admirer. Quand il s'est présenté chez moi avec Josh muni des plus magnifiques roses roses que j'ai vues, j'ai oublié tout le reste, et j'ai volé si vite dans ses bras que je l'ai presque renversé (ce qui n'aurait pas été la meilleure des idées, lorsqu'on songe aux épines sur les tiges des roses. Heureusement, Rodney a empêché la coupure sur mon bras de répandre son sang partout sur ma robe). Austin portait un smoking, bien sûr, avec un nœud papillon, et ses cheveux étaient un peu coiffés dans le style des années 1940, dégageant un front attirant les baisers. Même son odeur de savon était encore plus agréable que dans mon souvenir. Nous avons dû nous embrasser pendant dix minutes avant que Liz ne tire sur mon bras, me dise que nous devions prendre des photos et monter dans la limousine. Sinon, nous serions en retard pour aller chercher Rob Murray, Allison, Beth et son cavalier.

— Tu es belle, me complimente Austin pour la millionième fois, alors que nous marchons main dans la main à travers le hall au sol de marbre du Santa Rosita Sheraton Hotel, où se tient le bal de fin d'études.

Il y a des glaces partout, et je ne peux pas m'empêcher de nous admirer quand nous passons devant. Nous avons l'air tellement mignons ensemble.

— Je n'arrive toujours pas à croire que tu es ici. Je veux dire, te voir, c'est comme si tu n'étais jamais partie, mais tu l'as fait.

— Je pensais la même chose.

Je regarde mes escarpins roses Christian Louboutin, satisfaite avant de jeter un autre coup d'œil discret à son solide profil.
D'accord, seulement quelques semaines se sont écoulées depuis
que j'ai vu mon amoureux, mais voir Austin me donne l'impression de me glisser dans mon imperméable Gap préféré — confor-
table, splendide et absolument parfait. Rien n'a changé. Je baisse
le regard sur nos mains entrelacées et souris. D'accord, je la serre
peut-être un peu plus fortement que d'habitude, mais c'est parce
que j'essaie de le toucher au maximum pendant mon voyage de
moins de quarante-huit heures.

— Couple suivant, ordonne une voix, et nous cessons tous les
deux de nous activer pour lever les yeux.

Nous sommes les suivants pour la photo du bal. Il y a environ
une douzaine de ballons bleu nacré et argentés, et une toile de fond
en papier crépon sarcelle avec les mots « BAL DE FIN D'ÉTUDES
DE SANTA ROSITA » tracés à l'encre métallisée.

— Oui ! ne puis-je m'empêcher de lâcher, et Austin me lance
un regard de curiosité.

J'ai toujours voulu une photo de bal de fin d'études. Je suis
un peu embarrassée à cause de toutes mes séances de photo pro-
fessionnelles. Ce n'est pas comme si j'allais un jour assister à mon
propre bal de fin d'études. Celui-ci sera peut-être unique pour moi.

— N'oublie pas le bal de fin d'études de l'université, intervient
Liz, derrière nous. Tu pourras aussi faire immortaliser quelques
photos avec une toile de fond affreuse à cette fiesta.

Josh rit.

— Moquez-vous tant que vous le voulez, mais je suis excitée.

Je regarde le choix offert et dis au photographe que nous prendrons l'ensemble D.

— Tu crois vraiment avoir besoin d'un exemplaire 20 cm x
25 cm, deux 13 cm x 18 cm et de huit photos format portefeuille
de toi et d'Austin en tenues de soirée à côté du papier crépon du
cours d'art ? me demande Josh.

— Sans vouloir t'offenser, Burke, n'avons-nous pas eu une meilleure toile de fond sur certains des clichés de tapis rouge?

Austin me regarde.

— D.

Je m'entête, mais c'est important pour moi.

— Les premières font partie de ma vie professionnelle. Ici, il s'agit de notre vie, et c'est le genre de photos dont je veux me souvenir.

— Aaaah, les gars, s'extasie Liz, posant une main sur son cœur. C'est tellement mignon.

— D ce sera, alors.

Austin me tire vers la toile de fond. Il enroule mes mains autour de sa taille, puis il les couvre des miennes. Nous sommes nez à nez.

— Changez ça pour deux D. Nous voulons deux poses.

Il me décoche un clin d'œil, et le photographe se prépare.

Clic.

Pour une fois, la lumière ne me dérange pas.

*   *   *

Après avoir dansé sur *Love Story, Say* et *The Climb*, il est temps de quitter le plancher de danse pour une pause. Austin nous prend deux verres de jus de fruits, et nous nous assoyons à notre table. Il n'y a que Rob et Allison, et ils sont plongés dans une grande discussion, alors nous ne les dérangeons pas.

Clark Hall a mis le paquet pour les décorations. Allison et Beth faisaient partie du comité et se sont assurées que l'endroit faisait moins l'effet d'une salle de conférence ennuyante sans fenêtre et davantage celui d'un paradis tropical. Il y a de faux palmiers couverts de petites lumières blanches parsemant les coins de la salle. Des serpentins bleus tapissent le plafond, et les ficelles pendent au-dessus du plancher de danse (Beth m'a dit qu'ils essayaient de donner l'impression d'être sous la mer), touchant le haut du crâne de certains garçons. Il y a des guirlandes de feuille sur toute l'aire de nourriture et de boissons, et le D.J. porte un chapeau recouvert de noix de coco, pendant qu'il fait tourner la musique. Il y a une murale sur chaque mur représentant les tropiques depuis le coucher de soleil classique sur le sable jusqu'à un aperçu du fond de la mer incluant des plongeurs. (Des photos de la directrice P. et de monsieur Hanson remplacent les visages des plongeurs, ce qui est plutôt drôle.)

En regardant autour de la salle, je vois beaucoup de visages familiers : les coéquipiers d'Austin, les amis d'Allison et de Beth, et même mes ennemies — Lori et Jess, qui m'ont torturée quand j'étais inscrite ici, me sourient largement et agitent la main chaque fois que je me tourne dans leur direction. Je réussis un faible sourire, ce qui me demande beaucoup d'efforts.

— Donc, demain, nous grimpons jusqu'au signe Hollywood, puis nous déjeunons encore une fois chez Slice of Heaven, puis nous rencontrons Seth pour le café, nous allons nager chez moi, ensuite dîner dans Santa Monica, dis-je à Austin.

— Est-ce tout ? réplique Austin, avec un sourire ironique.

Être avec Austin me donne l'impression de n'être jamais partie. Nous n'avons pas de difficulté à converser quand nous sommes ensemble. C'est le téléphone, le gros problème.

— Est-ce trop ?

Je tortille innocemment une mèche lourdement vaporisée de fixatif.

— Absolument pas, répond-il, puis il m'offre une bouchée de son gâteau à la noix de coco. Tu vas adorer la randonnée jusqu'au signe Hollywood.

Austin sourit, excité.

— Plusieurs d'entre nous l'avons faite il y a deux semaines, et la vue était extraordinaire.

— J'ignorais que tu avais déjà effectué la randonnée.

Je fronce les sourcils. Notre plan était de la faire ensemble.

— Ne te l'ai-je pas dit? demande Austin. C'était le jour après le match contre Southside. Si nous gagnions, l'entraîneur avait dit que nous pouvions sauter l'entraînement suivant et faire la randonnée, tu te rappelles?

— Non.

Je secoue la tête. Je ne me rappelais même pas qu'il rencontrait Southside. Les gars avaient été agacés par eux toute l'année. Ils sont numéro un dans leur division.

— J'ai peut-être oublié, mentis-je.

Je n'aurais pas arrêté de parler du match avec Southside, si j'avais su. Mais alors, ce n'est pas comme si Austin m'avait questionné sur les répétitions de la pièce jusqu'à présent. Il sait à quel point je suis en boule à cause de Riley et du fait de jouer devant un public. N'est-ce pas? Je sais que je lui ai dit que j'étais très anxieuse de faire un bon travail. Du moins, je crois qu'il le sait. Entre les répétitions, les réunions, les affaires de *SNL* et ma quête pour trouver le parfait petit gâteau, je suis vannée.

— Je pensais que tu m'attendais pour essayer certaines de ces boutiques de petits gâteaux, me fait remarquer Austin. Je viens de lire sur un endroit nommé Buttercup.

— Jamais entendu parler.

Je regarde la piste de danse bondée.

— J'ai seulement essayé une poignée d'autres lieux. Ils me gardent l'esprit sain. Ça et Shake Shack.

Austin gémit.

— Burke, nous étions censés aller là ensemble aussi.

Je suis étonnée. Je ne me rappelle tellement pas de cela.

— Je suis désolée, m'excusé-je. J'y suis allée avec Sky l'autre jour après qu'elle s'est effondrée à cause de l'annulation de son émission.

— Comment se porte l'équipe SKAT?

La bouche d'Austin tressaille.

— Tu as aussi entendu le surnom ? m'émerveillé-je.

— Hayley me l'a dit, admet Austin. Je n'avais pas réalisé que vous passiez assez de temps ensemble pour justifier un nom commun.

Austin est de plus en plus surpris.

— Je pensais qu'elle était partie après ce kiosque de baisers pour cette œuvre de bienfaisance. Tu sais, celui où tu as embrassé Dylan.

Il me lance le plus étrange des regards.

Je rougis.

— Elle est restée en ville. Je te l'ai dit.

— Il me semble que je me serais souvenu de toi parlant de Sky.

Nous nous regardons tous les deux fixement.

J'imagine que nous n'avons pas discuté tant que ça depuis que je suis partie. Ce n'est pas ma faute. J'appelle sans cesse. Je songe à mettre ça sur le compte des fuseaux horaires encore une fois, mais je ne peux pas faire tout reposer là-dessus. L'air est tendu un moment, mais je chasse ce sentiment.

— Il semble que nous ayons beaucoup de temps à rattraper.

Je souris.

— Nous pouvons compenser ce week-end.

— Es-tu certaine que nous en aurons l'occasion, avec tout le reste que tu as prévu ? plaisante Austin, bien que je sois encore un peu piquée au vif.

— N'oublie pas que nous allons aussi visionner nos épisodes préférés de *Clone Wars*, lui rappelé-je, et il rit.

Oui, la série est techniquement un dessin animé, mais Austin et moi sommes d'accord pour dire que c'est de loin supérieur à *Star Wars, épisodes I, II et III*. La seule chose qui me rend triste quand je les regarde est à quel point j'aime Anakin. C'est comme dans *Wicked* — je ne veux tellement pas qu'Elphaba soit la « méchante ». Je ne veux pas qu'Anakin devienne Vader non plus.

— Je les ai téléchargés pour toi.

Austin s'égaie.

— J'ai même attendu pour regarder les trois derniers afin de ne rien révéler de l'intrigue.

Oups. Nous étions censés attendre ? Je pense que j'ai visionné le dernier avec Matty. Je ne vais pas parler de cela non plus.

— Alors, Kates, vas-tu venir au Texas nous voir jouer cet été ? crie Rob, de l'autre côté de la table.

— Absolument.

Je lui offre un grand sourire, soulagée de l'interruption.

— J'espère que vous aurez quelques parties les lundis. Je ne peux pas m'absenter les autres jours de la semaine.

— Je suis sûr que si.

Rob passe une main dans ses longs cheveux bruns.

— Nous jouons environ une demi-douzaine de parties par semaine. Nous nous entraînons six heures par jour dans cette chaleur collante du Texas. Aïe, j'ignore comment nous réussirons à faire tout cela, en plus d'impressionner les découvreurs.

— Tu y arriveras.

Austin lui décoche un énorme sourire, et il croise ses pieds sur une chaise vide, se transformant en adorable petit garçon à la mention du camp.

— Ce gars a plus d'endurance que tous les autres.

— Dieu merci, vous êtes compagnons de chambre, lance Allison, plus à mon intention qu'à celle des gars. Vous pourrez vous surveiller mutuellement. Je ne veux pas que l'un ou l'autre s'évanouisse d'épuisement sur un terrain boueux à cause de la chaleur.

— Est-ce possible ? m'inquiété-je.

— Non, ils nous font faire notre entraînement tôt le matin, ensuite très tard dans l'après-midi, promet Austin. Nous sommes en pause pendant la partie la plus chaude de la journée.

Bien. La dernière chose à laquelle je veux penser, c'est qu'Austin pourrait être blessé et que je ne pourrai pas le rejoindre. Il a toujours pu le faire pour moi.

— Les filles sont incapables de supporter la chaleur, alors ils doivent y aller mollo avec nous, les gars, aussi, déclare Rob en roulant légèrement les yeux, s'attirant un petit coup de coude d'Allison. Désolé! Mais c'est vrai. Si c'était un camp uniquement masculin, ils nous garderaient sur place jour et nuit. Cela nous rendrait plus endurants. Ils ont peur que les filles s'évanouissent.

— J'ignorais totalement que tu étais un tel homme de Néandertal!

Allison paraît vraiment agacée, mais mon attention s'est centrée sur un autre détail.

— Filles? m'enquis-je auprès de personne en particulier. As-tu dit « filles »?

— Oui, Burke. C'est un camp mixte, explique Austin. Ne le savais-tu pas?

— Non.

Je secoue lentement la tête. Hum, je n'arrive pas à croire que nous revoilà à cette case.

— Je sais que je te l'ai dit, insiste Austin, mais il a l'air légèrement confus. N'est-ce pas?

— Je pense que je m'en serais souvenue si tu m'avais appris que le camp était mixte.

Je garde un ton léger, mais c'est difficile d'en éliminer le tranchant. Austin le décèle, c'est certain.

— C'était peut-être pendant la même conversation où tu m'as appris que tu avais embrassé d'autres gars à la soirée de bienfaisance, reprend Austin d'un ton doucereux.

Je remarque qu'Allison arque un sourcil.

Ciel, doit-il ramener ça sans cesse sur le tapis? C'était une soirée de bienfaisance! Je le fusille du regard.

— Le camp est totalement mixte, déclare Rob, inconscient de la tension. Ils ont des dortoirs mixtes, des cafétérias mixtes et des sorties éducatives. Si j'avais su, je nous aurais fait choisir un autre camp, mec.

— As-tu un problème avec le fait que des filles jouent à la crosse, Murray? demande sèchement Allison.

Les deux entament une discussion passionnée, mais je ne les écoute pas.

— Des dortoirs mixtes? m'exclamé-je. Sont-ils fous?

— Burke, répond Austin, s'adoucissant un peu et attrapant ma main. C'était le meilleur camp parmi tous. L'entraîneur l'a choisi pour nous parce que les découvreurs y assistent plus qu'à tous les autres dans la région. Certains de ces gars ont obtenu des bourses immédiatement sur le terrain. C'est une occasion en or.

— Je sais.

Je soupire, même si la seule image qui me vient en tête à présent est celle de filles envahissant la chambre d'Austin. Comment pourraient-elles résister? Regardez-le! Et je serai à des centaines de kilomètres au loin. Non, des milliers! Je pense.

— LÂCHE-MOI!

J'entends la voix d'Allison s'élever au-dessus de la musique, nous interrompant moi et Austin. Elle repousse sa chaise et part à grands pas bruyants.

— Al! Allie, attends! supplie Rob avant de la suivre en hâte.

Wow! Je ne veux pas que notre soirée se termine ainsi. J'ai trop peu de temps pour me quereller à ce sujet. Et d'ailleurs Austin a raison. Il me fait confiance, je lui fais confiance. Tout ira bien. Il y a des filles ici, à l'école, et je ne m'en suis jamais inquiétée. Je suis paranoïaque parce que nous sommes si loin l'un de l'autre, et c'est idiot parce que ce n'est pas comme si Austin s'inquiétait que je sois à New York. Je peux me montrer magnanime ici.

— Je suis désolée à propos du kiosque des baisers, lui dis-je doucement.

— Et je suis désolé de te pas t'avoir dit que le camp était mixte ; même si je jure que je l'ai fait.

Austin pose son bras autour de moi et m'attire plus près. Je sens son cœur battre.

— Non que ce soit important, Burke.

Il me touche le menton.

— Tu sais que je n'ai d'yeux que pour toi.

— Même chose pour moi, acquiescé-je, puis nous nous embrassons. Encore.

— Tu verras comme le temps filera, déclare Austin quand nous nous séparons. Je serai à New York dans deux semaines pour ta première, et tu viendras au Texas pour moi. Avant que nous nous en rendions compte, nous serons tous les deux à la maison.

— Tu as raison. Il ne s'agit que de quelques… mois.

J'avale péniblement. Mince. Nous avons encore deux mois devant nous. Cette séparation me semble déjà trop longue.

— Exactement, lance gaiement Austin. Prête à retourner là-bas ? me demande-t-il, quand nous entendons Ne-Yo sortir à plein volume des haut-parleurs.

Je hoche la tête, et il me prend la main et me fait tournoyer jusqu'à la piste de danse.

LE VENDREDI 19 JUIN
NOTE À MOI-MÊME :

Demander à Nadine de vérifier les inscrips. du camp d'A. Combien de filles ? ? ! !
Renc. avec A @ 9 h 15.
Seth @ 14 h 30.
Vol retour NY : dim. 10 h
Réun. @ *SNL* : lun. 15 h

HORAIRE DE KAITLIN — Semaine du 15 juin

FUTURPREZ : Kates, ton horaire est CHARGÉ, cette semaine, alors j'ai rédigé cet itinéraire. Imprime quelques copies — pour la voiture, la loge, la maison. J'en aurai d'autres. Le chauffeur a la sienne pour les adresses. J'espère que ce sera utile ! — N.

LUNDI :
10 h — Répétition pour la pièce
15 h — Réunion pour *SNL*. 17e étage, 30, Rockefeller Center, bureau de Lorne Michaels. Discute de tes idées pour l'émission et pour les sketchs.
17 h — Le dîner de bienfaisance de ta mère au Brooklyn Botanic Garden (Je sais, je sais, tu ne veux pas y aller. Je ne pense pas que tu aies le choix !) Soirée privée, donne ton nom à la grille d'entrée.
***NOTE : Liz est officiellement une fille de NY, maintenant. Elle défera ses cartons toute la journée, mais veut te rencontrer pour dîner. Endroit à déterminer. Elle t'appellera.

MARDI :
10 h — Répétition pour la pièce
14 h — Séance de photos pour publicité pour la pièce
15 h 30 — Entrevue avec Dylan et Riley pour *Seventeen*
17 h — Essayage pour *SNL*, suivi d'une séance de photos pour *SNL*

MERCREDI :
10 h — Répétition pour la pièce
14 h — Lecture hebdo de *SNL* (audition pour les idées de sketchs qui ont reçu le feu vert lundi. Avertissement : la réunion pourrait durer trois heures, trois heures et demie.

Ensuite, tu rencontreras les auteurs et les producteurs pour discuter des sketchs qui seront utilisés à partir de là.)

JEUDI :
9 h — TÔT ! Répétition pour la pièce
13 h — Répétition pour *SNL* pour les plus gros sketchs, suivi du tournage de publicités (environ 2 à 4) qui seront diffusées pour *SNL* avant l'enregistrement (LONGUE RÉPÉTITION)
21 h 45 — Entrevue avec *Playbill* pour *Les grands esprits se rencontrent*, suivi d'entrevues avec *People, Entertainment Weekly's* et *Teen Vogue* (cette entrevue sera réalisée avec Sky pour *SNL*)

VENDREDI :
10 h — Répétition pour la pièce
14 h — Marques *SNL* — c'est-à-dire où tu te tiendras, etc., dans chaque sketch, suivi d'une autre répétition
19 h — Séance de photos pour *Teen Vogue* avec Sky (*L'heure pourrait changer si ta répétition pour *SNL* se prolonge.)

SAMEDI :
10 h — Revue *SNL*
16 h — Retour à *SNL* pour préparation finale, derniers essayages de costumes
19 h 45 — Répétition en costume pour *SNL*, Studio 8H, suivi d'une brève réunion avec Lorne Michaels pour passer en revue le sketch final
23 h 35 — Émission en direct
2 h — Party de *SNL* : Restaurant McCormick & Schmick's Seafood

DIMANCHE :
Repos ! Youpi !

HUIT : *En direct de New York, c'est samedi soir !*

CELL DE SKY : K.!!!!! Où es-tu????????????????????

KAITLIN à CELL DE SKY : Essayage. PKOI???

CELL DE SKY : Parlé o RP. Pensé serait cool « tweeter » pendant diffusion en direct de *SNL* c soir. Tu penses koi?

KAITLIN à CELL DE SKY : Nous avons, genre, 2,5 sec pr changer coiffure, costume, maquillage. Comment tu feras?

CELL DE SKY : Aie confiance. Je peux.

CELL DE LIZ : Kates, j'arrive! Comment t'en tires-tu?

KAITLIN à CELL DE LIZ : Bien! Merci. Comment été ton projet?

CELL DE SKY : Vais chercher café. T'en veux?

KAITLIN à CELL DE SKY : Oui, s'il te plaît, 2 espressos.

CELL DE LIZ : GÉMISSEMENT! Tellement dur. Passé 4 h à Washington Sq. Pk à essayer filmer 1 min parfaite de pigeons jouant les pigeons. SI BIZARRE.

KAITLIN à CELL DE LIZ : Je suis certaine ke ton film sera PARFAIT!

CELL D'AUSTIN : Hé, toi. Je viens d'atterrir. Prête pr ce soir?

KAITLIN à CELL D'AUSTIN : HÉ ! ! ! ! Te voilà ! J'ai essayé de t'appeler toute la matinée. Contente tu sois sur sol. Je me prépare. Nerveuse. Excitée.

CELL DE SKY : t pri café X-LG. 2 espressos. Donneré @ Rod.

CELL DE MAMAN : Kate-Kate. Matty veut venir en coulisse. A-t-on le droit ?

KAITLIN à CELL DE MAMAN : Envoie-le à sécurité. Demande Rod.

CELL D'AUSTIN : Désolé. Si occupé. Truc dern. min. Sem. folle. Désolé pas pri + tes nouvelles. Tu les épateras.

KAITLIN à CELL D'AUSTIN : Oui, sem. occup. moi aussi. Très occup ! Kan même essayé t'appeler...

CELL D'AUSTIN : T'ai laissé 2 mess...

KAITLIN à CELL D'AUSTIN : Désolée. Juste stressée. Tu me manques c tout.

CELL D'AUSTIN : À moi aussi.

CELL DE PAPA : Kaitlin, c'est papa. Maman est bouleversée. La sécurité ne laisse pas passer Matty. Peux-tu sortir leur parler ? Je suis certain que tu es occupée, mais maman s'inquiète qu'on la traite, et je cite, avec un manque de respect qu'on ne devrait pas montré à la mère de l'animatrice. Je ne suis pas sûr de ce que ça veut... FIN DU MESSAGE.

CELL DE LIZ : Et Suz, cette fille en classe, était là à faire la même chose en même temps et j'avais peur que nous ayons la même séquence.

CELL D'AUSTIN : Tu me manques aussi. Te parleré avant ton entrée en scène.

CELL DE LIZ : On penserait qu'ils nous donneraient des travaux différents? Non?

CELL DE MAMAN : TELLEMENT IMPOLI! La sécurité a dit d'attendre à l'extérieur. J'ai dit : «Traitez-vous la mère de Justin Timberlake de cette façon?!» Essayé d'arrêter Andy Samberg, mais il m'a regardé comme si j'étais folle! Je n'aime pas son attitude, Kaitlin, j'espère que tu ne fais pas de sketch avec lui.

CELL DE PAPA : Papa encore. J'ai envoyé le dernier message trop vite. Maman devient un peu hors de contrôle. Elle agite furieusement les bras, énervée. Peux-tu venir ici? S'IL TE PLAÎT?

CELL DE MATTY : K., besoin de toi pour venir en coulisse! MAMAN M'EMBARRASSE! SAUVE MOI!

CELL DE SKY : K., j'aime pas perruque pour no Skittles. Viens ici pr ke nous la changions.

CELL DE LIZ : J'aurais fait des cafards si j'avais pu, tu sais?

CELL D'AUSTIN : Tu è diff. à joindre. Alors, si te parle pas + tard, je t'aime. Renverse-les.

KAITLIN à CELL DE SKY : Je t'aime aussi! Merci d'être là pr moi.

KAITLIN à CELL D'AUSTIN, CELL DE LIZ, CELL DE MAMAN, CELL DE MATTY : PAS QUESTION!!! JE NE ME CHANGE PLUS. T'ES FOLLE! CESSE DE T'INQUIÉTER PR CÈ TRUCS!

KAITLIN à TOUS : Oups. Désolée. Message fou pr Sky. Les autres, ignorez-le. Trop de textos en même temps.

— Qu'est-ce que c'était, ce message? crie Sky en entrant à toute allure dans ma salle d'essayage 2,3 secondes plus tard.

Elle a l'air ridicule — ce que nous visons — dans un sac Skittles trop grand avec juste ses longues jambes qui en dépassent.

Sa chevelure est du type classique Ava à sa manière boucles blondes bondissantes. Elle tape de son pied enfoncé dans un collant
jaune et une chaussure noire avec contrariété.

— Tu m'aimes ? Heu, beurk !

J'éclate de rire.

— Je suis désolée. C'est juste que je ne me suis jamais fait crier
dessus par un monstrueux sac géant de bonbons auparavant.

Clara, la couturière accroupie à mes pieds qui met la touche
finale à mon costume Skittles, ne peut pas s'empêcher de glousser.

— Penses-tu que tu as plus fière allure ?

Un petit sourire s'échappe des lèvres de Sky, malgré le ton
clairement agacé de sa voix. Lorsqu'elle marche vers moi et que
son emballage de plastique bruisse quand elle se déplace, je perds
totalement le contrôle. Des larmes coulent sur mon visage.

— Arrête ! Tu vas gâcher ton maquillage ! aboie Sky.

— Désolée.

Je m'essuie les yeux.

— C'est juste que tu es tellement drôle. Tu es la dernière personne que j'aurais cru voir comme ça un jour.

Sky croise les bras. Ou, du moins, elle essaie, mais son
costume est trop volumineux pour qu'elle puisse les refermer
complètement.

— D'accord, je vais arrêter. Mais en ce qui concerne ta question originale non, je ne t'aime pas. Ce message était destiné à
Austin.

— C'est un soulagement.

Sky me lance un regard étrange.

— Je veux dire, je sais que je suis extraordinaire et que tu
as beaucoup de plaisir avec moi à New York, mais ce n'est pas la
direction à prendre.

Je roule mes yeux à son intention.

— C'était trop en même temps. Tout le monde m'envoyait des
textos, je me suis énervée contre Austin, et ma mère piquait une

crise de nerfs parce qu'on ne la laisse pas venir en coulisse. J'ai paniqué.

— Ta mère, c'est réglé.

Sky écarte ce sujet d'une main.

— Je l'ai vue en venant ici et j'ai fait entrer Matty. Elle était vraiment reconnaissante. Quoique je pense que ton père et ton frère l'étaient encore plus, juste parce qu'elle ne les embêtait plus.

Sky joue avec sa perruque, tirant lentement sur des mèches.

— J'ai, par contre, peut-être, genre un peu, laissé Liz dehors, en prétendant ne pas la connaître.

Heureusement, Clara a terminé son travail parce que je me précipite en avant en émettant un son qui ressemble à des ordures écrasées. Ce sera difficile de ne pas éclater de rire chaque fois que je me déplacerai dans ce costume.

— Sky! Pourquoi es-tu obligée de faire ça? demandé-je, agacée, puis elle me suit quand je me dirige dans le couloir.

Nous bruissons et craquons toutes les deux en nous déplaçant.

— Parce que c'est amusant.

Sky hausse ses épaules dissimulées avec un bruit de froissement.

— Est-ce que vous devez vous torturer, toutes les deux?

— C'est elle qui a fait exprès de commander pour moi du poulet et du brocoli pour dîner au Yummy Noodles hier soir quand j'ai distinctement dit tofu et brocoli.

Sky pleurniche.

— As-tu la moindre idée de ce que la viande aurait pu causer comme dommage à mon délicat système digestif?

— Kaitlin?

Parker, l'un des coursiers travaillant pour l'émission, vient vers moi en courant.

— J'ai vu Liz à l'extérieur et l'ai laissé entrer plus tôt, pour qu'elle rejoigne son siège. Elle a des billets pour la répétition en costume et l'émission en direct, n'est-ce pas?

— Oui, merci, Parker.

Je souris avec gratitude, et Sky soupire longuement et bruyamment.

— Ce n'est rien.

Il accorde son pas aux nôtres en direction du plateau.

— Vous êtes prêtes à refaire ce numéro une dernière fois avant la répétition en costume, les filles?

— J'ai un problème de perruque, commence Sky, mais je l'interromps.

— Nous sommes prêtes.

Parker doit sentir la tension parce qu'il comprend le signal et passe devant nous.

— Ta perruque est bien, dis-je à travers mes dents serrées.

— Les cheveux et le costume ensemble me donnent l'air d'une chochotte.

Sky fait la moue et essaie de lisser le costume pour le rétrécir. Ça ne fonctionne pas.

— C'est l'objectif, lui rappelé-je. Tu joues Ava, pas toi-même. Penses-tu que j'aime ma perruque?

Je pointe la perruque brun foncé avec sa mise en plis trop soignée que je porte et qui est censée me faire ressembler à Lauren.

— La tienne est pire, acquiesce joyeusement Sky.

Je soupire.

— Allons-y.

Dix minutes plus tard, nous chantons et dansons la claquette sur scène dans nos gigantesques costumes de Skittles. Un minuscule et jappeur poméranien — jouant le rôle du chien tout aussi jappeur d'Ava, Calou — grogne aussi sur demande à côté de nous. La chanson est absolument tordante, même si c'est moi qui le dis. Les auteurs ont inventé une ritournelle mordante qui donne l'impression que Lauren et Ava sont des cruches totalement folles des paparazzis, ce qui, bien, est la vérité. Notre numéro est censé être une publicité pour Skittles que Lauren et Ava ont accepté de tourner parce qu'elles sont à court d'argent à présent que leur émission de téléréalité a mordu la poussière. La partie la plus drôle dans ça est que Lauren et Ava ne réalisent pas que la chanson qu'elles interprètent ne parle pas seulement des bonbons, mais d'elles-mêmes. À la dernière minute, le service juridique nous a fait changer le nom des bonbons de Skittles à Skirtles, pour éviter toutes poursuites en justice de l'entreprise de confiserie. Je ne voudrais pas non plus que mon produit soit comparé à Lauren et à Ava.

À la fin du sketch, tout le monde sur le plateau nous donne une longue main d'applaudissement, ce qui ne fait que me gonfler à bloc pour ce soir. Je sais que j'essaie d'être gentille et calme et de ne pas être vache comme elles, mais je dois l'admettre, c'est amusant de se glisser dans les souliers presque neufs des filles pour quelques minutes. Et Sky est démente en Ava. Après, nous nous préparons pour la répétition en costume devant un public.

SECRET D'HOLLYWOOD NUMÉRO HUIT : *Saturday Night Live* est en fait filmé devant un public pour la répétition en costume. Ensuite, il prend les ondes devant un autre public de studio quelques heures plus tard. Le public de la répétition en costume sert en quelque sorte d'ultime banc d'essai pour chaque sketch — si le numéro ne fait pas rire, ou rate totalement, alors, il peut être complètement retiré. Chaque numéro peut recevoir des ajustements jusqu'à la dernière seconde dans l'émission. À l'occasion, les rediffusions d'un épisode sont différentes de la diffusion originale du soir. Si quelque chose tourne vraiment mal pendant la diffusion en direct — un numéro musical va du côté sombre et fait quelque chose qui doit être censuré, un humoriste jure, ou si un numéro est moins bon que pendant la répétition en costume — il pourrait être remplacé par la version montrée pendant la répétition en costume dans les rediffusions.

Pour la plupart, nos sketchs reçoivent des tonnes de rire, particulièrement l'un dans lequel nous interprétons nos personnages d'*Affaire de famille* qui ont maintenant quatre-vingts ans et qui vivent dans un centre pour célébrités ayant besoin d'assistance.

Nous pensons que nous sommes nos personnages et non nous-mêmes. Le sketch qui fait un échec et finit à la poubelle est le numéro où Sky et moi jouons des chanteuses de karaoké qui se produisent dans une pizzeria de poulet frit (ne posez pas de question). Notre court segment numérique avec Andy Samberg — possiblement ce que j'ai aimé le plus dans tout ce que j'ai fait cette semaine — nous met en scène moi et Sky en tant que ses filles de rêve. Globalement, je me sens très bien, lorsque je vais me chercher quelque chose à manger rapidement dans ma loge avec Liz et ma famille, avant que nous nous préparions pour la représentation en direct. À ce moment-là, mon téléphone vibre à cause d'un nouveau texto.

> CELL DE DYLAN : Hé, ma jolie. Le mec à la porte me laissera entrer avant le début de l'émission en direct. Je vais m'y rendre vite après notre spectacle. Bonne chance ! Tu vas déchirer dans le numéro Skittles.

> CELL DE KAITLIN : Merci ! Tu as répété les répliques de la pièce et de *SNL* toute la sem. avec moi ! Comment puis-je te remercier ?

> CELL DE DYLAN : Déjeuner demain ? Je régale.

> CELL DE KAITLIN : Tu as régalé l'autre jour ! Mon tour. Le moins que je puisse faire pour ton aide.

> CELL DE DYLAN : N'en parle pas. À +. Je serai l'anglais avec le tricot. J'ai entendu dire que le studio est froid. Je ne veux pas être celui qui se gèle le cul !

— Qui est-ce ? demande Sky en m'entendant rire.

Elle penche la tête avec indiscrétion par-dessus mon épaule pendant que nous marchons dans le couloir. Nous avons toutes les deux retiré nos costumes et portons de confortables pantalons à cordon et maillots C&C California. J'ai un chandail vert et un pantalon noir ; Sky a un maillot pêche et un pantalon brun clair.

Nous avons toutes les deux reçu cette tenue dans une suite de cadeaux à L.A. Je ne me souviens pas laquelle.

— Est-ce encore Dylan ?

— Et alors ?

J'ai l'air sur la défensive.

— Pourquoi ? Il ne faisait que vérifier comment j'allais. Je pense que c'est gentil.

J'aurais aimé que mon amoureux trouve plus de temps pour faire la même chose. Je lui ai à peine parlé de la semaine, même après que nous avons passé le plus merveilleux des week-ends à Los Angeles. Austin sait comme *SNL* est important pour moi. Pourquoi se montre-t-il aussi distant ?

— Dylan en pince pour toi.

Sky claque ses mains ensemble et me fait des yeux doux.

— Non, c'est faux !

— C'est tellement vrai, réplique Sky. Vous avez pratiquement été inséparables toute la semaine entre les répétitions, ce qui a été vraiment agaçant, en passant.

— Il sait que j'ai un petit ami.

Je me trouble. Je sais qu'elle a raison, que nous avons passé beaucoup de temps ensemble.

— Cela n'arrête personne, fait remarquer Sky. Certains gars courtisent les filles qui sont engagées, tu sais. Et qui sait ? Tu lui envoies peut-être des signaux confus.

— Je ne le fais pas ! lui rétorqué-je avec chaleur.

— Es-tu certaine de ne pas le faire parce que le baiser au kiosque de bienfaisance semblait plutôt chaud.

Sky va même jusqu'à agiter un doigt devant moi maintenant.

— En plus, tu affiches ce sourire idiot chaque fois que tu parles de lui.

— C'est juste parce qu'il est un bon ami.

C'est vrai ! Il doit se concentrer sur la pièce et pourtant passe tout son temps libre avec moi pour s'assurer que je ne suis pas débordée. Il m'a même apporté un déjeuner à ma répétition *SNL* hier parce qu'il savait que je n'avais pas mangé à la répétition au théâtre. Il se souvient de chaque petit détail que je lui raconte, depuis l'émission que j'ai regardée à la télévision le soir précédent jusqu'au titre du livre que j'essaie de lire pendant mes trajets en voiture (le dernier Jodi Picoult, tellement triste).

Sky ne lâche pas.

— Je pense que tu ressens quelque chose pour lui.

— Je ne ressens rien.

Je proteste. J'essaie de passer devant elle, mais elle atteint ma loge en même temps que moi.

— Écoute, K., j'ai eu beaucoup de relations amoureuses…

Je l'interromps.

— Vraiment ? Je n'avais pas remarqué, rétorqué-je sèchement.

— Et une chose que suis capable de voir, c'est quand deux personnes se plaisent, dit Sky en se regardant dans la glace et pomponnant ses longs cheveux noirs. Tu ressens quelque chose pour Dylan, que tu sois avec Austin ou non. Voilà à quoi ça se résume — Dylan est ici et t'offre l'attention dont tu as très envie, et Austin est très loin et répond à peine au téléphone. Ce n'est pas ta faute. Ça devait arriver. Je suis certaine qu'Austin sera comme toi quand il partira au camp et…

Un employé du traiteur passe devant avec un chariot de gâteries.

— Oh, regarde ! Des petits gâteaux au chocolat ! Je te vois un peu plus tard, K. !

Je me retrouve debout dans le couloir à me sentir angoissée et inquiète.

CELL DE DYLAN : Vas-tu au party après ? Tu veux de la compagnie ?

Je fixe mon iPhone avec inquiétude. Dylan se montre simplement amical, n'est-ce pas ? Je pensais que c'est ce que nous étions. Des amis. Mais Sky a-t-elle raison ? Est-ce que j'envoie le mauvais message à Dylan? Pourquoi ferais-je cela? Je vais ignorer son texto pour l'instant et me soucier du party plus tard. Je ne peux pas m'énerver avant l'émission. Tout s'est passé si bien jusqu'à présent, même avec ma semaine de fou. J'ai survécu à l'événement de bienfaisance de maman et à une tonne de séances de photos et d'entrevues, et passé à travers une double répétition tous les jours. Même Riley ne m'a pas trop dérangée, probablement parce que j'étais trop fatiguée pour être bouleversée à propos de ses remarques tatillonnes. («Forest, n'as-tu pas dit à Kaitlin de se tenir à deux mètres du bureau et non deux et demie?») Je ne peux pas m'inquiéter de ce que Dylan ressent ou ne ressent pas. Au lieu, j'appelle mon petit ami. Il répond à la première sonnerie, mais je l'entends à peine, car il y a trop de chahut en arrière-plan. Il y a de la musique forte, et des gens parlent et rient.

— Burke? Est-ce que tu m'entends? crie Austin, par-dessus le bruit. Laisse-moi trouver un endroit calme pour parler.

Deux secondes plus tard, j'entends une porte claquer, et le bruit est plus assourdi.

— C'est mieux. Hé, tu es encore là? Écoute, je suis désolé pour plus tôt dans la soirée.

— Je suis désolée aussi.

Entendre sa voix me rend immédiatement plus calme. Nous semblons dire «je suis désolé» souvent, depuis que nous sommes séparés. «Je suis désolée d'avoir oublié d'appeler. Désolée de ne pas te l'avoir dit. Désolée, désolée, désolée.»

— Où es-tu? demandé-je. À une fête?

— En quelque sorte, admet Austin. La plupart des gens ont emménagé ce week-end, et ce soir, ils ont organisé une boum «apprenons à nous connaître» dans la salle commune. Les dortoirs ici sont plutôt bien. Les gens semblent formidables aussi. La meilleure partie : Murray et moi avons notre propre salle de bain. Alors, nous sommes contents.

— Je le serais aussi.

Je tente de visualiser la nouvelle maison temporaire d'Austin, en vain. Je réalise que je ne lui ai jamais demandé à voir la brochure du camp qu'il me mentionnait tout le temps. Je vais devoir la chercher sur Google plus tard.

— Alors, il doit presque être temps pour toi d'y aller, poursuit Austin. Maman enregistre l'émission pour moi. Elle craignait que le camp n'ait pas encore installé le téléviseur, mais il y en a un. Elle est seulement, heu, prise d'assaut en ce moment, mais j'ai parlé à mes conseillers en résidence, et ils me permettent d'utiliser celui qui se trouve dans leur chambre. Alors, je vais t'encourager en direct, même si tu ne peux pas m'entendre.

— Merci.

Je suis émue.

— Savoir que tu m'observes m'aidera à rester au meilleur de ma forme.

— Tu es au meilleur de ta forme même quand je ne te regarde pas, affirme Austin. Liz m'a envoyé un texto pour me dire que tu as été époustouflante à la répétition en costume. Particulièrement dans ton numéro Skirtles. J'ai très hâte de le voir.

— Hé, tu as même le bon nom des bonbons, lui fis-je remarquer.

Je vérifie ma montre. Je n'ai pas encore rejoint les autres pour le dîner, et il y a tant de choses que je veux revoir avant l'émission en direct. Je ne sais pas si j'aurai le temps.

— Tu es vraiment attentif.

— Toujours, quand il s'agit de toi, déclare-t-il, et je souris largement.

— Kaitlin ?

C'est encore Parker. Je couvre mon appareil et hoche la tête dans sa direction.

— Nous avons besoin de toi sur le plateau un instant pour revérifier l'éclairage.

— Sûr. J'y serai dans une seconde.

Je retire ma main du microphone et reviens à Austin.

— Je dois y aller.

— AUSTIN! VIENS!

Un chœur de voix mâles et femelles crie, et j'écarte le téléphone de mon oreille pour ne pas devenir sourde.

— Je suis avec ma petite amie, les gars, l'entendis-je dire. Je serai là dans une seconde.

Aaaah... sa petite amie. Et il a dit cela devant d'autres filles!

— Tu dois y aller aussi, lui dis-je. Appelle-moi après si tu es éveillé. Autrement, je te téléphonerai demain matin.

— Renverse-les, Burke.

— Merci.

Je souris.

— Promis.

Les quarante-cinq minutes suivantes avant l'émission sont brouillées par une série de vérifications finales, de questions de costume et de notes de dernière minute. Avant que je ne le réalise, Sky et moi attendons en coulisse pendant que le sketch d'ouverture — un numéro politique dont nous ne faisons pas partie — est présenté. Je jette un œil à ma tenue une dernière fois. Mes cheveux tombent dans mon dos, et je porte une robe plissée en satin lilas Laundry, de Shelli Segal, avec des escarpins Prada à bouts découpés. Sky a une petite robe en satinette fumée BCBG brodée de perles. Ses longs cheveux sont tirés en queue de cheval derrière sa tête. Je suis obsédée par ses escarpins à brides arrière noirs Miu Miu avec de minuscules boucles sur le dessus.

Puis, nous recevons notre signal, marchons côte à côte à travers les portes et descendons l'escalier, pour nous tenir devant le public qui applaudit. Même si les lumières sont aveuglantes, je suis capable de voir Liz et mes parents, Nadine, Rodney, Matty et dans le coin au fond, Dylan. J'essaie de ne pas me laisser distraire et me contente de me remémorer mes répliques.

— Vous reconnaissez peut-être Kaitlin et moi-même à cause de notre émission, *Affaire de famille*, commence Sky, recevant une tonne d'applaudissement à la mention d'*AF*.

Je prends une profonde respiration avant ma première réplique.

— Ou vous ne nous reconnaissez pas à cause de l'émission, mais parce que vous nous avez vues dans votre journal à potins préféré, leur dis-je. Cela explique pourquoi nous sommes ici. Pour remettre les pendules à l'heure. Voyez-vous, nous ne nous détestons pas vraiment.

Quelques personnes gloussent.

— Absolument pas.

Sky secoue la tête avec énergie.

— Mensonge total. Nous sommes comme des sœurs.

Je fronce légèrement les sourcils.

— Des sœurs qui se querellent à l'occasion, clarifié-je en regardant directement le public. Mais tout de même, vous ne devez pas croire tout ce que vous entendez.

— Même si ça paraît plutôt vrai, ajoute Sky. Comme cette histoire d'hospitalisation de Kaitlin.

Je la fixe avec une horreur feinte.

— C'était vrai, mais ce n'était pas parce qu'elle souffrait d'épuisement.

Sky place une main sur le coin de sa bouche que je peux voir et murmure le mot « lipo ». Les gens rient. Ils la comprennent ! Et ils semblent aimer ça !

Je pose les mains sur mes hanches.

— Exactement, dis-je. Certaines histoires sont des exagérations, comme celles sur Sky prétendant qu'elle est une personne qui veut tout régenter. Je couvre ma bouche de ma main à présent. TELLEMENT VRAI, murmuré-je, pour la galerie, AINSI QUE L'HISTOIRE À PROPOS DE SKY COLORANT SA CHEVELURE. ELLE A DES CHEVEUX GRIS.

Après quelques piques, nous commençons à nous griffer, tirant sur les parties des vêtements qui sont censées se déchirer au bon moment. Enfin, Andy Samberg et Seth Meyers entrent en scène et nous écartent l'une de l'autre. Je me balance dans les bras d'Andy, mes jambes battant l'air pendant que Seth retient Sky. Quand ils nous rappellent la présence des caméras, nous nous calmons et reprenons nos esprits — en quelque sorte. Nous nous chamaillons encore, alors qu'ils vont à la pause publicitaire, et le public adore ça. Et j'adore le faire ! Qui aurait pu croire que balancer à Sky les choses que je lui ai toujours dites fonctionnerait si bien avec la foule ? Mais ça marche, et Sky et moi, j'imagine à cause de toutes ces années de travail en équipe, nous connaissons notre rythme respectif et savons exactement comment jouer de chaque réplique et de chaque expression.

Toute l'émission se déroule ainsi, puis vient le temps du rappel, et toute la distribution se présente sur scène pour dire bonne nuit. Mais je n'ai pas l'impression qu'il est l'heure d'aller se coucher. Au contraire, à 1 h 30, je suis plus éveillée que jamais. Pas étonnant qu'ils organisent une après-fête. Quand l'émission prend officiellement fin, je serre dans mes bras les membres de la distribution et pose pour quelques photos avec le public pendant que ma famille, Nadine, Liz et Rodney attendent patiemment de me féliciter. Je lève les yeux et remarque que Dylan est avec eux et tient un ÉNORME bouquet de splendides fleurs d'été comme de la lavande et des tournesols. Il parle à ma mère.

— Kaitlin ! Tu as été fabuleuse ! s'extasie maman.

Je ne l'ai jamais vue aussi heureuse.

— Géniale ! Je viens juste d'envoyer un courriel à Seth. Cela devrait faire un effet monstre sur ton curriculum vitæ, ajoute-t-elle, dans un murmure. Je vais me mettre sur son cas à ce propos demain matin, mais c'est formidable ! N'était-elle pas formidable ? demande-t-elle à la ronde.

Ils murmurent tous leur approbation, y compris Dylan, qui me fixe en souriant.

— Elles sont pour toi, me dit-il timidement.

Maman met une main sur son cœur.

— N'est-ce pas gentil ?

— Merci.

Je prends le bouquet et sens l'entêtante odeur de la lavande.

— Wow ! Tu n'étais pas obligé.

— Je le voulais, insiste Dylan.

Ses dents sont tellement blanches. D'un blanc éblouissant. Je ne pense pas avoir remarqué cela auparavant.

— Tu as été géniale. Juste dans le ton. Ne te l'avais-je pas dit ?

— C'est vrai.

Je ris.

— Et qu'en est-il… ?

— Du numéro Skirtles ? termine-t-il pour moi. Tu l'as bien saisi. C'était excellent !

— Merci.

Je me sens étrangement timide, tout à coup. Je sens mon téléphone vibrer. C'est Austin.

— Excuse-moi une seconde. Hé, dis-je à Austin. Qu'en as-tu pensé ?

— C'était parfait !

Austin a l'air tellement fier, et je deviens toute sentimentale.

— Burke, tu es une véritable comique. Qui l'aurait cru ?

L'endroit où il se trouve semble très bruyant.

— J'ai presque tout vu.

— Presque tout ?

Je fronce les sourcils.

— Oui, ils n'arrêtaient pas de détourner mon attention. Je peux déjà dire que la vie en dortoir veut dire manque d'intimité. J'ai raté le numéro Skirtles, mais je vais sur YouTube dès qu'il sera en ligne.

— Oh.

C'était LE numéro que je souhaitais qu'il voie. Il le savait. D'accord.

S'il décèle la déception dans ma voix, il n'en dit rien.

— Amuse-toi bien au party, d'accord?

Austin me donne l'impression de vouloir mettre rapidement fin à la conversation.

— Je t'appelle demain.

Il a raccroché avant que j'aie pu dire au revoir.

— Donc, en route pour le party? interrompt papa. Nous pouvons venir, n'est-ce pas?

— PAPA, gémit Matty. Ne venez pas, je t'en prie.

Je glousse.

— Chéri, je n'ai pas envie d'y aller.

Maman semble mal à l'aise.

— Rentrons à la maison. J'ai un rendez-vous matinal avec les Daisies. Nadine et Rodney emmèneront les enfants.

— Nous ne resterons pas tard.

Liz me décoche un clin d'œil.

Matty et moi soupirons de soulagement.

— Y vas-tu aussi, Dylan? demande maman.

— Je ne peux pas laisser la demoiselle sans cavalier, n'est-ce pas, madame?

Dylan m'observe intensément.

— Et j'ai besoin d'un cavalier, plaisanté-je, l'air plus excitée que voulu.

Nadine me regarde étrangement. Tout comme Liz.

— Je veux dire, bien sûr qu'il vient. Nous y allons tous. Une joyeuse bande! Heu, nous allons partir sous peu. Laissez-moi me changer, et je vous rejoindrai ici.

— Parfait.

Dylan sourit encore, dévoilant ces fossettes.

— J'attendrai.

— Formidable ! dis-je sottement, un sourire nerveux collé sur le visage.

Je retourne dans l'aire d'habillage pour attraper Sky et prendre mes affaires, mais je ne pense qu'à cette nouvelle pagaille que j'ai réussi je ne sais comment à créer.

Mince, Sky a peut-être raison. Il est possible que j'aie un infinitésimal béguin pour Dylan. Et possiblement Dylan m'aime bien, lui aussi.

Et si c'est le cas, que vais-je faire à ce propos ?

LE SAMEDI 20 JUIN
NOTE À MOI-MÊME :

ENDORS-TOI ! Ne te réveille pas de la journée dimanche. ☺

Les nouvelles reines de samedi soir —
Kaitlin Burke et Sky Mackenzie!

Semaine du 22 juin
par Brayden Woods,
critique de *TV Tome*

Si vous avez visionné *Saturday Night Live* ce week-end — et à l'évidence plusieurs d'entre vous l'ont fait, puisque les cotes d'écoute ont grimpé de 21 % — vous vous êtes peut-être surpris à rire avec les animatrices de la semaine, et non à rire d'elles.

Après avoir à la fois été louangées et vilipendées dans les journaux à potins pendant des années, les reines adolescentes de la télévision, Kaitlin Burke et Sky Mackenzie, d'*Affaire de famille*, ont renversé la vapeur du côté de l'Amérique en riant d'elles-mêmes. Dès le début de leur monologue d'ouverture — un numéro hilarant à propos d'elles-mêmes, qui sont reconnues pour se détester, faisant semblant qu'elles ne se détestent pas, alors même qu'elles se chamaillent —, nous avons su que nous aurions droit à un cadeau rare.

Les filles n'ont pas déçu pendant l'émission de quatre-vingt-dix minutes (si l'on ne tient pas compte d'un sketch faible sur un jeu télévisé à propos de sottes meneuses de claques). Elles se sont brillamment moquées de la version octogénaire d'elles-mêmes vivant dans une maison de retraite et se prenant pour leurs personnages d'*AF,* ont joué les odieux paparazzis et ont prouvé qu'elles pouvaient chanter dans le meilleur sketch de la soirée, une publicité Skirtles dans laquelle elles interprétaient leurs ennemies, les mondaines Lauren Cobb et Ava Hayden.

Les auteurs de *SNL* ont gagné le gros lot avec cette chansonnette, mais ils ne peuvent pas s'accorder tout le mérite. L'idée découle d'un blogue que Sky et Kaitlin ont écrit en associant Lauren et Ava à des bonbons Skittles — agréables, mais quand on en mange trop, ils nous rendent malades. Les deux paires se querellent dans les médias depuis un mois maintenant, et il semble que tout le monde prenne un côté ou l'autre, avec des maillots pour l'équipe SKAT (qui signifie Sky et Kaitlin) que portent les adolescents de Times Square jusqu'à Grove.

Lauren et Ava ont dû s'effondrer en voyant ce numéro, car il captait parfaitement leur personnalité à la télévision. Sky était parfaite dans la peau d'Hayden, notoirement obsédée par les paparazzis, utilisant à la perfection sa façon de rejeter ses cheveux en arrière. Bien que Kaitlin ait joué une Cobb digne de ce

nom, elle a brillé encore plus dans un sketch où elle a interprété une reine de l'écran des films de série B des années 1950 fuyant une armée de fourmis. Les meilleures parties de l'émission étaient quand les deux filles paraissaient ensemble à l'écran, me prouvant à moi, critique, ce que tant d'entre nous savons déjà — qu'elles s'aiment ou non, ces deux-là sont à leur place lorsqu'elles font de la télévision ensemble. Producteurs de la télévision, entendez mon appel : donnez un rôle à Sky et à Kaitlin dans une comédie de situation avant que quelqu'un d'autre ne vous les arrache.

LES GRANDS ESPRITS SE RENCONTRENT

SCÈNE 8

Cours de l'école. Le terrain de basketball est en arrière-plan. Quelques bancs de parc bordent la scène.

LEO

Andie, attends !

ANDIE

(Pleurant.) Tu n'as pas besoin de me suivre, Leo. C'était une idée stupide dès le départ. Je n'aurais jamais dû te le dire.

LEO

(Rattrapant Andie.) Hé. Ce n'était pas stupide. En fait, c'était probablement la première chose honnête que quelqu'un m'ait dite dans cette école. J'ai passé quatre ans ici, et une grande partie a été de la frime. Nous sommes tellement occupés à jouer un rôle que nous ne savons pas réellement qui nous sommes. Tu sais qui tu es, Andie. J'aime ça. Je ne l'ai peut-être pas vu avant aujourd'hui, mais j'aime ça.

ANDIE

C'est vrai ?

                    LEO
C'est vrai. Et je veux essayer quelque
chose. Si tu me le permets.

                    ANDIE
Qu'est-ce que c'est?

                    LEO
Ceci.

*(Leo se penche très lentement et embrasse
Andie très délicatement au début. Andie réagit
en embrassant Leo à son tour, en enroulant ses
bras autour de son cou.)*

NEUF : *Le calme avant la tempête*

— C'est tout, groupe! nous dit Forest. Je veux revoir une dernière scène avant que nous arrêtions pour la journée. Kaitlin? Dylan? Je pense que nous devrions répéter une dernière fois LE MOMENT.

LE MOMENT est exactement celui que vous croyez. Même après l'avoir répété pendant des semaines, je suis encore incapable de ne pas devenir nerveuse avant. Mes mains deviennent moites, mon front sue, et j'ai l'impression que je vais m'évanouir de nervosité. Dylan traverse la scène en venant vers moi.

— Une menthe? m'offre-t-il.

Nous avons eu une répétition en costume hier et aujourd'hui nous pouvons porter nos vêtements de ville. Dylan porte une chemise polo vert tendre qui fait ressortir encore plus la couleur de ses yeux (si c'est possible) et un short cargo kaki effiloché.

Je couvre ma bouche et souffle dans ma main.

— Est-ce que j'ai mauvaise haleine?

Je déplace mes pieds, mal à l'aise. Je suis chaussée de mignonnes espadrilles ballerines quadrillées Coach, qui vont bien avec mon maillot rose vif Gap et mon nouveau jean capri Lucky super ajusté.

Il rit.

— Ton haleine sent les roses, mon chou, détends-toi. Elles sont pour moi. Tu en veux?

Je secoue la tête. Quelqu'un vérifie l'éclairage, et une lumière vive m'aveugle un moment. Puis, on tamise les lumières — trop —, et j'ai l'impression d'être à un rendez-vous romantique.

— Commence au début de la scène, Kaitlin, lance Forest, sans lever les yeux de ses notes.

Il est assis sur une caisse en bois au bord de la scène. Est-ce que la température a monté, tout à coup ? Tout ce qui leur reste à faire est de faire chanter John Mayer, et je suis perdue.

Je hoche la tête. Dylan et moi sortons par le côté jardin. Ensuite, je reviens en courant sur la scène, et Dylan me suit.

— Andie, attends !

Dylan utilise son accent américain. Il a même l'air aussi charmant qu'un Américain. Comment fait-il ?

Je me mets à pleurer.

— Tu n'as pas besoin de me suivre, Leo.

Je tremble littéralement tellement mon personnage est bouleversé.

— C'était une idée stupide au départ. Je n'aurais jamais dû te le dire.

Je me tourne vers Dylan, après qu'il a commencé son petit discours à propos de l'honnêteté. Ensuite, c'est encore à mon tour. J'oublie presque de dire ma réplique. Je plonge mon regard tellement profondément dans celui de Dylan, essayant de me concentrer sur Leo, au lieu de songer que Dylan est très séduisant, et me reprends juste à temps pour entendre Dylan dire « mais j'aime ça ».

— C'est vrai ? demandé-je à Leo.

J'entreprends de faire claquer mon bracelet de perles roses sans y penser. Souviens-toi, Kaitlin. C'est Leo et non Dylan qui parle. Je sens mon cœur prendre de la vitesse. Le baiser n'est qu'à quelques secondes.

— C'est vrai, dit doucement Dylan.

LEO. Je veux dire que Leo dit doucement !

— Et je veux essayer quelque chose, si tu me le permets.

Mon souffle se coince dans ma gorge.

— Qu'est-ce que c'est ? murmuré-je presque.

— Ceci.

Dylan murmure lui aussi. Il pose une main sur mon dos, m'attire à lui et avec l'autre main sur mon menton se penche et m'embrasse si légèrement que je le sens à peine. Je ferme les paupières et me plonge dans le baiser ; mes lèvres se fondant dans les siennes. Dylan sent la menthe poivrée, je pense, et la menthe poivrée, ça sent délicieusement bon. De loin, j'entends « Excellent ! ».

— Incroyable ! dit Forest, alors que je retire mes bras autour du cou de Dylan et fais un pas en arrière.

Je me sens un peu tremblante, et Dylan m'attrape le bras pour assurer mon équilibre.

— Vous êtes splendides ensemble. Une telle chimie. N'êtes-vous pas d'accord, groupe ?

Je n'avais pas réalisé que les autres acteurs nous observaient. J'étais totalement dans ma bulle, mais ils sont là. Ils se tiennent à l'extérieur de la scène et marchent vers nous. Quelques personnes grommellent leur accord.

Je suis incapable de regarder Dylan. Je me sens coupable de l'embrasser, ce qui est étrange parce que je ne ressens jamais cela avec un autre acteur. Ce n'est que le boulot, c'est tout. Et pourtant… il y a quelque chose dans le fait d'embrasser Dylan qui ne me donne pas l'impression de jouer un rôle. Qu'est-ce que je dis ? J'essaie de chasser cette pensée de mon esprit et de visualiser Austin.

Comme Forest est ici pour la répétition finale aujourd'hui avec moi avant que je n'entre en scène, je m'étais dit qu'il nous ferait un petit discours à tous avant de partir. Et il le fait.

— Je veux vous remercier tous d'avoir fourni autant de temps et d'efforts ces dernières semaines, déclare-t-il, souriant comme mon père quand je fais quelque chose de particulièrement merveilleux, comme gagner un Teen Choice Award ou lui dire qu'il peut produire mon prochain film. Je sais que c'était un travail difficile — vous faire venir ici des jours différents à des heures différentes pour que votre travail s'amalgame avec celui d'une autre personne, et je crois que les résultats, comme vous pouvez le constater, ont été vraiment profitables.

Forest vient vers moi et pose un bras autour de moi, me décochant son célèbre sourire à fossettes.

— Kaitlin, je pense que tu es prête.

— C'est vrai? ne puis-je m'empêcher de demander un peu nerveusement, avec un peu d'excitation en même temps.

Entendre Forest dire cela signifie beaucoup. Je rougis d'embarras, sachant que les autres me regardent. Je tire sur le col en V de mon Gap avec nervosité.

— Je veux dire, merci. Je vous suis redevable à tous, vraiment.

Dylan me fait un clin d'œil.

C'est mercredi après-midi, et nous venons de terminer une répétition complète du début à la fin. Habituellement, nous travaillons sur des scènes précises, ou, parfois, Forest me fait venir seule, et nous repassons ensemble certaines répliques. Ce processus a été éreintant. Plus de répétitions que je n'en ai jamais eues au cinéma. Avec un film, je fais le gros de ma répétition seule, assise dans ma roulotte à mémoriser mes répliques. Puis, nous réalisons plusieurs prises et tournons la scène pour vrai. Je connais la motivation de mon personnage, son but et qui elle est, mais je n'ai jamais connu un personnage aussi bien qu'Andie. Forest m'a poussée à réfléchir à toutes les facettes d'Andie, depuis sa démarche et ses expressions faciales jusqu'à sa façon de transporter ses manuels scolaires. (« Chaque chose que tu fais sur scène ajoute une dimension à ta performance, m'a-t-il dit un jour. Souviens-toi de cela. ») C'est extraordinaire de penser qu'une chose pour laquelle j'ai travaillé si dur ne sera vue que par un petit groupe de gens pendant les huit prochaines semaines et qu'après, elle n'existera plus. Bien, du moins pas avec moi dedans. Forest a déjà dit que la prochaine actrice qu'ils embaucheront gardera le rôle pendant au moins un an.

— Cette semaine est importante pour nous tous, dit Forest au petit groupe qui comprend la compagnie, Dylan et Riley.

Son cardigan rose s'avère un choix étonnamment seyant pour elle, et j'adore la façon dont elle laisse pendre une bonne longueur du vêtement devant et qu'elle l'a noué à sa taille par-dessus un débardeur ivoire. Elle a rassemblé ses cheveux en arrière en un chignon débraillé, retenu en place par un crayon mâché. Je me suis toujours demandé comment faire ça, mais à l'évidence je ne peux pas lui poser la question.

— Je crois que nous avons reçu beaucoup d'attention de la presse et des différents médias grâce à notre nouvelle vedette, continue Forest, lisant sur son écritoire à pince. Les articles auxquels certains d'entre vous ont participé ont beaucoup contribué à la vente de billets. Et je pense que votre travail à l'événement Broadway Cares la semaine dernière en dit long sur notre famille. J'aimerais que ce dynamisme se poursuive.

— Tu veux que nous joignions la ligue de balle molle de Broadway ? plaisante Dylan.

Il s'est assis sur la scène et s'appuie sur ses coudes, son corps allongé devant lui. Il a l'air d'être sur le point de s'endormir.

— Je ne crois pas que je serais très utile dans ce domaine. Mon expertise est plutôt dans le football — ou, comme le dit Kaitlin, le soccer. Ou bien nous pourrions jouer au cricket ?

Forest rit.

— J'ai une meilleure idée. Nous venons d'apprendre ce matin que *The View* souhaite que nous fassions une apparition dans l'émission pour interpréter une scène choisie.

Un murmure d'excitation s'élève du groupe. Je me suis déjà assise sur le sofa de ces dames, et ça peut se révéler à la fois intimidant et amusant, mais j'ai le sentiment que je suis la seule dans ce cas ici. Riley parle à cent mille à l'heure à quiconque veut bien l'entendre déclarer son amour pour Elizabeth qui, par hasard, est celle que j'aime le moins. Il fallait s'y attendre.

— Quelle scène? demande quelqu'un.

Forest détourne son regard de nous et le dirige vers les producteurs.

— La sortie d'Andie; la scène avec Andie et Leo.

Oh oh. Cela ne passera pas bien. Je jette un coup d'œil discret dans la direction de Riley. Son visage est aussi rose que son chandail.

— C'est une scène géniale, Forest, acquiesce étonnamment Riley. Toutefois, ne penses-tu pas que Kaitlin s'en sortirait mieux avec plus de gens sur le plateau avec elle? Kaitlin est au meilleur de sa forme quand elle a un groupe pour la soutenir.

Voilà un compliment équivoque, ou je ne m'y connais pas.

— *The View* veut Kaitlin.

Forest ne se montre pas du tout contrit.

— C'est un visage familier pour l'Amérique, et elle donne un visage à notre pièce. La scène que j'ai choisie représente le moment le plus remarquable de Kaitlin.

Il me regarde.

— Vraiment. Tes émotions sont à fleur de peau, et tes mots résonnent profondément. C'est une vitrine inestimable pour ton travail.

Je sens Riley qui m'observe, mais je ne lève pas les yeux. Au lieu, j'examine mon nouveau collier Tiffany en argent sterling. Je suis tombée amoureuse de ce pendentif en forme d'étoile de mer l'autre jour quand nous sommes entrées pour flâner chez le célèbre bijoutier après la répétition. J'en ai immédiatement acheté deux identiques pour moi et Nadine.

J'ignore encore comment m'y prendre avec les piques voilées de Riley. Pour éliminer ma frustration, j'ai commencé à suivre des cours de Zumba. Liz y assiste aussi. Elle n'a pas été capable de trouver un cours de kickboxing qui s'insérait bien dans son nouvel horaire, alors nous avons toutes les deux opté pour le Zumba, un cours de mise en forme cardiovasculaire combiné à des danses latines comprenant le mérengué, la salsa, le mambo, la rumba et le calypso. Je ne suis peut-être pas très bonne dans aucun de ces mouvements, mais c'est très amusant pour libérer la vapeur.

— La bonne nouvelle : le reste d'entre vous a congé de répétition pour les quelques prochains jours, déclare Forest, suscitant une excitation évidente. Sortez d'ici ! Prenez des couleurs !

Les gens commencent à se disperser sans tarder, ne donnant pas le temps à Forest de changer d'avis. Je patiente pour savoir ce que Forest attend de moi. Je reste habituellement après tous les autres.

— Et toi aussi, Kaitlin, tu peux, si tu le désires. Vendredi est le grand jour, et nous voulons que tu sois bien reposée.

Ce vendredi est LE jour. Je fixe les sièges vides dans la partie assombrie du théâtre. Vendredi soir, je serai debout ici, sur cette scène, devant plus de mille personnes. Il se pourrait que je vomisse, je pense.

— Je devrais peut-être répéter cette scène pour *The View* une ou deux fois de plus, dis-je nerveusement à Forest. Je ne suis pas certaine d'interpréter les émotions d'Andie exactement de la bonne façon.

— Tu le fais, insiste-t-il avec un sourire. Et vois jeudi avec *The View* comme un exercice de choix.

J'ouvre la bouche pour répliquer, mais il m'arrête.

— Pas de « mais ». Prends quelques jours de congé. Pense à Andie tant que tu veux — à la maison.

Il attrape ses affaires et se dirige vers les coulisses. Je commence à rassembler mes choses aussi, fourrant mon eau vitaminée, un emballage de barre Fiber One et mon cahier de notes dans mon sac. Je ne réalise même pas que Riley est à côté de moi jusqu'à ce que je me retourne, ce qui, évidemment, me fait sursauter.

— Félicitations pour *The View*, Kaitlin, réussit-elle à me dire.

Elle joue avec son chandail, serrant son cardigan autour de sa petite silhouette.

— Merci.

J'avale, me préparant à ce qu'elle va dire ensuite. Elle va dire quelque chose, j'en suis certaine.

— J'ai toujours voulu participer à l'une de ces ridicules émissions de débats. Tellement bêtifiante, mais amusante, ajoute Riley. Tout à fait ton rayon, je suppose. Amuse-toi.

Elle attrape son sac et se dirige vers les coulisses, hésite, puis se retourne.

— Un conseil : pendant ta grande scène au petit écran, essaie de ne pas avoir l'air aussi peinée, d'accord ? Tu as encore tendance à donner l'impression que tu as besoin d'aller au petit coin chaque fois que tu joues un sentiment sérieux. As-tu remarqué ?

Je secoue la tête avant de pouvoir me retenir.

— J'avais cru que tu aurais réglé cela maintenant, mais j'imagine que non. Salut !

— Ne te fais pas de bile à cause d'elle.

J'entends Dylan et pivote. Il passe une main dans ses cheveux coupés courts, et j'observe le geste presque comme s'il se déroulait au ralenti, puis je me détourne rapidement. Austin. Pense à Austin.

— Elle envie ton boulot pour *The View*. Elle est totalement jalouse.

— Tu crois ?

J'ai peur que cet effet de ralenti se répète ; je n'ose pas le regarder.

— Selon moi, elle ne peut pas envier qui que ce soit. C'est difficile d'être jalouse lorsqu'on se considère comme la meilleure actrice de théâtre en vie aujourd'hui.

Dylan rigole.

— Vrai. Alors, rêves-tu encore que tu parais nue sur scène ?

— Pas la nuit dernière, en fait.

Dylan connaît toutes mes peurs à propos du théâtre devant un public. Le numéro de l'actrice nue est mon plus récent cauchemar. Je pense que Dylan était en fait amusé par l'idée. Une étincelle s'allume dans ses yeux chaque fois que j'en parle.

— Bien.

Dylan me passe en revue.

— Forest a raison. Tu t'inquiétais pour de petits détails, mais tout va bien. Tu es prête. Nous pouvons nous rencontrer avant, si tu veux répéter encore un peu, mais tu n'en as pas besoin. Nous devrions célébrer. Peut-être avec un déjeuner demain ? Il y a ce merveilleux restaurant près de mon appartement.

Je sais que je devrais refuser, mais je ne le désire pas. Passer du temps avec Dylan est amusant.

— Va pour le déjeuner, alors.

Mon téléphone vibre, et je prie pour que ce soit Austin. J'ai raté notre appel prévu d'hier soir. Nous avons décidé de planifier une heure pour parler, puisque nous avons été tous les deux très mauvais pour la conversation spontanée. J'étais occupée à faire du magasinage avec Nadine dans cette mignonne petite boutique et n'ai pas entendu mon cellulaire. Je regarde l'afficheur. Ce n'est pas Austin.

— C'est Sky.

Je soupire.

— Je devrais vraiment répondre.

— Absolument.

Le visage empathique de Dylan fait palpiter mon cœur.

— On ne veut pas la laisser poiroter. Elle a la langue acérée.

— À demain.

Je me hâte de sortir par la porte latérale du théâtre, où Rodney et Nadine m'attendent avec le chauffeur, et prends mon appel.

— Devine quoi ? Je vais me produire dans *The View* jeudi !

— K., je n'ai pas le temps pour les bavardages, lâche sèchement Sky en murmurant.

Sa voix résonne légèrement, et on dirait qu'elle se cache dans un placard (ce ne serait pas la première fois), bien que j'entende de la musique en arrière-plan.

— C'est important! J'ai besoin que tu m'écoutes au lieu de parler et PARLER et parler de détails sans importance qui ne m'intéressent pas du tout.

Ah, je parle à cette Sky aujourd'hui.

— Bien. Qu'est-ce qui se passe? m'enquis-je avant de saluer Nadine et Rodney de la main, en me glissant à l'intérieur de la voiture climatisée, ce qui est un contraste saisissant avec l'humidité de l'extérieur.

New York est une ville vraiment collante. Heureusement, tous les grands édifices jettent de grosses ombres, de sorte que le soleil ne vous tape pas sur la tête. Malgré tout, mon choix de pantalon capri en denim ne me semble plus l'idée du siècle, tout à coup. C'est une bonne chose d'avoir envoyé un texto à Nadine plus tôt pour lui demander d'apporter ma robe T-Bags à motifs floraux aux manches chauve-souris couleur sarcelle, afin que je puisse me changer.

— Et pourquoi chuchotes-tu?

— Je suis dans les toilettes chez Geisha, explique-t-elle.

J'entends le bruit d'une chasse d'eau.

— Mon agent m'attend à la table, afin que je l'informe de ma décision. Je lui ai ordonné de venir avec trois offres.

— N'as-tu pas fait cette demande hier soir?

Je sens une immense vague de panique. Elle a déjà des offres?

— Je te l'ai dit, les offres vont affluer après l'émission de samedi. Laney et Amanda nous l'ont assuré.

— Je ne peux pas courir ce risque, réplique Sky en prenant la mouche.

J'entends une porte claquer et des talons cliqueter sur un plancher.

— Je veux une offre aujourd'hui! Et bien sûr mon agent a affirmé la même chose que le tien. Attends une semaine, mais je ne veux pas. Je veux un nouvel emploi tout de suite. Alors, je me disais — que penses-tu de *Dancing with the Stars*? Ou *Celebrity Apprentice*? J'ai des offres des deux. Attends, K.!

Sa voix baisse d'un cran, et je suppose qu'elle s'adresse à la personne responsable des toilettes.

— Avez-vous du fixatif à cheveux Aveda, au lieu de cette cochonnerie de Suave? Mes cheveux ne réagissent qu'aux huiles naturelles.

— Sky, as-tu mangé un sandwich roulé au thon épicé avarié?

Je suis totalement sidérée.

— Jamais de ta vie tu n'accepterais une offre de l'une ou l'autre de ces émissions!

— Oui, mais je pourrais commencer à travailler, genre, demain pour leur nouvelle saison.

Sky donne l'impression d'être un peu folle.

— De retour sur un plateau! Demain! K., j'ai besoin de retourner sur un plateau.

— Calme-toi, lui ordonné-je sévèrement. Et écoute : tu n'acceptes ni l'une ni l'autre de ces émissions. Est-ce que tu t'entends? *Dancing with the Stars*?

Nadine lève les yeux de son BlackBerry, sur lequel elle tape avec ses gros ongles courts roses, et me regarde étrangement.

— Sky? articule-t-elle sans bruit. A-t-elle perdu l'esprit?

— Reste calme, et attends quelques jours, m'entends-tu?

Nadine intervient, agitant violemment ses bras rousselés. J'adore ce haut festonné corail à manches flottantes qu'elle porte. On dirait du Juicy Couture, mais c'est impossible parce que Nadine ne ferait jamais — oh, c'est le mien! Je crois me rappeler qu'elle a demandé à l'emprunter. Elle rencontre une amie plus tard pour le déjeuner.

— Dis-lui de penser aux autres offres que vous avez toutes les deux qui vous gardent dans l'œil du public.

La voix de Nadine tombe dans mon oreille.

— Cet amusant vidéoclip nyordie.com qu'on vous a demandé de réaliser a l'air tordant.

— C'est du bon argent, K. !

Sky semble désespérée.

SECRET D'HOLLYWOOD NUMÉRO NEUF : Le simple fait d'être une vedette ne garantit pas que vous gagnez de l'argent dans une émission de téléréalité. Avec certaines, vous pouvez vous retrouver avec un chèque de paie décent. Comme — je ne peux pas croire que je vais dire ça — *Dancing with the Stars*. Seth m'a dit qu'un de ses clients a reçu un paiement initial de 125 000 $ pour son apparition, puis entre 10 000 $ et 50 000 $ pour chaque semaine où il survivait à l'élimination. Cependant, il y a des émissions comme *Celebrity Apprentice*, où les vedettes ne gagnent presque rien. Même chose avec *The Bachelor*, qui ne couvre que le logement pendant que la personne tourne l'émission, selon mes sources. Dommage qu'il n'y ait pas encore une version féminine de cette émission. Sky adorerait faire ça. Il se peut que Lauren et Ava aient besoin d'émissions de téléréalité, mais pas Sky. Je lui rappelle ce fait, et elle commence à décompresser.

— D'accord, je vais patienter.

J'entends une autre porte s'ouvrir, suivi de beaucoup plus de bruit. Elle doit se sentir assez bien maintenant pour retourner à sa table.

— Je ne sais pas à quoi je pensais. Si tu n'acceptes pas d'offres semblables, alors je ne devrais certainement pas m'y résoudre.

— Han han.

Je roule les yeux. Nadine n'entend pas ce que dit Sky, mais elle rit quand même. Elle peut voir d'après mon expression que c'est du Sky par excellence. Dès que je raccroche, j'attache mes cheveux en une queue de cheval lâche sur le côté de ma tête pour aider à combattre la chaleur de cette fin juin.

Quand c'est fait, je m'assois confortablement et laisse la climatisation achever de me rafraîchir. Merci, mon dieu, Sky n'a pas demandé où je me rendais. Si je lui avais dit que je rencontrais Liz, elle aurait voulu venir aussi — uniquement pour torturer mon amie. Il semble s'agir de l'activité préférée des deux filles. Se taper mutuellement sur les nerfs. Cependant, ma loyauté va toujours du côté de Liz. Aujourd'hui, c'est une sortie entre meilleures amies.

Nous nous garons devant le Tortilla Flats, sur Washington Street, et je bondis hors de la voiture. Liz est déjà à l'une des tables bancales à l'extérieur du bistro mexicain. J'aurais plus ou moins aimé m'asseoir à l'intérieur, mais je sais que la journée est trop belle pour ça. D'ailleurs, lors de notre dernière visite, un groupe de femmes bruyantes s'est installé pendant des heures à une table, et nous pouvions à peine nous entendre penser. L'intérieur du Tortilla Flats est tellement amusant à admirer. C'est minuscule, exigu et un peu miteux, mais son décor est très sympa. Chaque centimètre est couvert de souvenirs d'Ernest Borgnine, de photos encadrées excentriques, de lumières scintillantes et de serpentins pendant au plafond. Liz m'aperçoit et agite la main, mais son visage paraît trop fatigué pour sourire. Sa tenue est de celles qui affichent toutes ses couleurs aujourd'hui. Elle porte une robe à bretelles vert vif qui est large, carrée et qui flotte dans la brise légère. Je lui embrasse la joue, lui demande de m'excuser pour que j'aille aux toilettes (ce trajet en voiture était trop long!). J'enfile ma robe T-Bars et la rejoins de nouveau.

— Hé!

Je me fraye un chemin jusqu'à notre table.

— Pourquoi ce visage allongé?

— Je déteste un autre de mes professeurs.

Liz mâchonne une croustille de tortilla, la mine maussade. Elle en trempe une autre dans la salsa, et elle s'émiette, ce qui semble l'exaspérer encore davantage.

— Il m'a interrogé en classe, et j'ai donné la mauvaise réponse. Il a voulu savoir si je m'étais trompée parce que j'étais trop occupée à faire la fête avec des célébrités pour faire mes devoirs! Je n'allais pas laisser passer cela, bien sûr, alors je lui ai poliment demandé à quoi il faisait référence. Il a mentionné la photo de moi avec toi au party de *SNL*. Comme si cela avait quoi que ce soit à voir avec ma présence en classe ! C'était samedi soir.

— Qu'est-ce que les gens ont à détester les célébrités ?

Je lui tends un menu. Je sais déjà ce que je vais commander. Nous sommes venues ici deux fois déjà. À chacune de mes visites, j'ai opté pour la trempette au queso pour commencer et l'assiette d'enchilada au fromage pour finir.

— Il est simplement jaloux parce qu'il n'a pas été invité au party de *SNL*, contrairement à toi.

— Je ne crois pas.

Elle secoue la tête, et ses grandes boucles d'oreilles fouettent l'air comme si elles allaient s'envoler.

— Ils détestent les gens d'Hollywood.

— Qui ça ?

— Tout le monde.

Le visage de Liz s'effondre, sa bouche couverte de brillant à lèvres pêche esquissant une moue.

— Les autres personnes dans l'atelier ; qui émettent de petits commentaires sur le fait que je viens de la FORÊT de houx*. Et les professeurs agissent comme si je pensais mériter plus de soutien parce que je suis de là-bas et que mon père travaille dans l'entreprise. Je veux seulement une chance équitable, tu sais ?

Je hoche la tête. Je le sais tellement. C'est exactement ainsi que je me sens à propos de tenter ma chance à Broadway. Je prie pour que ce vendredi soir, les critiques me jugent sur ma prestation et non sur le nombre d'articles qui a fait les gros titres avec moi dans *Hollywood Nation*.

— Comment as-tu réussi avec ta production sur les pigeons ?

— J'ai reçu un « B », répond Liz avec raideur.

Son visage est rouge, et je ne sais pas si c'est parce qu'elle est en colère ou si elle a chaud. Ses cheveux bouclés tombent librement

---

* N.d.T.: Écrit Holly-WOOD dans la version originale anglaise, ce qui signifie littéralement « Forêt de houx », en français.

et frisent dans tous les sens. Je tente de résister à l'envie de lui tendre un élastique.

— C'est bon, non ?

J'essaie d'avoir l'air optimiste. Je connais la réponse : ce ne l'est pas quand on se nomme Liz et qu'on s'attend à des « A » sur toute la ligne. Elle se contente de me fusiller du regard.

— Le prochain recevra un « A ». As-tu déjà trouvé ton sujet ?

Elle secoue la tête.

— Oublie leurs sentiments pour L.A. ! Prouve-leur qu'ils ont tort à propos de la terre du houx ou peu importe comment ils l'appellent. Je peux être ton prochain sujet, si tu veux. Tu pourras me suivre le jour de la première. Crois-moi, je vais afficher toute une gamme d'émotions qui les fera tomber sur le derrière.

— Ce n'est pas une mauvaise idée, admet Liz, souriant largement pour la première fois aujourd'hui. Je vais leur montrer ce qu'est réellement Hollywood. C'est plus difficile qu'ils ne le croient !

— T'as foutrement raison !

Je ris.

— Cet atelier est plus ardu que je ne m'y attendais.

Liz soupire et joue avec la demi-douzaine de bracelets à son poignet.

— Je me trompe possiblement à propos de NYU. Et si je n'étais pas à la hauteur ? demande anxieusement Liz. Il y a des programmes d'écriture et des ateliers de direction fantastiques sur la côte Ouest aussi, tu sais. Je devrais peut-être explorer quelques universités près de la maison.

— Est-ce que ton cerveau vient d'être brulé par la salsa piquante ?

J'ai l'air étonnée, je le sais.

— Tu veux venir dans l'Est depuis toujours !

— Maintenant que j'y suis, je pense que je suis davantage une fille de la cote Ouest, dit Liz du ton de celle qui songe avec envie à sa maison. Crois-tu que c'est mauvais ?

— Je suis assurément une fille de la cote Ouest, réalisé-je. J'adore ça ici, mais c'est tellement épuisant! Cependant, je ne suis pas en adoration devant NYU depuis toujours, non plus, comme toi. Hé, au moins, tu tentes le coup, au lieu d'appeler ton père la première année pour le supplier de te laisser rentrer à la maison.

Liz prend une autre croustille de tortilla.

— Bien vu.

Nous finissons par rester chez Tortilla Flats pendant presque deux heures, puis nous allons à la boutique Tory Burch pour faire quelques courses. Nous choisissons toutes les deux la même jupe plissée amusante bleu et blanc à motifs floraux. Liz se procure une paire de sandales beiges à talons de 7,5 cm à l'allure géniale, et j'achète un chandail de marin à rayures vertes et blanches, que je porterai à l'un des quelque douze événements des Hamptons; ceux-là mêmes pour lesquels je subis le harcèlement de maman, tant elle veut que j'y assiste. Je mets ensuite un stop à mon magasinage. J'ai enfin réglé ma facture de carte de crédit découlant de mes courses désastreuses avec Lauren et Ava le printemps dernier.

— Dessert?

Liz hisse son sac de courses sur son épaule nue.

— Nous avons transpiré à essayer tous ces trucs.

— J'imagine que si nous parcourions à pied le long trajet jusqu'à Magnolia Bakery, en plus du retour à la maison, nous brûlerions quelques calories, ajouté-je rapidement. Allons-y.

— J'ai parlé à Josh avant que tu n'arrives pour déjeuner, m'apprend Liz pendant que nous marchons. Il dit qu'il a bavardé avec Austin ce matin.

— Au moins, quelqu'un a réussi, laissé-je échapper.

Liz me lance un regard étonné.

— Désolée. Je suis juste frustrée. Nos horaires sont tellement à l'opposé que nous avons à peine le temps de nous parler. Ensuite, quand nous réussissons à nous joindre, il nous arrive de nous plaindre de ne pas assez nous parler.

— Tu le vois ce week-end. Alors, vous rattraperez le temps perdu pour tous ces mauvais appels téléphoniques.

Liz passe un bras autour de moi, mais c'est difficile de marcher dans cette posture.

— J'imagine.

Je hausse les épaules.

— Je veux lui parler comme nous l'avons toujours fait, tu sais? Je veux qu'il sache pour Riley, ce que cela a été pour moi dans cet immense théâtre caverneux, le fait d'avoir à apprendre comment projeter ma voix et à porter un microphone en tout temps. Toutefois, nous avons à peine le temps de nous parler, en ce moment. Quand nous y arrivons, il ne pose pas de questions sur le spectacle.

— Alors, aborde le sujet avec lui, suggère Liz.

— Il devrait amener le sujet, dis-je avec entêtement, puis je sens que j'accélère le pas.

Le bras de Liz glisse de mon épaule. C'est une autre chose que j'ai remarquée avec la vie à New York. Je pratique la marche rapide où que j'aille. On ne peut pas s'en empêcher. Tout le monde a tendance à avancer vite. Au moins, j'ai commencé à porter les chaussures appropriées pour ça. J'ai une nouvelle paire de tong Havaianas, que je garde dans mon sac et que j'emporte partout avec moi.

— Ne le devrait-il pas? Enfin, Dylan me demande tout le temps comment je me sens.

— Kates, me prévient Liz. Fais attention, là.

Je rougis.

— Il n'y a pas d'inquiétude à avoir. J'aime Austin. Il me manque beaucoup, c'est tout.

— Vous vous en sortirez.

Liz paraît tellement sûre d'elle. Je souhaiterais l'être aussi.

— Quand son vol arrive-t-il? Vendredi?

Je hoche la tête.

— Sa mère et Hayley le rencontrent ici. Maman a suggéré qu'ils séjournent au Soho Grand — je ne suis pas certaine que ce soit le style des Meyers —, mais au moins, c'est très bien. Sky a promis de bien s'occuper d'eux, comme je serai tellement prise vendredi.

Liz arque les sourcils, mais laisse passer.

— Ils ne partent pas avant lundi après-midi ; je disposerai donc de beaucoup de temps pour leur montrer les alentours.

Je marque une pause.

— Sauf samedi, où je joue en matinée. Exception faite aussi des présentations de soirée, mais tout le temps, à part ça.

— À part ça, tu es totalement libre.

Liz me décoche un grand sourire.

— L'horaire sera chargé, mais hé, au moins, tes journées sont libres. Nous pourrons suivre d'autres cours de danse.

— Absolument.

Je libère mes cheveux, puis les attache de nouveau en une queue de cheval normale. Celle de côté était trop agaçante.

—C'est à peu près la seule chose qui fonctionne avec cet horaire. Ça et les réunions avec Seth et Laney concernant mon prochain projet important ; soit dit entre nous, je veux qu'il soit à la télévision.

— Vraiment, Kates ?

Liz semble excitée.

— Ce serait génial.

— Sérieusement ? Tu ne penses pas que je suis folle, comme je me suis plainte à maintes reprises de mon horaire et de ma charge de travail ?

Elle secoue la tête.

— Tu resplendissais, samedi soir. La télévision, c'est ton truc, Kates ! Regarde comme Matty s'amuse.

Liz baisse les yeux.

— Ne sois pas en colère, mais parfois quand il parle, tu sembles jalouse.

— Je le suis! dis-je d'un air contrit. C'est pourquoi c'était si bon de participer à *SNL*. Être de retour avec Sky et échanger des répliques comme ça, à jouer la comédie, c'était amusant! J'ai besoin de me concentrer sur un nouveau personnage. Quelqu'un d'un peu plus léger que Sam.

— Elle était un peu trop portée sur le drame, acquiesce Liz, et je la pince. Bien, c'est vrai!

Dix minutes plus tard, nous sommes devant la minuscule boulangerie Magnolia Bakery. Je reste à l'extérieur et tente de joindre Austin sur son cellulaire pendant que Liz nous prend deux cafés glacés et deux petits gâteaux pour emporter. Ce n'est pas comme s'il me fallait un prétexte pour l'appeler, mais je me sens un peu coupable de m'être plainte de lui à Liz. D'ailleurs, j'ai oublié de lui demander où sa mère voulait aller pour le brunch dimanche. Je regarde ma montre. Il est une heure plus tôt au Texas, ce devrait donc être la pause déjeuner pour Austin. Le téléphone sonne et sonne.

— Allô?

Une fille répond, criant par-dessus la musique forte.

— Allô?

— Désolée, je dois avoir composé le mauvais numéro, dis-je d'un ton d'excuse, puis je m'apprête à raccrocher.

— Attends. Est-ce que tu cherches Austin Meyers ou Rob Murray? Si oui, tu es à la bonne place.

— Oh.

J'hésite. Qui est cette fille qui décroche leur téléphone?

— Je cherche Austin.

— A.! Téléphone pour toi! crie-t-elle.

A.? Elle appelle mon Austin, A.?

— Il est dans le couloir, hurle une autre voix.

— Il n'est pas ici pour l'instant, reprend la fille. Rappelle-le dans cinq minutes.

Elle glousse.

— Carl, arrête ! Je suis au téléphone ! J'ai dit : je suis au téléphone !

Elle rit de plus belle.

— Désolée. Il me chatouille. Ces garçons de L.A. sont dingues.

— Puis-je laisser un message ? lancé-je sèchement, sans le réaliser. Dis à Austin que sa petite amie a téléphoné.

D'accord, c'est enfantin, mais je joue la carte de la petite amie. J'établis mon droit.

— J'ignorais qu'A. avait une petite amie, rétorque la fille, provoquant encore plus ma colère.

— C'est Kaitlin, lui dis-je en essayant de garder mon calme. Peux-tu juste l'informer que j'ai appelé ?

— Aucun problème, Katrine, répondit-elle.

Puis, elle met fin à la communication avant que je puisse la corriger.

LE JEUDI 23 JUIN
NOTE À MOI-MÊME :

The View : jeu. @ 11 h. Sois-y @ 9 h 45

Dîner parents, Matty au Met pour maman : jeu. 18 h 30

Vendredi : première ! Sois-y @ 17 h

Austin et famille arrivent @ 14 h. Demander à Rodney de passer les prendre @ JFK

Découvrir qui est cette fille qui a répondu au téléphone de « A. » !

LES GRANDS ESPRITS SE RENCONTRENT

SCÈNE 10

Après qu'Andie et Leo ont été surpris à s'embrasser, Jenny est furieuse. Elle poursuit Andie jusque dans la cafétéria pour la confronter. Les amis de Jenny et ceux d'Andie prennent tout de suite leur parti respectif, et une bagarre se déclenche rapidement. La cloche des cours sonne, mais personne ne bouge. Andie a sauté sur une table pour éviter les meneuses de claques.

ANDIE

(Criant à pleins poumons.) ARRÊTEZ !
(La foule se tait et la regarde. Andie est un peu déstabilisée.)

ANDIE

Bien. Heu, merci de m'avoir écoutée.

JORDAN

Wow ! Andie, qui aurait cru que la reine allait un jour écouter ce que tu avais à dire ?

JENNY

Nous n'écoutons pas ! Nous attendons qu'elle descende de son perchoir afin de l'attraper.
(Chœur de « Oui ! ». Les filles tentent de saisir au vol les jambes d'Andie. Becca

et *Jordan s'interposent pour les arrêter,
et il s'ensuit du crêpage de chignon.)*

ANDIE

Attendez ! Attendez ! Ne pensez-vous
pas que tout ceci est un peu fou ? Que
faisons-nous ? C'est le dernier jour
d'école. Même aujourd'hui, nous sommes
incapables de trouver une façon de nous
entendre pendant cinq minutes ?

JENNY

Impossible quand tu embrasses le petit
ami d'une autre !

ANDIE

Il m'a embrassée. *(Jenny se déplace pour
l'attraper encore une fois.)* D'accord,
d'accord, je ne l'ai pas empêché. Mais là
n'est pas la question. La question est
que nous étions amies auparavant et qu'à
présent, nous ne sommes même pas capables de nous saluer dans le couloir. Tu
te souviens de la première année ? Jenny,
tu avais l'habitude de venir chez moi
chaque lundi après l'école. Et Jordan —
toi et Katie suiviez des cours de gym-
nastique ensemble. Sara, tu peux faire
semblant du contraire, mais tu jouais
au soccer avec Becca. Que nous est-il
arrivé ? Pourquoi nous sommes-nous laissé
emporter par des trucs comme qui est
populaire et qui ne l'est pas, qui vit

du côté ouest de la ville et qui vit
à l'est de la rivière, qui conduit une
BMW et qui se promène dans une Nissan
Sentra 1990?

JORDAN

Ça, ce serait moi, et je suis fier de
dire que cette voiture roule très bien.
(Pause.) Quand elle n'est pas au garage.

ANDIE

Nous devrions nous soutenir les unes les
autres, pas essayer de trouver des moyens
de nous détruire. Quelle est l'utilité
d'agir ainsi?

JENNY

Il n'y en a pas. C'est juste amusant
de faire remarquer les évidences, comme
les affreuses repousses des cheveux de
Jordan.

JORDAN

Ça coûte cher pour que mes repousses
aient l'air aussi moches! Tu devrais le
savoir; les tiennes sont pires.

JENNY

C'est ta dernière chance, Andie. Je veux
que tu partes. Maintenant. Et ne songe
même pas à te présenter avec robe et cha-
peau demain pour la remise des diplômes,
ou bien tu devras vraiment payer pour

avoir essayé de m'humilier en embrassant mon amoureux. C'est ton choix. Quel sera-t-il?

                    ANDIE
Je reste, et j'aimerais bien te voir m'en empêcher.

DIX : *La première*

C'est tellement silencieux, dans le théâtre ; on pourrait entendre voler une mouche. J'entends quelqu'un tousser, mais je bloque le son. Mes yeux sont fixés sur Riley — alias Jenny —, et c'est l'un des moments les plus importants de la pièce. J'essaie de ne pas songer à ce fait, par contre — ou au fait que le public est rempli de gens que je connais, ce soir. Mes parents, Matty, Liz, Sky (qui s'est montrée indignée quand je lui ai demandé si elle voulait un billet. « Évidemment, je veux un billet ! »), Nadine, Rodney, Laney et Seth sont assis dans une loge du côté droit du théâtre. Dans la deuxième rangée au centre, il y a Austin, sa mère et sa sœur, Hayley. À quelques rangées derrière eux sont installées mes amies Gina, Taylor, Miley et Vanessa. *Page Six* a déclaré que Lauren et Ava allaient s'imposer pendant le spectacle, mais Forest s'est organisé pour que le service de sécurité les empêche d'entrer, si la rumeur s'avérait. Quelqu'un m'a dit que Kelly Ripa est ici, mais je ne l'ai pas vue. Apparemment, la distribution de *Gossip Girl* est également de la fête, mais je m'efforce de ne pas songer à cela non plus. Le plus important pour moi en ce moment est de centrer mon attention sur l'instant présent.

Je suis debout sur la table de la cafétéria, tentant d'éviter le groupe de meneuses de claques en furie. Ma voix est forte et légèrement colérique :

— Nous devrions nous soutenir les uns les autres, pas essayer de trouver des moyens de nous détruire. Quelle est l'utilité de cela ?

Oh, génial. Je n'ai pas dit cela comme à la répétition. Je le dis habituellement d'une voix douce, comme si c'était un rappel subtil de la vérité. Mais ce soir, je suis tout excitée. J'imagine que le public peut faire cet effet. J'étais tellement nerveuse toute la journée. Je n'ai mangé qu'une banane pour le déjeuner. Nadine m'a obligée à prendre un repas plein d'énergie avec des tas de protéines (j'ai avalé un poulet au citron, ce que j'adore, et beaucoup de brocoli pour l'accompagner), et j'ai bu une grande bouteille d'eau afin de rester hydratée. Ensuite, j'ai dû aller aux toilettes pendant le premier acte. Mais je m'en suis bien sortie. Jusqu'à présent. J'étais tellement anxieuse à propos de ce soir que je me suis présentée au théâtre deux heures avant le lever du rideau. Liz et Nadine ont offert de patienter avec moi en coulisse, mais je leur ai dit que j'étais trop nerveuse pour recevoir des invitées.

Je n'ai même pas vu Austin encore — bien, de près. (Je peux voir son superbe visage dans le public, par contre.) Rodney a déposé sa famille à l'hôtel aux environs de 15 h, et ils ont eu juste assez de temps pour manger un morceau avant de venir au théâtre. J'ai demandé à Rodney d'amener Austin en coulisse pendant le bref entracte, mais Austin m'a téléphoné avant le lever du rideau pour me souhaiter bonne chance et me dire qu'il me verrait après la représentation.

— Je ne veux pas nuire à ta concentration, a-t-il insisté. Je te veux au meilleur de ta forme, Burke.

Il a été si gentil ; cela a presque compensé le fait que nous ne nous sommes pas parlé au cours des trois jours avant son arrivée.

Je me suis fait un sang d'encre à propos de la première. Dylan s'est montré charmant et m'a changé les idées en m'amenant chanter au karaoké quelque part dans Koreatown après le spectacle il y a deux soirs. Nous avons eu tellement de plaisir que cela a été la deuxième soirée où je suis rentrée le plus tard depuis que je vis à New York (2 h 30. Le party de *SNL* détient le record, avec 4 h). Rodney m'accompagnait ; maman n'a donc pas paniqué. Après le karaoké, j'étais beaucoup plus calme pour ce soir. J'ai encore eu quelques crises mineures, mais comme je n'ai pas pu joindre Austin, Dylan s'est chargé de m'empêcher de craquer.

— Je ne peux pas faire ça, avais-je affirmé, prise de panique au téléphone ce matin-là. Je ne sais pas à quoi je pensais. Un public devant moi ? EN DIRECT ? Je ne peux pas jouer en direct ! Et si je ratais une réplique ? Et si j'oubliais où je dois marcher ? Et si je suis carrément nulle ?

— Tu n'oublieras pas de réplique, dit la voix calme de Dylan. Tu peux réussir, Kaitlin. Tu es extraordinaire dans la peau d'Andie. Tu es prête pour Broadway.

— Tu le penses vraiment ?

Parler à Dylan cette semaine a été pareil à prendre une grosse gorgée d'eau après un cours de cardio vélo. Ou comme reprendre son souffle après une longue promenade. Je me sens instantané-ment mieux.

— Je le sais, insiste Dylan. Je suis impatient de te dire : « je te l'avais dit » une fois que le rideau sera tombé.

C'est donc ce que je fais en ce moment. J'essaie de faire de mon mieux, afin que Dylan puisse plus tard me dire « je te l'avais dit ».

— Il n'y en a pas, crache Riley.

Elle porte un uniforme de meneuse de claques et pousse ses pompons sous mon nez.

— C'est juste amusant de faire remarquer les évidences, comme les affreuses repousses de cheveux de Jordan.

Quelqu'un d'autre lance une réplique, puis Riley dit :

— C'est ta dernière chance, Andie. Je veux que tu partes. Maintenant. Et ne songe même pas à te présenter avec robe et cha-peau demain pour la remise des diplômes, ou bien tu devras vrai-ment payer pour avoir essayé de m'humilier en embrassant mon amoureux. C'est ton choix. Quel sera-t-il ?

Mon tour.

— Je reste, rétorqué-je en déplaçant mes pieds sur la table de plastique.

Je porte un maillot décontracté rose et un jean lâche ordinaire qu'on ne me prendrait jamais à me mettre sur le dos en temps normal.

— Et j'aimerais bien te voir m'en empêcher.

Fin de la scène! Le rideau tombe. Fin du premier acte.

Les applaudissements sont assourdissants, même depuis les coulisses. Je donnerais tout ce que j'ai pour jeter un coup d'œil discret par le rideau pour voir ce que font les gens. Je les entends siffler et applaudir, et ne peux pas faire autrement qu'être contente. Ils aiment ça! Ils ont aimé le premier acte avec moi dedans!

Quand on est sur un plateau de cinéma et qu'on passe des mois à tourner un film, on ne sait pas comment il sera édité, ou bien si on s'y intéressera assez pour visionner le produit fini. Il peut être difficile de se motiver. Mais jouer en fonction des réactions d'un public, comme nous le faisons ce soir, est différent de tout ce que j'ai expérimenté auparavant. Lorsqu'ils rient ou applaudissent, quand j'aperçois le visage d'une personne et que je vois son expression, cela me pousse à vouloir exprimer davantage mes émotions.

Je me précipite vers ma loge pour une retouche rapide et un changement de costume —, ainsi qu'une longue pause pipi — et une autre grosse gorgée d'eau.

— Kaitlin!

Forest entre d'un pas rythmé dans ma loge et m'étreint. Ce soir, il a revêtu un costume et une cravate. (Sa tenue habituelle est une chemise portée par-dessus un jean.)

— Excellente première partie. Exactement comme je m'y attendais! Comment te sens-tu?

— Incroyable.

Les mots sortent précipitamment et se bousculent dans ma bouche.

— Je n'ai jamais ressenti cela en jouant la comédie. Merci, Forest.

Je m'étrangle.

— Cela a été…

— Bon, bon, ne gâche pas ton maquillage.

Il lève les mains pour m'arrêter juste au moment où la maquilleuse revient en vitesse.

— Continue comme ça. Je sais que tu le feras. Nous célèbrerons plus tard, d'accord ?

Dylan entre à son tour du même pas rythmé, et je me fige.

— Excellent boulot là-bas, ma chouette.

Je sais maintenant que c'est un terme affectueux pour désigner une amie pour les Britanniques.

— Ne te l'avais-je pas dit ?

— Oui.

Je l'étreins spontanément. Dylan a vraiment été un véritable ami pour moi cette semaine, et je ne peux pas le remercier assez. Il me serre en retour, et ni l'un ni l'autre nous ne bougeons. Je suis très consciente que la main de Dylan repose au creux de mon dos.

Une voix crépite dans ma loge à travers le haut-parleur des coulisses.

— CINQ MINUTES.

— Je devrais… Je devrais quoi ? Oh oui, me préparer !

— Moi aussi. Je dois aller sur le trône. Et me souvenir de laisser mon microphone éteint.

Dylan m'offre un sourire de guingois.

— Je te vois là-bas.

Je prends quelques respirations profondes pour me centrer sur moi-même. Je ne sais pas trop ce qui m'excite autant : le deuxième acte qui commence ou Dylan, mais je ne peux pas réfléchir à cela maintenant. Au lieu, je me dirige vers ma marque sur scène en face de Riley. Le rideau est baissé, et nos microphones n'ont pas encore été rallumés. Elle me sourit.

— Tu t'en sors de manière splendide, déclare-t-elle.

Si c'était possible, je pourrais pratiquement tomber à travers le rideau, jusque dans la fosse de l'orchestre.

— Bien sûr, je n'aurais pas terminé la dernière scène comme toi. C'était une querelle, mais j'imaginais Andie avec une touche plus délicate. Qu'en penses-tu?

Riley aime poser les questions comme si j'avais un choix, alors que ce n'est pas le cas. Elle a habituellement raison. Elle est dans le théâtre depuis bien plus longtemps que moi. Même si elle me met mal à l'aise, sa remarque est généralement juste.

— Je n'ai pas pensé à cela.

— Peu importe.

Riley agite la main.

— Il y a toujours demain soir pour s'améliorer, même si les critiques ont déjà pris leur décision.

Gémissement. Les critiques. Doit-elle absolument me rappeler sans cesse qu'elles nous observent? Je n'ai jamais joué devant une critique auparavant. Quand elles analysaient *AF* ou l'un de mes films, à l'évidence, je n'étais pas présente pour voir leurs réactions. C'est un peu dérangeant de savoir que des membres du public sont attentifs à chacune de mes répliques et de mes émotions.

Riley rit.

— Mince! Je ne voulais pas de bouleverser. Tu n'y peux rien si tes insécurités se voient sur scène. C'est ta première fois au théâtre, et, bien, personne ne se compare à Meg Valentine; alors, ne t'en fais pas! Je suis certaine que les commentaires des médias seront charmants.

Elle semble pensive.

— Mais tu pourrais juste modérer ton attitude dans cette prochaine scène. C'est un peu surfait, ne penses-tu pas? En tout cas, merde!

Oh, mon Dieu. Je suis peut-être mauvaise à ce jeu. Je n'ai peut-être pas ce qu'il faut pour jouer sur cette scène. Peut-être… je sens une main sur mon épaule.

— Elle agit en vache de première, murmure Dylan dans mon oreille. Tu es remarquable. Donne tout ce que tu as au deuxième acte.

Je rougis, en sentant son souffle dans mon cou.

Dylan a raison. Tout ce que je peux faire, c'est donner le meilleur de moi-même — que les critiques m'observent ou non. Personne ne crie «coupez» dans une pièce de théâtre. Personne ne demande de «reprendre cette scène». Personne ne pique de crise de nerfs et ne réprimande un membre de l'équipe technique. On continue, peu importe ce qui se passe.

Le deuxième acte file à toute vitesse, et je n'arrive pas à croire que ce soit déjà le temps pour moi de me placer au centre de la scène et d'exécuter une révérence. Je tiens la main de Dylan et Riley et du reste de la distribution, et le public est pris de folie. Il y a même des gens debout! Une ovation! Je cherche Austin du regard et constate qu'il siffle. Puis, je lève les yeux sur ma famille et mes amis, et je vois qu'ils sourient et applaudissent. Comme c'est la première, Dylan me tend un énorme bouquet de fleurs, et j'exécute une nouvelle révérence devant un regain d'applaudissements.

Quelle poussée d'adrénaline! Je me sens comme la première dame!

Puis, le rideau tombe encore une fois, et tout le monde en coulisse m'étreint et me félicite. La tête me tourne. Je les remercie tous de m'avoir appuyée pour mon premier soir, même Riley. («Ne t'inquiète pas! Je suis certaine que tu seras plus solide demain!») Je serre Forest dans mes bras, parle aux membres du chœur et me fraye un chemin jusqu'aux loges pour aller mettre ma robe de fête (une Plastic Island fuchsia avec des bretelles fines et un corsage à volants en chiffon de soie). Dylan m'arrête dans mon élan.

— Tu étais extraordinaire! Nous devrions célébrer, dit-il avec un mignon sourire.

Sa chemise est déboutonnée, et j'essaie de ne pas fixer ses abdominaux.

— Je ne peux pas, réussis-je à répondre. Mon…

Les mots « petit ami » restent coincés dans ma gorge. Hou la. Qu'est-ce qui se passe ? Pourquoi ai-je hésité à prononcer le nom d'Austin ?

— Mon petit ami.

Oh, bien, je l'ai dit.

— Il est ici, et nous sortons avec ma famille.

Je me sens encore bizarre, par contre, et suis incapable de regarder Dylan dans les yeux. C'est tellement étrange. Qu'est-ce qui me prend ? Je sais que Dylan et moi avons passé beaucoup de temps ensemble, mais mon cœur appartient à Austin, même s'il n'est pas avec moi. N'est-ce pas ?

N'EST-CE PAS ?

Dylan hoche la tête et m'observe avec mélancolie.

— À charge de revanche, alors. Amuse-toi bien.

— Oui.

Pourquoi ai-je l'estomac noué ? Le temps manque pour m'appesantir sur mes sentiments. Je dois me changer. Rodney m'attend pour me faire sortir par la porte latérale, où des admirateurs patientent.

SECRET D'HOLLYWOOD NUMÉRO DIX : Si vous voulez approcher votre actrice préférée de très près, la voir dans un spectacle de Broadway pourrait bien être la meilleure façon. La plupart des acteurs s'esquivent par une entrée latérale du théâtre — jamais par les portes avant où se masse la foule — et prennent quelques minutes pour signer des autographes ou poser pour des photos avant de sauter dans une voiture. Ils le font habituellement soir après soir, chaque fois qu'ils se produisent sur scène. Seth m'a dit que c'est une merveilleuse façon d'avoir l'air aussi terre à terre que le reste de la distribution. J'aime croire que c'est une manière de récompenser les admirateurs pour avoir déboursé au moins 40 $, et parfois jusqu'à 200 $, pour un billet.

Rodney tient mon bras quand nous ouvrons la porte, et les gens commencent à crier. Je ne peux pas m'empêcher de sourire.

J'étais un peu inquiète qu'il n'y ait personne dehors ce soir, mais la place est bondée d'adolescents et d'adultes. Quelques nouveaux médias sont également présents. Je souris poliment et agite la main vers eux, mais mon attention est dirigée vers les admirateurs. Je gribouille mon nom sur autant de programmes que possible, pose pour quelques photos et ensuite suis dans la voiture.

— Surprise, lance Austin, quand je tombe pratiquement sur lui en montant, ma robe de chiffon glissant sur la banquette.

— Que fais-tu ici ? m'écrié-je d'une voix aiguë avant de l'envelopper dans une grosse étreinte.

C'est bon de le serrer dans mes bras, et dès que je le fais, toutes les insécurités que je ressens à propos de l'étrangeté grandissante de la situation avec Dylan semblent disparaître. Il est ici ! Austin est ici. Et s'il est ici, tout ira bien. Il le faut.

— Rodney m'a fait entrer en douce, répond Austin.

Pour l'occasion, il porte un costume bleu marine et une cravate jaune, et je ne pourrais pas être plus émue. De plus, il le porte à la perfection. Liz et moi nous plaignions justement que plus personne ne s'habille pour sortir au théâtre et que c'était tellement dommage. Je me rappelle être venue à New York avec maman lorsque j'avais sept ans pour un événement d'*Affaire de famille*, et elle m'avait amenée voir *La Belle et la Bête*. Je portais cette robe rouge de fillette et de petites chaussures de satin noir. Je me sentais tellement importante, assise sur mon rehausseur dans la salle. Je tends la main pour toucher sa cravate, voulant simplement être près de lui.

— Burke, dit-il, me regardant sérieusement avec ses beaux grands yeux bleus, tu étais extraordinaire. Je sais que j'ai souvent raté tes appels cette semaine et je me sens stupide, car je sais à quel point tu devais être stressée en te préparant pour ce soir.

— Ça va, répondis-je, même si, deux heures auparavant, ça n'allait pas.

Je ne veux pas parler des mauvaises choses en ce moment.

— Je sais que tu es occupé, toi aussi.

Il est occupé, mais j'ai quand même réussi à lui laisser des messages d'encouragement pour son camp.

— Ça ne va pas, insiste-t-il. J'ai été un amoureux lamentable, mais je suis ici, maintenant. Je vais me faire pardonner. Tu avais l'air incroyable là-bas.

Il se penche pour m'embrasser.

Si j'étais un tant soit peu incertaine auparavant, je suis convaincue de mes sentiments à présent. Quand Austin m'embrasse, on dirait que nous n'avons pas été séparés du tout, même si ça fait deux semaines. Je lève ma main droite, mon gros bracelet en argent glissant le long de mon bras, et caresse sa joue. Les doigts d'Austin s'entremêlent à ceux de mon autre main. Je commence à me sentir tellement mieux. Tout ce que j'ai dû penser à propos de Dylan devait se passer uniquement dans ma tête. Le seul gars pour moi, c'est Austin.

— Alors, raconte-moi tout, dis-je, quand je reprends mon souffle. Comment sont les mêlées ? Aimes-tu beaucoup le camp ? Comment sont tes entraîneurs ?

Austin rigole.

— Je sais que nous n'avons pas beaucoup bavardé cette semaine, mais je veux entendre parler de toi ce soir. Avais-tu l'impression que tu allais vomir ?

— Non !

Je lui donne une petite tape gentille.

— C'est tellement excitant. Maintenant, parle-moi de tes camarades de dortoir. Avec qui passes-tu ton temps ?

Ce que je veux vraiment savoir, c'est qui est cette fille qui traîne dans sa chambre quand il n'y est pas. Mais je ne pose pas la question. Nadine, Liz et Sky — étonnamment, elle était d'accord avec Liz et Nadine sur ce sujet — ont dit que je ne devrais pas le mentionner. Elles ont dit que ma réaction était exagérée, que la fille était sûrement une amie et qu'Austin m'adorait (bien, Sky n'a pas dit cela, mais elle a bien dit qu'il était ce gars de l'école duquel je parlais sans cesse). Je sais qu'il m'adore. Simplement, je déteste ne pas voir ce qui se passe quand je suis si loin.

— C'est pas mal Murray et moi, répond Austin en capitulant. Les autres gars semblent sympathiques. Certains d'entre eux jouent depuis bien plus longtemps que nous. Quelques-uns font partie de plus d'une équipe. Il ne m'est jamais venu à l'esprit de faire partie de l'équipe de la ville en plus de celle de l'école. Qui a le temps?

Je joue avec le bord inégal de ma robe, sentant le tissu délibérément effiloché.

— Tu t'entraînes chaque après-midi. Quand aurais-tu le temps de travailler avec une autre équipe?

— Je sais!

Il a l'air incrédule.

— Mais j'imagine que c'est ce que je devrai faire l'an prochain. Je suis chanceux que l'équipe locale ait eu une place pour moi, tu sais? Ils ont même accepté le fait que je raterai la première semaine d'entraînement parce que je serai encore au camp.

— Tu t'es inscrit dans une autre ligue?

— Oui, je t'en ai parlé.

Austin me lance un étrange regard.

— L'un des entraîneurs est aussi avec nous au camp, alors j'ai bénéficié d'une petite poussée de sa part.

— Non, tu ne me l'as pas dit.

Je sais que j'ergote et que je me montre disgracieuse, mais il m'est impossible de retenir mes paroles. Les choses se déroulaient si parfaitement une seconde avant!

— J'aurais pu jurer l'avoir fait.

Austin se gratte la tête, donnant à ses cheveux un air encore plus ébouriffé que la seconde d'avant.

— C'était pendant la conversation où tu m'as parlé de la critique sur *SNL* qui disait que toi et Sky devriez jouer ensemble dans une comédie de situation.

— Je ne t'ai pas parlé de ça.

J'avale, essayant de ne pas être exaspérée. Austin mentionne toutes les choses qui m'agacent au téléphone.

— Je le voulais, mais tu étais à moitié endormi quand j'ai appelé.

— Oh, j'ai dû lire cela moi-même, alors.

Austin joue avec le bracelet de sa montre Citizen en or.

— Tous mes points de mêlée sont en ligne aussi, au cas où tu te demanderais comment je m'en sors de ce côté-là.

Je me demande toujours comment il réussit ! Mince !

O.K., Kaitlin, arrête.

Austin est ici pour une courte période, et je ne veux pas me quereller. Je veux que nous passions du bon temps ensemble.

— Je vais aller les voir, dis-je, même si ça me tue.

Cela semble faire son bonheur, car il cesse aussi de se chamailler.

— Je ne peux pas croire que je suis avec toi dans la ville de New York.

Il me prend la main.

— Et je suis ici tout le week-end. Merci d'avoir organisé des activités pour nous pendant que tu es occupée, mais j'ai dit à ma mère et à ma sœur que pendant les représentations, je serai au théâtre.

Dieu, ses yeux sont extraordinaires sous la lueur des lumières de la ville.

— Tu ne peux pas me regarder tout le week-end, protesté-je, même si je trouve l'idée extrêmement romantique.

Mon amoureux assis dans la première rangée, me fixant moi, et seulement moi, sur la scène sombre. Soupir… Je pense que Broadway me rend encore plus sentimentale.

— Donc, commence-t-il avant de frotter ma main, c'était Dylan, hein ?

Il ne me regarde pas en demandant cela, mais ensuite quand il finit par poser ses yeux sur moi, il a l'air plutôt sérieux.

Soupir. Pourquoi doit-il parler de Dylan maintenant ? Le simple fait de l'entendre prononcer le nom de Dylan me fait me sentir coupable, ce qui est étrange parce que je n'ai rien fait de mal.

Je pense. Est-ce mal d'avoir toutes ces pensées bizarres dans ma tête ?

— Le gars jouant Leo ?

J'essaie de paraître nonchalante. Austin hoche la tête.

— Oui, c'est lui. Il est sympathique. Il m'a aidée avec mes répliques.

— Tant que c'est la seule aide qu'il t'apporte.

Austin me fixe assez longtemps pour que je sache qu'il est sérieux.

— Il vaut mieux pour lui qu'il ne courtise pas ma petite amie.

Austin est-il jaloux ? Impossible. Ce n'est pas son genre.

— Je ne pense pas, l'assuré-je, même si une minuscule voix dans ma tête hurle : Dylan est intéressé à toi !

— Donc, *Hollywood Nation* a tort sur celle-là ; il n'a pas un énorme béguin pour toi ? demande lentement Austin.

Ils ont écrit ça ? Comment ai-je pu rater cet article ? Nadine partage habituellement ce genre de nouvelle avec moi.

— Il ne se passe rien de ce côté-là, protesté-je un peu trop ardemment.

Austin me regarde étrangement. D'accord, même si Dylan s'intéresse à moi, ce n'est pas mon cas. Je pense seulement qu'il est mignon, charmant et très attentionné. Ce qui est permis. Je crois. Cependant, je n'exprime rien de tout cela à voix haute.

— Mon cœur t'appartient.

Attendez. Est-ce que je viens de prononcer *cela* à voix haute ? C'était plutôt ringard. Je rougis un peu, mais ça semble être la bonne chose à dire parce que ses lèvres pleines se courbent en un sourire.

— Bien.

Austin n'a pas de fossettes comme Dylan, mais son sourire est encore plus beau.

— Alors, revoyons tout encore une fois ; je te verrai jouer tout le week-end.

Je tente de protester, mais il pose sa main sur mes lèvres et dirige ses yeux bleus droit sur les miens, rentrant le menton comme s'il me réprimandait.

— C'est la raison de ma présence ici, Burke, te voir. Le matin, nous ferons des trucs de touriste, pourrons dîner ensemble entre tes deux représentations et prendre le brunch dimanche. Burke, je veux être avec toi autant que possible. Après ce week-end, je ne te verrai pas…

Il s'interrompt.

— Tu ne me verras pas pendant au moins un mois, terminé-je, d'un air sombre.

Nous avons tous les deux regardé nos calendriers et réalisé que les quelques prochains week-ends — bien, les lundis et mardis pour moi — sont déments pour nous deux. Austin a des matchs l'un après l'autre, et certains ne sont pas au camp. J'ai des événements pour lesquels maman a confirmé ma présence dans les Hamptons et ici, en ville. La première occasion pour moi d'aller au Texas est à la fin juillet. Ensuite, Austin et moi rentrons à Los Angeles pour le mois d'août.

— Mais je suis ici, maintenant.

Il m'embrasse encore une fois.

Pendant notre baiser, je sens une vibration sur ma jambe. Je sors mon téléphone de la poche de mon manteau et le fixe bizarrement. Mon cellulaire n'est même pas allumé.

— Il doit s'agir du tien.

Austin sort son propre téléphone de la poche de son veston et regarde l'écran avant de se fendre d'un grand sourire. Puis, il commence à taper un message.

— Est-ce Hayley? m'enquis-je nonchalamment. Dis-lui que je jure que nous trouverons le temps d'aller chez Bloomingdales pendant votre séjour.

— En fait, c'est quelqu'un du camp.

Austin tape toujours.

— Cette fille, Amanda, avec qui je suis ami. Elle voulait savoir comment s'est déroulée ta représentation.

Amanda? Hum…

— Elle n'aurait pas, par hasard, répondu à ton téléphone l'autre jour quand j'ai appelé?

Je sais que j'ai dit que je n'en parlerais pas, mais je ne peux pas faire autrement. Austin m'a ouvert la porte!

Perplexe, Austin lève les yeux.

— Quand as-tu appelé et que je ne t'ai pas répondu?

— L'autre jour.

J'essaie d'avoir l'air décontractée.

— Je voulais vérifier pour la réservation du brunch, mais cette fille a décroché et a réagi comme si elle ignorait mon existence.

Austin hoche la tête.

— Si c'était Amanda, elle était probablement confuse, répond-il. Elle a passé beaucoup de temps avec nous. Elle vient juste de rompre avec son petit ami, Kevin, qui est aussi au camp et était assez bouleversée à cause de cela. Nous sommes incapables de la déloger de notre sofa.

Il rit.

— Toutefois, si c'était elle, je ne comprends pas pourquoi elle ne te connaissait pas. Je parle de toi sans arrêt.

Il semble inquiet, ce qui m'inquiète. Est-il inquiet parce qu'il se passe quelque chose ou qu'il a peur que je sois en colère? Il ne flirte pas avec cette fille ni ne passe beaucoup de temps avec elle, non? Parce que c'est tellement inapproprié!

C'est inapproprié, mais n'est-ce pas pareil pour moi avec Dylan?

— Je suis certaine qu'elle ne m'a pas bien entendue, repris-je rapidement, me sentant mal à présent d'avoir abordé le sujet. D'ailleurs, elle sait qui je suis maintenant, n'est-ce pas?

Son téléphone vibre encore. Austin lit le texto et rit.

— Quoi? demandé-je, une note de panique dans la voix. Oups.

— Encore Amanda. Elle a dit quelque chose de drôle à propos du camp, mais c'est trop difficile à expliquer.

Oh. Un truc de camp. Entre Austin et Amanda. L'équipe des A. Amusant.

Calme-toi, Kaitlin. N'agis pas comme une petite amie jalouse.

Austin répond rapidement au message et ensuite à mon étonnement ferme son téléphone.

— Mais ça suffit pour ce soir. Cette soirée est dédiée à ton début à Broadway.

Il pose son bras autour de moi, et je m'appuie sur son épaule, satisfaite.

— Et je suis impatient de célébrer.

LE VENDREDI 26 JUIN
NOTE À MOI-MÊME :

Sam. a.m. : Empire State Bldg., église St-Pat., déjeuner @ Shake Shack
Matinée, puis rés. dîner — où au centre-ville??? Nadine, au secours!!!!
Dim. a.m. : réserv. @ Buddy's A et famille, mes parents, Matty, Liz
Matinée, puis dîner — Gramercy Tavern après la pièce (est-ce encore ouvert??)
Lun. congé!
Mar.-sam. : théâtre @ 17 h 30 — 18 h. Merc. matinée @ 14 h

BLOGUES **APERÇUS** BIOS **ARCHIVES**

KAITLIN BURKE PASSE À BROADWAY!   **Le mardi 30 juin**
Une critique totalement partiale de la part de l'admiratrice
numéro 1 autoproclamée de Burke, Carly Asiago, 16 ans

Personne n'était plus excité de voir Kaitlin passer à la scène que moi, mais il y avait plein d'autres personnes dans la salle qui semblaient plutôt heureuses d'être là, elles aussi. Kaitlin a attiré un énorme public pour ses débuts, y compris ses parents; son frère, Matty; son garde de sécurité, Rodney; son assistante, Nadine (désolée, je ne connais pas tous leurs noms de famille); son mignon petit ami, Austin Meyers, avec sa mère et sa sœur, Hayley; certaines des amies de Kaitlin, comme Vanessa Hudgens et Taylor Swift, qui m'ont donné un autographe. Kelly Ripa était là également avec deux de ses trois enfants. Mais parlons du spectacle en soi.

L'histoire est EXTRAORDINAIRE. Ils ont totalement compris ce que c'est, de fréquenter le lycée et de gérer la pression de nos pairs. J'adore leur façon de parler des différentes cliques et d'exprimer ce qu'on ressent quand on n'y est pas à sa place. Kaitlin va même jusqu'à pleurer sur scène à un moment donné. Elle doit embrasser un garçon (Leo, joué par Dylan Koster, monsieur Canon en personne) et doit exprimer une très large gamme d'émotions, qui sont réellement difficiles. Je me fous que le *NY Post* dise que Kaitlin manque de présence sur scène — cette fille peut jouer et n'était pas raide du tout. Kaitlin exprime toutes ses émotions à la perfection, exactement comme dans *Affaire de famille*. J'ai particulièrement aimé la partie où Kaitlin (je veux dire Andie) réalise que son béguin pour Leo n'est en réalité qu'un béguin de lycée et qu'il est peut-être trop tard pour qu'ils tentent leur chance, maintenant que l'école est finie. C'était une partie difficile à regarder, mais totalement vraie parce que parfois quand on aime quelqu'un, il faut savoir le laisser partir parce qu'on sait que cela ne fonctionnera jamais. Je suggérais au critique du *Post* de retourner voir Kaitlin.

Ce gars de *Newsday* aussi a dit : « Kaitlin a du potentiel, mais elle doit apprendre à s'imposer à la scène plutôt que de la craindre. » S'ils avaient vu Kaitlin les deuxième et troisième soirs — comme moi —, ils auraient constaté à quel point elle était plus à l'aise là-haut. Tout le monde a le trac les soirs de première. Je sais que moi, ce fut mon cas lorsque nous avons présenté *L'Éveil du printemps* l'an dernier à mon école.

Donc, en conclusion, je veux simplement dire que Kaitlin est une grande actrice, qu'elle soit à la télévision, au cinéma ou sur scène. Je la regarderais dans une publicité pour le détergent Tide, si c'était la seule façon de la voir ! Mais pour l'instant elle est ici en chair et en os, se produisant tous les soirs pour New York. Si vous êtes admirateur de Kaitlin, vous ne voulez pas manquer ça. Achetez vos billets maintenant !

PATROUILLE DES NOUVELLES

Lauren Cobb et Ava Hayden obtiennent vengeance!
Le vendredi 3 juillet

L'Horrible duo — le surnom donné par Sky sur Twitter à Lauren Cobb et Ava Hayden — a exercé sa propre vengeance de type *SNL* hier soir quand les filles ont été les hôtesses du Carnage en l'honneur de Kaitlin Burke et de Sky Mackenzie. « Le Carnage était notre façon de mettre le travail de Kaitlin et de Sky en pièces, de la même manière dure qu'elles ont utilisée contre Ava et moi », a déclaré Lauren Cobb à l'événement.

Le duo a invité trente de ses amis les plus intimes au Hollywood Forever Cemetery, à Los Angeles, à se joindre à elles pour démolir le travail de SKAT. Sur fond de mausolées et de pierres tombales, LAVA ont diffusé un épisode clé d'*Affaire de famille*, une scène piratée des deux filles dans *AJA*, une vidéo illégale de *Les grands esprits se rencontrent* (qui a été confisquée par les poulets une fois visionnée) et le pilote d'automne de Sky, qui ne sera jamais vu.

Pendant chaque vidéo, LAVA se sont emparées du microphone pour critiquer le travail des actrices et ont invité les autres à huer ou à jeter des ordures sur l'écran. Ava s'est même mise à lancer des tomates chaque fois que les filles apparaissaient. D'autres, comme le fêtard Finn Grabel, se sont contentés de chahuter. Alexis Holden, qui faisait également partie des invités, trouvait que c'était juste que Kaitlin et Sky soient traitées de la même façon qu'elles traitent les autres. « Lauren et Ava ont été humiliées par l'apparition des filles dans *SNL* », a déclaré Alexis. « Ce qu'elles ont fait était cruel, a affirmé un autre invité, qui souhaitait rester anonyme. Il y a tellement d'autres personnes qui ne peuvent pas supporter Kaitlin et Sky, c'était donc agréable de leur rendre un peu la monnaie de leur pièce. Si vous voyez ce que je veux dire. Il y avait même des personnes à New York — qui resteront inconnues — qui voulaient être ici, mais ne le pouvait pas. Elles ont dit qu'elles se joindraient à nous sans hésiter, la prochaine fois.

Tout le monde s'est bien marré à regarder Kaitlin jouer une scène de sa pièce à Broadway. Elle est abominable! Je suis certaine que ce sera sa première et dernière apparition sur scène. »

Dans l'esprit d'enfoncer le clou, les filles ont également remis des maillots Équipe LAVA, courtoisie de www.starslikeustees.com, dans le sac-cadeau offert à la soirée Carnage. « Nous avons reçu beaucoup de soutien et de commentaires positifs sur l'événement de ce soir, a déclaré Ava, tenant son chien, Calou, qui déchirait une photo de Sky et de Kaitlin en petits morceaux avec ses dents. Si ces deux-là veulent donner dans la méchanceté, nous pouvons faire pire. Cette bagarre est loin d'être terminée. »

ONZE : *La réalité fait mal*

— Ma douce, penses-tu vraiment que tu devrais commander *cela*?

Cela, c'est un Waz-Za, la gaufre avec une garniture brûlée offerte au menu du Norma's, ce restaurant dans Le Parker Meridien sur la 57e Rue Ouest qui fait les meilleurs petits déjeuners au monde. Le restaurant en soi est plutôt ennuyant selon les normes de la restauration — pas de véritables fenêtres, des tables sans personnalité et des nappes blanches sans attrait. Cependant, le menu est alléchant. Nadine et moi l'avons découvert un matin après être allées à Broadway Dance pour quelques cours. Ce jour-là, nous avons commandé la gaufre PB&C Waffle 'Wich, qui est une gaufre au chocolat avec une garniture au beurre d'arachides et caramel croquant pour laquelle on ferait n'importe quoi. Aujourd'hui, toutefois, maman est ici, et mes rêves d'avaler des féculents sont sur le point de partir en fumée.

Mon père vient à ma rescousse.

— Meg, elle est au gymnase tous les jours, laisse la manger en paix.

Maman se tait, mais sur les nerfs elle lève une main au col de son débardeur blanc Versace et joue avec la petite broche en perles accrochée là. Maman mange peut-être un plateau de fruits, mais c'est uniquement parce qu'elle a été tellement prise par son comité des Darling Daisies et qu'elle n'a presque pas de temps pour ses cours de Pilates, de yoga ou de Yogalates. Par contre, elle a l'air plus bronzée que jamais, grâce à tout le temps qu'elle passe dans les Hamptons. Elle y est la moitié de la semaine et tous les week-ends — laissant Nadine pour nous chaperonner moi et Matty pendant qu'elle et papa jouent au golf, vont au Barefoot Contessa pour dîner et s'occupent d'œuvres de bienfaisance. Moi, d'un autre côté, suis confinée aux limites de la ville par mon horaire de travail, ce qui me convient. Je suis libre à peu près tous les jours jusqu'à 16 h, de sorte que j'ai tout le temps de faire du tourisme, de visiter des musées et de suivre des cours de cardio vélo, de Zumba ou de danse cardio avec Liz (quand elle n'est pas en classe de cinéma) et Nadine. Je dois l'admettre, voir maman moins souvent a grandement abaissé mon niveau de stress. Je ne me fais pas aboyer dessus sur une base quotidienne, sauf par Riley.

— Je vais prendre la Waz-Za, dis-je gentiment au serveur en lui tendant le menu.

Je joue avec le col de ma robe plissée en soie jaune Alice + Olivia.

— Que diable ! Je vais la prendre aussi, déclare Laney en me surprenant.

Elle tapote son ventre plat, qui est dissimulé sous un veston court Johnson à chevrons et un débardeur léger blanc. Laney porte même une jupe, aujourd'hui — elle est noire et étroite, longue jusqu'aux genoux —, ce qui est une rareté.

— Je vais en payer le prix avec mon entraîneur quand je rentrerai à la maison dans deux jours.

Laney et Seth ont été à New York à brasser des affaires toute la semaine, depuis ma première. Les deux ont plusieurs autres clients en ville se produisant dans des spectacles de matinée ou tournant des films, et Laney a été prise par ce qu'elle appelle « des cauchemars de client évitables qui m'affligent d'une migraine permanente ». Je n'arrête pas de lui dire qu'elle doit laisser tomber les clients qui sont baptisés en l'honneur de villes célèbres ou de morceaux de fruits. Heureusement, par contre, la présence de Laney et de Seth en ville a fourni à maman l'occasion dont elle rêvait : la possibilité d'organiser une assemblée pour discuter de ma vie après Broadway. C'est une chose à quoi j'ai beaucoup réfléchi, mais sans avoir l'air d'y toucher, car penser à un avenir inconnu me faire encore paniquer. Beaucoup.

— Laney, tu as besoin d'un peu de soleil. Tu es tellement pâle.

Maman fait claquer sa langue. Elle porte un débardeur et un pantalon blancs, et a même un chapeau blanc à larges bords, qu'elle a retiré en s'assoyant. Ces jours-ci, elle ne jure que par le blanc.

— Tu dois te joindre à nous dans les Hamptons et venir dîner chez Laundry. Leurs croquettes de crabe sont un rêve. Je n'arrête pas de dire à Kaitlin à quel point elle les adorerait, si elle prenait un soir de congé.

Maman arque les sourcils d'un air menaçant, mais j'essaie de l'ignorer.

— Meg, tu sais qu'elle ne peut pas s'absenter du spectacle, lui rappelle gentiment Seth, puis il relève ses lunettes de soleil sur son crâne.

Elles ne sont jamais loin de ses yeux.

— Elle a signé un contrat.

— Est-ce que ça la tuerait de demander un samedi soir de congé ? proteste maman. C'est le week-end du 4 juillet, pour l'amour de Dieu. Il n'y a personne en ville !

— Sauf les touristes, lui fait remarquer papa. Beaucoup de touristes pour les feux d'artifice de Macy's. Sais-tu sur quel genre de péniche ils installent les feux ? demande-t-il à Seth, qui secoue la tête. La puissance de tir de cette péniche est incroyable, et le bateau dont ils se servent pour tirer ce truc doit être énorme. Je pense à un yacht bimoteur. Jimmy Harnold possède un yacht motorisé de douze mètres Fast Trawler ; nous y étions le week-end dernier. Ce bateau chauffe.

Papa sourit largement ; ses dents m'aveuglent presque. Elles ont l'air tellement blanches sur sa peau bronzée, tranchée par un polo vert froissé. N'ayant pas de voitures à New York, sauf celles de location, papa a passé beaucoup de temps dans les Hamptons à regarder des bateaux et leurs moteurs. Il songe sérieusement à s'en procurer un, lorsque nous rentrerons à Los Angeles.

— Les touristes eux-mêmes savent que la véritable action se passe à l'extérieur de la ville, renifle maman. Tout le monde se retrouvera dans les Hamptons ce week-end, sauf ma fille.

— Maman, je m'en tiens à mon horaire.

Je pointe ma fourchette sur elle.

— Mon but est de ne pas rater une seule représentation. Je mange bien, je dors beaucoup, je m'entraîne… je fais tout ce que l'on est censé faire quand on joue sur scène. Tu as entendu ce que Kristin Chenoweth a dit l'autre jour au déjeuner Calvin Klein.

— Oui, oui, repose-toi, et dors beaucoup, réplique maman avec un claquement de langue. Toutefois, tu ne peux pas faire ça tout le temps. Tu pourrais sortir quelques heures samedi pour la partie de campagne au Sun and the Shore, mais tu refuses, ou dimanche pour le Mercedes-Benz Polo Challenge, mais tu refuses. Ce n'est qu'un trajet de trois heures en voiture, au maximum ! Il faut que tu voyages un peu. Alors, qui s'en soucie ? Tu serais complètement détendue une fois sur place.

Nadine roule les yeux en me regardant, mais nous ne pipons mot.

— Meg, je pense qu'elle se montre sage en se reposant pendant son séjour en ville, poursuit Seth, réajustant le petit mouchoir jaune dans la poche de son costume Theory. Laney et moi en avons discuté, et nous nous accordons sur le sujet : Kaitlin est dans la meilleure situation possible en ce moment. Tout le monde parle encore de son numéro dans *SNL*, et ses critiques sur Broadway ne sont pas vilaines.

— Si l'on ne tient pas compte du *Post* et de *Newsday*, fait remarquer maman.

— Mais regarde le *Time Out New York* et TeenVogue.com, lui rappelle Laney avant de tourner fièrement son visage épanoui

vers moi. Tous les deux ont écrit que la voix de Kaitlin est rafraî-
chissante, spirituelle et débordante du cran nécessaire pour
concurrencer avec un public en direct. Kaitlin reçoit des critiques dithyrambiques en comparaison de ce qui est arrivé à Julia
lorsqu'elle est montée sur scène il y a plusieurs années.

Laney a raison. Mes critiques pourraient être bien pires. Le
New York Times lui-même a dit que je n'étais pas une atrocité
(je paraphrase), ce qui est positif quand on se rappelle ce qu'ils
ont dit sur certaines vedettes qui se sont attaquées à Broadway.
Globalement, je suis assez contente des critiques que je reçois. Et
la meilleure jusqu'à présent m'est venue d'Austin. « Tu resplendis
quand tu es là-haut, et cela me rend heureux parce que je sais à
quel point tu fais le bonheur des gens qui te regardent. » Aaah.

Nous avons passé un si bon moment ensemble, le week-end
dernier. Nous avons aussi juré d'améliorer notre façon de rester
en contact. Austin et moi, nous nous sommes fait la promesse de
ne pas rater nos appels prévus avant d'aller dormir chaque soir et
avons juré que si quelque chose nous agaçait, nous en parlerions,
plutôt que de laisser bouillir notre mécontentement. (Ce dernier
point, à ma suggestion. Nadine l'a lu dans un livre sur les relations
interpersonnelles. Elle pense que lire des livres de croissance personnelle l'aidera à trouver un amoureux « normal ». Son mot, et
non le mien.)

— Ce que je veux dire, c'est que le moment est bien choisi
pour frapper.

Seth enlève ses Ray-Ban de sur sa tête. Il me fixe intensément.

— Partout où je vais, on me questionne sur toi. Les gens parlent de toi. La pièce de théâtre, *SNL*, ton histoire avec Lauren et
Ava… tu es très recherchée.

— Alors, pourquoi ne pas augmenter sa visibilité dans les
Hamptons ? tente encore maman, presque suppliante. Les Darling
Daisies organisent un événement ce samedi pour lequel Kaitlin
serait parfaite. Elles demandent pratiquement à genoux que

Kaitlin fasse une apparition. Est-ce que ça te tuerait de faire le trajet jusque-là et de revenir le même jour ? Ou dimanche ? S'il te plaît ? S'il te plaît ? Je sais que tu as dit que tu viendrais lundi ou mardi, mais personne d'important n'y sera lundi. Dimanche est le jour « in » cet été.

— Les Hamptons ont un jour « in » ?

La bouche de Seth tressaille.

— Elle supplie, chuchote Nadine. Tu pourrais bien réussir à lui soutirer n'importe quoi si tu dis oui. Insinuation. Insinuation.

Nadine a raison !

— Puis-je aller voir Austin le week-end prochain ? lâché-je brusquement.

Mes talents de négociatrice sont nettement inadéquats, mais je n'y peux rien.

— Mon soir de congé ? Nadine viendra avec moi…

— Absolument pas.

Maman panique et serre le court rang de perles à son cou.

— Je t'ai dit que nous pourrions y faire un petit saut en août avant de rentrer à la maison, mais rendre visite à un garçon sans supervision ? Peux-tu imaginer la publicité ? La mère d'Austin n'approuverait pas non plus, et tu le sais.

— Nadine sera présente, dis-je, enfonçant ma fourchette dans la nappe sous la contrariété. Quelle différence entre Texas et New York ? Tu n'es pas ici pour me surveiller !

Notre serveuse sourit poliment en déposant ma nourriture devant moi. Je m'empare d'un petit pichet de sirop et verse une grande quantité de liquide, puis coupe un morceau géant et mâche furieusement, tout en fusillant maman du regard. Je tape nerveusement du pied, laissant presque échapper mes mules corail Christian Dior.

Maman soupire et prend une petite bouchée délicate d'une tranche de cantaloup.

— Tu peux avoir n'importe quoi d'autre.

Elle semble retourner la question dans sa tête.

— Je vais te permettre de faire des courses chez Blue & Cream ou de recevoir un massage au Naturopathica Spa quand tu viendras dans les Hamptons. Ma douce, tu adorerais ça. Peux-tu au moins y réfléchir?

Laney tousse et me donne un coup de coude. Sa fourchette tombe avec un cliquetis sur le sol, et je me penche en même temps qu'elle pour la récupérer. Elle m'attrape par l'épaule et me regarde rapidement.

— Débarrasse-toi de ça, et elle nous fichera la paix pour le reste de l'été, chuchote Laney. Je vais tenter de la convaincre pour Austin.

Wow! Laney, merci! Nous nous redressons, et Laney lisse la serviette sur ses genoux, puis boit une gorgée de thé glacé pendant que maman la fixe avec méfiance.

— D'accord, je viendrai à l'événement samedi, capitulé-je, et maman pousse un cri perçant et tape joyeusement des mains. Toutefois, je ne reviens pas lundi et mardi en plus. C'est trop.

— Bien, acquiesce maman. C'est à 11 h. Nous pourrions envoyer une voiture te prendre à 7 h, et tu serais de retour à 16 h 30, au plus tard. Ce sera une journée merveilleuse. Les Darling Daisies se sont alliées au Sun at the Shore, et nous aurons les frères Jonas et Selena Gomez pour planter des semences! Tu pourras t'y mettre aussi.

Je lance un regard de côté à Laney, et elle hoche la tête très discrètement.

— Bien, grommelé-je avant de prendre une seconde délicieuse bouchée de mon petit déjeuner pour faire passer mon dégoût.

Maman est tellement heureuse qu'elle commence à engloutir sa nourriture et vole même la moitié du muffin anglais dégoulinant de beurre dans l'assiette de papa.

— Comme je le disais, tente de nouveau Seth, l'air las, la carrière de Kaitlin traverse un bon moment. Je pense que nous devrions frapper maintenant.

— J'ai reçu des offres ?

Je suis légèrement excitée, même si j'ignore totalement ce qu'il va répondre. J'essuie mes paumes moites sur les plis de ma robe courte.

— Plusieurs ont été présentées, et plusieurs autres ont été mentionnées, m'apprend Seth. J'ai des scénarios à te faire lire, et je ne parle pas de mauvais films d'horreur pour adolescents. De bons scénarios. Des films pour une adulte en devenir ; certains offrant la possibilité de faire les gros titres. Tu as même une offre pour tourner un film de Judd Apatow. Seth Rogen t'a personnellement demandée.

— Imagine ça.

Papa rayonne.

— J'avais espéré l'intéresser à certaines des productions sur lesquelles je travaille.

Seth ne réplique pas à cela, mais il sourit largement en annonçant sa petite information suivante. J'ai la mauvaise impression que les rêves de la compagnie de production de papa seront étouffés dans l'œuf. Personne ne le rappelle.

— J'ai même une offre « paiement ou participation ».

Maman en a le souffle coupé et laisse tomber avec fracas sa cuillère dans son café décaféiné avec lait écrémé et Splenda.

SECRET D'HOLLYWOOD NUMÉRO ONZE : Les offres « paiement ou participation » sont des contrats en or à Hollywood. Quand on offre cela à un acteur, un réalisateur ou un producteur, cela signifie qu'on tient tellement à lui pour le projet qu'on le paiera, que le projet finisse ou non par se concrétiser. Ils vous rémunéreront même si vous êtes remplacé lorsque le projet commence. C'est une grosse affaire.

— C'est pour quoi ? m'enquis-je, haletante.

Seth s'égaie.

— C'est un genre de *Gossip Girl* croisé avec *90210*, croisé avec *Greek*, croisé avec *Ugly Betty*, dans un décor à la *Supernatural*, croisé avec *Lost*, croisé avec *Survivor*.

Maman dit :

— Nous l'acceptons, en même temps que Laney, Nadine et moi disons :

— Je ne comprends pas.

— C'est déroutant, répond Seth en hésitant et comme toujours en me donnant la préséance sur maman. L'homme est un pro.

— Mais ça vaut la peine de lire le scénario. Il m'a fait trébucher quelques fois, moi aussi, mais ça me semble du matériel innovateur.

— Du matériel innovateur qui foule le même sol que plusieurs émissions déjà produites, marmonne Nadine dans sa barbe, et je glousse.

— Je vais le lire cette semaine, promis-je.

Seth le sort de son sac et glisse le gros manuscrit vers moi.

— Il y a autre chose que je devrais mentionner.

Seth paraît un peu incertain, cette fois.

— C'est une émission pour la télévision par câble. Une comédie de situation, en fait, à propos de six étudiantes de première année d'université qui se rapprochent et finissent par devenir les meilleures amies du monde. Son titre temporaire est *Petits poissons, grosse mare* — vous saisissez?

— J'en ai entendu parler.

Je me penche en avant, faisant attention à ne pas laisser ma robe jaune baigner dans le sirop d'érable.

— Gina l'a mentionné. Tout le monde veut tourner ce pilote. C'est pour la mi-saison. J'ai entendu dire que Scarlett en a fait une lecture. Et Miley et Selena. Tout le monde le veut!

— Bien, ils cherchent deux filles pour jouer les compagnes de chambre qui se querellent, mais deviennent amies, et ils songent à deux personnes en particulier.

Seth se tortille légèrement.

— Toi et Sky.

Maman et Laney commencent à rire si fort que je me dis que la nourriture va gicler de leurs nez. Même papa rigole entre deux bouchées de son omelette mexicaine. Nadine et moi, nous nous regardons. Elle lève un sourcil avec espoir.

J'ignore pourquoi, mais l'idée fait battre mon cœur. Ma réaction instinctive est que j'aime l'idée. Sky et moi de retour à la télévision ensemble, jouant dans une émission totalement différente d'*AF*, ça pourrait être très amusant. J'ai eu beaucoup de plaisir à tourner *SNL*, et Seth a raison : Sky et moi avons le sens du comique ensemble. J'adorerais jouer un personnage moins sérieux que Sam. Est-ce qu'une comédie de situation avec nous deux comme compagnes de chambre pourrait vraiment fonctionner ?

— Es-tu fou ? se moque Laney. Ces deux-là sont comme le feu et l'eau. Ne me comprends pas mal.

Elle lève une paume contrite devant moi.

— Vous étiez splendides dans *SNL*, mais vos jours en tant que duo sont terminés. C'est comme Lauren et Ava. C'est assez ! Je me suis épuisée à téléphoner partout pour me plaindre de leur ridiculement mauvais Carnage. Maintenant, je gère leur tout dernier massacre sur YouTube. Hier, ces deux idiotes ont invité des paparazzis à les filmer en train de tourner leur plus récente parodie sur vidéo de toi et de Sky.

Je me surprends à m'arrêter et à réfléchir à ce qu'elle vient de me révéler, tellement c'est déroutant.

— Elles avaient ce chien, Calou, pour jouer le rôle de Sky ! Elles ont mis une perruque à la pauvre chose.

Papa éclate de rire, et nous le regardons tous.

— Désolé. Ça me semble plutôt drôle.

Maman lui décoche un regard meurtrier.

— Le fin mot de l'histoire est que j'en ai marre de cette foutaise d'équipe SKAT contre l'équipe LAVA et de l'attitude de vedette de série D de Lauren et d'Ava.

Laney fait claquer ses mains sur la table, ses larges manchettes dorées accentuant sa remarque.

— Kaitlin et Sky ensemble courent le danger de prendre cette même direction; nous avons connu ça, nous passons à autre chose.

— Je ne sais pas trop, dit Seth. Ensemble, elles sont magiques. Leur sens du comique était impeccable. Lorne Michaels et moi en discutions l'autre jour. Il pense que les deux ont un avenir dans la comédie.

Vraiment? Je suis sur le point de le questionner davantage sur le sujet, quand Laney fait un bruit de langue.

— Je dis qu'il est temps d'aller voir ailleurs, insiste-t-elle. D'ailleurs, ces deux-là s'entendent bien pendant trois jours, puis elles recommencent à se bagarrer.

— Je suis d'accord, intervient maman, avant que je puisse placer un mot. Je ne fais pas confiance à Sky. Je sais qu'elle a passé pas mal de temps ici récemment, mais c'est seulement parce qu'elle est au chômage. Dès qu'elle décrochera un emploi, elle redeviendra diablesse. Je ne veux pas que Kate-Kate ait à endurer cela encore. Nous n'avons pas besoin d'autres — maman se penche et chuchote — crises de panique.

Tout le monde murmure son approbation.

— Est-ce une offre concrète, Seth? demandé-je avec hésitation.

— Pas officielle, me répond-il, mais nous sommes en discussion. J'ai lu un scénario approximatif du pilote et j'ai ri à voix haute deux fois. C'est deux fois plus que d'habitude lorsque je lis les premières versions de pilote de comédie de situation.

Il me décoche un clin d'œil.

— Cependant, je voulais que tu sois au courant et que tu gardes cela en tête.

— Ça me paraît formidable, me dit Nadine.

Maman la fusille du regard.

— Je pense qu'il faut laisser passer.

Maman hausse les épaules.

Avant, cela me dérangeait énormément quand elle réagissait ainsi ; maintenant, ça commence à m'amuser.

— Puis-je lire le pilote ? m'enquis-je sans hésitation.

Maman me regarde. Les mâchoires de Laney et papa se décrochent. Nadine semble contente.

— Je veux seulement le lire, tenté-je de les rassurer. Sky et moi, nous nous entendons bien — et pendant plus de trois jours, Laney. Nous avons atteint un nouveau niveau de compréhension.

Ils me dévisagent encore.

— Je dis simplement que je ne serais pas opposée à retravailler avec elle si le projet en vaut la peine.

— Je n'aime pas cela, proteste maman.

— Ce sera un désastre si cela se produit, approuve Laney.

— Je ne veux pas que tu tombes en panne et que tu aies de l'eau dans le gaz, ma petite fleur, acquiesce papa.

Je suppose qu'il s'agit d'une analogie aux bateaux. Je vais devoir déchiffrer sa signification plus tard.

— Je vais me le procurer pour toi, répond Seth avec un sourire. Lis-le — lisez-le tous —, et donnez-moi ensuite votre opinion. Je pense que l'agent de Sky en reçoit un exemplaire cette semaine également.

Le reste du petit déjeuner se déroule sur le même ton. Laney nous captive avec des histoires sur la récente tournée d'une cliente pour son livre et un compte-rendu de la réaction de panique de la célèbre auteure lorsqu'une librairie a manqué de Sharpie de différentes couleurs pour sa séance de signature. Maman raconte sa rencontre avec Kathy Lee Gifford et que cette dernière lui a dit qu'elle serait une bonne animatrice de remplacement occasionnel pour l'émission *Today*. (Nadine crache du thé glacé sur toute la table, quand maman dit cela.) Seth se lamente sur l'état de l'ensemble de l'industrie du cinéma pendant la récession, et papa nous régale de récits sur Beyoncé et Jay-Z avec qui il passait le week-end dernier en bateau. Enfin, nous réglons l'addition — ou, plutôt,

Seth s'en charge —, et Nadine, Rodney et moi nous séparons du groupe et nous dirigeons vers le centre-ville, au Broadway Dance, pour suivre un cours. Nadine et moi sautons toutes les deux sur nos téléphones une fois dans la voiture — elle pour confirmer une réservation à dîner que j'ai ce soir avec Sky et moi pour appeler Austin. Je sais que ce n'est pas notre heure prévue pour bavarder, mais j'ai besoin de son opinion à propos de la possibilité pour Sky et moi de retravailler ensemble. Suis-je folle de songer un tant soit peu à accepter cela? Sky est-elle intéressée par le projet? Suis-je intéressée? La dernière chose que je souhaite, c'est de m'engager dans un projet et d'être de retour dans la zone de terreur orange de Sky. Je compose le numéro de la chambre d'Austin et laisse le téléphone sonner trois fois.

— Salut la compagnie!

Une fille commence à glousser et à rire, ce qui m'agace instantanément.

— Je veux dire, hé! Ici la chambre d'A. et de R.

— Salut, Amanda.

J'essaie d'avoir l'air très adulte et femme du monde.

— C'est Kaitlin. Austin est-il là?

J'ai tenté de dire avec délicatesse à Austin à quel point ça me dérange qu'Amanda réponde au téléphone, mais soit il n'en est pas conscient, soit il s'en fout. Je ne veux pas devenir folle avec cela non plus, car nous sommes en très bons termes depuis son week-end à New York. J'essaie de ne pas paraître jalouse, mais c'est difficile quand Austin n'arrête pas de mentionner Amanda et de me dire à quel point elle l'aide. Amanda vit au Texas et a participé au camp l'été dernier, alors elle en connaît les rouages. Guide de camp ou non, je ne suis pas contente de la voir jouer la police du téléphone.

— Oh, hé, Kaitlin, chantonne Amanda.

J'entends quelqu'un s'étrangler de rire en arrière-plan.

— Austin vient juste de partir au café nous chercher des boissons.

— Peux-tu lui dire de me rappeler? demandé-je en tentant d'être agréable, même si je crie pour me faire comprendre par-dessus les klaxons de deux taxis qui s'affrontent dans la circula-tion du centre-ville. C'est important.

— Bien sûr! Écoute, puis-je te demander quelque chose? com-mence Amanda, alors que quelqu'un d'autre murmure une chose que je n'entends pas. Quel est ton nom de famille?

Je marque une pause. Elle le sait peut-être déjà et me taquine, mais si elle l'ignore, alors elle pourrait possiblement gagner à le découvrir.

— Burke. Mon nom est Kaitlin Burke.

Le silence se fait.

— Donc, c'est bien toi! Nous avons vu ta photo dans la chambre d'A. Pam et moi la regardions plus tôt, et elle m'a dit que c'était la fille d'*Affaire de famille*, mais j'ai dit non. A. nous l'aurait dit. Il dit seulement « Kaitlin ». Il ne se vante jamais de toi. Donc, tu vis à Hollywood et tout?

— Et tout, répondis-je d'un air important.

— Vraiment? Amanda semble sceptique. Austin ne paraît pas assez le type Hollywood pour sortir avec une célébrité, même s'il vit à L.A. Il est tellement… normal.

— Il est tellement gentil!

J'entends une autre personne en arrière-plan. Il doit s'agir de Pam.

— Austin est génial. Pas du genre hollywoodien.

— L'expression « ébloui par les vedettes » ne s'applique pas à lui, poursuit Amanda.

D'accord…

— Je le sais. J'adore cela chez lui.

Amanda et Pam commencent à glousser.

— Est-ce que tu cherches à me dire quelque chose? ne puis-je m'empêcher de demander sèchement. Je n'ai pas besoin qu'on me décrive mon amoureux.

Encore plus de murmures. Combien sont-elles : deux?

— Ce que nous voulons dire, c'est qu'il est trop bien pour toi, déclare fermement Amanda, et Pam s'étrangle de rire.

— Bien, ce n'est pas à vous de décider.

Je hausse le ton, et mes oreilles sont brûlantes d'embarras et de colère.

— Ce ne sont pas vos affaires, non plus. Dis à Austin que j'ai appelé. Mieux encore, ne le fais pas. Je vais lui envoyer un texto. Je suis sa petite amie, alors je n'ai pas besoin de toi comme intermédiaire.

Je raccroche, pressant furieusement sur la touche « Fin ».

Nadine fronce les sourcils.

— Mauvais appel?

— Mauvais appel.

Et je ne suis pas sûre qu'il s'agisse du dernier.

LE VENDREDI 3 JUILLET
NOTE À MOI-MÊME :

Dire à A. que tu appelleras sur son CELL dorénavant.
Ce soir : dîner Sky au Butter — 23 h. Minable, je sais!
Sam. : voiture pour Hamptons 7 h. Dim. @ fête Shore. Voiture de retour : 13 h.

DOUZE : *Les Hamptoniens sur le pouce*

— Ça, c'est la vie, murmure Liz.

Elle est allongée sur une table de massage au centre d'une vaste tente sur les terres d'un manoir de plusieurs millions de dollars que le club new-yorkais The Cave a loué pour l'été dans les Hamptons. Ils ont surnommé la maison Sun at the Shore. Les week-ends, elle se transforme en poste de vacances pour les célébrités, les débutantes et les mondains des Hamptons. Aujourd'hui, ils se sont associés au comité des Darling Daisies de maman pour un événement. Ce massage shiatsu et aromathérapie me donne l'impression d'être à la maison.

— Liz Mendez, si je ne te connaissais pas mieux, je dirais que tu as le mal du pays, la taquiné-je.

Je suis assise sur une chaise de massage à côté d'elle, pendant qu'une personne de Pinky Toe, que The Cave a embauchée pour l'événement d'aujourd'hui, m'offre un pédicure (j'ai choisi un vernis neutre pour ma manucure parce que mes ongles doivent rester incolores pour la pièce, de toute façon). Pour mes orteils, j'ai opté pour une chaude couleur Bordeaux assortie à ma robe en chiffon plissée Tadashi au col en V.

— N'est-ce pas toi qui as dit que New York était l'avenir et Los Angeles, le passé ?

— J'ai changé d'avis.

Liz commence à s'énerver, ses bras tournoyant sans arrêt, un peu comme le motif de la robe T-Bags de style grec jaune et brune à une épaule, qu'elle portait avant le massage.

— Ma voiture, ma pelouse et la plage me manquent et…

— Au cas où tu ne l'aurais pas remarqué, tu es à la plage, ronchonne Sky.

Pendant un instant, j'avais totalement oublié sa présence avec nous parce qu'elle et Liz ne s'étaient pas rabrouées depuis au moins trente-deux minutes. J'imagine que leur traitement relaxant a ses limites. Sky se fait faire les ongles de mains et de pieds en même temps. Deux filles s'affairaient à lui donner des ongles incolores tellement pâles qu'on dirait qu'ils ne reçoivent pas de soins. Sky dit que c'est l'idée. Elle détesterait que ses ongles prennent la vedette sur sa tenue (une longue robe à dos nu Alice & Trixie à motifs mosaïque).

— Ce n'est pas la même chose !

Liz se redresse sur ses coudes, repoussant la masseuse vers l'arrière. La femme lui massait les bras, quand Liz les a lancés en avant pour marquer son point de vue.

— Encore. Si tu passais un tant soit peu de temps à Venice Beach comme moi et mon amoureux, tu saurais que les plages ici sont très différentes. Et si tu es un adepte du surf, comme Josh, l'océan Pacifique est canon.

— Es-tu une adepte du surf ? s'enquiert Sky. Parce que je pensais que nous parlions de toi.

— Je parle de moi, bégaie Liz. J'aime aussi l'océan Pacifique.

— Tu as dit Josh.

— Je voulais dire moi !

— Tu n'as pas dit toi.

— Je ne devrais pas devoir le préciser !

— Nadine.

Je l'appelle rapidement sur son téléphone.

— 911 !

Nadine et Rodney sont juste devant la tente pour prendre quelque chose à manger chez Uncle Jimmy's Backyard BBQ. Il s'agit de l'un des traiteurs de la fête d'aujourd'hui. Il y a aussi Cold Stone Creamery, Juice Bar, Baja Fresh et un certain nombre d'autres restaurants à proximité. Je ne l'admettrais jamais à maman, qui court partout avec les Darling Daisies pour faire planter des fleurs à des célébrités, mais l'endroit est assez serein. Bien, il le serait si Liz et Sky cessaient de se quereller.

— Pourquoi es-tu encore ici?

Liz lève le ton à présent. Ses cheveux bouclés sont éloignés de son visage grâce à un bandeau, et elle a l'air carrément féroce.

— N'as-tu pas des réunions à Los Angeles? Oh, attends. Peut-être que tu n'en as pas parce que personne ne veut t'engager!

— Et peut-être que tu es pourrie dans ton petit atelier d'été parce que tu es incapable de réaliser ou d'écrire, et pas parce que quelqu'un est méchant! rétorque Sky.

Liz en a le souffle coupé.

— Comment oses-tu?

— Comment oses-tu? riposte Sky.

Nos masseuses et nos manucures se contentent de nous regarder, perplexes. Nous sommes chanceuses que la tente ne puisse accueillir que six personnes à la fois pour des traitements, sinon la gêne serait encore plus grande. Les seuls autres clients ici sont Liv Tyler, qui semble amusée, et l'un des gars de Metro Station. Il nous ignore, tout simplement.

— Les filles, vous faites une scène.

Je lance un sourire artificiel au groupe d'observateurs qui grandit.

— Je suis fatiguée de l'avoir dans les parages, se lamente Liz, pointant Sky. J'en ai assez! C'était censé être notre été, et Sky s'est totalement imposée pour le gâcher. Personne ne l'a même invitée! Elle est méchante, et tu ne l'aimes même pas. Dis-lui!

Mon visage rougit. C'est un peu dur. Sky me regarde, et son visage est rouge tomate, ce qui pourrait être causé par un coup de soleil, puisqu'elle a refusé la protection Neutrogena SPF 45 que je lui ai offerte plus tôt.

— Oui, K., dis la vérité.

La voix de Sky est étrange, et elle joue avec ses nattes couleur d'ébène.

— Dis à Liz que je suis la seule qui comprend réellement ce que tu traverses. Je te comprends, ainsi que notre vie à Hollywood. Comme elle est étrangère à tout cela, elle n'en a aucune idée.

Liz me regarde, et mon visage brûle encore davantage. Je soulève les cheveux sur mon cou et m'évente. Nadine a peut-être un élastique. Elles ont toutes les deux des points pertinents, je sais. Dois-je vraiment choisir?

Liz saute en bas de la table, serrant une serviette autour de son torse et se place devant le visage de Sky.

— Je suis sa meilleure amie.

— Et j'ai travaillé avec elle pendant plus d'une décennie, rétorque Sky. Je la connais depuis plus longtemps.

Je sais que je devrais réagir davantage pour réfuter tout cela, mais je suis légèrement fascinée par les événements. Sky essayant de prétendre au titre de meilleure copine? Je n'aurais jamais cru voir ça un jour, à moins que cela ne soit écrit dans un scénario. Je regarde autour de moi et remarque que des gens commencent à glisser discrètement leurs têtes sous la tente. Notre masseuse murmure furieusement pour quelqu'un de l'autre côté de l'entrée. Ensuite, j'aperçois un photographe avec un gros appareil photo et me baisse vivement.

— Les filles! Des PAP, sifflé-je, alors que Nadine, Rodney et Matty arrivent enfin à toute vitesse pour voir ce qui se passe. ARRÊTEZ. CELA. IMMÉDIATEMENT.

— Je m'en vais.

Sky a vraiment l'air bouleversée.

— J'ai besoin de temps pour bronzer.

Elle passe à côté de moi et chuchote de manière à ce que je sois la seule à entendre : «tu aurais dû prendre ma défense».

— Sky, attends, la supplié-je.

— Bon débarras!

Liz se dépêche d'attraper sa robe et son sac et d'aller se changer dans la salle d'habillage de fortune au fond de la tente.

— Je m'en vais. J'ai promis à Meg de planter quelques bégonias.

— Quoi? Tu pars aussi? Je ne peux pas le croire.

— Tu n'aurais pas dû la laisser me parler sur ce ton, déclare Liz, insultée. J'ai besoin d'un peu d'air.

Je regarde Nadine, Rodney et Matty..

— Pourquoi suis-je ici, encore?

— Oublie ces filles!

Nadine les chasse de la main.

— Elles s'en remettront. Tu es ici parce que ta mère t'a obligée à venir, mais la véritable raison de ta présence sous cette tente vise à célébrer tes résultats SAT. Tu mérites un peu de calme et de repos.

Elle me serre dans ses bras et dégage une odeur envahissante d'écran solaire. Nadine déteste que sa peau pâle prenne des couleurs.

Hier soir, j'ai reçu mes résultats SAT avec un paquet de lettres qu'Anita m'a fait envoyer de la maison et suis presque devenue dingue. J'ai obtenu 492 en mathématiques, 605 en anglais et 650 en écriture. J'ai laissé un message à maman et à papa pour partager la bonne nouvelle, mais ils ne m'ont pas rappelée. Peu importe. Nadine dit que cela va beaucoup m'aider pour les universités, si je choisis d'y aller. Liz, Nadine et moi sommes restées éveillées tard et avons fêté avec une fête pyjama. Nous allions continuer la fête aujourd'hui, car je ne me produis pas avant 20 h ce soir. Comment se fait-il que les paparazzis ne puissent pas imprimer une nouvelle comme celle-là?

— Tu as raison.

Je m'égaye un peu, me sentant fière de ma réussite. Quand je pense à toute la pression que j'ai subie et toute la folie avec Lauren et Ava le printemps dernier, je n'arrive pas à croire que j'ai même pu réussir à passer les examens. C'est vrai que je mérite un peu de plaisir.

— Tu ne t'amuses pas si elles se querellent, me fait remarquer Matty. Ne pouvais-tu pas les arrêter ? Je n'ai pas besoin d'être vu avec des gens qui agissent de la sorte. Ce n'est pas bon pour ma réputation. Je veux être connu comme le Burke qui n'a pas de problème. Sans vouloir t'offenser.

Nadine et moi, nous nous regardons. Matty porte un pantalon de lin blanc et une chemise blanche, comme s'il était un rappeur distingué. Les vêtements tombent lâchement sur sa silhouette juvénile. Ses lunettes de soleil n'ont pas quitté ses yeux depuis que nous sommes arrivés tôt ce matin. Il pense que tout le monde le regarde ou veut un autographe. Matty baisse légèrement ses lunettes.

— Tu vois la fille là-bas ?

Nous pivotons et apercevons une adolescente agitant vivement la main vers Matty.

— Elle m'a suivi toute la journée. N'est-ce pas formidable ? Je vais peut-être rendre sa matinée parfaite en allant lui dire bonjour.

— Oui, va rendre sa matinée parfaite, Matty.

Je plisse mes lèvres gercées. (J'ai oublié d'y appliquer un écran solaire.)

— Nous te verrons plus tard.

Nadine et moi présentons nos excuses aux gens de Pinky Toe et retournons dehors sous le soleil vif. Rodney nous suit avec sa coupe glacée Cold Stone. Le manoir The Cave est directement devant nous et est incroyable. Tout est blanc, dedans comme dehors, y compris les douzaines de chaises longues et les parasols. Il y a une grande piscine en forme du symbole de l'infinité autour de laquelle les gens se détendent, et un D.J. fait tourner sa musique à proximité. La piscine n'est qu'à quelques pas de la plage, que l'on peut atteindre en suivant les grands roseaux parsemant un petit sentier à travers les buissons.

— Matty a raison pour une chose, lance Nadine, après quelques minutes. Liz et Sky t'adorent toutes les deux et ne peuvent pas se supporter mutuellement. Que vas-tu faire à ce propos?

— Je l'ignore.

Je suis pensive — c'est une surprise totale pour moi.

— Les fréquenter séparément, j'imagine. Je me sens coupable de leur mentir. Hier, Sky et moi déjeunions ensemble, et Liz a téléphoné. Je ne lui ai pas dit avec qui j'étais. Puis, Sky m'a demandé à qui je parlais, et je lui ai menti à elle aussi! Je sais que je suis lâche, mais je ne veux pas jeter de l'huile sur le feu. J'aime leur compagnie à toutes les deux. Même celle de Sky! Elle a raison; nous nous connaissons bien. Et Liz a raison aussi; elle est ma meilleure amie. Je me sens coupable envers Lizzie parce que nous avons eu cette énorme querelle il y a quelques mois à propos de Mikayla.

— C'était différent, par contre.

Nadine secoue la tête, ses dormeuses en or ornées de diamants brillant sous le soleil vif.

Nadine est tellement mignonne dans la robe sans bretelles Laila bleu océan que je lui ai prêtée. Elle cueille une bouchée de filet mignon sur pain grillé sur le plateau d'un serveur qui passe.

— Vous ne vous disputiez pas vraiment à propos de la fille de NYU, vous vous disputiez sur le fait que vous n'étiez pas présentes l'une pour l'autre.

— Tout de même.

Je prends moi-même un hors-d'œuvre.

— Que fait-on lorsqu'on a deux amies qu'on aime et qui ne s'aiment pas?

Avant que Nadine puisse répondre, une femme vient vers moi en hâte, son visage couvert d'un masque blanc qui sent la crème sure. Ses cheveux sont recouverts d'un bonnet de douche. Je hurle et bondis en arrière.

— Salut, ma douce !

— Maman ? bégayé-je, alors qu'une personne prend une photo de moi, l'air horrifié.

La femme se penche vers moi et sourit.

— Évidemment, c'est moi, idiote !

Maman rit.

— Je porte un masque de visage fabriqué avec des margue-rites fraîches.

Elle se touche délicatement le visage avec un doigt manucuré, vernis rose pâle.

— C'est un soin anti-âge, Kate-Kate. Tu dois l'essayer. On le garde vingt minutes. Nous venons juste d'en appliquer un sur Christie Brinkley.

Nadine se cache derrière mon épaule et s'efforce de ne pas rire.

— Je ne pense pas que je le devrais, maman, dis-je aussi gentiment que possible, en regardant autour de moi. Je ne peux pas risquer une éruption cutanée avant le début de ma représentation.

À l'évidence, nous avons rejoint la zone de l'événement dédiée aux Darling Daisies. Il y a une large platebande où des vedettes s'agenouillent sur des coussinets de jardinage, utilisent des binettes et plantent des semences. Est-ce Katie Holmes, là-bas ? Wow !

— Comme tu veux.

Elle redresse son bonnet de douche ; il semble qu'une brise pourrait le déloger. Maman porte une robe ajustée en lin bleu pâle, assortie au motif de son bonnet de douche. Elle sourit à une autre femme qui passe à côté de nous avec le même masque à l'odeur dégoûtante.

— La première dame viendra plus tard, et on nous a dit qu'elle adorerait recevoir un masque de marguerites. Tu la rateras, pas contre, puisque tu dois rentrer pour ta représentation.

Elle prononce le mot « représentation » comme si elle parlait de la peste. Je souris gentiment et tripote le chiffon mauve de ma robe.

— Je suis ici maintenant, maman. Comment puis-je me rendre utile autrement ?

Cela semble l'apaiser un peu, car elle change de sujet.

— J'ai besoin que tu plantes quelques semences, Kate-Kate.

— Maman, as-tu reçu mon message à propos de mes notes SAT ? demandé-je avant de regarder Nadine avec un sourire rayonnant de fierté.

— Oui, répond maman, l'air excité. Dieu merci !, tout ça est enfin terminé, et tu peux arrêter de te soucier de l'école.

Nadine la fusille du regard.

— Maintenant, va te mettre à l'ouvrage. Ensuite, est-ce que tu resteras pour déjeuner ? Nous mangerons une salade de marguerites avec des fraises.

Je ne sais pour quelle raison, le mot « déjeuner » me fait sourire. L'heure du repas est prévue pour 12 h 30 — ce qui est normal pour la plupart des gens, mais je respecte un horaire semi-normal depuis quelques mois seulement.

SECRET D'HOLLYWOOD NUMÉRO DOUZE : Sur le plateau, le déjeuner n'est habituellement pas servi à l'heure du déjeuner. Cela arrive parfois, mais il peut aussi être offert à 18 h. Cela dépend du moment où l'on atteint la moitié de notre journée de tournage. Si on commence à travailler à 8 h et que l'on termine à 16 h, alors oui, le déjeuner sera probablement à l'heure normale. Cependant, si l'on commence à tourner à 13 h et que la fin est prévue pour 23 h, alors le déjeuner sera probablement à 18 h, même si, techniquement, c'est l'heure du dîner. De plus, le « déjeuner » est le seul repas servi sur un plateau. Le petit déjeuner est habituellement servi dans un camion, et le traiteur offre beaucoup de collations, mais le déjeuner constitue le seul véritable repas. Évidemment, comme c'est l'unique repas, il y a un protocole tacite sur la façon dont on se met en file pour prendre sa nourriture. Les acteurs passent avant l'équipe technique, et ces derniers devancent toutes les autres personnes secondaires sur le plateau. Le réalisateur peut doubler tout le monde, mais il forme normalement une bande avec l'équipe technique. Du moins, c'est ce que faisait notre réalisateur d'*AF*, Tom Pullman.

Penser à Tom me fait penser à *AF*, et mon sourire se transforme en grimace. L'émission me manque.

— Arrête de froncer les sourcils, tu vas développer des rides, me réprimande maman. Ce masque facial à la marguerite agirait à merveille sur toi, tu sais. Dylan, pourrais-tu lui dire comme il est fantastique, s'il te plaît ?

Dylan ? Mon Dylan ?

Je ne veux pas dire « mon Dylan », seulement le Dylan que je connais. Oh, laissez tomber.

Je lève les yeux. La seule personne près de maman qui corresponde à sa description est un gars vêtu d'une chemise polo blanche et d'un short bleu marine sans un faux pli qui porte un masque comme celui de maman. Oh non.

— Dylan, dis-moi que tu n'as pas fait cela !

Je ne peux pas m'empêcher de rire.

— Bien sûr que oui.

Maman a l'air légèrement offensée.

— Il a même pris des photos pour moi avec la petite amie qui l'accompagne.

À présent, je ris carrément, tout comme Nadine. Maman lance ses mains en l'air, dégoûtée, et nous quitte d'un pas lourd. Le visage de Dylan est couvert d'une glu liquide avec de minuscules particules de fleurs, et elle coule sur sa chemise. Au moins, elle est blanche.

— Ris maintenant, mais ma peau va avoir l'air du tonnerre, me dit-il, posant ses mains sur ses hanches et prenant la pose.

— Ça fait vingt minutes, gazouille une femme portant un tablier à motifs de marguerites, et elle commence à nettoyer le visage de Dylan directement devant nous, ce qui ne fait qu'augmenter mon hilarité.

— J'en suis certaine, affirmé-je en essayant de me calmer à présent que la dame me lance des regards mauvais. Comment t'es-tu laissé entraîner là-dedans ?

— Ta mère m'a repéré, admet-il. Elle a dit que cela lui donnerait un coup de main si j'acceptais de bonne grâce. Comment pouvais-je refuser ? Cette femme m'a offert le dîner ces derniers soirs.

Dylan a passé ses après-midi avec moi, ce qui signifie qu'il est présent lorsque je mange mon dîner tôt (16 h 30) avant la représentation, alors maman l'a nourri, lui aussi. Matty semble croire qu'Austin n'aimerait pas savoir que Dylan mange avec nous, mais comme je lui ai fait remarquer, Austin n'est pas là pour s'en plaindre. Il n'est même pas là quand je veux lui parler ! Notre promesse de nous téléphoner tous les soirs à la même heure semble s'être évanouie en un peu plus d'une semaine. Maintenant, lorsque nous nous parlons, l'un d'entre nous jette le blâme sur l'autre pour ne pas avoir appelé. Sinon, nous oublions carrément. J'ai passé tellement de temps avec Dylan ce week-end que j'ai même oublié de songer à joindre Austin.

Wow ! Cela fait de moi une très mauvaise amoureuse, non ?

— Je suis désolée, dis-je à Dylan, entre deux gloussements.

— Ne le sois pas, répond-il. Ce truc a très bon goût.

Il essuie un peu de la mixture sur son visage avec un doigt et le fourre dans sa bouche.

— Sérieusement, essaie.

— Peuh.

Je grimace.

— Je ne mange pas ce qui traîne sur ton visage !

Nadine rit tellement fort à présent qu'elle a perdu la maîtrise d'elle-même.

Dylan cueille une petite portion dans un contenant à proximité. Il me la tend.

— Ne fais pas cette tête tant que tu n'y as pas goûté. Allons, ma belle. Prends-la.

Sceptique, je frotte mon index sur la longueur du sien, puis l'enfonce dans ma bouche. Nadine tousse. Bien sûr, quelqu'un prend une photo, mais je ne dis rien. Eh bien. Pas si mal.

— Menthe poivrée?

— Et lime, reprend Dylan avec un sourire.

Je commence à voir son visage, maintenant qu'il est presque propre. Il se touche la joue.

— Hé, ta mère avait raison. Ma peau est douce comme celle d'un bébé.

Je ne peux me retenir de chanter ses louanges.

— Elle connaît ses produits.

Nadine, enfin redevenue calme, m'attrape par le coude.

— Je vais me chercher un Mojito à la marguerite. Je reviens tout de suite. Kaitlin, il nous reste environ deux heures avant que la voiture ne vienne nous prendre.

— Je l'accompagne, déclare Rodney. J'aurais bien besoin d'une autre coupe glacée.

— Pigé! Je regarde Dylan. Donc, tu as toi aussi décidé de passer une journée à la plage, hein?

— Oui, je rentre bientôt avec Riley.

Il remue, mal à l'aise.

— Elle a engagé une voiture pour nous.

J'adore toutes ces expressions britanniques de Dylan que je n'ai jamais entendues avant — comme «engager une voiture» au lieu de «louer une voiture». Ou «faire la queue» au lieu de dire «attendre en file». Ou quand il parle de «petites affaires» au lieu de dire «ceci et cela». C'est mignon. Je soupire. Reste professionnelle, Kaitlin!

— C'est bien que Riley soit ici aussi, mentis-je.

Je n'ai certainement pas besoin d'un autre sermon sur la façon dont je peux améliorer mon jeu ou mes connaissances sur Broadway.

— Menteuse, lance Dylan en m'observant, et une goutte blanche solitaire coule sur sa joue.

— Tu as une petite tache sur ta joue.

Je prends une lingette et lui frotte doucement le visage. Nos nez sont assez près. Quand mon regard rencontre ses yeux verts, nous nous regardons fixement. Je détourne rapidement mes yeux, même si Dylan me fixe encore. J'ai très chaud, tout à coup. Ces 32 °C doivent en être la cause.

— Kaitlin, je sais que tu as un partenaire et je ne suis pas le genre de mec à me mettre en travers de cela, commence-t-il, l'air très doux. Mais je sens un lien entre nous, et je n'y peux rien.

Oh non. Sa voix s'estompe quand le vent se lève, envoyant ma chevelure voler autour de ma tête. Il repousse ma frange, et je prends une profonde respiration, bougeant à peine.

Je m'oblige à me détourner, même s'il me donne des frissons.

— Dylan, je…

— Oh! Désolée! Je ne veux pas interrompre un moment aussi intime. Attends. Dylan?

Nous pivotons tous les deux. La chevelure de Riley tombe en cascade autour de son visage et sur ses épaules nues, sa robe de coton rose brodée se balançant sous la brise. Elle a l'air aussi confuse et mal à l'aise que moi. J'ai l'impression qu'on vient de me surprendre à très mal agir. Pourquoi ne repoussai-je pas Dylan davantage? J'aime Austin.

Cependant, Austin n'est pas ici et n'est jamais là, me dit une petite voix.

Tout de même! C'est mon amoureux. J'aime Austin. Dylan est mignon, mais c'est tout.

Alors, pourquoi suis-je aussi troublée?

— Je ne savais pas, je veux dire, je…

La voix de Riley s'estompe, et je ne l'ai jamais entendue aussi peu sûre d'elle. Elle baisse les yeux, ses cheveux formant un rideau devant son visage.

— J'ignorais que toi et ton partenaire aviez rompu, Kaitlin.

— Nous n'avons pas rompu.

Je le dis si vite que je ne marque même pas de pause pour respirer.

— Austin et moi sommes encore ensemble.

— Oh, je vois.

Le ton de Riley devient plutôt glacial, ce qui ne ressemble pas à son ton habituel. Elle en a peut-être beaucoup à dire à mon sujet, mais elle le dit toujours de manière agréable. Là, elle paraît bouleversée.

— J'imagine que vous ne faisiez que répéter vos répliques pour la scène d'amour dans la pièce. C'est pourquoi vous avez l'air si copains.

— Riley.

Dylan s'apprête à la suivre, mais elle s'écarte. Je regarde Dylan avec curiosité. Son visage est tendu.

— Non, ne me laissez pas interrompre ce moment entre vous deux.

Elle semble tremblante.

— Kaitlin a besoin de toute l'aide qu'on peut lui apporter pour cette scène. Je te verrai plus tard, Dylan. La voiture arrivera vers 14 h. À plus, Kaitlin.

J'observe Dylan, et son visage est complètement tordu et ennuyé. Qu'est-ce qui se passe, ici ? Y a-t-il eu quelque chose entre eux que j'ignore ? La curiosité me dévore ; j'ai peine à retenir ma langue.

— Je devrais m'assurer qu'elle va bien.

Dylan semble énervé ; je n'insiste donc pas.

— Pouvons-nous reprendre cela plus tard ? Je veux vraiment te parler à propos...

Je réussis à hocher la tête, et il part sans dire au revoir.

Je chasse de mon esprit ce qui vient d'arriver avec Dylan et Riley et pars à la recherche de Nadine et de Rodney. Je vais dans la zone des Darling Daisies et constate que maman est occupée à chauffer les oreilles de Katie Holmes à propos de marguerites. Katie a l'air misérable. Matty tient sa cour dans une cabine de plage à proximité avec un groupe d'adolescentes gloussantes. Je décide plutôt de chercher Liz ou Sky, ou les deux. Elles aiment toutes les deux s'allonger paresseusement. Elles pourraient donc être près de la piscine. En route, je m'arrête à quelques reprises pour bavarder avec des connaissances ou avec des personnes désirant vivement se présenter. En fait, je suis étonnée de voir autant de vedettes en ville. J'ignorais totalement qu'autant de gens passaient du temps dans les Hamptons. Je tombe sur Vanessa, et elle me parle de cette boutique que maman adore, Blue & Cream. Ashley l'accompagne et est dithyrambique à propos de la série de concerts Hampton Social @ Ross. Il s'agit d'une série de concerts exclusifs où les spectateurs paient de grosses sommes pour assister aux numéros de vedettes comme Billy Joel et les frères Jonas. On dirait qu'il y a des tonnes de choses à faire, et j'en viens presque à souhaiter avoir plus de temps pour en profiter. Je pourrais peut-être réussir à glisser tout un week-end ici avant de rentrer à la maison en août.

Toujours pas de signe de Nadine, Rodney, Sky ou Liz ; je m'assieds donc à côté de la piscine une minute et décide de boire l'un de ces thés glacés à l'air génial distribué par le serveur. Puis, je m'allonge confortablement dans la chaise longue et ferme les yeux. Je dispose d'une bonne heure ou plus avant de partir et je suis un peu épuisée par le drame de ce matin. J'imagine qu'il n'y a pas de mal à m'étendre ici quelques instants. J'ai l'impression de venir à peine de fermer mes paupières quand je sens quelque chose de froid et mouillé couler sur ma poitrine. Je bondis.

— Oups !

Lauren Cobb est debout au-dessus de moi avec un cube de glace. Elle a enfilé le plus minuscule bikini brun foncé que j'ai vu de ma vie. Ava est debout à côté d'elle avec ses cheveux sous un turban et porte un paréo en tissu éponge rose par-dessus un bikini sarcelle. Elle transporte Calou dans ses bras. Il arbore lui aussi un foulard rose. Il gronde dans ma direction. Les deux filles ont de grandes lunettes de soleil Chanel qui, selon moi, sont neuves. Il y a une suite de cadeaux ici, et j'ai vu le kiosque des lunettes de soleil. Deux membres de leur petit détachement portent des maillots ÉQUIPE LAVA (il y a dessus des photos de deux Barbie qui leur ressemblent).

— Vraiment désolée. Ai-je laissé tomber cela sur ta robe de la saison dernière? demande Lauren.

Mon humeur s'assombrit. Que fichent-elles ici? Et pourquoi diable sont-elles présentes à la même fête que moi? Il y a neuf millions d'événements se déroulant dans les Hamptons chaque week-end. Elles me fixent comme si j'étais un rat et elles, des serpents. Je les ai vues faire subir ce traitement à d'autres quand je les fréquentais. Je remarque qu'elles sont accompagnées d'un paparazzi. Évidemment. Cependant, je ne me lance pas dans une altercation. Pas à la fête de maman, entourée de ses gens. Et d'ailleurs j'essaie de me montrer très bonne et d'éviter d'imiter leurs manières odieuses. Mais s'il y avait un moment parfait pour oublier cette promesse, ce serait maintenant.

J'ai besoin de toute ma volonté pour dire :

— C'était un accident.

J'attrape une serviette pour me sécher.

— Non.

Lauren a l'air d'un cheval quand elle rit.

— Je l'ai fait exprès, et c'était agréable.

Elle tape dans la main d'Ava, et elles sourient à l'appareil photo tout près.

Je roule les yeux.

— Je dois y aller.

Je parcours la foule du regard à la recherche de Sky et de Liz, mais ne les repère toujours pas. Nadine et Rodney manquent aussi à l'appel. Où se cachent-ils? Il est presque 13 h 30 — j'imagine que je me suis vraiment endormie pendant un instant —, et nous devons partir au plus tard à 14 h. Je devrais téléphoner à Nadine. Je commence à lui écrire un texto.

— Tu rentres à Manhattan pour ton petit spectacle, n'est-ce pas?

Ava semble émoustillée, et je ne sais pas trop pourquoi.

— Comment ça se passe?

— Remarquablement, fanfaronné-je, sans lever les yeux. Ça ne pourrait pas aller mieux.

— Je parie que tu joues les filles sages et que tu arrives au théâtre tôt tous les soirs, ajoute Lauren, et elle regarde Ava.

— «Je n'ai jamais raté une représentation», dit Ava en imitant ma voix.

— C'est vrai.

Je ne tiens pas compte de son sarcasme.

— Au revoir, les filles. N'oubliez pas de vous enduire d'écran solaire. Je ne voudrais pas que vous ayez l'air de homards ce soir.

Je commence à m'éloigner.

— Pourquoi ne restes-tu pas ici pour le constater par toi-même? demande Lauren.

— Je travaille, crié-je par-dessus mon épaule. Je pars pour la ville immédiatement.

— Non, tu ne pars pas, déclarent-elles, et elles éclatent de rire.

Je me tourne lentement.

— Pourquoi riez-vous?

— Toi.

Ava réussit à peine à parler.

— Tu as été laissée en plan.

— Si vous avez fait quelque chose à la voiture de ma mère, vous vous êtes gourées.

Je hausse les épaules.

— Nous ne rentrons pas ensemble. Bien essayé, tout de même.

— Nous sommes plus intelligentes que cela.

Ava est totalement calme.

— Nous avons annulé ta voiture. À l'instant. Nous avons vu le chauffeur patientant à l'entrée et lui avons dit que tu ne partais plus. Nous lui avons dit que tu annulais.

— C'est impossible.

J'essaie de garder mon calme, mais je panique.

— Impossible que le chauffeur vous ait crues.

— Il le ferait si quelqu'un se faisant passer pour toi l'appelait pour confirmer l'annulation.

Les yeux de Lauren sont grands ouverts et faussement innocents.

— Ta voiture est partie. Et bonne chance pour en trouver une autre le week-end du 4 juillet. Particulièrement avec une demi-heure d'avis. C'est le temps dont tu as besoin, n'est-ce pas ?

Elle marche lentement vers moi, et la couleur quitte mon visage.

— Pour rentrer à temps et être prête pour ta petite représentation. Oups !

Elles rient encore plus fort.

Je suis trop bouleversée pour rétorquer. Au lieu, je pars en courant pour trouver Nadine. Je parcours deux fois les lieux, cherchant comme une folle, j'en suis sûre, avant de la repérer enfin. Elle avance vers moi avec Matty, Rodney, Liz et Sky, qui se ressemblent étrangement dans leurs longues robes d'été à motifs imprimés. Elles ne se parlent pas, mais elles ne se crient pas dessus non plus.

Nadine me voit l'expression, et sa mâchoire se décroche.

— Qu'est-ce qui ne va pas ?

— Les filles — je ne m'arrête pas pour prendre mon souffle. Annulé ma voiture, lâché-je. Lauren. HALÈTEMENT. Ava. Elles sont ici. Nadine. Je ne rentrerai pas à temps.

Tout le monde affiche un visage dévasté.

— Où sont-elles? gronde Rodney.

— C'est impossible.

Nadine tâtonne, et sa main fouille son sac pour trouver son cartable et son BlackBerry.

— J'ai un numéro de confirmation. La voiture est ici depuis 13 h. Je l'ai fait venir plus tôt, au cas.

Elle commence à composer un numéro pendant que je reste là, paniquée.

— Je suis avec Rodney. Où sont-elles? grogne Sky. Je vais leur dire ma façon de penser!

— Moi aussi!

Le menton de Liz se tend. Je m'attends à tout instant à ce qu'elles se munissent de sabres légers et qu'elles foncent sur l'Horrible duo.

— Elles sont allées trop loin, cette fois.

— Je vais chercher maman, dit Matty, et il part à la course.

— Je n'ai pas annulé la voiture!

J'entends Nadine crier dans son téléphone, et le découragement s'empare de moi. Elles l'ont vraiment fait. Je regarde ma montre. Si je pars tout de suite, je vais arriver à temps. Sinon, je ne disposerai pas d'assez de temps pour me préparer, mais j'y serai quand même à temps. J'ai besoin d'une voiture immédiatement.

Nadine grogne de fureur.

— Elles ont réellement annulé ta voiture, mais ne panique pas. Je vais téléphoner à quelques autres services de location de voiture tout de suite.

Nadine semble inquiète, même si elle ne le dit pas.

— NE BOUGE PAS.

— Kaitlin, tout va bien aller, ne panique pas.

Liz me caresse le bras.

— Oui, nous te ramènerons à temps, ajoute Sky.

Elle regarde Liz du coin de l'œil. Liz l'imite. Elles ne disent rien.

— Je vais joindre certaines personnes aussi, déclare Rodney avant de se mettre à composer. Nous te ferons rentrer.

— Si je rate la pièce avec si peu d'avis, Forest va me tuer!

J'essaie de ne pas avoir de crise d'hyperventilation.

— Ma doublure ne peut pas se produire les samedis soirs. C'est la plus importante représentation de la semaine! Les gens paient pour me voir.

Le téléphone de Liz sonne, et elle répond.

— Han han. Oui. Es-tu sérieux? NON! Toi, dis-lui! Bon bon!

Elle raccroche et me regarde nerveusement.

— C'était Matty. Ta mère manque à l'appel. Une histoire à propos d'aller en voiture pour chercher d'autres marguerites pour ses masques faciaux. Elle ne répond pas au téléphone.

— Je suis morte.

J'ai envie de m'évanouir. Je savais que les Hamptons, c'était une mauvaise idée un jour de travail! Pourquoi ai-je écouté maman?

— J'ai appelé trois services de location de voiture, mais personne n'a rien avant 16 h 30, dit Nadine, grimaçant en prononçant ces mots.

— Personne n'est libre, ajoute Rodney. Tout le monde est sorti aujourd'hui.

— Ça ne peut pas être en train de m'arriver.

Je me laisse choir sur une chaise blanche en rotin à proximité.

— Ça ne peut pas arriver. Je ne peux pas rater le spectacle. Pourquoi ai-je pensé que je pouvais faire un voyage d'un jour? Je vais tuer maman!

— Hé, ne sois pas si dure envers toi-même.

Sky pose une main sur mon épaule, et je grimace quand ses bracelets de perles à piques m'égratignent.

— Nadine a dit que Dylan était ici aussi.

— DYLAN ! BIEN SÛR ! crié-je, faisant sursauter tout le monde, ainsi qu'un couple s'embrassant sur une chaise longue près de nous. Je vais faire le trajet avec lui. Je reviens tout de suite.

Avant de filer, je pivote et lève mes paumes dans leur direction.

— Ne bougez pas !

Je cours jusqu'à l'avant de la maison où toutes les voitures sont alignées avec le voiturier. Dylan partait aussi à 14 h, alors si je peux l'intercepter, je suis sauvée. Je longe en courant les berlines et les Prius, mais ne le vois pas. Juste au moment où je suis sur le point d'aller rejoindre Liz et Sky, j'aperçois une fille dans une robe raide rose pâle.

— Riley !

Je cours vers elle et l'attrape par les épaules.

— Dieu merci, tu es encore ici.

Je la serre presque dans mes bras tant je suis soulagée de la voir.

— J'ai besoin que tu me ramènes en voiture. Ces filles ont annulé la mienne, et nous étions censés partir maintenant. Je ne peux pas obtenir une nouvelle voiture si rapidement. Je dois y aller avec toi. Est-ce que c'est correct ? Je vais juste téléphoner à Nadine pour l'informer.

Je commence à composer.

— Non.

La voix de Riley est tellement basse, j'ai presque l'impression que c'était le bruit du vent sifflant sur les volets de la maison usés par les intempéries.

Je lève les yeux, perplexe.

— Que viens-tu de dire ?

— J'ai dit non.

Riley est d'un calme effrayant.

— Nous n'avons pas de place. La voiture est pleine.

— Mais il n'y a que toi et Dylan ! protesté-je.

— C'est une petite voiture.

La bouche de Riley commence à se retrousser en un léger sourire.

— Riley.

J'essaie de rester patiente, mais suis sur le point d'exploser.

— Je sais que tu aimes bien Dylan, d'accord? Et on dirait qu'il se passait quelque chose entre nous plus tôt, mais ce n'était pas le cas.

Le ricanement de Riley est aigu et sonne faux.

— Conneries! Tu peux te mentir à toi-même tant que tu le veux, mais tu es attirée par Dylan autant que lui par toi.

Son visage se tord légèrement.

— Je devrais le savoir, puisque Dylan et moi sommes déjà sortis ensemble. Puis, je l'ai laissé tomber pour un branleur et l'ai immédiatement regretté. Mais c'était trop tard. Il t'a rencontrée aux auditions, et tu étais si jolie que l'idiot s'est épris de toi. Il n'a jamais regardé en arrière.

Elle a l'air tellement triste que j'éprouve presque du chagrin pour elle.

— Je suis désolée, Riley.

Je sais comment je me sentirais si j'étais dans ses (très peu désirables) sandales brunes Easy Spirit.

— Il se peut que tu puisses encore arranger les choses avec lui. Il ne m'intéresse pas de cette façon. Je le jure! Tu peux lui dire ça, d'accord? Amène-le déjeuner ou je ne sais quoi. Reste seule avec lui.

Riley semble retourner cette idée dans sa tête.

— Mais en ce moment je dois m'inquiéter d'une affaire plus importante. J'ai besoin d'une voiture. Si je ne monte pas dans la tienne, je pourrais bien ne pas rentrer du tout.

Mais au lieu de changer d'avis, Riley commence à s'éloigner.

— Riley!

Ma voix est tellement paniquée qu'elle ressemble à un glapissement. Même un des chauffeurs en attente se tourne vers moi.

Riley agite la main.

— Désolée, chérie. Tu viens de me donner une excellente idée. Si je ne te ramène pas en ville avec nous, j'ai Dylan entièrement à moi pour lui dire la vérité. Merci, ma chouette.

— Riley, s'il te plaît.

Je la supplie à présent.

— C'est pour la pièce. Tu ne gâcherais pas la pièce, non ?

— Je ne gâcherais jamais la pièce, réplique calmement Riley. Et sans toi, elle ne le sera pas. Ta doublure est magnifique.

Je commence à paniquer.

— Je vais téléphoner à Dylan ! dis-je brusquement.

Je ne veux pas me servir de cet atout, connaissant maintenant ses sentiments, mais il le faut. Je suis au désespoir.

— Il va m'amener. Il ne me laissera pas ici.

Son sourire me donne presque la chair de poule, tout comme l'espace entre ses deux incisives.

— Cela aurait pu fonctionner s'il portait un téléphone cellulaire sur lui.

Je sens mon estomac se révulser et sais que ce n'est pas à cause de l'étrange salade de marguerites que j'ai goûté.

— Il l'a oublié à son appartement. Ne te l'a-t-il pas dit lorsque vous vous rapprochiez à la plage ?

Je me sens rougir.

— Bien, je dois y aller. Et ne pense pas à me suivre et à supplier. Je vais prévenir Forest que tu ne pourras pas venir.

Je fonds en larmes et m'effondre contre le kiosque du service de voiturier. L'un des employés observait notre prise de bec et me tend un mouchoir. Mon entourage arrive en courant.

— Que s'est-il passé ? demande Sky. N'as-tu pas pu monter avec eux ?

— Elle n'a pas voulu, sangloté-je. Elle a refusé.

Je leur explique rapidement, entre deux grosses gorgées d'air interrompu, lorsque je me mouche le nez. Le voiturier me fournit en mouchoirs, alors que mes larmes continuent de couler. Liz et Sky m'offrent des mots d'encouragement pendant que Nadine appelle tous les numéros qu'elle connaît.

— Tu seras de retour.

Liz me tapote le dos pour me calmer.

— Ils ne peuvent pas commencer sans toi, acquiesce Sky.

— Nous nous assurerons que tu y sois, ajoute Matty.

— Nous ne te laisserons pas manquer la représentation, me dit Nadine, ayant l'air à la fois délirante et déterminée.

Rodney parle encore au téléphone et demande à tout le monde à la fête de campagne s'il y a une voiture que nous pouvons emprunter... pour un peu plus de six heures, puisque c'est le temps qu'il faut pour aller à Manhattan et en revenir. Sans circulation. Gémissement...

— Je vous demande pardon, mademoiselle ?

Je lève les yeux sur le voiturier et réalise qu'il ressemble beaucoup à Matty.

— Saviez-vous que cette maison possède une hélisurface ? Vous pourriez peut-être vous faire raccompagner à Manhattan en hélicoptère. C'est comme ça que fait le propriétaire, et je crois que cela ne prend qu'une demi-heure.

J'arrête de sangloter et regarde les autres. Sky se fend d'un sourire.

— Où est le propriétaire ? demande Nadine en attrapant le voiturier par sa chemise polo blanche.

— Il est dans le jardin, répond le gars, surpris. Cecil Caren. C'est le petit homme grassouillet avec le maillot Cave. En passant, il adore l'émission dans laquelle vous étiez, les filles.

— C'est vrai ? s'enquiert Sky.

— En fait, sa fille, Tabitha, l'aime, reprend le gars. Elle ne l'a jamais ratée.

— Les amis, ALLONS-Y ! aboie Nadine, les yeux fous. Kaitlin, enfile ton masque de comédienne. Sky, sois prête à faire de la lèche! Rodney, sois prêt à intimider! Nous allons nous dégoter un vol en hélicoptère jusqu'à Manhattan.

Nadine fonce droit devant, et nous la suivons, aussi vite que nos jambes nous le permettent.

LE SAMEDI 4 JUILLET
NOTE À MOI-MÊME :

Coût d'un vol en hélicoptère par personne jusqu'à Manhattan : environ 550 $.

Coût réel d'un vol en hélicoptère jusqu'à Manhattan : une journée à faire du magasinage avec la fille de douze ans de Cecil Caren.

Arrivée pour *Les grands esprits se rencontrent* avant Riley : ça n'a pas de prix.

SCÈNE 11

Andie court dans un couloir vide et lance ses livres sur le plancher. Elle crie à pleins poumons.

JORDAN

Holà! Elle va se transformer en Carrie sous nos yeux.

BECCA

Ou bien nous devrons l'amener au Dr Phil dès que possible. Andie, chérie, est-ce que ça va?

ANDIE

Non! *(Criant.)* Je ne sais pas ce que je fais. Je ne sais pas à quoi j'ai pensé, en disant la vérité à Leo. Moi, me montrant insolente avec Jenny? Suis-je folle? On ne s'en prend pas à la bande des meneuses de claques.

JORDAN

Certains pourraient ne pas être d'accord avec ça.

ANDIE

Je n'aurais pas dû essayer de changer les choses. On ne se rebelle pas contre le système. Je suis qui je suis, et c'est tout! Je ne serai jamais une fille populaire ni la fille qui rencontre le garçon de ses rêves. J'aurais dû rester dans ma zone de confort pendant un petit vingt-quatre heures de plus, et tout ceci serait derrière nous.

BECCA

Andie, tu as tort! Tu as fait de ton mieux. Tu as osé faire un truc qu'aucune de nous n'a eu le courage de faire pendant quatre ans.

JORDAN

Tu as rendu Jenny muette. Je ne pense pas que quiconque ait déjà réussi. Jamais.

ANDIE

Et où cela m'a-t-il menée? Je n'ai pas bougé d'un pouce, mais à présent suis humiliée et vilipendée. Soyons honnêtes — Leo ne m'a pas embrassée parce qu'il en avait envie. Il m'a embrassée pour provoquer une réaction de Jenny, qui le traite comme de la merde.

BECCA

Tu ne le sais pas.

ANDIE

Je le sais. Elle est arrivée quand Leo m'embrassait, et il a réagi avec beaucoup d'embarras. Je suis aussi convaincue de cela que du fait que je reçois

mon diplôme demain matin. Simplement, je
n'y serai peut-être pas pour l'accepter.

BECCA

Tu ne peux pas être sérieuse !

ANDIE

Je ne peux pas affronter tous ces gens
encore une fois. Je me sens comme une
idiote.

JORDAN

Pour ma part, je crois que tu devrais
être présidente de notre promotion ! Tu
as du courage, Andie Amber. Tiens-toi
debout là-haut demain matin, et sois
fière de ton humiliation !

ANDIE

Non, j'en ai soupé. Je vais retrouver ma
forme de toujours — celle d'une mouche
sur le mur.

LEO

Avant que tu ne disparaisses de ma vie
encore une fois, puis-je essayer de te
faire changer d'avis ?
(Andie, Jordan et Becca sursautent.)

TREIZE : *Le treize « chanceux »*

— TRENTE MINUTES, annonce-t-on dans l'interphone des coulisses.

Trente minutes. Je regarde l'horloge branlante sur le mur. D'accord, il reste encore assez de temps. Je n'ai pas besoin de quitter ma loge avant vingt minutes et suis déjà repassée de frais, poudrée et polie pour la représentation de ce soir. J'ai tout le temps qu'il faut pour parler à Austin au cours de notre appel quotidien planifié.

Si notre coup de téléphone se concrétise.

Je ne peux pas croire que je vais dire cela, mais je suis responsable autant que lui. Parfois, il m'arrive d'oublier de l'appeler pendant quelques jours. Plus notre séparation s'éternise, plus cela semble se produire souvent. Je soupçonne qu'Austin vit la même chose, car lui aussi néglige à l'occasion de me téléphoner. Cependant, après ce commentaire de Riley sur le fait que notre relation à Austin et moi soit fichue parce que je passais du temps avec Dylan, je suis plus décidée que jamais à prouver que nous deux, c'est du solide.

Je prends une profonde respiration, compose le numéro d'Austin et laisse sonner le téléphone. La sonnerie retentit trois fois. Je suis sur le point de raccrocher quand j'entends quelqu'un décrocher.

— Allô ?

Oh, génial ! Il est là ! Il a dit qu'il y serait, et c'est vrai !

— Austin ? C'est moi ! m'exclamé-je avec excitation.

Il est réellement dans sa chambre à l'heure où il a déclaré qu'il y serait, et c'est lui et non LA-Manda qui a répondu. Youpi !

— Hé, Burke, répond-il d'une voix endormie. Quelle heure est-il ?

Attendez. Il dormait au moment où nous avions planifié de nous téléphoner ? D'accord, il était peut-être fatigué. Je surréagis. Ce n'est pas une grosse affaire.

— Il est 19 h 30 à New York. J'entre en scène dans une demi-heure, lui rappelé-je plaisamment. Tout le temps qu'il faut pour que nous puissions échanger nos nouvelles pendant notre appel prévu.

Je ne peux pas me retenir d'ajouter cela.

— En fait, je souhaitais te parler de cela, justement, déclare Austin en bâillant. Ne penses-tu pas que nos appels programmés semblent un peu forcés ? Ne pouvons-nous pas nous téléphoner quand nous en avons envie ? Je veux t'appeler tout le temps.

Mais tu ne le fais pas, suis-je tentée de lui rétorquer. Tu n'appelles pas. Lorsque moi, je le fais, tu n'es pas là.

— Je déteste cet horaire, moi aussi, admis-je. Toutefois, si nous ne déterminons pas une heure précise, nous ne nous parlons pas. Puis, quand nous finissons par nous joindre, il nous reste cinq minutes pour bavarder. Les seules nouvelles que nous pouvons alors échanger concernent la température du moment.

— Le soleil brille ici, et il fait 35 °C, blague Austin. Bon, je dois y aller. Je plaisante.

— Ha, ha, dis-je, mais je ne ris pas.

Ne voit-il pas comme c'est sérieux ? Nous devons rester davantage en contact, sinon nous finirons par nous oublier, puis commencerons à passer tous nos temps libres avec d'autres personnes qui sont disponibles facilement, prêtes à sortir avec nous, à nous faire rire et à nous aider avec nos problèmes.

Comme moi avec Dylan.

Dans ce cas, ça va, car Dylan est un ami. D'accord, j'ai peut-être un léger béguin pour Dylan. Mais je ne l'aime pas, je l'aime bien. En quelque sorte.

NOOOOOOON!

Comment puis-je aimer Dylan, en quelque sorte? Je suis amoureuse d'Austin!

Mais Dylan est ici. En plus, il répond à mes coups de fil!

Si je ne peux pas gérer quelques mois de séparation avec mon petit ami, qu'est-ce que ça révèle sur moi? Nous ne survivrons jamais à l'université!

Je joue avec la photo d'Austin et moi qui est coincée dans ma glace. C'est la seule touche personnelle ici venant de ma maison. Elle a été prise à Disneyland. Nous posons avec Mickey. Voir le sourire d'Austin le rend tellement réel pour moi. Je devrais la regarder tout le temps quand nous ne sommes pas… Parfois, je ne pense même plus à lui.

Appel d'urgence pour Dr Phil! Quel genre de petite amie cela fait-il de moi?

— Comment t'en sors-tu là-bas? Riley te donne toujours des complexes? demande Austin.

— Elle me déteste.

Je soupire.

— J'ai presque raté ma représentation l'autre soir parce qu'elle n'a pas voulu que je monte en voiture avec elle en revenant des Hamptons.

— Que fabriquais-tu dans les Hamptons un jour de boulot? demande-t-il.

— C'est une longue histoire.

Trop longue et trop fatigante pour être racontée au cours de cet appel téléphonique, suis-je tentée de lui répondre.

— Le fin mot est qu'elle m'a laissée en rade! Elle n'a jamais oublié Dylan même si c'est elle qui a rompu avec lui. À présent, il est attiré par moi, et elle est furieuse contre moi. Comme si la faute m'en revenait.

OH, MON DIEU.

Est-ce que je viens de dire à voix haute que Dylan est attiré par moi ?

Je n'ai pas mon manuel de gestion du petit ami à portée de main, mais il me semble que révéler à son amoureux qu'un autre gars vous trouve de son goût figure parmi les sujets à éviter.

— Je veux dire qu'*elle* est attirée par Dylan, dis-je en faisant marche arrière.

— Tu as dit que Dylan est attiré par toi, me corrige Austin, l'air complètement éveillé maintenant.

— Ai-je dit cela ?

Je ris nerveusement.

— Je voulais dire que Dylan est attiré par Riley.

— Non, non, je pense que tu as dit que Riley est furieuse contre toi parce qu'elle fréquentait Dylan avant, et que Dylan est attiré par toi. Ce qui est amusant parce que je te dis la même chose depuis le début, non ?

Je remarque que sa voix est légèrement tranchante. Mon cœur semble battre plus vite.

— Je n'ai pas d'influence sur les sentiments de Dylan, dis-je sur la défensive. Je sais ce que je pense, et n'aime pas Dylan davantage qu'un ami.

Menteuse, menteuse, ton nez s'allonge !

— En tout cas, et toi ? m'enquis-je. Comment s'est déroulée la mêlée hier ?

— C'est une longue histoire, répond Austin d'une voix fraîche. Je ne veux pas te déranger. J'en ai déjà discuté avec Amanda. C'est bien, n'est-ce pas ? Je t'en parlerai peut-être une autre fois.

Est-ce qu'Austin se moque de moi, maintenant ? Pourquoi cette pique à propos d'Amanda ? Il connaît mes sentiments pour cette fille ! Bien, il le sait, en quelque sorte, puisque je lui ai fait quelques allusions subtiles.

D'accord, je devrais peut-être changer de sujet avant que ça tourne mal.

— J'ai des nouvelles. Seth était ici la semaine dernière, et il m'a montré quelques scénarios. L'un d'eux concerne une nouvelle émission de télévision.

Au début, Austin garde le silence. Puis, il reprend enfin :

— L'as-tu aimée ?

— Oui, répondis-je en parlant plus vite. Elle tourne autour d'un groupe d'étudiants de première année d'université. Un peu genre *Friends*. Mais provocateur. Il y a ces deux personnages féminins que j'adore.

— C'est formidable, commente Austin, et il paraît sincère. Alors, sur laquelle vas-tu miser ? Ont-ils offert l'un des rôles à une autre fille ? Dylan pourrait peut-être personnifier ta compagne de chambre travestie. Ou ton amoureux dans l'émission. Je veux dire s'il est attiré par toi, il souhaitera rester près de toi après la fin de la pièce.

Je peux, moi aussi, me montrer odieuse.

— Tout comme Amanda, non ? lancé-je sournoisement. Elle pourrait déménager à Los Angeles et jouer à la crosse avec toi. Comme ça, elle pourrait répondre à ton téléphone en tout temps !

— Ce n'est pas une si mauvaise idée, rétorque rudement Austin. Au moins, Amanda est honnête avec moi.

— Vraiment ? aboyé-je. Est-ce qu'elle t'a parlé franchement en te disant à quel point tu lui plais ? Parce qu'elle a été claire avec moi.

Austin ne réplique pas.

— Ça n'est pas très agréable de se faire harceler à propos d'une personne qui ne t'intéresse pas, non ? demandé-je, plus furieuse que jamais.

Malgré toute ma fureur, je pleure aussi. Ce n'est pas bon du tout. Nous devrions peut-être raccrocher et nous calmer avant de continuer. Je suis sur le point de le suggérer quand j'entends la voix d'une fille.

LA-Manda.

— Je parle au téléphone avec mon amoureuse, répond Austin. Puis-je venir dans une minute ?

Au moins, il m'appelle encore son amoureuse.

— Pas question, Don Juan, réplique Amanda. Nous vous sortons et devons partir tout de suite. Grosse surprise. Rob se trouve déjà dans la voiture. Dis à ta vedette de série B préférée que tu bavarderas plus tard.

Hé, je ne suis pas une vedette de second plan !

— Austin, dis-lui que tu as besoin d'une minute, insisté-je, l'air exaspéré, ce que je suis. C'est important.

Mais au lieu de sa réponse, j'entends le son de la tonalité.

HOLÀ.

Il doit s'agir d'une erreur. SI ? Austin ne me raccrocherait pas au nez pour sortir avec une autre fille. Je fixe mon téléphone, attendant qu'il sonne.

D'une seconde à l'autre maintenant…

J'attends encore…

Nerveusement, je fais pianoter mes doigts sur ma coiffeuse. Je ne l'appelle pas. C'est lui qui devrait m'appeler ! Il doit savoir que la ligne a été coupée de son côté ! Il n'a peut-être même pas raccroché. C'est peut-être LA-Manda qui l'a fait. Auquel cas, il devrait indéniablement me rappeler. Dieu, je ne peux pas supporter cette fille et ne sais même pas à quoi elle ressemble. Elle a probablement un corps parfait de sportive. Elle essaie tellement de séduire mon amoureux !

— OBLIGE-LE À TÉLÉPHONER, ordonné-je à mon iPhone. SONNE, dis-je en priant silencieusement.

Mais cela ne se produit pas. Je fixe toujours l'écran principal, qui affiche une photo de moi et d'Austin au bal de fin d'année.

SONNE ! SONNE ! SONNE !

Et il sonne.

— Allô ? répondis-je impatiemment.

— Ma douce, sais-tu ce que je viens de trouver dans ta table de nuit ?

C'est maman, et elle paraît extrêmement agacée.

— Maman, je ne peux pas te parler maintenant.

Et j'ignore totalement à quoi elle fait allusion. Qu'a-t-elle déterré qui la met dans cet état ?

— Dis la vérité, Kaitlin Elizabeth Burke ! lâche sévèrement maman.

Oh, je sais ce qu'elle a découvert. Je ferais mieux de cracher le morceau.

— Je suis désolée, m'excusé-je. Je n'en ai pris qu'un. D'accord, peut-être deux. Mais je me suis entraînée tous les jours ! Mon entraîneur dit que c'est bon de se gâter à l'occasion. Elles comptent moins de cent calories, maman.

— De quoi parles-tu ? s'enquit-elle.

— Les Twix miniatures, répondis-je. Tu as trouvé le sac dans le haut de ma commode, n'est-ce pas ?

— Non, rétorque maman, puis elle claque la langue.

Je l'entends ouvrir un tiroir.

— Mais maintenant que je suis au courant, elles vont disparaître ! Tu n'as pas besoin de chocolat. Je parle de cette émission de télévision ! Celle que toi et Seth, vous aimez. Pourquoi y a-t-il des notes sur l'exemplaire qu'il t'a remis ? Et des numéros de téléphone ? Tu ne songes pas à passer une audition pour ça, non ?

Heu, oui ? Pour dire les choses simplement, je l'adore. Je craque particulièrement pour le personnage de Hope, qui est impertinente, drôle et socialement inapte. Elle est le faire-valoir parfait pour la pragmatique Taylor, qui est intellectuelle le jour et volage le soir. Je peux nous voir jouer ces filles, Sky et moi. Je dois juste en convaincre papa et maman.

— Maman, j'aime vraiment ça, dis-je d'un ton suppliant. C'est un rôle formidable. Si seulement tu le lisais...

— Songent-ils encore à Sky pour l'autre fille? demande-t-elle calmement.

— Oui, mais...

— LANEY! hurle maman, et j'entends un autre clic dans le téléphone, un bruissement soudain et... est-ce des vagues?

Une mouette qui crie? Laney n'a pas le temps pour la plage.

— Absolument pas, Kaitlin! siffle Laney, mais sa voix s'élève à peine plus qu'un murmure, ce qui signifie que c'est un imposteur.

La véritable Laney parle fort tout le temps.

— Heu, maman, je pense que tes lignes téléphoniques sont emmêlées, dis-je. Ce n'est pas Laney.

— Oui, c'est moi, siffle-t-elle encore. J'assiste à une séance de photos pour *Vanity Fair* avec Reese, et la photographe a menacé de me faire bannir du plateau si elle entendait mon Bluetooth encore une fois. Peux-tu imaginer cela? chuchote-t-elle furieusement. Moi bannie de la plage! La plage est publique! PUBLIQUE.

Sa voix s'élève, et elle s'éclaircit la gorge.

— Publique, ce qui signifie que l'on ne peut pas me chasser, termine-t-elle dans un murmure. Toutefois, ma réponse reste la même si Sky est toujours dans le coup.

— Tu vois? lâche maman d'un ton triomphant. C'est hors de question.

— Mais vous vous êtes montrées tellement gentilles avec Sky pendant son séjour à New York, leur rappelé-je. Maman, tu as même affirmé qu'elle te plaisait.

— Comme individu, oui, mais comme collègue de travail pour toi, non, répond maman, sur la défensive. Après une semaine, vous recommencerez à vous quereller. Ensuite, les articles suivront dans *Celebrity Insider* et *Hollywood Nation*. Je sens une migraine poindre juste à y penser.

— Mais et si…, commencé-je à dire.

— Non! s'écrient maman et Laney à l'unisson, et Laney l'as-sène plutôt bruyamment.

— KAITLIN! RÉFLÉCHIS! poursuit Laney, criant à tel point que je dois éloigner le téléphone de mon oreille. ÇA SENT LE MAUVAIS SCÉNARIO À PLEIN NEZ. JE ME FOUS DE CE QUE SETH EN DIT. IL A TORT!

Je perçois ensuite un genre de bruissement. Puis, la voix de Laney est légèrement étouffée.

— Hé! Attendez! Non, je ne pars pas maintenant! VOUS NE POUVEZ PAS FAIRE ÇA! La plage est PUBLIQUE! Clic.

— Je ne veux plus en entendre parler, déclare maman. J'ai été tellement détendue ici, dans les Hamptons, profitant d'un été calme. Là, je reviens à l'appartement pendant vingt-quatre heures et je suis stressée. Plus de discussions à propos de ce pilote! Me comprends-tu?

— Maman, la supplié-je.

— Kaitlin, comment sais-tu si Sky elle-même a envie de colla-borer avec toi? demande maman. Son entourage déteste possible-ment cette idée autant que nous, et tu ne fais que t'abuser.

Je ne réponds pas.

— Lorsque nous rentrerons à Los Angeles, tu pourras explo-rer autre chose. Tout, sauf une nouvelle pièce de théâtre. Elles ne paient pas.

Elle renifle.

SECRET D'HOLLYWOOD NUMÉRO TREIZE : Même si vous gagnez vingt millions de dollars pour un film, vous travaillez pour trois fois rien en montant sur les planches. Les vedettes qui jouent au théâtre le font pour développer leur capacité d'acteur et d'actrice et pour le prestige d'avoir son nom dans un programme. Elles ne le font pas pour le salaire. La plupart des vedettes, même les plus grandes, sont chanceuses de repartir avec 3 000 $ par semaine. Une somme importante pour le reste du monde, mais pas pour ceux et celles qui dépensent leurs revenus disponibles pour des valises Louis Vuitton.

— Si tu es décidée pour la télévision, nous pouvons regarder d'autres émissions, si tu en as envie, continue maman, mais tu ne refais pas ce qui a déjà été fait. Fin de l'histoire. Clic.

Je me couvre le visage avec ce qui me tombe sous la main — mon imperméable Burberry (il pleut des clous aujourd'hui) et hurle dedans à pleins poumons.

Je suis tellement en colère contre tout le monde en ce moment ! Austin ! Maman ! Lauren, Ava, Riley ! J'en ai assez de servir de cible !

Maman surréagit ! Je n'ai pas déclaré que mon choix est définitivement arrêté sur l'émission, uniquement que j'étais intéressée à rencontrer le réseau à ce sujet. Pour être franche, je n'ai pas encore discuté du pilote avec Sky. Une partie de moi craint de lui demander ce qu'elle en pense. Et si elle le détestait ? Et si elle se disait que retravailler avec moi serait revivre le même cauchemar que la première fois ? J'aimerais mieux ne pas l'entendre exprimer cela.

Un coup rapide est frappé à ma porte, et je pivote.

— Entrez !

Sky et Nadine avancent au pas, ressemblant à de petits soldats de bois. Leurs visages sont stoïques.

Je gémis.

— Qu'est-ce qu'il y a ? lancé-je sèchement. Je ne suis pas d'humeur.

— Tant pis, répond Sky, et elle fait claquer son iPhone sur ma coiffeuse.

Formidable. Encore des misères venant du téléphone. L'écran affiche une vidéo sur mode pause.

— Regarde-la, insiste-t-elle.

Je les observe toutes les deux avec curiosité, puis je presse sur la touche « jouer ». Je ne suis pas étonnée d'apercevoir les visages de Lauren et d'Ava me fixant. Elles présentent un clip qu'elles ont baptisé « Les dames chanceuses ». Puis, le clip devient un dessin animé, et nos visages à moi et à Sky sont collés sur les corps des personnages animés. Nous chantons une chanson bizarre à propos de ne plus être au goût du jour et que le pilote de Sky a été annulé, alors que de mon côté, je n'ai été capable que de décrocher un rôle de trois mois à Broadway. Puis, elles disent qu'*Affaire de famille* représentait notre dernière chance de célébrité et que maintenant, c'est terminé.

Aïe.

— Je les déteste, hurle Sky, avant même la fin du clip.

Elle est visiblement bouleversée.

— Je suis fatiguée de ce petit jeu. Elles sont cruelles. Et elles sont minables. Je veux en finir avec ce drame tordu.

Sky me regarde sombrement.

— Assez de ces ordures de grand chemin, K. J'ai contribué à les démolir, à ton tour. Nous devrons être deux pour les anéantir.

— Je ne sais pas, intervient Nadine. Souhaitez-vous vraiment vous abaisser à leur niveau ?

Elle observe Sky.

— Je suis furieuse aussi ! On doit les arrêter, mais est-ce que jeter de l'huile sur le feu est la bonne solution ? Kaitlin, tu vaux mieux que ces querelles.

— K., songe aux Hamptons, supplie Sky. Elles auraient pu te coûter ton emploi.

— Forest ne l'aurait pas congédiée pour avoir raté le spectacle, insiste Nadine. Il aurait pu être en colère, mais il s'en serait remis. Tu n'étais pas responsable.

— Exactement, répondis-je, exaspérée, mais c'est quand même arrivé. Que Riley soit en colère contre moi parce qu'elle a des sentiments pour Dylan, ce n'est pas ma faute non plus, mais si je laisse les choses aller, elle continuera à se montrer condescendante et à me donner l'impression que je ne mérite pas ma place ici.

J'en ai marre ! Je hurle. Les yeux de Nadine s'arrondissent.

— J'en ai marre de LA-Manda et d'Austin qui dort pendant nos appels téléphoniques, de Lauren et d'Ava qui se servent de moi et de Sky pour passer à *Access Hollywood*. J'en ai marre d'agir avec gentillesse. Ça ne me mène nulle part.

— Oui, K. ! Tu commences à te tenir debout, déclare fièrement Sky.

— Kaitlin, tu as battu Riley à son propre jeu, de toute façon, lorsque tu es rentrée à temps des Hamptons, me rappelle Nadine. J'ai vu son visage quand nous sommes arrivées. Elle était sidérée.

Je secoue la tête.

— Ça ne suffit pas. Je veux qu'elle ressente ce que moi, je ressens parfois. Je veux qu'elle se sente petite et impuissante, pour changer. Je regarde Sky. Et Lauren et Ava également. Et Austin ! ajouté-je.

— Qu'a fait Austin ? demande Nadine en fronçant les sourcils.

— Je ne veux pas en parler pour le moment.

Je me détourne. Je vais me mettre dans tous mes états avant la représentation.

— DIX MINUTES, annonce-t-on par l'interphone.

— Heu, nous devrions partir, déclare Nadine en prenant le bras de Sky. Je ne veux pas que Kaitlin s'énerve.

— Je viens tout de suite, répond Sky. J'ai besoin d'une minute avec K.

Nadine me décoche un regard éloquent.

— D'accord. Kaitlin, calme-toi, et songe à ta performance. Je serai dans la salle pour te regarder. C'est la huitième fois que je te verrai. C'est un record parmi ta famille et tes amis.

Lorsque Nadine est partie, Sky commence à parler immédiatement.

— Je me demandais si… J'ai pensé que peut-être tu… as-tu… oh, merde, as-tu lu le pilote pour *Gros poisson, petite mare* ?

— Oui !

Je bondis et la prends par les bras.

— Il était incroyable, n'est-ce pas ? L'as-tu aimé ?

Elle semble paniquée.

— Du calme, K. Je ne viens pas de t'offrir, genre, un million de dollars ou rien. Oui, j'ai lu le pilote. Et alors ?

— Que veux-tu dire : « Et alors » ?, dis-je. C'est toi qui m'as posé la question en premier.

— On s'en fout, qui vient en premier, répond-elle rudement. Comme si je me souciais du fait que tu l'aies lu avant moi.

— Holà, il ne s'agit pas d'une compétition, déclaré-je. Ce que je désirais savoir, c'est : est-ce que ça t'intéresse ? Je veux dire, s'ils nous veulent toutes les deux, se pourrait-il que tu aies le moindre intérêt à reprendre la route avec moi ?

Sky paraît incertaine, et je me découvre à retenir mon souffle.

Cependant, je n'ai pas l'occasion d'entendre sa réponse. Ma porte s'ouvre à la volée, et l'un des machinistes se tient dans l'embrasure, l'air impatient.

— Kaitlin, cinq minutes. Tu dois te rendre à ta marque.

— Oui. Désolée, dis-je, contrite

Il claque la porte. Je regarde Sky.

— Nous discuterons plus tard, dit-elle d'un ton pressé en attrapant son sac Louis Vuitton sur la tablette de mes accessoires de costume. J'ai changé mon vol de retour pour Los Angeles. Je, heu, reste encore quelques semaines. Simplement pour profiter de la ville.

Elle baisse les yeux sur le plancher.

— Tu ne m'as pas répondu, tenté-je de nouveau.

— Je n'aurai probablement pas de temps à passer avec toi, déclare Sky. Je ne peux pas, tu sais, traîner en coulisse à t'attendre. Je suis à la chasse à l'emploi.

— Sky, repris-je, mais elle claque la porte derrière elle.

Sky me fait l'impression d'être un interrupteur qu'on allume et qu'on éteint. Elle est incapable d'admettre que nous sommes amies maintenant, n'est-ce pas ? Pourquoi ne peut-elle pas me dire ce qu'elle pense du pilote pour la télévision ?

Ma porte s'entrouvre, et Sky passe la tête dans l'ouverture.

— Oui, dit-elle simplement.

— Oui, quoi ? demandé-je.

— Oui, j'aime l'émission, même si tu es dedans, lâche-t-elle d'un ton brusque.

Mais alors, elle a une ombre de sourire, et j'en esquisse un de mon côté.

— J'imagine que je peux survivre à quelques années de plus avec toi dans mon entourage. Nous parlerons de notre position au générique plus tard — mon nom devrait venir en premier.

Puis, elle claque la porte une autre fois.

Elle l'aime ! Sky est enthousiasmée par l'émission autant que moi et n'a pas de problème avec le fait que nous pourrions retravailler ensemble ! Nous avons une chance, là. Ça pourrait marcher. Je dois téléphoner à Seth.

Mais d'abord j'ai un spectacle à donner. Je baisse les yeux sur mon téléphone. Pas d'appel manqué. Cela me rend folle, encore une fois. Pas le temps d'appeler Austin, mais...

Je ne peux pas le supporter. J'appelle Austin. Ça ne prendra qu'une seconde. Le téléphone cellulaire sonne deux fois, puis il répond.

— Austin ?

— Non, c'est Amanda, déclare-t-elle.

Où qu'elle soit, c'est bruyant.

— Je dois parler à mon petit ami, lui dis-je.

— Désolée, fille d'Hollywood, il ne peut pas venir au téléphone en ce moment.

— PASSE-LUI LE TÉLÉPHONE TOUT DE SUITE, insisté-je.

— Oh... on se met en colère, hein ? Amanda rit.

— Qui est-ce ? demande Austin.

— Ta petite amie, lui répond-elle. Je lui ai dit que tu la rappellerais, A.

— IL veut me parler, lui dis-je.

Elle va y goûter à présent. Austin ne lui permettra pas de me repousser. Il est probablement aussi ennuyé par ce qui s'est passé tout à l'heure que je le suis. J'attends qu'il prenne le téléphone.

— Dis-lui que je vais la rappeler plus tard, crois-je l'entendre dire, mais sa voix était un peu assourdie.

Il ne dirait pas cela. Il ne me repousserait pas pour Amanda !

— IL a dit qu'il te rappellerait, répond Amanda, fière d'avoir gagné.

Je reste le téléphone à la main, médusée. Que vient-il de se passer, exactement ? Pourquoi Austin n'a-t-il pas pris le cellulaire ? Pourquoi n'a-t-il pas parlé à sa petite amie ?

Plus j'y réfléchis, plus je suis furieuse. Contre Austin, même si j'ignore ce qui se passe. Contre Riley. Contre Ava et Lauren. Contre maman et Laney pour avoir rejeté l'émission de télévision. Je me rends d'un pas furieux à ma marque à côté de Riley et de Dylan. Sky a raison. La gentillesse ne mène à rien. Je sens Dylan me fixer, et même Riley nous observe. Je me tourne vers lui.

— Dylan, que fais-tu demain ? m'enquis-je.

Dylan a l'air nerveux.

— Rien. Pourquoi ?

— Je me demandais ce que tu faisais à l'heure où je prends un dîner hâtif. Il y a un resto italien que je meurs d'envie d'essayer. Bellavitæ.

— Ça me paraît charmant.

Dylan sourit.

— Offrent-ils de bons biscuits ?

— Je suis certaine qu'ils cuisinent le plus délicieux des biscuits aux pépites de chocolat.

Je n'en savais rien, mais je voyais Riley commencer à se tortiller. Je continue donc sur ma lancée.

— Aimerais-tu m'accompagner ?

— En tant que cavalier ? me demande-t-il, curieux.

Je regarde Riley. Son visage est affligé. La gentillesse ne fonctionne pas, me rappelé-je.

— Oui.

— Génial, déclare Dylan. C'est un rendez-vous, alors.

Quelqu'un appelle le nom de Dylan, et il se tourne vers lui.

— N'as-tu pas déjà un partenaire ? me questionne doucement Riley, afin que je sois la seule à l'entendre.

— Ce ne sont pas tes affaires, affirmé-je sèchement, sans la regarder.

Je prends plaisir à l'effet que j'ai sur elle. Mon cœur bat la chamade.

— J'ai très hâte d'aller au Bellavitæ avec Dylan, m'extasié-je. C'est tellement romantique.

Riley ne dit rien, ce qui ne fait que me donner l'envie de la bouleverser davantage.

— Il se peut que je porte cette mignonne robe Christian Siriano qu'il a fabriquée pour moi. Elle est tellement courte.

— DEUX MINUTES, entends-je.

— Oh, et, Riley ?

Elle se tourne pour me regarder à présent.

— Dans le deuxième acte ce soir, quand nous interpréterons la scène juste avant que je ne coure vers les casiers, tu pourrais peut-être y aller mollo avec ton attitude.

La mâchoire lui décroche.

— Tu joues la scène d'une manière un peu exagérée, et je détesterais que tu gâches les choses pour le reste d'entre nous.

Prends ça, Riley.

*　　*　　*

Ce soir, je joue Andie avec plus de colère que jamais auparavant, mais je suis remontée, et cela ne semble pas embêter le public. Quand je quitte la scène, je me précipite dans ma loge. La première chose que je fais, c'est prendre mon iPhone et composer un numéro. Je ne réfléchis pas. J'agis.

— Austin, c'est moi, déclaré-je à sa messagerie vocale. Je suis désolée que tu sois trop occupé avec Amanda pour répondre à mon appel. J'espère que vous avez du plaisir, tous les deux. Je suis certaine que c'est facile de s'amuser avec elle parce qu'on dirait qu'elle a reçu une balle de crosse sur la tête une fois de trop. Au cas où tu aurais besoin de me parler demain, je t'informe que je ne serai pas là. Je dîne en tête-à-tête avec Dylan. Dans ce petit endroit romantique. Je te joindrai peut-être lundi. Clic.

Prends ça, Austin.

Prends ça, LA-Manda.

Maintenant, il est temps de faire cuire Lauren et Ava à petit feu.

LE SAMEDI 18 JUILLET
NOTE À MOI-MÊME :

Dimanche : rencontrer Dylan @ 16 h.

PATROUILLE DES NOUVELLES

Kaitlin Burke communique avec *Hollywood Nation* pour rétablir les faits à propos de sa querelle

Le dimanche 19 juillet

Juste après avoir quitté la scène à la fin d'une nouvelle représentation de *Les grands esprits se rencontrent* à Broadway, Kaitlin Burke a appelé une journaliste d'*Hollywood Nation* pour discuter de « la grave injustice » qui la touche elle, ainsi que son ancienne collègue, Sky Mackenzie — c'est-à-dire la guerre des mots entre elles et Lauren Cobb et Ava Hayden. Jusqu'à maintenant, Kaitlin a très peu remué de boue. Hier soir, cependant, dans cette entrevue exclusive, Kaitlin était prête riposter !

Kaitlin avait ceci à dire : « Lauren et Ava sont des filles dénuées de talent sans rien de mieux à faire que de salir les personnes célèbres autour d'elles, a-t-elle déclaré au téléphone depuis sa loge au théâtre. Auparavant, elles me faisaient pitié, mais plus maintenant. Ces deux-là tirent sur Sky et moi à bout portant, et leur seul motif est de s'assurer une présence dans les médias. Elles se meurent d'être les nouvelles Heidi et Spencer, et c'est pathétique parce que ces gens aspirent à être sous les feux de la rampe à tout prix, exactement comme elles. »

Holà, est-ce que la Gentille petite fille commence à ressembler à Sky, tout à coup ? « Peut-être, répond Kaitlin. Et si c'est vrai, c'est probablement une bonne chose. Sky n'a jamais eu peur de s'exprimer, et personne ne l'embête. Bien, j'en ai marre qu'on me marche sur les pieds. Les Lauren, Ava, Riley et LA-Manda de ce monde feraient mieux de surveiller leurs arrières, car je n'accepterai plus leurs méchancetés. »

Quand on lui a demandé qui était Riley et LA-Manda, Kaitlin a bafouillé et a répondu rapidement qu'elle devait y aller. Mais une chose est certaine, cette nouvelle Kaitlin est prête pour la bagarre !

QUATORZE : *Les décisions irréfléchies peuvent s'avérer coûteuses*

Austin ne m'a pas rappelée.

C'est la seule chose que j'ai en tête en me préparant pour mon rendez-vous avec Dylan dimanche après-midi. J'essaie de me changer les idées avec des détails, par exemple le choix de ma coiffure (qui s'en soucie? Je laisse ma chevelure dénouée et ne me soucie même pas de démêler mes frisottis causés par la chaleur estivale) et de ma tenue. (Soupir. Comme si je me faisais de la bile pour cela aussi.) Je me suis emparée de la première robe à portée de ma main dans mon placard : une Free People bleu indigo sans bretelles avec un col en cœur et un nœud au centre, que je n'ai jamais portée avant. J'avais l'intention de l'étrenner pour un rendez-vous avec Austin, mais je ne savais pas trop si j'aimais la façon dont elle pendait sur mes hanches. Aujourd'hui, je suis trop déprimée pour m'en préoccuper.

Rendez-vous.

Je vais à un rendez-vous avec Dylan.

Comme dans «je vais à un rendez-vous avec une autre personne que mon amoureux, Austin».

Soit Austin et moi avons décidé d'essayer un genre d'arrangement dément où nous ne sortons ensemble qu'à Hollywood, soit nous avons… nous avons…

Rompus.

C'est la seule autre raison pour laquelle nous irions à un rendez-vous galant avec une autre personne, n'est-ce pas? Si Austin est allé à un rendez-vous avec LA-Manda et que moi, je fais de même avec Dylan, nous devons être en train de rompre.

Est-ce cela que je veux?

Je n'arrête pas de sortir mon iPhone de mon sac et de fixer l'écran en espérant avoir raté un appel d'Austin. Mais non. Je n'ai toujours pas reçu son appel quand j'arrive au Bellavitæ, où Dylan est déjà assis en m'attendant.

Le restaurant est composé d'une seule longue salle avec un plancher de bois à larges planches et des poutres au plafond. Les murs sont bordés de pots remplis de ce qui ressemble à de l'huile d'olive et du vinaigre balsamique. Bien sûr, c'est un peu tradition-nel, mais les épicuriens et les vedettes dans le secret m'affirment que les plats sont hallucinants. J'ai entendu des ouï-dire qu'ils offrent ces extraordinaires Popettine Fritte (de petites boulettes de viande frites) et Spaghetti Cacio e Pepe (spaghettis avec fromage pecorino romano et grains de poivre). Habituellement, il ouvre à 17 h 30 les dimanches, mais j'ai téléphoné, et il a accepté de nous servir une heure plus tôt, de sorte que l'endroit est tranquille. Trop tranquille. J'entends toutes les voix dans ma tête à propos d'Austin et n'arrive pas à les faire taire.

Austin et moi sommes-nous en train de rompre? Est-ce la rai-son de ma présence ici, maintenant?

— Salut, dit Dylan, bondissant pour m'avancer une chaise. Tu es très jolie.

— Merci.

Je m'assieds. Je suis très nerveuse, tout à coup. C'est faux. J'ai été sur les nerfs toute la journée. Quand j'ai révélé ma destination à Nadine, elle m'a à peine regardée. Elle sait qu'Austin et moi, nous nous sommes querellés et que j'ai téléphoné à *Hollywood Nation* sans d'abord demander la permission à Laney, mais elle ne m'offre aucun de ces conseils dont elle a le secret.

— Tu as belle allure aussi, dis-je à Dylan.

Dylan ne ressemble pas du tout à Austin. Ses cheveux sont coupés court et sont très foncés. Son corps, bien qu'il soit tout aussi en forme, est grand et svelte, plutôt que musclé. Je peux presque apercevoir son ventre plat à travers la chemise verte ajustée qu'il porte avec un pantalon en lin kaki. Il est beau. Très beau. Et ses yeux verts donnent l'impression de s'arrêter sur tous ceux qui lui demandent un autographe, depuis le barman jusqu'à la serveuse. Celle-ci semble fondre davantage quand il parle avec son charmant accent britannique.

— Aimerais-tu quelque chose à boire? me demande Dylan. Nous devrions célébrer. Je sais que nous avons déjà dîné ensemble, mais c'est en quelque sorte notre premier rendez-vous officiel, non?

Rendez-vous. Nous avons un rendez-vous. Je suis à un rendez-vous galant avec une autre personne que mon amoureux. Du moins, Austin était mon petit ami il y a vingt-quatre heures de cela, avant qu'il aille lui aussi à un rendez-vous galant.

La seule chose est que je n'ai pas la preuve qu'Austin s'est lui aussi rendu à un rendez-vous galant, n'est-ce pas? Il ne m'a pas dit qu'il était à un rendez-vous galant. Il ne m'a rien dit! Il n'est pas venu au téléphone! La seule chose que je sache, c'est qu'il était sorti avec Amanda. Et nous nous sommes querellés. Notre plus grosse bagarre jusqu'à maintenant. Je suis en partie responsable de cela. J'ai été tellement obnubilée par ma propre vie que je n'ai pas accordé beaucoup de mes pensées aux événements dans la vie d'Austin.

Pourquoi, encore, suis-je à un rendez-vous?

— Kaitlin?

Dylan m'observe avec curiosité.

— J'ai demandé si tu voulais une boisson.

— Désolée!

Je ris avec légèreté et agite un peu les bras. Je regarde mon poignet. Je ne porte même pas de montre. Hein. Je n'oublie jamais d'enfiler une montre. Je ne sais pas où j'ai la tête.

— Ça va. Tu es ici, et c'est tout ce que je veux.

Dylan me lance un regard d'espoir et sourit. Il a un merveilleux sourire. Mais ce n'est pas celui d'Austin, compris-je. Et c'est celui-là qui fait fondre mon cœur.

Je regarde de nouveau Dylan. Il est mignon. Très mignon. Et charmant, mais… Dylan est mon ami (un ami séduisant, c'est certain). Cependant, Dylan ne veut pas que nous soyons amis. Je sais qu'il veut plus, et en ce moment j'en tire avantage. En fait, j'en ai beaucoup profité, dernièrement. Dylan m'a soutenue pendant cette transition à Broadway et m'a consolée. Je pense que je me suis un peu servie de lui, afin qu'il remplace Austin pendant notre séparation.

Mon Dieu, est-ce réellement très mal ? Je n'ai pas agi ainsi intentionnellement, mais à présent que j'y réfléchis, c'est bien ce que j'ai fait. J'ai tenté de remplacer Austin depuis qu'il est loin de moi, et c'est ridicule parce qu'il est le seul que je désire vraiment.

Et pourtant je suis assise ici dans ce restaurant romantique en rendez-vous galant avec Dylan. J'ai invité Dylan pour me venger d'Austin et pour mettre Riley dans tous ses états. Puis-je être plus ridicule ? Je blesse Dylan, dont le seul tort a été de se montrer gentil avec moi ; je blesse Riley, qui éprouve des sentiments sincères pour Dylan ; par-dessus tout, je blesse Austin.

Nous allons rompre à cause de cela, n'est-ce pas ?

Oh, mon Dieu. Je ne veux tellement pas rompre avec Austin !

— Pourrais-tu m'excuser une seconde ?

J'essaie de ne pas avoir de larmes dans la voix. Avant même qu'il puisse me répondre, je me dirige droit vers les toilettes. Il y a une préposée dans la pièce, mais je lui souris à peine avant de m'enfermer dans une cabine et d'éclater en sanglots. Je sors mon iPhone de mon sac et compose le numéro d'Austin. Il sonne deux fois, et mon appel est transféré à la messagerie.

Je ne veux pas rompre. Je ne veux pas rompre.

JE NE VEUX PAS ROMPRE !

— Austin, c'est moi, commencé-je doucement en me ressaisissant, mais toujours en reniflant et en tremblant. Je suis désolée. Je suis TELLEMENT désolée. Je sais que nous nous sommes querellés, mais je ne veux pas rompre. Je ne suis pas à un rendez-vous galant avec Dylan. Je veux dire, je suis ici, mais je sais que c'était une erreur. J'essayais de provoquer ta colère parce que j'étais furieuse que tu sois avec Amanda et que tu aies refusé de répondre à mon appel. Il ne se passe rien. Je le jure. S'il te plaît, rappelle-moi. Nous devons parler.

Je raccroche et fonds en larmes.

Depuis tout ce temps où je côtoie Sky, je n'ai jamais suivi ses conseils, et c'est maintenant que je décide de m'y mettre ? Je ne suis pas une personne méchante, même si j'en ai envie à l'occasion. Le simple fait de penser à mes déclarations d'hier soir à *Hollywood Nation* me donne mal à la tête. Je supposais pouvoir affronter les Lauren et Ava de ce monde, mais je crois que Nadine a raison. Parfois, on doit choisir de s'élever au-dessus de tout cela. Ce n'est pas ce que je fais en ce moment. En ce moment, je suis à un rendez-vous galant avec un garçon uniquement pour rendre d'autres personnes jalouses. Et cela pourrait sonner le glas de la relation que je chéris. Cela me fait sangloter encore plus fort.

Je dois être ici depuis un certain temps parce qu'à un moment donné, quelqu'un frappe à la porte.

— Mademoiselle, est-ce que tout va bien ?

— Je vais bien.

Je me tapote les yeux avec du papier hygiénique. Mon mascara doit être gâché.

— Je sors dans une seconde.

Ce que je ne fais pas.

Quelques minutes plus tard, un autre coup retentit.

— Kaitlin, est-ce que ça va ?

C'est Dylan. Je sens les larmes m'emplir de nouveau les yeux. Entendre la voix de Dylan augmente mon sentiment de culpabilité.

— Pas vraiment.

— Peux-tu ouvrir la porte, afin que nous puissions régler cela ensemble?

J'ouvre lentement la porte. J'enroule mes bras autour de ma taille, essayant de réchauffer mes bras nus soumis au souffle fort de la climatisation. Je sais que j'ai l'air un peu idiote, perchée sur la lunette de la toilette.

— Kaitlin, ça va, dit Dylan. Je sais.

— Tu sais quoi?

Je renifle.

Il sourit.

— Nous autres, Anglais, ne sommes pas stupides. Je sais que tu t'es querellée avec Austin. Un des machinistes a surpris ta conversation; je savais donc ce que tu avais en tête. Cela explique pourquoi tu m'as invité à un rendez-vous, si?

— Tu savais?

J'arrête de pleurer et le regarde.

— Alors, pourquoi as-tu accepté?

— Tu ne peux pas blâmer un gars de tenter sa chance.

Dylan me décoche un clin d'œil.

Je recommence à sangloter.

— Tu dois penser que je suis la plus mauvaise personne du monde.

Dylan entre dans la cabine et met ses bras autour de moi.

Je m'appuie sur lui et continue à pleurer chaudement.

— Tu as été un si bon ami pour moi, et c'est ainsi que je te traite. Tu es drôle, intelligent et mignon. N'importe quelle fille serait chanceuse d'être avec toi. Mais cette fille, ce n'est pas moi, Dylan. Je suis heureuse avec mon amoureux. Je l'aime sincèrement et essayais juste de provoquer sa jalousie, et celle de Riley. Je suis désolée de t'avoir traité comme un morceau de viande.

Dylan rigole.

— Allons, allons. Je ne pense pas que tu es affreuse. Et aussi il y avait peut-être une petite partie de moi qui voulait me venger de Riley. Elle m'a laissé tomber pour un branleur de première.

— Alors, tu te servais aussi de moi pour la rendre jalouse ? demandé-je, amusée.

Dylan rit.

— Bien, de petites affaires comme ça, j'imagine. Je t'aime bien, mais Riley me manque, même si son comportement envers toi pendant cette série de spectacles a été incorrigible.

Comment Dylan peut-il l'aimer ? J'imagine que tous les goûts sont dans la nature.

Mon sac en peau de serpent pend à mon épaule et je le tâte avec embarras, pour sentir mon téléphone, espérant qu'il sonnera sur demande. Évidemment, ce n'est pas le cas. Je dois parler à Austin. Tout de suite. Immédiatement. Je ne peux pas attendre une minute de plus. Je vais continuer de téléphoner jusqu'à ce qu'il décroche. Il doit décrocher.

— Dylan ? demandé-je. Me détesterais-tu si je te disais que je devais partir ?

Il sourit largement.

— Je serais étonné que tu ne le fasses pas. Dis à ton partenaire que je le salue. Tu finiras par le joindre sur son cellulaire. Soit cela, soit tu devras sauter dans le prochain avion pour aller le voir.

Aller au Texas !

Pourquoi n'y ai-je pas pensé ?

Je l'embrasse sur la joue.

— Dylan, tu es génial. Je te vois au théâtre.

Je quitte les toilettes en vitesse, passe à travers le restaurant et sors dans la rue. Je lève ma main vers le trafic et l'agite violemment pour attirer un taxi. J'ai un billet d'avion à acheter.

* * *

Vingt-cinq minutes plus tard, j'entre en trombe dans notre appartement avec un plan d'action bien réfléchi et rationnel. D'accord, à l'origine, il s'agissait de mon plan B. Mon plan A consistait à joindre Austin au téléphone, mais il ne répond toujours pas.

— 911 ! crié-je.

Je peux hurler tant que je veux, car maman et papa sont repartis pour les Hamptons.

— Nadine ! Liz ! FAITES VOS VALISES. Les filles ? OÙ ÊTES-VOUS, LES FILLES ? LES FILLES !

Nadine et Liz sortent en flèche de leurs chambres en même temps, les portes claquant derrière elles. Matty ouvre sa porte aussi, un masque de nuit encore sur les yeux. Il porte un maillot Scooby. Évidemment. Une quatrième porte s'ouvre, et je réalise qu'il s'agit de celle de la salle de bain. Un immense nuage de vapeur précède Sky, coiffée d'une serviette à monogramme enroulée autour de la tête. Elle a également enfilé mon peignoir rose.

— Qu'est-ce que tu baragouines ?

Sky est une vraie grincheuse.

— Que fais-tu ici ? demandé-je, si surprise que j'en oubliais un moment mon grand plan.

— Ils ont manqué d'eau chaude à mon hôtel.

Sky resserre le peignoir autour de sa fine taille.

— Il n'allait pas y en avoir avant au moins une heure. Peux-tu imaginer ? Je ne pouvais pas attendre aussi longtemps, alors j'ai téléphoné à l'appartement, et Liz m'a dit que tu étais sortie avec ton mignon collègue britannique. À quoi as-tu pensé ?

Je ne sais pas trop quoi commenter en premier — le fait que Liz a dit à Sky qu'elle pouvait utiliser notre douche ou que j'étais avec Dylan. Je regarde Liz, et elle esquisse un genre de haussement d'épaules. Elle fait un effort, et c'est vraiment tout ce que l'on peut exiger d'une amie.

— Je sais que je n'aurais pas dû sortir avec Dylan.

Je soupire.

— J'ai cafouillé. J'essayais de provoquer la jalousie d'Austin.

— Est-ce que c'est un succès? s'informe Sky.

— Il ne me rend pas mes appels.

Je fixe le plancher de bois et j'ai l'impression qu'il pourrait m'avaler à tout instant.

— Étonnant.

Matty avance vers nous à pas traînants. Il a retiré son masque de ses yeux et l'a placé sur son front. Ses cheveux blonds sont tout hérissés.

— Vous autres, les filles, vous pensez être les seules capables de faire des manigances. Nous savons nous y prendre aussi, vous savez. Vous voulez jouer avec nos cœurs? Nous ferons illico la même chose avec les vôtres. Austin ne répond pas à tes appels, Kates, parce que tu l'as piqué.

— J'avais pas mal compris cela.

Je me laisse choir dans le sofa en cuir le plus près. Il a besoin de coussins plus moelleux que l'on peut entourer de ses bras pour y pleurer. Comme je n'en ai pas, je raconte au groupe ce qui m'est apparu hier soir, après le spectacle et aujourd'hui.

— Je déteste LA-Manda! déclare Sky.

— Moi aussi! la seconde Liz. Quel culot de ne pas passer le téléphone à Austin!

— *Il* n'a pas pris le téléphone, rectifie Matty, mais nous l'ignorons.

— Elle tente de séduire ton homme, et je ne vais pas tolérer ce genre de comportement, ajoute Sky.

C'est difficile de prendre son ton catégorique au sérieux quand elle est entièrement enveloppée de tissu éponge.

— Approuvé.

Liz est également outragée et se laisse tomber à côté de moi, son débardeur de satin noir 7 for All Mankind orné d'une boucle se gonflant autour d'elle. C'est un haut tellement mignon et qui a l'air formidable avec ce capri coupé Paper Denim. Attendez, je crois qu'ils m'appartiennent.

— On doit lui régler son cas, ajoute Liz.

Je secoue la tête.

— Non, ce n'est pas LA-Manda qui devrait m'inquiéter. C'est Austin. Je l'ai poussé dans ses bras, et à présent il va rompre avec moi !

Liz me caresse la main, son bracelet en argent un peu froid cognant sur mes doigts.

— Ne dis pas cela.

— Pourquoi ne le ferait-il pas ? me demandé-je à voix haute. Nous n'avons jamais eu une aussi grosse bagarre avant. Nous avons eu tellement de difficulté à synchroniser nos horaires et nous sommes mis tellement en colère l'un contre l'autre. J'imagine que les événements se sont enchaînés et que nous en avons perdu le contrôle.

Je m'enfonce plus profondément dans le sofa, en me rappelant tout ça.

— J'ai commencé à passer tout ce temps avec Dylan. Il était ici et merveilleux, et j'imagine qu'une petite partie de moi aimait cette attention. Ensuite, je n'étais plus attentive à Austin et à son camp de crosse…

Je me mords la lèvre.

— Pensez-vous que je suis une personne méchante ?

— Non.

Nadine secoue la tête, l'esprit pratique, comme toujours.

— Tu es humaine ! Et tu n'es pas une mauvaise personne parce que tu as trouvé un autre garçon mignon. C'est normal. Il n'y a pas un jour qui s'écoule à Los Angeles sans que je m'émerveille devant le corps d'un gars séduisant. Mais cela ne veut pas dire que je leur saute dessus.

— Trev et moi avons une entente simple.

Sky parle de notre ancien collègue d'*AF*, avec qui elle a une relation épisodique.

— Nous pouvons flirter, mais tout acte au-delà de cela n'est pas permis. Trev sait que les hommes me trouvent irrésistible. Je n'y peux rien.

Liz s'étrangle de rire, et Sky la fusille du regard.

— Désolée.

— Tu as commis une erreur, me dit Nadine. Tu t'es laissée prendre au jeu, à sortir avec Dylan et à vivre à New York.

Elle a un sourire ironique.

— La ville a sa façon de changer les gens. Cependant, tu n'as pas agi intentionnellement. Tu ne veux pas rompre avec Austin, n'est-ce pas?

Je gémis.

— Comment puis-je l'empêcher de mettre fin à notre relation?

— Tu dois joindre Austin et tout lui expliquer.

Liz joue d'une manière absente avec ses boudins serrés, tout en réfléchissant.

— C'est totalement réparable. Ce n'est pas une aussi grosse affaire que tu le crois.

— Ce ne le serait pas si nous étions tous les deux à Los Angeles — je fais remarquer l'évidence —, mais ce n'est pas le cas. Je suis à New York, et il séjourne au Texas. On ne peut pas tenir une conversation à cœur ouvert avec quelqu'un qui ne se trouve pas dans notre indicatif régional! Ce n'est tout simplement pas pareil au téléphone.

— Envoie-lui un texto! lance Liz.

— Non! Envoie-lui un Shoutout sur Twitter, suggère Sky.

Tout le monde gémit. SECRET D'HOLLYWOOD NUMÉRO QUATORZE: Sky manie peut-être Twitter personnellement, mais ce n'est pas le cas de toutes les célébrités. Certaines sont si impatientes de participer à cette folie égocentrique qu'elles demandent à leurs assistantes personnelles de s'en charger pour elles. Êtes-vous réellement surprise? Même le «site officiel» de blogues de vedettes est géré par des étrangers payés pour écrire leurs entrées journalières à leur place.

— Je ne suis pas une assistante numérique personnelle, leur rappelé-je. Et d'ailleurs je doute fortement qu'un Shoutout sur Twitter améliore la situation.

Liz a un petit sourire narquois.

— Ni un texto.

Maintenant, c'est au tour de Sky de grogner.

— Je ne lui envoie plus de textos et ne l'appelle plus.

Je repêche mon téléphone dans mon sac et regarde l'écran vide.

— Et à l'évidence il ne m'appelle pas non plus. Je n'utilise plus la technologie pour ce problème. Je pense que nous savons tous ce que je dois faire — aller voir Austin en personne.

Un chœur de « Quoi ? Comment ? Es-tu folle ? » suit cette déclaration. Nadine commence à débiter une série de raisons qui nous en empêchent (maman, maman et maman).

— Les amis ! Pensez-y.

Je lève mes mains d'un geste suppliant.

— Je me produis ce soir, puis plus avant mardi soir. Je peux y aller et en revenir sans que personne ne le sache ! Maman et papa sont ailleurs jusqu'à mercredi, de toute façon. Nous pourrons les appeler une fois en route.

— Ta mère a dit que tu ne pouvais pas rendre visite à Austin toute seule, tu te souviens ? me rappelle Nadine.

Je souris timidement.

— Je ne pars pas seule. Vous venez avec moi, les amis. Qui en est ?

— J'y vais, offre Matty le premier. Nous n'avons pas voyagé de tout l'été, et je pars ce week-end pour travailler à mon émission.

— Comme si l'on avait besoin que tu nous rappelles que tu as une case horaire cet automne, lâche brusquement Sky. J'en suis aussi, K.

— Avec moi, nous sommes trois.

Liz lève violemment la main.

— Mais nous devrions peut-être rester en petit comité, tu sais? Je ne voudrais pas qu'Austin croie qu'on lui tend une embuscade.

Sky pose les mains sur ses hanches.

— Suggères-tu que je reste à la maison?

— Austin ne te connaît pas, lui fait remarquer Liz. Je devrais plutôt dire qu'il n'aime pas ce qu'il connaît de toi. Je ne pense pas que tu serais la bienvenue.

— Le problème se trouve peut-être là.

Sky croise les bras sur sa poitrine et pointe une hanche.

— Il ne s'agit pas de savoir qui est la bienvenue, mais qui peut mieux assister Kaitlin dans cette crise. Kaitlin a besoin d'opinions neutres en ce moment.

— Elle a besoin de l'opinion de sa meilleure amie.

Liz esquisse un pas vers Sky, et j'ai peur tout à coup qu'elle se lance dans quelques-uns de ses mouvements de kickboxing.

— Les filles, ça suffit! intervins-je. Ça commence à ressembler à un vieux disque. J'aurais dû m'occuper de cela depuis un moment, au lieu de faire semblant de ne pas vous entendre.

Je prends une profonde respiration et regarde Nadine. Elle hoche la tête d'un signe d'encouragement.

— Vous ne vous aimez pas. Je comprends.

Je regarde Liz.

— Sky m'a blessée, et cela te dérange. J'adore que tu te soucies autant de moi, mais je suis une grande fille. Je pense que Sky et moi avons acquis suffisamment de maturité pour gérer une amitié.

Liz détourne le regard, et je me tourne vers Sky, qui jubile devant Liz.

— Liz te traite mal quand tu es là parce qu'elle est ma meilleure amie et qu'elle prend soin de moi. Tu ne peux pas la sentir, Sky, parce que nous sommes tellement proches, mais cela ne changera jamais.

Sky ouvre la bouche pour protester, mais je l'interromps.

— J'ai de la place dans ma vie pour plus d'une amie. Il n'est pas nécessaire de tout transformer en compétition.

Nadine sourit jusqu'aux oreilles, alors je dois bien m'en tirer.

— J'aimerais que vous puissiez vous entendre parce que je pense que nous nous amusons beaucoup ensemble, mais je sais que ce n'est pas équitable de ma part de vous imposer cela. Nous allons nous voir séparément, à partir de maintenant. Mais cette histoire, aujourd'hui, est à propos de moi et d'Austin, et j'ai bien besoin de toute l'aide que vous pourriez m'apporter. J'ai besoin de vous deux pour survivre à cette situation, ajouté-je tout bas.

Liz et Sky se regardent.

— D'accord.

Liz hausse les épaules.

— D'accord.

Sky acquiesce à contrecœur.

— Bien.

Je pousse un soupir de soulagement.

— Maintenant, nous devons nous occuper de la partie voyage. Nadine?

— Déjà sur le cas.

Nadine lève les yeux de son ordinateur portable.

— Il y a toutefois un problème. Tu rateras le dernier vol pour le Texas de deux heures. Tu ne peux pas monter en avion avant minuit, ou presque. Et demain le premier vol à partir fait une escale, et tu n'arriverais pas à destination avant, genre, 13 h. Je devrais ajouter que les prix de dernière minute sont astronomiques.

— Je m'en fous, lui dis-je. Je vais me servir de ma carte de crédit, encore une fois. Je dois voir Austin tout de suite. Je ne peux pas attendre demain! Il n'y a pas d'autres compagnies aériennes?

Nadine secoue la tête.

— Je vérifie, mais il n'y a pas grand-chose ici qui fonctionnerait et qui te permettrait de revenir à temps pour la représentation de mardi.

— Tu devrais peut-être opter pour le privé, suggère Sky.

— Oh! Bonne idée!

Je regarde Nadine avec espoir.

— Elle ne peut pas opter pour un service privé! gronde Nadine. Nous ne disposons pas de 25 000 $ à gaspiller pour un vol privé pour le Texas. Nous avons déjà dépensé une fortune en essence pour ce vol d'hélicoptère. Sa mère me congédierait si nous réservions un jet Lear.

— Je ne peux pas risquer cela.

Je soupire. L'avion privé est éliminé.

— Il y a un autre vol qui pourrait t'amener là pour midi demain, déclare pensivement Nadine. Ils n'ont plus que deux sièges. Cela ne fonctionnera pas. Oh! Celui-ci pourrait faire l'affaire, mais le vol de liaison est trop serré dans le temps. Hum… le problème est que l'aéroport près du camp d'Austin n'est pas le principal et qu'il y a peu de vols.

Nous restons assis en silence quelques minutes, attendant que Nadine accomplisse sa magie habituelle. Mais cette fois elle lève la tête d'un air sombre et dit :

— Kaitlin, cela ne fonctionnera pas.

— D'accord.

Mes yeux se remplissent de larmes.

— Je vais continuer de l'appeler, j'imagine.

Je recommence à pleurer.

— Je suis désolée. C'est juste que je suis très inquiète qu'Austin et moi rompions à cause de tout cela. Je dois le voir et tout lui expliquer. Ça ne peut pas attendre.

— Prends un avion privé, me pousse encore Sky.

— Sky, ce n'est pas une option.

Nadine ne cède pas sur ce point.

— À moins…

Liz lance un étrange regard à Sky.

— Liz, ne commence pas, toi aussi !

Nadine est frappée d'horreur devant le regard rebelle de Liz.

— À moins que quoi ?

Je promène mon regard de Liz à Sky.

— Nous le pourrions.

Sky se fend d'un sourire.

— Je ne l'ai jamais fait avant.

— Je ne l'ai jamais fait, déclare Liz. Et toi ?

— Je viens de dire que non ! lâche sèchement Sky.

— Bien. Faisons-le.

Liz se tourne vers moi et sourit largement.

— Nous prenons un vol privé !

— Comment ? demandons-nous en tandem, Nadine et moi.

— Gracieuseté de la firme d'avocats du spectacle de Kaitlin, déclare Liz, avec un sourire satisfait.

Sky s'éclaircit la gorge.

— Malgré les désaccords entre nos pères, ils ont conservé l'usage commun de l'avion de l'entreprise.

— Avec l'économie actuelle, il est sage d'être frugal, ajoute Sky, et Nadine éclate de rire. Nadine, partager un jet est rentable.

— Si tu le dis.

Nadine secoue la tête.

— Nos pères ont suffisamment d'influence pour que nous puissions obtenir un jet cet après-midi et qu'il soit prêt à décoller ce soir, poursuit Liz.

— Les filles, nous ne pouvons pas faire facturer cela aux firmes, leur dis-je. J'en suis reconnaissante, mais je me sentirais très mal.

— Nous ne leur refilons pas vraiment la facture en tant que telle, explique Sky. Papa allait envoyer l'avion me prendre pour me ramener à Los Angeles, de toute façon. Je vais monter à bord d'un vol commercial et à la place utiliser l'avion pour ce voyage.

— Même chose pour moi, l'appuie Liz. Papa m'aurait ramenée à la maison après l'école dans cet avion, mais je vais revenir avec toi à bord d'un vol commercial. Kates, prenons le jet. Nous partirons ce soir.

— En êtes-vous certaines ?

Elles hochent la tête.

— Vous ne savez pas ce que cela signifie pour moi. D'accord.

Je pousse un cri perçant.

— Nous filerions tout de suite après la pièce, et je vais payer pour vos billets de retour.

Je les étreins.

— Les filles, l'aéroport le plus près est tout de même à deux heures du camp d'Austin.

Nadine regarde sur MapQuest.

— Nous devrons louer une voiture.

— On reprend la route en voiture ! hurle de joie Matty.

— Ça va être amusant !

Liz me regarde.

— Une fois qu'Austin et toi aurez réglé vos affaires, bien sûr. Je sais que vous ne romprez pas. Vous ne pouvez pas !

— J'espère que tu as raison, lui dis-je, mon cœur battant à la pensée de voir Austin dans quelques heures à peine.

Nous ne pouvons pas rompre. Nous ne le pouvons pas, tout simplement. Je parcours la pièce des yeux. Liz, Sky, Nadine, Matty viendront avec moi, tout comme Rodney, j'en suis certaine. Je ne voudrais personne d'autre dans mon équipe pour cette aventure.

Nadine est déjà au téléphone avec une compagnie de location de voitures au Texas.

— Est-ce qu'une Taurus vous convient ?

— Ouch. Non. Pas de voiture compacte.

Sky fait la grimace.

— Essaie d'obtenir une Escalade.

— Qu'est-ce qui ne va pas avec une Taurus ? Mon Dieu, tu es tellement superficielle ! lui dit Liz, et les deux recommencent à se chamailler.

D'accord, ce ne sera peut-être pas un voyage de plaisir, mais je m'en fous. Le but est de trouver Austin et d'arranger les choses. Et je le ferai.

LE DIMANCHE 19 JUILLET
NOTE À MOI-MÊME :

Demander à Nadine de faire la valise pour le voyage.
Présenter mes excuses @ Riley.
Avion quitte Newark à 23 h 30.

DERNIÈRES NOUVELLES

Exclusif : Kaitlin Burke et Sky Mackenzie pressent les médias de les aider à stopper cette folle vendetta !

Au téléphone avec *Celebrity Insider*, Kaitlin Burke et Sky Mackenzie (alias SKAT) ont imploré publiquement les médias d'écraser cette guerre de mots toujours plus envahissante entre elles et les mondaines vedettes de la téléréalité Lauren Cobb et Ava Hayden (alias LAVA).

« Nous en avons marre de ce drame, a affirmé Kaitlin, qui a prétendu nous appeler d'un appartement new-yorkais (bien que nous ayons perçu le bruit d'avions qui décollaient en arrière-plan). Sky et moi sommes fatiguées des incessantes réparties entre les soi-disant équipes Sky et Kaitlin, et Ava et Lauren. Nous voulons seulement que cette bagarre cesse, a ajouté Kaitlin. Peu importe qui a commencé ou pourquoi. Nous voulons chasser cette énergie négative. Personne ne peut gagner. Nous allons seulement continuer à nous faire du mal. Pourquoi ? Parce que nous ne nous entendons pas ? Nous ne sommes pas obligées de bien nous entendre. Nous pouvons rester loin les unes des autres et poursuivre nos vies. C'est ce que j'ai l'intention de faire. J'ai beaucoup réfléchi et je réalise à présent qu'il ne peut rien sortir de bon d'un comportement vengeur et blessant. Il vaut mieux laisser certaines choses passer, et celle-ci en fait partie. Après ce soir, Sky et moi ne répondrons plus aux questions sur les agissements de Lauren et d'Ava — peu importe ce qu'elles nous balanceront. »

Cette déclaration est nettement différente de celles d'une autre entrevue affichée en ligne il y a moins de vingt-quatre heures par un média de réputation douteuse. Kaitlin admet que les citations venaient d'elle, mais qu'elle ne réfléchissait pas clairement à ce moment-là.

« J'avais passé une mauvaise nuit. Je pense que j'ai poussé les choses trop loin, admet-elle. Je m'excuse d'avoir agi aussi méchamment que Lauren et Ava. Ce n'est pas habituellement dans ma nature. Si mes déclarations ont blessé des lecteurs, je leur demande pardon. »

Sky était pleinement d'accord avec son ancienne collègue d'*Affaire de famille* à propos du silence qu'entend s'imposer Kaitlin. « Quel bien peut-il découler de cette bagarre ? a demandé Sky. Rien. C'est une manière de faire les manchettes et de garder l'attention du public, et K. et moi ne sommes pas le genre à vivre pour cela. Ces deux-là affichent de plus en plus leur haine aux yeux du public pour prolonger leur quinze minutes de gloire. Bien, leur quinze minutes est écoulé parce que nous ne répondons plus à leurs attaques. »

Sky écrivait sur Twitter tout en nous parlant, disant qu'elle «espérait mettre son dernier grain de sel dans cette affaire avant d'arrêter les frais pour de bon!». Ses «gazouillis» pendant la dernière heure incluaient : «LAISSEZ LES FILLES HAINEUSES CONTINUER À HAÏR. NOUS ARRÊTONS LES FRAIS!» Et «LAVA savent ce qu'elles ont fait; à elles de vivre avec ça. Cette étoile qui vous parle refuse de pâlir à cause de leur inhumanité. Nous avons d'autres chats à fouetter, espèces de minettes. Retournez à vos gouttières. »

Entendant SKAT sur la même longueur d'onde, cette journaliste s'est demandée : les anciennes ennemies sont-elles devenues amies? Les deux ont esquivé la question, Sky demandant même : «Quelle a été la réponse de K.?» Cependant, une chose importante est à noter : elles étaient ensemble, tard le soir, dans un endroit bruyant (avions!) se rendant ailleurs ensemble. N'est-ce pas le genre de choses que font des amies? Sky a ri quand CIO a suggéré cela, mais elle n'a pas été aussi rapide à rire de notre question suivante à propos de rumeurs sur la possibilité de voir le duo retravailler ensemble dans un pilote d'automne.

«Je ne peux pas commenter ce sujet, mais vous savez que vous adoreriez cela si nous le faisions. » Kaitlin s'est montrée tout aussi évasive. «Si c'est vrai, je serais plutôt chanceuse, a-t-elle déclaré pendant que Sky la réprimandait en arrière-plan. Si je peux dire une chose à propos de Sky, c'est qu'au moins avec elle, je sais où j'en suis. Avec Lauren et Ava, cela n'a jamais été le cas. Attendez, c'était un genre de pique, non? a-t-elle dit en riant. Je reprends mes paroles! J'ai fini de lancer des insultes. Insulter les gens, ce n'est pas moi. Mon été à New York servait à essayer de nouvelles choses, et c'est ce que j'ai fait, mais il est important de ne pas oublier qui j'étais avant, a ajouté Kaitlin. Je réalise cela maintenant, et c'est la raison pour laquelle je mets un stop à cette folle vendetta. Avec de la chance, *Celebrity Insider* nous aidera aussi. »

Alors, qu'en pensez-vous? Devrions-nous cesser de couvrir les équipes SKAT et LAVA? Envoyez vos commentaires sur Twitter à @celebinsider.

QUINZE : *Le Texas ou rien*

— La machine distributrice contenait un mélange Chex !

Sky a l'air heureuse en sautant sur le lit de la chambre d'hôtel, secouant l'armature, Liz manquant presque de renverser son Sprite partout sur sa chemise de nuit à cause de cela. Je me prépare au choc.

— Oh, mon Dieu, je suis désolée, Lizzie !

Sky se précipite vers sa moitié du lit dans son short de pyjama beaucoup trop court assorti à un haut rose ornée de brillants qui dit ÉQUIPE SKAT.

— Est-ce que tu es mouillée ? Tu peux porter le nouveau caraco vert que j'ai acheté à Topshop, si c'est le cas.

C'est étonnant ce qui peut se produire quand on passe six heures en avion et en voiture avec des gens qu'on n'aime pas habituellement. Nous aurions peut-être dû inviter Lauren et Ava à venir au Texas avec nous, au lieu de leur envoyer un message par l'entremise de Celebinsider.com. Cela a fait des merveilles pour Liz et Sky. Quelque part au-dessus du Tennessee, elles se sont liées d'amitié à cause de leur amour de Ryan Reynolds et ont commencé à échanger des répliques de leur film préféré. Quand nous avons passé la frontière du Texas, Sky avait accepté de tenir la vedette dans le dernier projet de classe de Liz — une vidéo de cinq minutes qu'elle doit écrire et tourner en une semaine.

— Écoute, ce n'est qu'une petite goutte, dit Liz à Sky en pointant son maillot de kickboxing. Ce n'est rien.

Ce n'est rien? Ha! Si j'avais fait cela à son chandail préféré, elle aurait immédiatement répliqué en m'aspergeant avec son Sprite. Je lui lance un regard.

— Chex?

Sky me tend le sac et me décoche un clin d'œil.

— Non, merci. Tout ce que je veux, c'est dormir un peu avant de voir Austin.

Je désirais me rendre à sa chambre au dortoir ce soir quand nous sommes arrivés, mais Nadine a dit que de se pointer dans son dortoir à 5 h du matin pourrait susciter tout un émoi. Nous nous sommes donc plutôt inscrits à l'hôtel le plus près (Un Doubletree? s'est renfrognée Sky. Pouah), et tout le monde a fait front pour que je règle le réveille-matin à 10 h, afin que je ne me présente pas devant lui avec «des cernes sous les yeux et un gros bouton». (Liz et Sky ont ri, par contre.) La seule chose que l'hôtel avait à nous offrir était une suite de deux chambres à coucher décorée dans le plus pur style texan, de sorte que Nadine et moi couchions ensemble dans un lit et que Liz et Sky partagent l'autre. Matty et Rodney ronflent déjà dans l'autre chambre, mais je suis incapable de dormir.

— K., si tu ne fermes pas bientôt les yeux, tu vas t'effondrer, et je ne pense vraiment pas que tu aies envie de te retrouver dans un hôpital au Texas.

Sky frissonne.

— On ne parle plus de crise de nerfs.

Je soupire. Je serre mon oreiller beaucoup trop moelleux contre ma poitrine et m'appuie sur la tête de lit en bois. Je passe mon chandail Ahsoka Tano fait sur mesure que m'a offert Austin par-dessus ma bouche. Je suis déjà — je bâille — assez paniquée comme ça.

— Kates, tu sais qu'Austin va entièrement te pardonner dès qu'il te verra.

Liz sourit.

— J'ai appelé Josh un peu plus tôt, et il n'a même pas mentionné que vous vous étiez querellé. Si c'était grave, il en aurait parlé à Josh. Et s'il l'avait confié à Josh, Josh me l'aurait dit.

Je fixe la photo du ranch de bétail sur le mur du fond, ne sachant pas trop si j'adhérais à sa logique.

— Je n'arrête pas de réfléchir à ce que je vais dire à Austin, mais les mots s'emmêlent. J'ignore par où commencer.

— Contente-toi d'avoir une séance de baisers avec lui.

Sky hausse les épaules.

— Cela a toujours fonctionné pour moi. Ensuite, ils oublient pourquoi ils se bagarraient avec vous pour commencer.

— Sur cette note inspirante, il est temps de dormir, déclare Nadine.

Elle se penche et éteint la lumière à côté de moi. Sky se tourne et éteint elle aussi la lumière à côté de son lit. La pièce est sombre, mais je peux déjà voir le ciel qui s'éclaircit entre les fentes des rideaux à la fenêtre.

— Les filles? demandé-je dans le noir, alors que mes paupières s'alourdissent.

Le seul son que je perçois est celui du vrombissement du climatiseur au mur, et celui de Nadine se tournant et se retournant à côté de moi. Il me semble que c'est le moment le plus propice pour avouer ma plus grande peur.

— Et si toutes ces chamailleries et ces appels ratés étaient le signe d'un problème plus important? Et si Austin aimait LA-Manda?

— Tu traverseras ce pont lorsque tu y seras, ce qui n'arrivera pas, selon moi.

Liz paraît tellement calme que j'en suis jalouse.

— Mais, et si nous rompions? dis-je presque dans un murmure.

— Si cela se produit, alors, je serai là pour toi.

La voix de Liz est forte et rassurante.

— Nous serons là pour toi, rectifie Sky, ce qui me rend un peu larmoyante.

Mais je suis trop fatiguée pour pleurer.

— Nous serons tous là pour toi, précise Liz.

— Tu n'es pas seule, Kaitlin.

Apparemment, Nadine ne dort pas non plus.

— Nous veillons sur toi. C'est à cela que servent les amis.

Et c'est la dernière chose dont je me souviens avant de m'être endormie.

* * *

Ensuite, mon premier souvenir est celui du réveille-matin qui sonne à 10 h. Sky presse le bouton de rappel d'alarme trois fois, puis Liz déclare qu'elle change l'heure de réveil pour 11 h, puisque nous n'avons pas de rendez-vous précis pour rencontrer Austin, de toute façon. Je pense à discuter avec elle, mais suis trop fatiguée et légèrement inquiète que Liz ait raison à propos des cernes sous les yeux. À 11 h 30, tout le monde est éveillé. Le BlackBerry de Nadine n'arrête pas de sonner. Pour l'empêcher de le lancer sur le mur, je lis le dernier message qu'elle a reçu, puis le regrette instantanément. C'est maman qui veut savoir où nous sommes. Elle a téléphoné deux fois à l'appartement, sans obtenir de réponse. Nadine bondit pour l'appeler depuis le placard et prévient le reste du groupe de baisser le ton. Pendant que Matty et Sky prennent une douche dans les deux salles de bains individuelles et que Liz regarde *The View*, je vérifie mon téléphone. Pour une raison inconnue, il est fermé, même si je ne me rappelle pas l'avoir éteint. Dès qu'il s'allume, je vois le texto. Il a été envoyé à 8 h 30 ce matin.

CELL D'AUSTIN : Tenté de te joindre ce matin, mais pas de réponse. Appelle-moi. Nous devons parler.

— Les amis, Austin m'a envoyé un texto ! hurlé-je.

— Laisse-moi voir !

Liz sautille et lit le texto.

— Il a essayé de téléphoner ? Quand ?

— Je sais que mon téléphone était ouvert hier soir, mais là, il était fermé.

Nous fixons l'écran, alors que l'indicateur de charge clignote de manière menaçante. Le téléphone s'éteint de nouveau. Liz me frappe sur l'épaule.

— Kates, as-tu oublié de recharger ton téléphone ? Tu sais que les iPhone perdent rapidement leur jus !

Liz me réprimande et pose ses mains sur son jean coupé en denim Juicy Couture à taille basse (elle l'a assorti avec le plus mignon débardeur Alice & Oliva en soie jaune à jabot). Je ne sais pas comment je peux penser à des vêtements dans un moment comme celui-ci.

— Austin a peut-être tenté de te téléphoner alors même que tu te trouvais à New York ! Quand as-tu vérifié ton téléphone pour la dernière fois ?

Je me mords la lèvre.

— Je ne sais pas.

Elle me regarde.

— Je vérifiais pendant le spectacle hier soir, mais ensuite je crois que j'ai été tellement prise par l'idée de partir pour le Texas que j'ai fourré mon iPhone dans mon sac et que je l'ai oublié. Ne le dis pas à Nadine, la supplié-je bruyamment, et je fouille dans mon sac pour trouver mon chargeur.

Quand je le déniche, je branche rapidement mon appareil. Il est complètement mort, à présent.

Nadine sort vite du placard où elle était et me prie de me taire en me lançant des « chut » furieux en pointant son téléphone. Elle aussi est déjà habillée (un haut bleu pâle Gap à taille empire et col en V et son short cargo blanc Ann Taylor Loft préféré). Je suis la seule à atermoyer.

— J'essaie de ne pas laisser transparaître que nous nous trouvons dans un autre État, siffle Nadine. Je tente de la déstabiliser en changeant de sujet. Je lui ai dit que tu avais un rendez-vous au service des permis de conduire à Los Angeles la semaine où nous rentrons de New York.

— Bonne idée, dis-je à Nadine.

SECRET D'HOLLYWOOD NUMÉRO QUINZE : L'obtention de mon permis n'est pas véritablement un secret, je le sais. J'essaie depuis une éternité et vais vraiment essayer de passer l'examen quand je rentrerai à la maison à la fin de l'été, mais la façon dont les célébrités font affaire avec le département responsable de délivrer ces permis est une petite information juteuse. Ne vous êtes-vous jamais demandé pourquoi vous ne tombez jamais sur Kim Kardashian en train de renouveler son permis ? C'est probablement parce qu'elle ne fait jamais la file. Certains endroits, comme le bureau des permis à Hollywood ou à Beverly Hills, possèdent une entrée secondaire. De temps à autre, il est permis aux célébrités de l'emprunter. Vous pourriez dire que cela nous évite une attente de deux heures en file, mais le bureau considère que c'est également utile. Si une vedette cause de l'émoi dans une file, cela serait beaucoup plus difficile à gérer que de la laisser sauter la file pour obtenir de nouvelles plaques d'immatriculation.

Je relis deux fois le message d'Austin.

— Le fait qu'il m'envoie un texto doit être bon signe, n'est-ce pas ? Il n'a pas mentionné le message que je lui ai envoyé disant que je ne voulais pas rompre. Pensez-vous que cela signifie qu'il ne veut pas rompre ? Puis, il y a ceci : la partie « nous devons parler ». Cela ne peut pas être bon, non ?

— Oh, mon Dieu, saute sous la douche sans tarder, afin que nous puissions nous rendre là-bas et te faire taire, aboie Sky en sortant de la salle de bain vêtue d'une robe Walter à petits pois vert olive.

Je vais lui pardonner son attitude parce que je sais qu'elle est à cran, privée de ses huit heures de sommeil.

Matty émerge, et j'obéis. À 13 h 30 nous passons la porte, et Rodney conduit un monospace de location vers le camp d'Austin, le Longhorn Lacrosse Clinic, qui est situé dans l'université locale. J'étais nerveuse à propos du voyage et n'ai pas accordé beaucoup d'attention à ce que j'allais porter pour ma grande confrontation avec Austin. Heureusement, j'ai réussi à réunir une tenue décente à partir des affaires de Sky et de Liz, assorties aux miennes. Je porte le haut plissé Marc by Marc Jacob en coton chambray blanc de Sky et la jupe à volants Leanne Marshall bleu royal en lin de Liz. Mon cou est orné du collier qu'Austin m'a offert à Noël dernier.

Je réalise en entrant sur le campus que j'ignore totalement où se trouve le dortoir d'Austin, et il y en a quatre. Puis, Nadine se rappelle que j'ai envoyé à Austin un paquet-cadeau la première semaine où je suis arrivée à New York — je ne l'ai pas refait ensuite. J'avale péniblement. Elle trouve l'adresse dans son BlackBerry et relève le nom du dortoir. Nous entrons grâce à une fille qui nous a reconnues, moi et Sky, et nous rendons à la chambre d'Austin, mais il n'y a pas de réponse. Tout l'étage est déserté.

— Heu, les amis? Nous sommes au milieu de la journée, il n'y a personne ici, et c'est un camp de crosse, déclare Matty. Voulez-vous essayer de deviner où ils sont?

— Les terrains de crosse?

Rodney est optimiste.

— Austin m'a dit qu'ils ne jouaient pas pendant la période la plus chaude de la journée, dis-je aux autres.

— Cette fille a dit qu'ils avaient un horaire différent, cette semaine, fait remarquer Liz. Ils jouent peut-être. Cela vaut la peine de tenter le coup, non?

— Allons-y.

Je pars en avant du groupe. Je ne peux pas attendre une minute de plus avant de voir Austin.

Nous n'allons pas loin avant de trouver les terrains, qui sont envahis de joueurs portant des dossards bleus et jaunes.

— Comment avons-nous pu les manquer ? s'étonne Liz pendant que nous traversons la pelouse en vitesse.

La chaleur ici est brutale. Je transpire déjà, et nous ne sommes dehors que depuis quelques minutes.

— Je ne peux pas imaginer pourquoi ils s'entraînent maintenant. Austin m'a dit qu'ils sont habituellement dehors le matin et en fin d'après-midi, mais il est environ 14 h, et ils sont tous sur le terrain.

Avec autant de gars et de filles courant partout, la question se pose : comment vais-je repérer Austin ?

— Hé, n'es-tu pas Sky Mackenzie ?

Un gars aux cheveux bruns emmêlés et en sueur s'appuie sur son bâton de crosse et regarde Sky dans les yeux. Elle sourit et fait balancer sa robe vert olive d'un côté et de l'autre.

— Oui, c'est moi. Salut, cowboy, ronronne-t-elle.

Liz rit.

— Qu'est-ce qui te fait penser que c'est un cowboy ?

— Nous sommes au Texas, lui fait remarquer Sky.

— C'est un camp ; il pourrait être de n'importe où !

Liz n'en revient pas.

— Fais quelque chose avant qu'elles en viennent aux poings, suggère Nadine, alors qu'elles continuent à se hurler dessus.

Le gars les observe avec curiosité. Les filles commencent à attirer une foule.

— Salut, tous, dis-je en souriant gaiement.

Puis, avant que je puisse ajouter quelque chose, le gars me pointe.

— Burke ! Tu es Kaitlin Burke !

— Oui, c'est moi.

— Que fais-tu ici? demande-t-il pendant que plus de gens arrivent à la course.

— En fait, je cherche quelqu'un, lui dis-je, souriant aux nouveaux venus. Je ne sais pas s'il est ici, par contre. Il m'a dit que son groupe ne joue pas habituellement en début d'après-midi.

Le gars hoche la tête.

— Aucun de nous, en fait. Il a plu toute la semaine dernière, alors nous avons dû nous entraîner aujourd'hui pour compenser le temps de mêlée perdu.

Cela signifie qu'Austin est ici dehors, quelque part. Je fouille les terrains du regard encore une fois, espérant le repérer.

— Est-ce que l'un de vous connaît Austin Meyers? demandé-je.

Le gars désigne quelqu'un derrière lui.

— Je pense qu'elle habite sur le même étage que lui.

Une fille avec une longue queue de cheval brune, une longue frange relevée de chaque côté et des jambes plus longues que celles d'Heidi Klum avance sans se presser. Elle ne porte pas de maquillage et est complètement en sueur, mais sa peau bronzée est parfaite, et elle a les plus beaux yeux gris du monde. Je ne demande même pas qui elle est.

— Amanda, n'est-ce pas? dis-je.

Liz et Sky arrêtent de se bagarrer et lèvent les yeux.

— Oui.

Amanda me détaille depuis mes sandales jaunes imprimées Coach, en passant par mes ongles manucurés propres et roses jusqu'à mon sac en peau de serpent. Avant de pouvoir m'en empêcher, je remarque ses ongles courts ébréchés vernis de rouge. Elle laisse rapidement tomber ses mains sur ses flancs et les cache derrière son dos.

Je me sens immédiatement coupable. Il n'est pas difficile de constater qu'Amanda, malgré sa beauté, n'est pas sûre d'elle-même maintenant que la fille avec qui elle a joué se tient droit devant elle. Et qu'on soit une vedette de cinéma ou non, il s'agit ici d'un problème entre filles.

— C'est la fille ?

Sky parle fort à dessein.

— Flanque-lui une raclée.

Amanda se déplace légèrement, et je l'observe, pendant qu'elle repousse nerveusement sa frange derrière ses oreilles. Tout le monde nous regarde, même si je doute fortement que d'autres que moi et Amanda sachent réellement ce qui se passe. Mais je sais. Tout comme Amanda.

Nous pourrions emprunter deux voies, ici. Nous pourrions nous crier dessus et nous rabaisser méchamment l'une et l'autre, chacune essayant d'avoir le dessus pour Austin. Ou bien je pourrais la mettre en pièces et lui donner l'impression d'être insignifiante, comme l'ont fait Lauren et Ava avec moi et Sky tout l'été, et nous, en retour, dans *SNL*, mais où cela nous a-t-il menées ? Nulle part. Qu'est-ce que cela m'a apporté d'être méchante envers Riley ? Cela ne l'a pas rendue plus gentille avec moi ni ne l'a convaincue que je pouvais m'en tirer sur scène. Avec le dénouement de tous ces événements cet été, j'ai enfin compris une chose : c'est vrai qu'on n'attire pas les abeilles avec du vinaigre. Il est temps d'agir avec maturité.

Malgré que cela me tue, je lui tends la main et souris.

— Salut, je suis Kaitlin.

Je conserve un ton agréable, et Sky en a le souffle coupé.

— C'est un plaisir de finalement te rencontrer.

— Qu'est-ce qu'elle fait ? siffle Sky, et je remarque que Liz commence à l'entraîner ailleurs. Elle devrait la frapper !

Amanda tend lentement une main moite.

— Amanda.

Elle a une voix douce. Toutefois, elle paraît légèrement soulagée.

Je le suis aussi. Oui, elle a été vache et impolie avec moi plus d'une fois, mais à l'évidence elle trouve mon amoureux séduisant, et qui peut la blâmer pour cela ?

— Je cherche Austin. Sais-tu où je peux le trouver?

— Il est sur l'autre terrain.

Amanda pointe la direction avec son bâton.

— Je peux t'y conduire, si tu veux.

— Ce serait formidable.

Je la suis à travers la foule, laissant les autres derrière. Je tourne nerveusement la tête et aperçois le visage de Nadine. Elle a l'air fière. J'imagine que je sais maintenant comment elle aurait géré cette situation.

Amanda et moi marchons surtout en silence, insérant une phrase ici et là qui ne soulèvera pas de problème, genre : « Wow! Il fait chaud, ici. » et « Comment s'est passé ton voyage jusqu'au Texas? » Beaucoup trop vite, ou pas assez vite, selon les pensées fugitives traversant mon esprit, nous sommes au terrain, et Amanda me pointe Austin. Austin est en mode crosse. Je peux à peine distinguer son visage sous son casque. Je connais son numéro et garde les yeux sur lui, pendant qu'Amanda me désigne d'autres coéquipiers et parle des découvreurs qui sont déjà venus la dernière semaine.

— Il est vraiment bon, me dit-elle.

— Je sais.

Je m'arrête quand je réalise que cela paraît un peu possessif, même si ce n'était pas mon intention.

— Je veux dire : je l'ai vu jouer à la maison.

— Oui — elle hausse les épaules —, c'est normal, comme tu es sa petite amie et tout.

Je l'étais il y a quelques jours.

Mon Dieu, j'espère que c'est toujours le cas.

J'entends un coup de sifflet, puis des gars et des filles commencent à quitter le terrain en masse. Je vois Austin retirer son casque et secouer ses cheveux mouillés. Il est plus bronzé que je ne l'ai jamais vu, et son chandail est tellement trempé qu'il colle à ses abdos qu'il semble avoir définis en plaquette de chocolat depuis qu'il est ici. Il est sale et en sueur. Pourtant, je n'ai qu'une envie, me défaire d'Amanda et me jeter sur lui. Je me retiens toutefois pendant les dix secondes, au moins, qu'il met à atteindre les lignes de touche.

— Austin !

Je crie son nom d'une voix rauque quand je n'en peux plus.

Il se tourne lentement et m'aperçois. Au début, il paraît un peu confus, puis se fend d'un large sourire. Ensuite, son visage perd toute expression, ce qui est réellement troublant.

— Que fais-tu ici ? demande-t-il en marchant droit sur moi avant de s'arrêter à quelques centimètres de mon visage.

J'ai besoin de tout mon courage pour ne pas avancer et l'embrasser. Mais j'ai trop peur. Et s'il ne voulait plus m'embrasser ? Une partie de moi ne croit même plus mériter son amour, après mon comportement cet été, et si je pense ainsi, il y a une chance qu'Austin pense de même.

Oubliez le fait que j'attende des nouvelles pour *Petit poisson, grosse mare* ou les critiques de moi pour Broadway. Connaître les pensées d'Austin à propos de ma présence ici et ce qu'il pense de notre avenir est plus effrayant que tout ce qui se passe dans ma vie. Je ne veux pas que tout soit fini. En revoyant Austin, juste devant moi, je sais plus que jamais ce que je veux, et c'est lui. Je prie pour qu'il m'accorde une seconde chance.

— Je suis venu te voir, répondis-je, même si j'imagine que cette partie est plutôt évidente.

Je regarde Amanda.

— Amanda m'a dit où tu étais.

Son regard passe de moi à Amanda, puis son visage tressaillit légèrement.

— Elle m'a beaucoup aidée, ajouté-je.

— Je vais vous laisser seuls, me dit Amanda. Ce fut un plaisir de te rencontrer, Kaitlin.

— Même chose pour moi, lui dis-je.

Même si je sais que des gens nous observent, mes pensées sont entièrement occupées par Austin. Un vent chaud passe entre nous, et les cheveux blonds mouillés d'Austin lui cachent les yeux.

— Je t'ai appelée toute la soirée, et tu n'as pas répondu, commence Austin. J'ai pensé…

— Moi d'abord, insisté-je. Je suis venue te dire que je suis désolée.

Ma voix est aiguë, mais je ne pleurerai pas.

— Pour tout. Tu avais raison. Je n'ai pas été présente pour toi, alors que tu me soutiens toujours. J'ai laissé mon travail s'imposer et ne me suis pas souciée de l'effet qu'avait sur toi mon amitié avec Dylan. J'ai été une petite amie pourrie.

Au début, Austin ne dit rien. Son visage est plissé, et il semble réfléchir aux mots qu'il veut prononcer. J'ai le souffle coupé en les attendant. Sont-ils bons ou mauvais ?

— J'ai pensé que tu étais peut-être attirée par Dylan.

Austin a l'air tellement peiné.

— Et au lieu de me dire que non, tu rejetais toujours la question.

— J'aurais dû te dire la vérité sur Dylan.

Le vent souffle encore, et je repousse mes cheveux de mon visage.

— Mais j'avais peur. Nous étions si loin l'un de l'autre, et je pensais que si tu apprenais que Dylan était attiré par moi, cela te mettrait plus en colère. Nous passions déjà si peu de temps au téléphone. Je ne voulais pas qu'il soit entièrement occupé par des querelles.

— Je sais.

Les yeux bleus d'Austin sont sérieux.

— C'est ma faute. J'aurais dû te téléphoner davantage.

— Moi, j'aurais dû te téléphoner davantage ! l'interrompis-je, mais Austin me coupe la parole.

— Discutons, tu veux bien ?

Il a l'air bourru, et ça me rend nerveuse.

— J'aurais dû t'appeler quand j'avais dit que je le ferais. Ce n'est pas que je ne souhaitais pas te parler, c'est juste que…

Il hésite.

— Je déteste le téléphone.

— Tu quoi?

Je suis perplexe.

— Je déteste le téléphone, admet Austin, et sa bouche commence à tressaillir.

Va-t-il sourire?

— Je le déteste. Nous ne l'utilisons jamais à la maison. Je te parle cinq minutes, ou encore nous nous envoyons des textos. Ensuite, je te vois, alors la technologie est inutile, mais une longue conversation téléphonique? Je ne supporte pas. J'aurais dû te le dire.

Il déteste le téléphone. J'aurais bien aimé qu'il me l'ait dit.

— Ce n'est pas une excuse, par contre.

Austin fait courir ses mains sales dans ses cheveux.

— J'aurais dû fournir l'effort. Toutefois, après que l'histoire avec Dylan a commencé, je suis devenu furieux. Ensuite, quand tu t'es mise dans tous tes états parce qu'Amanda répondait à notre téléphone, cela m'a fait me dire «maintenant, elle sait comment je me sens». J'imagine que c'est la raison pour laquelle je t'ai laissée te prendre la tête à propos d'elle.

Austin me rendait la monnaie de ma pièce. J'imagine que je l'avais mérité.

— Cependant, je n'aurais pas dû te traiter de cette manière, l'autre soir, admet-il. J'aurais dû reprendre le téléphone.

Ma gorge est tellement sèche, mais il faut que je clarifie la question.

— Je n'aime pas Dylan. Je le jure.

— Je n'aime pas Amanda.

Les yeux bleus d'Austin sont tellement sincères, comment pourrais-je ne pas y croire?

— Alors, est-ce que cela signifie que je te plais encore?

J'essaie de plaisanter, mais mon cœur est douloureux.

— Je promets d'être une meilleure petite amie, si tu me le permets. Penses-tu pouvoir me pardonner? Je…

Je le scrute du regard et sens le besoin de lui dire ceci.

— Je t'aime.

Austin esquisse un sourire, et je sens une vague de soulagement.

— Je t'aime aussi. C'est avec toi que je veux être, Burke. Et je promets de m'entraîner à parler au téléphone jusqu'à ton retour à la maison.

Il me saisit par la taille et m'attire à lui. Je retiens mon souffle, ayant presque peur que cela ne se produise pas. Mais c'est une crainte inutile. Austin m'embrasse. Je ferme les yeux, et le baiser m'emporte. Ses lèvres sont douces — même en étant un peu gercées —, et son baiser est si bon et familier. Plus important, il me rappelle comment les choses devraient être et comment elles redeviendront.

LE LUNDI 20 JUILLET
NOTE À MOI-MÊME :

Dîner avec A., Rob et le groupe : LongHorn Steakhouse 18 h.
Vol de retour : 9 h mardi.
**Envoyer à A. un autre paquet-cadeau! Pop Burger pourrait convenir.

SCÈNE 14

Andie nettoie son casier. Leo arrive derrière elle et s'arrête.

LEO

Aimes-tu les sushis?

ANDIE

(Elle lève les yeux, étonnée.) Oui, j'aime les sushis.

LEO

Bien. Parce que je veux t'amener dans cet endroit à sushis fantastique. Tu vas adorer.

ANDIE

Est-ce que tu m'invites à un rendez-vous?

LEO

J'imagine que oui. Est-ce que c'est correct? Ou est-ce que tu vas encore paniquer et souhaiter ne jamais m'avoir parlé?

ANDIE

Ça va aller. Mais Jenny?

LEO

Je te l'ai déjà dit quand tu as piqué une crise de nerfs et que tu t'es enfuie. Jenny sait que c'était fini entre nous

depuis longtemps. Il est temps de passer à autre chose. Tout le monde doit
le faire. L'avenir est tout ce que nous
avons, tu sais?

                    ANDIE
On ne peut pas oublier le passé.

                    LEO
Non, mais on apprend de lui. On se forge
un avenir meilleur, ne crois-tu pas?

                    ANDIE
Oui. Du moins, j'espère que c'est ainsi
que ça marche.

*(LEO S'EMPARE DES AFFAIRES D'ANDIE ET LES
RANGE DANS LE SAC À DOS DE LA JEUNE FILLE.
        PUIS, IL LUI TEND LA MAIN.)*

                    LEO
Tu veux partir?

                    ANDIE
Je ne sais pas. C'est fini, n'est-ce pas?
La dernière fois ici, à ce casier, dans
cet endroit. Ça fait un peu peur.

                    LEO
Oui, c'est vrai. Mais c'est aussi un peu
excitant, en quelque sorte. *(Andie rit.)*
Qu'y a-t-il de si drôle?

ANDIE

Je pense à l'instant que c'est mon tout
dernier jour ici et que je sors de l'école
avec le seul garçon avec qui j'ai toujours voulu y entrer.

LEO

Alors, sortons par le chemin le plus
long et regardons tout cela une dernière
fois.

ANDIE

Ça me va tout à fait.

*(ANDIE ET LEO SE DIRIGENT VERS
L'ARRIÈRE-SCÈNE ENSEMBLE, ET
L'ÉCLAIRAGE S'ÉTEINT LENTEMENT.)*

FIN

SEIZE : *Retour vers le futur*

— Kaitlin, ils t'attendent !

Le régisseur frappe à ma porte.

— Compris ! crié-je en réponse, vérifiant mon reflet dans la glace avant de me diriger pour la dernière fois vers les coulisses dans mon duo jean et maillot.

Cela fait trois semaines que j'ai rendu visite à Austin, et la fin de ma période dans la pièce et à New York s'est déroulée dans un bonheur béat. Je pense que j'ai enfin compris comment ça marche, la scène, et même si Riley ne me rend pas justice là-dessus, je sais que je m'améliore. Même si Riley me complimentait, je ne l'écouterais pas. Je sais que je me suis attaquée à quelque chose de gros, de nouveau et d'effrayant, et que j'ai survécu. La même chose s'applique à moi et Austin. Tous les autres vont bien, aussi. Liz a terminé son atelier d'écriture et de réalisation, et a obtenu A- pour son projet final, celui mettant Sky en vedette. Encore mieux, elles ne se sont pas entretuées en le tournant ! Elles ont en quelque sorte adopté cette vieille attitude d'amie-nemie que nous partagions avant, Sky et moi. Sky est demeurée à New York, comme elle l'avait promis. Elle dit que c'était pour assister à des réunions, mais je sais que c'était pour passer du temps avec moi et Liz. Et étonnamment Liz n'a pas eu de problème avec cela. Les seules toujours mal à l'aise avec cette nouvelle amitié sont maman et Laney. Mais nous sommes sur le point de changer cela.

— Prête?

Sky vient à ma rencontre dans le couloir de l'arrière-scène. Évidemment, elle n'est pas en costume pour la représentation finale de la soirée, sa tenue est donc beaucoup plus appropriée pour une audition que la mienne. Ses cheveux d'ébène sont lissés au fer plat et ont allongé un peu depuis le début de l'été, lui arrivant presque au milieu du dos, qui est nu grâce à sa robe Versace. L'imprimé floral vert est un peu étourdissant, mais Sky espère qu'elle fera plonger en transe les gens que nous rencontrons.

Je saisis la main de Sky.

— Es-tu certaine d'être prête pour cela? Je veux dire, nous en avons discuté, mais n'en avons pas vraiment discuté.

Sky soupire.

— K….

— C'est une grosse affaire, et nous avons toutes les deux évité les questions importantes. Tu dis que tu aimes le pilote. Tu aimes le personnage. Tu aimes le personnage que j'incarnerais, mais tu n'as pas dit que tu croyais que nous pouvions survivre à cette expérience ensemble. L'affaire est énorme, Sky.

— K…. essaie encore Sky.

— Sommes-nous convaincues de vouloir prendre cette direction encore une fois? demandé-je. Et si maman et Laney avaient raison? Et si nous montions sur le plateau et que deux jours plus tard, nous recommencions à nous haïr? Et si notre chimie humoristique de *SNL* n'avait été qu'un coup de veine? Et si nous n'avions pas ce qu'il faut pour la comédie? Ou si nous étions pourries devant un public en direct? Et si l'émission fait un échec après trois épisodes et que nous en sommes responsables? Et si…

— K.! hurle Sky, et elle commence à me secouer par les épaules. FERME-LA!

— D'accord.

Je suis légèrement horrifiée. Elle ne parle jamais aussi fort.

— J'en suis, d'accord?

Elle arrange la jupe de sa robe.

— C'est évident, non? Si l'une de nous ne voulait pas s'engager dans l'émission, nous n'aurions pas poussé l'affaire aussi loin. Nous ne les rencontrerions pas ce soir, deux heures avant ta dernière représentation de la pièce, pour passer en revue certaines scènes du pilote. Nous n'aurions pas demandé à nos agents de venir ici en avion pour fignoler les détails de l'entente. Nous ne prendrions pas un appel après l'autre des producteurs, du réalisateur, du réseau et des membres de la distribution pour leur assurer que nous pouvions travailler ensemble en paix, cette fois.

Sky rejette ses cheveux ébène derrière elle.

— Et je n'aurais pas perdu les deux dernières semaines à travailler sur le pilote avec toi, alors que j'aurais pu profiter des Hamptons avec ta mère, qui, malgré son antipathie pour moi, apprécie vraiment l'aide que je lui apporte avec les Darling Daisies.

Sky a un sourire ironique.

— K., tu me rends peut-être totalement folle, mais je ne voudrais pas que ce soit quelqu'un d'autre qui me rende folle comme tu le fais.

Je lui fais un grand sourire.

— Moi non plus, aussi bizarre que cela puisse paraître.

— Nous devrions le faire, insiste Sky, et elle presse ma main. C'est un pilote formidable.

— Et des personnages extraordinaires, ajouté-je. Un réalisateur génial.

— Une équipe d'acteurs gentils.

Sky complète les détails.

— Un réseau génial, des avantages formidables, une bonne couverture médiatique, une bonne publicité. Un espace de stationnement, excellent, même si je n'ai pas de voiture à y garer.

Je lui lance un regard douloureux.

— Mais la meilleure partie, au cas où tu l'aurais oublié, c'est que nous serions de retour à la télévision.

— Nous serions de retour à la télévision.

Sky a un petit sourire satisfait.

— Je pensais que cette partie était évidente. Sérieusement, K., parfois, je me demande où tu as la tête.

Je la frappe, et son bras osseux émet un petit bruit de succion.

— Nous ferions de nouveau ce que nous aimons ; même si l'émission ne dure qu'un court moment et qu'elle n'a pas de succès. Nous serions sur un plateau tous les jours. Je pensais que je devais m'éloigner de la routine quotidienne pour trouver ce que j'avais envie de faire, mais jouer dans cette pièce m'a fait comprendre que c'était sous mes yeux tout ce temps. J'aime faire de la télévision. Je suis bonne là-dedans. Pourquoi devrais-je me transformer en vedette de cinéma ?

— Ma chérie, si seulement quelqu'un pouvait dire cela à Jennifer Aniston, sympathise Sky. C'est bon de connaître tes forces.

— Ce sont les tiennes aussi, lui fis-je remarquer. Nous travaillons bien en tournant un épisode par deux semaines. Quoique j'imagine que là, ce serait toutes les semaines.

SECRET D'HOLLYWOOD NUMÉRO SEIZE : Quand vous regardez une émission de situation de comédie et que le générique dit qu'elle a été tournée devant un public, cela signifie qu'elle a été tournée devant un public. Mais au contraire des émissions de débat du matin, qui sont diffusées en temps réel, ces autres émissions sont enregistrées en direct, mais elles ne sont pas limitées par le temps réel. Filmer une émission de comédie d'une demi-heure peut exiger des heures de tournage devant un public. Parfois, on doit reprendre encore et encore certaines scènes sous plusieurs angles différents. Parfois, on bâcle une prise. Parfois, le rire du public est (chut…) inséré au doublage.

— Bien, j'offre une bonne performance, peu importe combien de fois nous tournons un épisode.

Sky semble sur la défensive.

— Tu pourras profiter de ma gloire.

Je lève mon bras pour la frapper encore une fois.

— D'accord ! Tu es talentueuse, aussi. En quelque sorte.

Elle passe un bras sous le mien.

— Et je vais t'aider à devenir une actrice encore plus solide. La comédie, c'est ma spécialité. Ne m'as-tu pas vue dans *SNL* ? J'étais renversante.

— Essaie de tenir ta modestie en laisse pendant que nous parlons à ces gens, d'accord, dis-je, pince-sans-rire.

Nous nous frayons un chemin dans les coulisses jusqu'à la porte de côté et sortons dans la rue. Comme il est très tôt, il n'y a pas encore de foule attendant d'entrer assister à la pièce. Il n'y a que des gens marchant dans la ville en retournant à la maison après le travail, se rendant dîner quelque part ou Dieu sait quoi encore. C'est le côté génial de New York. Les gens sont toujours en mouvement à toute heure du jour et de la nuit. Alors, la moitié du temps, on ne me reconnaît pas. Je me fonds dans la foule.

Tout ça va me manquer, ainsi que notre appartement et la facilité qu'on a à se déplacer ici, mais c'est le moment de rentrer à Los Angeles. Matty et papa y sont déjà, puisque Matty a commencé à tourner *Scooby*. Chaque fois qu'ils téléphonent, je ressens un léger pincement de jalousie quand je peux entendre l'un d'eux s'ébrouer dans la piscine.

Personne ne nous reconnaît, moi et Sky, au cours de notre trajet de quelques pâtés de maisons jusqu'à un autre édifice et ses portes à tambour, puis dans l'ascenseur en montant les deux étages menant au local de répétition pour *Les grands esprits se rencontrent*. Forest a dit que nous pouvions l'utiliser pour la réunion de ce soir avec le groupe de *Petit poisson, grosse mare*. Ou, comme ils l'appellent cette semaine, *Petites prises*. (J'aime mieux ce nom.) Seth affirme que cette réunion n'est qu'une formalité. Tout comme Emmett Arrigan, l'agent de Sky. Ils prétendent que nous avons déjà décroché les rôles et qu'ils veulent nous voir en personne, nous poser quelques questions et nous observer lancer quelques répliques. Comme ils restent en ville un soir et qu'ils ont besoin d'une réponse d'ici le week-end, j'ai accepté de les rencontrer avant la représentation de ce soir. C'est pourquoi je me suis préparée tôt. Je continue à respecter ma promesse de me produire à chaque spectacle et à arriver à l'heure pour chacun d'eux.

Je me sens pas mal nerveuse, alors que Sky et moi longeons le couloir jusqu'à la salle de conférence, où nous rejoignons Seth et Emmett. Et une partie de ma nervosité découle du fait qu'en dehors de Seth, Rodney, Liz, Nadine et Sky, personne ne me sait ici. Oui, je n'ai pas révélé à maman, papa ou Laney à quel point je me suis avancée dans les négociations. Je sais qu'ils auront leur mot à dire parce que je suis mineure, mais j'ai fait jurer à Seth de ne pas en parler tout de suite. Il sait à quel point ils sont contre l'idée de nous voir retravailler ensemble, Sky et moi. Ils piqueraient une CRISE s'ils savaient ce qui se passe ce soir.

SWOOSH !

Avant que je ne réalise ce qui se passe, deux personnes bondissent devant nous et nous attrapent. Sky et moi hurlons. Sky fourre sa main dans son sac à la recherche de sa bombe de poivre de Cayenne, et je m'égosille et commence à frapper les gens avec mon sac à main en peau de serpent. Si elles endommagent le sac qui m'a fidèlement suivi tout l'été à New York, je vais être vraiment furieuse.

— ARRÊTEZ DE NOUS FRAPPER ! KAITLIN, ARRÊTE ! C'EST MAMAN ET LANEY !

Sky et moi cessons de crier. Je lâche mon sac et reste bouche bée d'horreur. C'est maman et Laney, et elles sont sérieusement échevelées. La chevelure de maman ressemble à un nid d'oiseau. Ses lunettes de soleil Prada sont de travers, et son veston blanc ajusté est tordu de côté. Laney n'est pas mieux. Ses cheveux étaient tirés en arrière, mais à présent la queue de cheval basse est emmêlée et se défait. D'une seconde à l'autre, Sky va accidentellement asperger du poivre de Cayenne sur la jolie robe d'été Prada couleur sarcelle de Laney, et je vais en entendre parler toute ma vie. («Reese et Jake viennent de me l'offrir!»)

— Vous nous avez fait peur, dis-je, pour les réprimander. Que fichez-vous ici, toutes les deux?

— Je leur ai téléphoné.

Seth prend un air coupable en apparaissant au coin et retire ses lunettes de soleil. Il doit mourir de chaud dans son costume Ralph Lauren bleu marine. Il fait 30 °C à l'ombre aujourd'hui, et nous sommes dans la ville de New York! Je sais qu'il veut avoir l'air professionnel, mais tout de même.

— Kaitlin, elles doivent savoir ce que tu fais ici, sinon tu n'obtiendras jamais ce rôle. Ta mère doit signer. Il vaut mieux que tu l'informes maintenant que plus tard.

Sky est joyeuse.

— Je suis tellement contente que ma mère soit si peu au courant de mes activités et qu'elle me donne encore moins son opinion.

— C'est de cela que je te parle, mademoiselle! dit maman à Sky, ressemblant plus que jamais à une résidente de quatre-vingts des Hamptons. Tu n'as aucun respect pour l'autorité ou pour ma fille. Comment quiconque peut-il s'attendre à ce que je vous permette de retravailler ensemble? Je n'aime pas SKAT! Tu la blesserais encore, et je ne peux pas tolérer cela, ajoute maman, l'air bouleversé.

— Ouf, maman!

Je lance mes bras autour de son corps raide.

— Tu es véritablement inquiète pour mon bien-être.

C'est un sentiment totalement nouveau venant de l'unité parentale, et je suis un peu émue rien qu'à y songer.

— J'apprécie ton inquiétude, vraiment, c'est vrai, mais je suis une grande fille. Je peux prendre soin de moi-même. Et c'est une émission fantastique, maman. Demande à Seth. Il va te le dire.

— C'est déjà fait.

Maman soupire. Elle regarde Laney.

— Nous l'avons lu et avons adoré. Tellement que nous sommes convaincues qu'elle ne durera que le temps de deux épisodes.

— C'est trop intelligent pour des adolescents, l'appuie Laney.

— Quelle belle façon d'offrir votre soutien, les gronde Sky.

— Si tu veux tenter ta chance, ma douce, j'aimerais mieux être dans le coup, plutôt qu'être gardée dans le noir comme pour ton petit voyage de réconciliation d'il y a quelques semaines.

Maman arque son sourcil droit.

— Tu sais pour le Texas? dis-je, d'une voix aiguë.

Maman et Laney hochent la tête.

— Les photos de toi et de Sky montant dans un avion privé au milieu d'un champ de maïs étaient affichées partout dans TMZ sous le titre : SKAT PARCOURENT LE MONDE, m'informe Laney. Tu es chanceuse d'être revenue à New York à temps. Mais puisque ça a été le cas, j'imagine qu'il n'y a pas eu de mal.

Elle m'offre un faible sourire, ce qui est majeur pour elle.

— Tu as été relativement sage tout l'été, donc je n'ai pas à me plaindre.

Elle regarde Sky

— Je vais essayer de ne pas me plaindre non plus à propos de cette nouvelle et pour l'ancienne relation de travail entre vous.

Je les étreins toutes les deux et pousse un cri perçant. Je tente de serrer Sky dans mes bras aussi.

— Beurk, lâche-moi! Sky panique. Pas de démonstration d'affection personnelle, K. Je déteste ça.

— Nous devrions entrer, intervient Seth. Ils nous attendent.

— Va leur en mettre plein la vue, Kate-Kate, dit maman, pour m'encourager, et Laney fait un clin d'œil. Nous patienterons juste ici.

Je hoche la tête. Ensuite, accompagnée de Seth et de Sky, passe la porte et me prépare à découvrir ce que mon avenir me réserve.

* * *

Avant que je ne réalise ce qui se passe, le rideau se lève sur ma dernière participation dans *Les grands esprits se rencontrent*. Ma plus grande peur à propos de la représentation de ce soir est d'être incapable de retenir mes émotions. Je sais que je prononce les répliques pour la dernière fois. Je ressens un peu la même chose que lors du tournage du dernier épisode d'*Affaire de famille*, mais évidemment l'intensité est bien moindre parce que je me fous totalement de ne jamais revoir Riley. Le premier acte se déroule sans anicroche, et le deuxième se passe vraiment très bien aussi. Comme c'est réellement la fin, par contre, j'ai l'impression de devoir faire la paix avec Riley.

— Hé.

Nous sommes entre deux scènes, dans la partie désignée pour les changements rapides de costume, et je tape sur l'épaule de Riley.

— Merci.

— Pour quoi ? demande-t-elle, étonnée.

Nous ne nous sommes pas beaucoup parlé depuis que je suis allée à ce faux rendez-vous avec Dylan.

— De m'avoir enseigné que je n'ai pas besoin de recevoir des compliments tout le temps pour savoir que je fais du bon travail.

C'est vrai. Riley pensait peut-être que je ne pouvais pas m'en tirer, et les critiques que j'ai obtenues n'ont pas atteint le niveau auquel je m'attendais, mais elles se sont avérées correctes, et je sais que j'ai tout donné.

— Cela, je l'ai appris, peut suffire.

Puis, même si ça me tue, je lui fais un compliment.

— Je sais que je suis loin d'être une actrice de théâtre de ton calibre, Riley, mais suis reconnaissante d'avoir eu l'occasion de jouer dans cette pièce et de travailler avec quelqu'un comme toi. Tu es vraiment bonne dans ton métier.

— Merci.

Riley est tendue.

— Bonne chance, Kaitlin.

— Bonne chance à toi aussi.

Je souris.

Nadine m'a dit quelque chose l'autre jour qui expliquait tout ce qui s'est passé avec Lauren, Ava et Riley. On ne sera pas aimé de tous les gens que l'on rencontre, et c'est normal. Cependant, dans l'esprit de ma nouvelle maturité, je ressens le besoin de dire une dernière chose à Riley, puisqu'une chose que je n'ai pas faite est de l'inviter à mon party après la pièce, avec ma famille et mes amis. (Il me reste un peu de dignité, vous savez.) L'équipe avait un gâteau pour moi en coulisse avant la représentation, et j'ai commandé de la nourriture chez Pop Burger pour tout le monde avant le spectacle d'hier soir ; c'est le populaire restaurant de burgers miniatures à New York qui a envoyé sa spécialité à tout le monde depuis Jay-Z jusqu'à Justin Timberlake. À présent, l'équipe de *Les grands esprits se rencontrent* fait partie de leur liste.

— Riley ?

J'essaie de la retenir avant qu'elle s'éloigne.

— Je voulais seulement que tu saches que Dylan a encore des sentiments pour toi.

— Mes affaires privées ne regardent que moi. Je ne choisis pas de me décharger de mes griefs dans les feuilles de chou.

— Vrai, mais j'ai pensé que tu aimerais être au courant, dis-je, maladroitement. Au cas où il ne te l'avouerait pas lui-même. Dylan a vraiment encore de l'affection pour toi.

Elle me sourit presque. Presque — puis elle me quitte sans ajouter un mot.

Le deuxième acte file comme l'éclair, et je savoure mon dernier rappel après la tombée du rideau. Forest me présente des fleurs et me fait pleurer. Le public m'offre une ovation debout, ce qui signifie beaucoup pour moi quand on songe aux personnes qui occupent la première rangée — toute ma famille. Matty et papa sont venus en avion pour la soirée pour me surprendre, ce que j'ai réalisé au milieu du premier acte. Liz et Sky sont ici, avec Seth, Laney, Nadine et Rodney, qui a les yeux humides. C'est la première fois qu'il assiste à toute la pièce, car il est toujours avec moi en coulisse. Ce soir, j'ai insisté pour qu'il reste dans la salle, et j'imagine que cela veut dire qu'il aime ça.

Austin est là aussi. Il a terminé son camp la semaine dernière, mais maman l'a ramené à New York pour me faire un cadeau. Je remarque qu'il tient le plus magnifique des bouquets de roses pêche. Il siffle, et lui et Matty crient mon nom. J'exécute une ultime révérence, puis le rideau tombe pour de bon.

Il y a beaucoup d'émoi en coulisse, d'étreintes et de bavardages. C'est Forest que je garde dans mes bras le plus longtemps, le remerciant pour tout ce qu'il m'a appris au cours des mois précédents. (Qui aurait cru que je pouvais pleurer sur scène comme ça tous les soirs sans faillir?) J'échange des adresses courriel et des numéros de téléphone avec quelques filles du chœur, et prends une dernière photo de groupe des acteurs, puis dédicace un tas de photos des membres de la distribution. J'accepte aussi avec reconnaissance l'une de ces photos qu'ils ont tous signée pour moi pour me remercier. Elle va être fièrement accrochée dans ma chambre à coucher à la maison.

Puis, je dis au revoir à Dylan. Je le vois immobile, toujours en costume, c'est-à-dire un jean et un maillot exactement comme moi, et il a belle allure. Il y a quelque chose dans sa façon de se tenir à l'écart qui me fait me pâmer. Mais comme le dit Liz, je me pâme aussi devant Zac Efron et Robert Pattinson, et ne quitte pas Austin pour eux. (D'ailleurs, Vanessa me tuerait si j'enfreignais le code de l'amitié et que je m'approchais de Zac!)

Dylan sourit largement.

— Félicitation pour une bonne série, matelot.

Il m'étreint sans me serrer, et je lui rends son accolade.

— Tu vas nous manquer, ici.

— Vous allez me manquer aussi, tous, admis-je, mais je ne pense pas que l'horaire me manquera. Travailler tous les soirs est éreintant! Oui, profiter de ses matinées, c'est amusant, mais j'aimerais être à la maison à temps pour regarder *90210* cet automne.

— Qu'est-ce que c'est? demande Dylan.

— Je vais te pardonner parce que tu es Britannique.

Je ris. Ensuite, je me calme.

— Merci, Dylan. Pour avoir été compréhensif pour tout.

— Je t'en prie.

Il sourit, dévoilant le petit espace entre ses deux incisives.

— Tu ne peux pas blâmer un gars de tenter sa chance. Tu es toute une prise, mademoiselle Kaitlin Burke.

— Tout comme toi, lui dis-je, et je l'embrasse sur la joue. J'imagine qu'on se reverra. Appelle-moi si jamais tu visites mon coin de pays, d'accord?

— Sans faute.

Il me touche l'épaule, mal à l'aise. Puis, je me mets en route pour ma fête.

* * *

— À KAITLIN!

Le cri s'élève.

Nous sommes chez Babbo, le restaurant de Mario Batali sur Waverly Place. Nous avons une salle privée près du fond, et tout le monde est d'humeur festive, y compris moi. Je me suis changée pour enfiler ma dernière dépense folle de New York, une robe cocktail en soie noire à imprimés floraux Badgley Mischka. Elle a un col rond, un dos arrondi et un joli parement en forme de rosette à la taille sur le devant de la robe.

— Merci.

Je lève mon verre de champagne. (Maman a affirmé qu'elle se porterait garante de moi à la presse et leur dirait qu'elle m'avait accordé la permission de boire un petit verre de bulles pour cette occasion spéciale.)

— Je n'aurais pas pu survivre à l'été sans vous, les amis.

Je regarde maman, papa et Matty.

— Le fait que vous ayez tous accepté de déménager à New York, afin que je puisse tenter cette expérience m'émeut encore un peu. Et que Seth et Laney aient cru que j'avais ce qu'il fallait pour m'attaquer à Broadway me fait chaud au cœur, car je sais qu'ils veillent toujours à mes intérêts. Tout comme mes amies.

Je regarde Liz, Nadine, et Sky qui, étonnamment, sourit !

— Et à mon amoureux pour m'être resté fidèle malgré tous mes efforts pour gâcher les choses.

Austin glisse sa main dans ma main libre sous la table.

— Cet été a été extraordinaire. Maintenant, il est temps de rentrer à la maison.

— Nous reviendrons.

Maman semble confiante dans sa robe blanche BCBG avec une garniture de perles noires autour de la taille.

— J'ai promis aux Darling Daisies de venir les voir de temps à autre. J'ouvre une division pour elles à Los Angeles. N'est-ce pas fabuleux ? Nous avons besoin d'un peu de l'esprit raffiné des Hamptons sur la côte Ouest, et je dispose de plus de temps qu'il n'en faut pour diriger l'organisme pour elles.

Laney hoche la tête en signe d'approbation, mais je ne suis pas convaincue qu'elle l'écoute véritablement. Encore une fois, elle a assorti son tailleur Donna Karan noir avec deux oreillettes Bluetooth. Quelque chose concernant un problème avec Heidi et Spencer. Apparemment, ils ont agacé Lauren et Ava, qui se sont détournées de nous pour commencer à les torturer, ce qui est parfait parce que ces deux-là ont déjà un surnom que les médias peuvent utiliser (Speidi). Youpi ! J'imagine que Nadine avait raison quand elle prétendait que l'intérêt se dissiperait une fois que nous arrêterions de l'alimenter.

— Tu peux venir à New York tant que cela s'insère dans le nouvel horaire de tournage de Kaitlin, dit Seth à maman.

Oui, j'ai obtenu le rôle dans l'émission!

Les producteurs ont répété ce que Seth croyait, que leur présence en ville était une formalité et qu'ils souhaitaient ardemment que Sky et moi tenions la vedette dans le pilote et dans l'émission. Ils s'affairaient encore à terminer la distribution, mais nous en serions le pivot. Sky et moi avons signé sur-le-champ.

Petites prises, le titre actuel mettra en vedette Kaitlin Burke et Sky Mackenzie et sera diffusé à compter de novembre. Je suis de retour, bébé! Et je ne pourrais pas être plus heureuse. Sérieusement, je suis prête pour les journées qui commencent à 5 h, les longues heures de tournage et ce nouveau défi d'être devant un public pour les enregistrements. Dieu sait que cet été, j'ai fait mes classes.

— Je n'arrive pas à croire que nous serons tous les deux au même studio d'enregistrement.

Matty a l'air aux anges, et il paraît plus vieux que ses quinze ans dans son costume noir Armani. Son bronzage estival s'est déjà estompé à cause de toutes les heures qu'il accumule sur le plateau. Oh… j'ai tellement hâte de redevenir pâle, moi aussi!

— Kate, tu vas totalement adorer la cafétéria du studio. Ils viennent de créer un nouveau sandwich en mon honneur. Tu sais, *Scooby* reçoit beaucoup d'amour.

— Allons, c'est seulement en attendant notre arrivée.

Sky chasse ses paroles d'un long ongle rose bonbon. Sa robe en soie orange à imprimés floraux Laundry est tout aussi joyeuse que son humeur actuelle.

— Pourquoi n'y aurait-il pas de place pour vous deux? demande Liz, et les deux repartent dans leur guerre de réparties.

Je pense qu'elles aiment ça.

— Alors, tu penses que tu seras capable de supporter ces deux-là et moi à temps plein à notre retour? s'informe Austin.

Avec la fin du camp, Austin a recommencé à faire pousser sa frange, comme je l'aime. Il est également de retour au code vestimentaire du jeune homme assuré, laissant tomber son pantalon et chandail d'exercice pour enfiler des pantalons qui le moulent et de belles chemises habillées en soie, en ce moment une bleue. (Son veston sport est déposé sur une chaise à côté de moi.)

— Leur amitié, de laquelle je dois encore me convaincre, poursuit Austin, me donne l'impression qu'elle aura besoin de beaucoup d'arbitrage, et je veux seulement être sûr que cela ne grugera pas mon temps avec ma petite amie.

— Ce ne sera pas le cas, lui promis-je. Si elles ont besoin de trop d'assistance, je vais demander à Rodney d'embaucher un videur. Je suis tout à toi quand nous rentrons la semaine prochaine.

— Bien parce qu'une fois que tu retourneras au travail, tu seras pas mal occupée, déclare Austin. Je parie que tourner une nouvelle émission exige beaucoup d'heures.

— Oui, admis-je, réfléchissant à cela.

J'imagine qu'avec la rapidité avec laquelle tous les événements se sont enchaînés, c'est une chose à laquelle je n'ai pas songé. Je veux retravailler et suis prête à le faire, mais ces heures seront probablement très longues. Et je serai de retour dans la mire des paparazzis, assurément. J'imagine que SKAT sont là pour de bon, ce qui n'est pas une si mauvaise chose. Je ne serai pas étonnée de voir les paparazzis camper à l'extérieur du studio. Larry le menteur souhaitera certainement tenter de me surprendre avec des rouleaux dans les cheveux et sans maquillage. Beurk.

Austin interrompt mes pensées.

— À quoi penses-tu, Burke ?

— Oh, je songeais juste à notre première sortie à Los Angeles.

J'enroule mes doigts entre les siens. Je ne veux pas gâcher l'ambiance avec mes inquiétudes. Je le fixe, me demandant s'il se souviendra de la promesse que nous avions échangée au début de l'été. Nous avons dit que nous retournerions à Disneyland. Ce n'était qu'une promesse en l'air, mais je m'y suis accrochée tout le temps de notre séparation.

— Disneyland est organisé, dit Austin, avec un sourire de guingois.

Je souris plus largement.

— Nadine nous a obtenu des billets il y a quelques semaines.

— Tu t'en es souvenu ! m'émerveillé-je.

Il passe un bras autour de moi.

— Bien sûr que oui. Es-tu réellement surprise ?

— J'imagine que non.

Je m'appuie sur son épaule.

— Disneyland, ce sera. Dans une semaine après mercredi.

— J'ai très hâte.

Austin m'embrasse la joue.

— Le premier manège doit absolument être Star Tours.

— Absolument.

Je rentre à la maison et, folie future ou non, je suis impatiente d'y être.

À SUIVRE…

Tout comme votre émission de télévision préférée, nous allons prendre une pause pendant la programmation d'été (c'est l'usage courant en télévision pour offrir un congé de tournage extrêmement nécessaire), mais ne vous faites pas de soucis, je reviendrai. Je dois tourner *Petites prises*, et avec une nouvelle émission de télévision, une nouvelle équipe d'acteurs, un nouveau réseau et un nouveau personnage vient beaucoup de dur travail et, me connaissant, quelques crises de panique. Je sais que je suis prête pour ce défi… mais le suis-je vraiment ? La télévision est-elle réellement ce qui me convient ? Suis-je enfin prête à faire de moi une Meryl Streep et à déclarer que le métier d'actrice est la passion de ma vie, ou vais-je regarder Liz et Austin remplir leurs demandes d'admission à l'université et douter de ma vocation encore une fois ? Une chose est sûre, je dois prendre une décision à propos de ma vie de célébrité et m'y tenir une fois pour toutes. Cette fois, on dirait que le destin va s'en mêler pour m'obliger à choisir en me demandant d'imaginer ma vie si elle n'était pas à Hollywood. Vais-je aimer ce monde plus que le mien? Ou bien vais-je tout donner pour reprendre mon ancienne vie et retrouver les gens qui en font partie? Il n'y a qu'une façon de le découvrir.

Gardez les yeux ouverts en attendant le dernier tome de la série Les secrets de ma vie à Hollywood.

REMERCIEMENTS

Ne serait-ce qu'à cause de son titre — Les secrets de ma vie à Hollywood —, ce livre ne se prête pas à New York, mais mes fabuleuses éditrices Cindy Eagan et Kate Sullivan étaient aussi enthousiasmées que moi par l'idée d'entendre les Jimmy Choo de Kaitlin cliqueter sur la 5e Avenue. Voilà un autre rappel de la chance que j'ai à travailler avec des éditrices et meneuses de claques aussi extraordinaires. Je veux également remercier Kate S. pour toutes ses notes. Sa vision limpide de New York a aidé à rendre plus réelle la vie de Kaitlin dans cette ville.

Merci aussi à ma remarquable agente, Laura Dail, qui veille toujours à mes intérêts (comme à ceux de Kaitlin) et à Tamar Rydzinski, pour avoir révisé tous les détails.

À ma formidable équipe chez Poppy and Little, Brown Books for Young Readers — Ames O'Neill, Melanie Chang, Andrew Smith, Lisa Ickowicz, Melanie Sanders, Elizabeth Eulberg et Tracy Shaw (pour une autre conception brillante de jaquette) —, c'est grâce à vous si chaque nouveau livre de la série Les secrets de ma vie à Hollywood suscite toujours davantage la rumeur que le précédent.

J'aimerais également exprimer ma gratitude à ma famille et à mes amis pour tout ce qu'ils font pour m'aider à faire ce que j'aime faire! (Vous avez bien compris?) Mara Reinstein est ma première lectrice, critique, référence pour toutes choses allant d'Hollywood à Prada. Ma mère, Lynn Calonita, et ma belle-mère, Gail Smith, s'assurent que les garçons sont heureux et en santé pendant que je pianote sur mon clavier.

Enfin, à mon mari, Mike, à mes fils, Tyler et Dylan, et à mon Chihuahua, Jack — merci d'être le meilleur système de soutien qu'une femme, une mère et une auteure puissent avoir.

NE MANQUEZ PAS LA SUITE...

On est vraiment bien que chez soi

Les secrets de ma vie à Hollywood

Livre 1

Livre 2

Livre 3

Livre 4

Dawning of the Cold War